ROCKY MOUNTAIN Fire

Band 6 der Rocky Mountain-Serie

von

Virginia Fox

Dragonbooks

ISBN 978-3-906882-19-2

DIE AUTORIN

Virginia Fox, geboren 1978, war bereits im Alter von vier Jahren mit ihren zwei Hauptleidenschaften infiziert: mit der Liebe zu Büchern und Texten in jeglicher Form und der Liebe zu den Pferden. Nach dem Lesen zahlreicher Bücher und dem Schreiben verschiedener Kurzgeschichten und Essays startete sie ihr bis her größtes Projekt: Die Drachenschwestern-Trilogie. Nach der Fertigstellung der Trilogie musste sie feststellen, dass sich der Schreibvirus nicht abschütteln lässt. Im Dezember 2014 veröffentlichte sie Band 1 der neuen Rocky Mountain Serie: Rocky Mountain Yoga. Weitere Bände folgen in regelmäßigen Abständen.
Die Autorin lebt zusammen mit ihrer Tochter, ihrem Australian Cattle Dog und einem launischen Kater in Zürich. Wenn sie nicht gerade am Schreiben ist, widmet sie sich ihrer zweiten Leidenschaft, den Pferden.

Mehr über die Autorin auf Facebook
facebook.com/authorvirginiafox, Twitter @fox_virginia oder virginiafox.com.

Bei Dragonbooks von Virginia Fox auch erhältlich:

Die Rocky Mountain Serie:

(Genre: Liebesroman/Spannung)

Band 1 – Rocky Mountain Yoga
Band 2 – Rocky Mountain Star
Band 3 – Rocky Mountain Dogs
Band 4 – Rocky Mountain Kid
Band 5 – Rocky Mountain Secrets
Band 6 – Rocky Mountain Fire
Band 7 – Rocky Mountain Life
Band 8 – Rocky Mountain Race
Band 9 – Rocky Mountain Lion
Band 10 - Rocky Mountain Gold
Band 11 - Rocky Mountain Crime
Band 12 - Rocky Mountain Heat
Band 13 - Rocky Mountain Snow
Band 14 - Rocky Mountain Horses
Band 15 – Rocky Mountain Kiss (Juni 2018)
Band 16 – Rocky Mountain Games (September 2018)
Band 17 – Rocky Mountain Love (Dezember 2018)

Drachenromane:

Die Drachenschwestern Trilogie

(Genre: Frauenromane mit einem Hauch Fantasy)

Band 1 - Die Drachenschwestern
Band 2 - Das Drachenkind
Band 3 - Das Drachenpferd

Das Drachenmädchen

(Genre: Jugend-/Fantasy)

Band 4 - Das Zeichen des Drachen
Band 5 - Die Drachen der Neuen Welt

Alle Neuerscheinungen und Preisaktionen werden unter virginiafox.com oder auf FB (authorvirginiafox) angekündigt.

1

Paige setzte einen energischen Schritt vor den anderen. Bald würde sie ihr heutiges Tagesziel erreichen. Rund um sie herum erhoben sich die majestätischen Gipfel der Rocky Mountains. Es war ein außergewöhnlich warmer Tag für diese Jahreszeit. Der März konnte hier in den Bergen ziemlich kalt sein. Doch heute strahlte die Sonne vom blauen Himmel und brachte einen Hauch von Frühling mit sich. Laut den Einheimischen war dem guten Wetter aber nicht zu trauen. Sie machten sich einen Spaß daraus, ihr Geschichten von Schneestürmen im Mai zu erzählen. Paige erschauderte. Während des langen Winters hatten diese Erzählungen sie ziemlich deprimiert. Sie hielt an, um zu verschnaufen, und ließ ihren Blick über das Panorama schweifen. Heute, unter dem wärmenden Einfluss der Sonne, verlor die Vorstellung einiges von ihrem Schrecken. Sie mochte sich vielleicht in den Bergen befinden, doch auch hier würde der Frühling früher oder später Einzug halten, und sie freute sich schon auf die Rückkehr der Kolibris.

Maybellenes Bellen riss sie aus ihren Gedanken. Sie schaute zu dem schwarzen Fellknäuel, das sich irgendwie und vollkommen ungebeten in ihr Herz geschlichen hatte. Offenbar fand sie, die Pause hätte lange genug gedauert, dachte Paige, amüsiert über die unermüdliche Energie Maybellenes.

Die Schipperke-Hündin war nach einer Odyssee bei verschiedenen Besitzern letztes Jahr in Kat Orlows Safe Haven, dem einzigen Tierheim weit und breit, gelandet. Während Kats Bemühungen, den Hund zu resozialisieren, waren sie einander begegnet. Für Paige, die aufgrund eines schlechten Erlebnisses mit einem Hund in ihrer Jugend panische Angst vor Hunden hatte, war das eine Furcht einflößende Begegnung gewesen. Doch unter Kats sachkundiger und geduldiger Anleitung sowie Maybellenes überraschendem und unerschütterlichen Vertrauen ihr gegenüber hatte sie es geschafft, ihre Angst zu überwinden. Nun, zumindest ihre Angst Maybellene gegenüber. Vor fremden Hunden hatte sie nach wie vor einen gesunden Respekt. Doch ihre kleine Schäferhündin hielt ihr die anderen sehr zuverlässig vom Leib. Ob das aus Eifersucht geschah oder weil sie die Anspannung ihrer Besitzerin spürte, wusste Paige nicht. Der Grund spielte keine Rolle. Gerade als sie letztes Jahr durch einen dummen Fehler ihrerseits so ziemlich jede aufkeimende Freundschaft mit den Leuten in Independence zerstört hatte, war sie sehr froh gewesen über die treue Hündin.

Sich an die Umstände erinnernd, seufzte sie und setzte ihren Weg in Richtung Berggrat fort. Ihre Hündin freute sich, dass es endlich weiter ging, und sprang wie ein Flummi zwischen den großen Felsbrocken von einem kleinen Schneefeld zum nächsten.

Obwohl sie es geschafft hatte, ihren Fehler wieder gut zu machen, waren die Einwohner von Independence insgesamt immer noch recht unterkühlt ihr gegenüber. Fremde hatten es in dieser eingeschworenen Gesellschaft ohnehin nicht leicht. Touristen und neu Zugezogene wurden zwar freundlich willkommen geheißen, doch dann befand man sich erst einmal in einer Art Probezeit.

Ohne Kats Unterstützung während dieser Zeit und der Gesellschaft von Maybellene hätte sie wahrscheinlich den Schwanz eingezogen und wäre wieder weggezogen. Auch in letzter Zeit dachte sie wieder vermehrt darüber nach, ob das nicht das Gescheiteste wäre. Noch mal irgendwo neu anfangen. Der

Mietvertrag ihrer Wohnung in Denver, die sie seit letztem Jahr untervermietet hatte, lief auch bald aus. Sie war also frei, zu machen, was sie wollte. Dazu müsste sie allerdings erst mal wissen, was das war.

Ungebeten schob sich das Bild eines breitschultrigen, groß gewachsenen Mannes vor ihr inneres Auge. Ace O'Neil. Es hatte eine zugegebenermaßen kurze Zeit gegeben, als der Chef der örtlichen Feuerwehr und ehemalige SEAL deutlich zu verstehen gegeben hatte, dass er durchaus daran interessiert wäre, sie näher kennenzulernen. Zu diesem Zeitpunkt war sie zu sehr in ihre eigenen Angelegenheiten verstrickt gewesen, um seine Aufmerksamkeit zu schätzen. Sie hatte gerade ihren Job als Zeitungsreporterin verloren, der sie überhaupt erst in die Berge geführt hatte. Den Kopf voller hochfliegender Karrierepläne, hatte sie ihn auflaufen lassen. Allerdings erst nachdem sich sein Anblick in ihr Unterbewusstsein gebrannt hatte. Später, als ihre ganze Welt zusammengebrochen war und sie dringend einen Freund, oder auch die Ablenkung, die ein Liebhaber mit sich brachte, gebraucht hätte, war es zu spät gewesen. Er hatte ihr bei mehr als einer Gelegenheit unmissverständlich klar gemacht, dass er für Leute wie sie nichts übrig hatte. Vielleicht sollte sie wirklich noch einmal einen Neustart wagen.

Sie hielt noch mal an. Maybellene kam zu ihr gerannt, um herauszufinden, was diesmal der Grund für die Unterbrechung ihres Spaziergangs war. Die Hündin war wirklich unermüdlich. Sie scannte den Weg in Richtung Grat. Vor ihr lag ein kleines Waldstück, bevor der Weg dann erst talwärts führte, bevor dann der letzte Teil des Trails zum Grat hochführte. Zumindest, wenn sie die Karte richtig in Erinnerung hatte. Diese Wanderung machte sie heute zum ersten Mal. Natürlich hatte sie auf ihrem Handy auch eine Wander-App gespeichert. Aber Handyempfang war hier in den Bergen mehr oder weniger

Glücksache. Sie zog eine Grimasse. Glück. Nicht gerade ihr treuester Begleiter, dachte sie selbstmitleidig.

„Nicht so wie du“, sagte sie zu Maybellene und bückte sich, um ihr Fell zu zerzausen. Die Hündin, erfreut über die plötzliche Aufmerksamkeit, raste los. Paige schaute ihr verwundert hinterher. Was machte sie jetzt? Sie schien etwas zu suchen. Bei den ersten Kiefern angekommen, bremste Maybellene unverhofft. Der durch die trockene Luft ganz pulvrig gewordene Schnee stieb nach allen Seiten. Die Hündin scharrte die weiße Pracht zur Seite. Schließlich schien sie fündig zu werden. Sie steckte den Kopf in den Schnee und sprang triumphierend wieder hoch, einen Kiefernzapfen zwischen den Zähnen. Mit hocherhobenem Schwanz galoppierte sie zurück zu Paige und setzte sich erwartungsvoll vor sie hin.

Paige lachte. „Du willst spielen?“

Wie zur Bestätigung spuckte Maybellene ihr den Zapfen vor die Füße und ließ ein kurzes, aufforderndes Kläffen hören.

„Ist ja gut, ich hab’s verstanden.“

Sie bückte sich und hob den Zapfen hoch. Mit einer fließenden Armbewegung ließ sie ihn talwärts fliegen. Die hohe Kunst des Weitwurfs hatte sie nämlich ihre ganze Schulzeit lang nicht gemeistert. In dieser Beziehung war sie ein richtiges Mädchen. Was für ein diskriminierender Gedanke, dachte sie selbstironisch. Aber auf sie leider zutreffend. Wenn sie die Dinge bergabwärts warf, musste sich Maybellene wenigstens etwas mehr anstrengen.

Die Schipperke-Hündin raste dem Zapfen hinterher, schnappte ihn sich mit einem freudigen Knurren und brachte ihn glücklich zurück. Das entlockte Paige ein Grinsen. Sie wiederholte das Ganze und atmete tief die frische Bergluft ein. Die Arme ausbreitend, legte sie den Kopf in den Nacken und streckte ihr Gesicht mit geschlossenen Augen der Sonne entgegen.

Nein. Sie würde nicht noch mal wegziehen und neu anfangen. Sie hatte Freunde hier. Kat. Kats Mutter. Sogar Kats Freund Sam Carter hatte sie widerstrebend akzeptiert, als sie Kats Einladung gefolgt und bei ihnen eingezogen war, obwohl ihr großer Fehler seine Schwester betroffen hatte. Auch Paula und Leslie, die Leidtragenden, begegneten ihr inzwischen freundlich. Und auch die Öffentlichkeitsarbeit, die sie für den Safe Haven übernommen hatte, gefiel ihr besser, als sie es sich je gedacht hatte, auch wenn sie natürlich manchmal den journalistischen und investigativen Teil vermisste. Zudem empfand sie es von Vorteil, dass niemand von ihrem gescheiterten Traum, eines Tages eine wichtige Journalistin zu werden, wusste. Himmel, die kleine Stadt hatte ja nicht einmal eine Tageszeitung. Es war nur … Sie öffnete die Augen, als sie Maybellenes feuchte Nase an ihrer Hand spürte und ihre unnütze Sehnsucht nach Dingen, die in ihrem Leben fehlten, verflog. Die Hündin hatte offenbar ihre Einsamkeit gespürt. Wieder einmal. Sie ging in die Hocke und knuddelte das schwarze Fellbündel.

„Was würde ich nur ohne dich machen, hm?"

Enthusiastisch leckte Maybellene ihr über das Gesicht. Dann sprang sie ein paar Schritte weg von ihr und bellte auffordernd. Sie war anscheinend der Meinung, dass sie genug Innenschau betrieben hatte. Zeit, weiterzugehen. Im wahrsten Sinne des Wortes. Wenn sie sich tatsächlich nach einem Partner sehnte, würde sie gut daran tun, sich den attraktiven Feuerwehrchef, der sie allem Anschein nach nicht leiden konnte, aus dem Kopf zu schlagen. Schließlich gab es in der Gegend genug andere attraktive Männer. Vielleicht würde einer der Deputies mit ihr ausgehen. Toby war ganz süß, mit seinen braunen, widerspenstigen Locken. Oder vielleicht Morris? Morris unterrichtete Chemie an der Highschool und coachte das Hockeyteam. Von neuer Energie erfüllt schritt sie auf dem steinigen Weg dem Wald entgegen.

Die hartnäckige Stimme in ihrem Hinterkopf, dass aber leider keiner von denen Ace war, ignorierte sie.

Im Wald führte der Weg ein Stück abwärts in einen schattigeren Teil der Bergflanke. Sie fröstelte und löste die Jacke, die sie sich während des Aufstiegs um den Bauch gebunden hatte, um sie sich überzuziehen. Als sie mit dem Reißverschluss kämpfte, rannte ihre vierbeinige Begleiterin zurück zu ihr und ließ ein tiefes Knurren hören. Die Haare am Rücken hatte sie zu einer richtigen Bürste aufgestellt. Unvermittelt erschauderte Paige.

„Was ist denn los?", fragte sie verwundert. Nicht zum ersten Mal wünschte sie sich, dass die Hündin sprechen konnte. Nicht bereit, sich ohne ersichtlichen Grund ins Bockshorn jagen zu lassen, wollte sie weitergehen. Und stolperte prompt über Maybellene, die sich ihr sofort in den Weg stellte. Verunsichert schaute sie sich nach allen Seiten um. Da war nichts. Oder doch? Geschichten von Bären, Berglöwen und Klapperschlangen, die im Diner mit schöner Regelmäßigkeit erzählt wurden, sobald ein neues Gesicht auftauchte, kamen ihr ungebeten in den Sinn. „Touristin von Puma gefressen", blinkte in ihrem Kopf der Newsticker auf. Galt der Tipp mit dem Totstellen nur für Bären oder ließen sich die anderen Tiere davon auch täuschen? Und ob der Bär das Memo mit dem Totstellen auch gelesen hatte? In solchen Momenten wünschte sie sich, sie hätte das Angebot ihres Dads, mit ihm wandern zu gehen, als Kind öfter angenommen. Im Grunde war sie nämlich ein Stadtkind. Und jetzt spielte sie hier die große Entdeckerin und hatte im Prinzip keine Ahnung, wie sie sich verhalten sollte, dachte sie mit einer guten Portion Selbstironie.

Sie zog sich die Leine, die sie sich über die Schulter gehängt hatte, über den Kopf und leinte die Schipperke-Hündin an.

„Komm. Wir gehen weiter. Da ist nichts."

Maybellene war anderer Meinung. Mit einem für ihre Größe erstaunlich tiefen Grollen tat sie dies deutlich kund. Ein anderes Indiz war, dass sie alle vier Pfoten in den Boden stemmte und partout nicht in die eingeschlagene Richtung gehen wollte.

Nach zwei Metern gab Paige auf. So würde das nichts werden. Das war für Maybellenes Genick nicht gut. Besser, wenn sie sie auf den Arm nahm. Sie bückte sich, um die Kleine hochzuheben, als der Wind drehte. Irritiert schnupperte sie in die Luft. War das Rauchgeruch? So weit oben? Erinnerungen an die Waldbrände im letzten Jahr kamen hoch. Sie drehte sich im Halbkreis. Tatsächlich. Jetzt roch sie es nicht nur, sondern sah auch dichte, graue Schwaden zwischen den Bäumen aufsteigen und in den Himmel verschwinden. Das musste es sein, was ihre Hündin gerochen hatte. Sie schluckte. Was nun? Vorsichtshalber machte sie einen Schritt rückwärts. Und noch einen. Sollte sie versuchen herauszufinden, woher das Feuer kam?

Ja, richtig. Um dann mit dem einen Liter Wasser, den sie in ihrem Rucksack hatte, einen Löschversuch zu unternehmen. Sie sah schon die Schlagzeilen vor sich: „Unerfahrene Hikerin beim Versuch, Waldbrand mit Trinkflasche zu löschen, gestorben." Genervt fuhr sie sich mit der Handfläche übers Gesicht. Ob sie hoffte, damit den Rauchgeruch zu vertreiben oder diese nervtötende Angewohnheit, alles um sich herum in ihrem Kopf wie News-Überschriften darzustellen, loszuwerden, wusste sie nicht. Leider nützte es weder gegen das eine noch gegen das andere.

Was sollte sie jetzt machen? Sie wischte sich ihre schweißnassen Hände an der Hose ab und zog ihr Handy aus der Jackentasche. Es blieb ihr wohl nichts anderes übrig, als die Feuerwehr zu alarmieren. Sprich, Ace zu kontaktieren. Sie zog eine Grimasse. Das war so ungefähr das Letzte, was sie tun wollte. Aus diesem Grund war ihre erste Reaktion auf die totale Abwesenheit einer Netzverbindung Erleichterung. Bis sich ihr Verstand wieder einschaltete und sie sich ihrer prekären Situation bewusst wurde. Der Wald brannte und sie stand mitten im Nirgendwo ohne Empfang. Sie versuchte sich zu erinnern, wo sie zuletzt das GPS benutzt hatte. Das war vor ungefähr einer Dreiviertelstunde gewesen. Bemüht, ihre aufsteigende Panik zu unterdrücken, prägte sie sich ihre Umgebung ein, bevor sie sich auf den Rückweg machte.

Nach zehn Minuten, die sie mehrheitlich joggend und von Fels zu Fels hüpfend zurückgelegt hatte, hielt sie schwer atmend an. Seitenstechen plagte sie und ihre Füße surrten, als würden sie unter Strom stehen. Das war's. Ab sofort würde sie jeden Morgen eine halbe Stunde joggen und die leckeren Süßigkeiten, die sie sich im Laufe des Tages im Diner oder bei Sweets holte, waren gestrichen. Als sie wieder aufrecht stehen konnte, kontrollierte sie das Display. Ja. Sie hatte bereits hier Empfang. Sie checkte via GPS die Koordinaten und notierte sie sich mit einem Kuli auf der Innenseite ihres Handgelenks. Die Augen mit der Hand gegen die Sonne abschirmend, ließ sie den Blick hangaufwärts schweifen, um den Weg, den sie zurückgelegt hatte, einzuschätzen. Jetzt musste sie den Brand nur noch melden. Sie zögerte. Unschlüssig schwebten ihre Finger über dem Touchscreen ihres Telefons. Sollte sie Ace direkt anrufen? Seine Nummer hatte sie. Die hatte er ihr gegeben, um nicht zu sagen, aufgedrängt, als er noch mit ihr geredet hatte. Nein, entschloss sie sich dagegen. Notfälle aller Art wurden über die Notfallnummer 911 gemeldet. Der Sheriff würde sich dann um die Koordination des Hilfseinsatzes kümmern.

Nach einem kurzen Gespräch mit einer sehr besorgten Polly Miners, der ehemaligen Polizistin, die inzwischen die Büroarbeit und offensichtlich auch die Anrufe der Notfallzentrale managte, steckte sie ihr Telefon wieder ein. Ursprünglich hatte sie hier auf das Eintreffen der Feuerwehr warten wollen. Doch Polly wollte sie vom Berg runter haben, für den Fall, dass sich das Feuer schnell ausbreitete. Aufgrund der extremen Trockenheit, die in Colorado fast das ganze Jahr herrschte, war das eine legitime Sorge. Also machte sie sich an den Abstieg.

*

Zwei Stunden später saß Paige mit Maybellene zu ihren Füßen im Diner. Das neue Café Sweets hatte zwar mit seinen Köstlichkeiten gelockt. Aber nach wie vor war es so, dass das Diner das Herz und die Seele von Independence darstellte. Wenn man direkt am Puls des aktuellen Geschehens sein wollte, war das Diner der richtige Ort.

Paige war bei ihrem dritten Espresso angelangt, als Kat sich mit ihren beiden Bordeaux-Doggen Rocky und Nikita ins Diner zwängte. Trotz ihrer Anspannung musste Paige lachen. Hintereinander statt nebeneinander hätte vermutlich besser funktioniert. Aber anscheinend waren die beiden riesigen Hunde davon nicht zu überzeugen.

Mit einem besorgten Gesichtsausdruck eilte Kat an ihre Seite und setzte sich auf den Barhocker neben sie. Die beiden Hunde wurden von Maybellene in einem Sicherheitsabstand von einem Meter abgefangen, wie Paige erleichtert feststellte. Sie wusste, dass die beiden total lieb und überaus freundlich waren. Es war nur … sie waren eben groß. Sehr groß. Mit riesigen Zähnen. Natürlich wusste sie rational, dass es keinen Sinn machte, vor Maybellenes Zähnen keine Angst zu haben und vor denen der anderen schon. Aber sie wusste auch, dass sie diese irrationale Furcht nur in Mini-Schritten in den Griff bekommen würde. Alleine sich mit drei Hunden im selben Raum aufzuhalten, war für sie ein Riesenfortschritt. Umso mehr schätzte sie ihren persönlichen Bodyguard in Form von Maybellene.

„Geht's dir gut?", wollte Kat wissen.

„Es geht mir gut. Ich war ja nie in Gefahr. Ich habe nur den Rauch gerochen. Weiter bin ich gar nicht gekommen. Maybellene hat mich nicht gelassen."

„Kluger Hund", lobte Kat und streichelte die Hündin, die jetzt dabei war, Kat zu begrüßen, nachdem sie sichergestellt hatte, dass die beiden anderen sich in gebührendem Abstand zu ihrem Frauchen hingelegt hatten.

„Hast du schon was gehört? Ist das Feuer schlimm?"

Paige zuckte mit den Schultern. „Nein. Bis jetzt noch nicht. Ich warte auch auf Neuigkeiten."

Miss Minnie, die gerade mit zwei voll beladenen Tellern auf dem Arm vorbei ging, deutete mit dem Kinn zur Glastür.

„Da kommen eure Infos. Und dann ist der Überbringer der Neuigkeiten auch noch so gut aussehend", schloss sie mit einem vielsagenden Grinsen.

„Miss Minnie!", rief Paige verlegen aus.

„Was? Ich bin vielleicht alt, aber deswegen noch lange nicht blind. Überhaupt ist das doch der neueste Trend, sich einen jungen Freund zu nehmen."

Die Schlagzeile „Cougars auf der Jagd", blitzte in Paiges Kopf auf, begleitet von einigen verstörenden Bildern von Miss Minnie mit ihrem fiktiven Lover. Entschlossen, diese Vorstellung so schnell wie möglich wieder zu löschen, schüttelte sie den Kopf.

Kat stieß ihr den Ellbogen in die Rippen. „Irgendwas ist schief gelaufen. Schau dir mal Ace' Gesichtsausdruck an."

Paige kam ihrer Aufforderung nach und wäre beinahe zurückgezuckt, als sie den finsteren Blick auffing, den ihr Ace zuwarf. Herrje. Da hatte aber jemand schlechte Laune. Zu Kat sagte sie: „Danach kannst du nicht gehen. Wenn er in meiner Nähe ist, trägt er immer diesen Gesichtsausdruck."

„Das glaub ich nicht. Das kann doch gar nicht sein", antwortete Kat ungläubig.

Paige atmete tief durch. „Glaub es ruhig", murmelte sie und wappnete sich, als Ace ins Diner trat und zielstrebig auf sie zu kam. Sie unterdrückte den Drang, hinter den Tresen zu flüchten und straffte die Schultern.

Ace blieb vor ihr stehen und starrte sie nur an.

Schließlich hielt sie es nicht länger aus. „Ist alles gut? Konntet ihr das Feuer löschen?", erkundigte sie sich besorgt.

„Dein Feuer", presste er zwischen zusammengebissenen Zähnen hervor, „war ein kontrolliertes, bewilligtes Feuer, das jemand bei seiner Blockhütte angezündet hatte, um altes Abfallholz loszuwerden."

„Oh!"

„*Oh* ist alles, was dir dazu einfällt?"

Paige zuckte hilflos mit den Schultern.

Er beugte sich vor, bis sein Gesicht dem ihren ganz nahe war und sie seinen heißen Atem auf ihrer Haut spürte.

Maybellene drängte sich zwischen die beiden und starrte ihn mit ihren gelben Augen an.

Er wich etwas zurück, aber nicht viel, und fragte: „Ist dir nicht in den Sinn gekommen, den Ursprung des Feuers zu eruieren?"

„Ich wusste nicht ...Und Mrs. Miners ...", begann sie sich zu verteidigen.

„Weißt du was? Es ist mir egal. Du hast offensichtlich gehofft, deine eigenen Schlagzeilen zu kreieren. Gratuliere. Das ist dir gelungen. Bis morgen weiß dank Facebook ganz Independence, dass die Feuerwehr ausgerückt ist, um ein Lagerfeuer zu löschen. Ich kann nur sagen: Bravo!"

Damit drehte er sich auf dem Absatz um und stürmte aus dem Restaurant.

Wie betäubt starrte Paige ihm hinterher.

„Was für ein Arsch", empörte sich Kat.

Prompt brach Paige in Tränen aus. Die Anspannung der letzten Stunden, die vielen Gedanken, die sie sich über ihr Leben gemacht hatte. Alles zusammen war einfach zu viel für sie.

Nach einigen Streicheleinheiten von Kat und Maybellene war sie so weit, dass sie das Taschentuch, welches ihr Miss Minnie gebracht hatte, endlich benutzen konnte.

„Aber wieso hat dann Maybellene so ein Theater gemacht?", brachte sie schließlich schniefend hervor.

„Mit ihrer Vorgeschichte kann das alles Mögliche sein. Sie hatte so viele verschiedene Besitzer und wurde auch öfter schlecht behandelt. Wer weiß, was sie im Zusammenhang mit einem Lagerfeuer erlebt hat? Oder vielleicht hat der Besitzer der Hütte auch nur den gleichen Tabak geraucht", mutmaßte sie. „Für ein solches Verhalten gibt es alle möglichen Trigger. Aber ganz ehrlich, eigentlich ist es auch egal. Du warst alleine unterwegs, in unbekanntem Gelände, bist mit einer beängstigenden Situation konfrontiert worden und hast reagiert."

Als sie ihre Nase geputzt hatte, kam Miss Minnie wieder. Diesmal hatte sie zwei kleine Schnapsgläser dabei.

„Ich glaube, wir können alle eine Stärkung vertragen."

Zweifelnd beäugte Paige die durchsichtige Flüssigkeit.

„Runter damit", wies Miss Minnie sie an.

Also hielt sie die Luft an und stürzte das hochprozentige Getränk hinunter. Das hatte einen Hustenanfall zur Folge.

„Du brauchst mehr Übung", war Miss Minnies einzige Reaktion. Sie hielt ihr ein weiteres Glas hin. „Hier."

Jetzt spielte es auch keine Rolle mehr. Beherzt leerte sie auch das zweite Glas. Sie machte eine Kopfbewegung zu Kat hinüber.

„Was ist mit dir?"

„Sie fährt dich nach Hause. Sie kriegt nichts. Falls du mit dem Auto da bist, bekomm ich jetzt deine Schlüssel."

Paige schüttelte den Kopf.

„Nein, ich muss nicht mehr fahren. Sam hat mich am Morgen zum Ausgangspunkt meiner Wanderung mitgenommen."

„Gut." Sie tätschelte ihr den Rücken. „Ich bin übrigens der gleichen Meinung wie Kat. Du hast genau richtig gehandelt. Polly Miners und der Sheriff sehen das auch so. Keine Ahnung, was unserem Feuerwehrchef über die Leber gekrochen ist."

Gerührt hellte sich Paiges Gesicht auf.

„Im Ernst?"

„Im Ernst. So. Jetzt muss ich aber weitermachen." Geschäftig griff sie nach ein paar Gläsern.

Paige schaute ihr hinterher. Ein warmes Gefühl breitete sich in ihrem Magen aus. Klar. Ein Teil davon war vielleicht auf den

Alkohol zurückzuführen. Aber für den Rest der Wärme waren ihre Freunde verantwortlich.

Zum Teufel mit Ace!

2

Müde und missgelaunt kehrte Ace zur Feuerwehrstation zurück. Scheiße. Er hätte wenigstens einen Kaffee aus dem Diner mitnehmen sollen. Vielleicht wäre er dann Paiges Duft nach Äpfeln, der sie immer umgab und der ihm auch diesmal in die Nase gestiegen war, losgeworden. Im Aufenthaltsraum angekommen riss er sich den Helm vom Kopf und knallte ihn auf den Tisch. Er stapfte zu der schäbigen Küchenzeile, die seit dreißig Jahren veraltet war, und schenkte sich eine Tasse der schwarzen Brühe ein, die hier im Haus als Kaffee durchging.

„Was für eine Laus ist denn dir über die Leber gelaufen? Du führst dich auf wie ein verwundeter Bär."

Ace warf seinem langjährigen Freund Luke über den Rand seiner Tasse einen bitterbösen Blick zu.

Luke, einer der wenigen, der unter einem finsteren Blick von Ace nicht zusammenzuckte – dafür hatten sie definitiv schon zu viel miteinander erlebt – rollte nur mit den Augen.

„Geh endlich mit ihr ins Bett. Dann bessert sich deine Laune hoffentlich."

„Spinnst du? Weißt du nicht mehr, was sie vor einem halben Jahr geliefert hat?"

„Mit Betonung auf ‚vor einem halben Jahr'. Seither hat sie jede nur erdenkliche Anstrengung unternommen, es wieder gut zu machen. So wie ich das sehe, bist du der Einzige, der noch an dem Groll festhält. Mir ist nur nicht ganz klar, weshalb das so ist. Du warst nicht einmal der Leidtragende. Ich kenn dich gar nicht so … so voreingenommen."

Ace schloss die Augen und rieb sich über die Nasenwurzel. Luke hatte keine Ahnung, wovon er sprach. Er wusste aus eigener Erfahrung, wie zerstörerisch die Medien sein konnten. Wie ganze Familien entzweit wurden, nur weil irgendein Reporter nicht genug bekommen konnte.

„Das macht nicht ungeschehen, was sie getan hat", antwortete er barsch.

Luke betrachtete ihn einen Moment. Schließlich sagte er leise: „Sie ist nicht Gabrielle."

Ace' Gesichtsausdruck verhärtete sich und er hob störrisch das Kinn. „Ach ja? Woher willst du das wissen? Wenn du mich fragst, ist sie ganz genau wie Gabrielle. Du hast ja keine Ahnung, wovon du sprichst."

Nur, dass das nicht stimmte. Luke war da gewesen, als seine Stiefmutter für Geld die Familie den Wölfen zum Fraß vorgeworfen hatte. Er war es gewesen, der mitgeholfen hatte, die einzelnen Stücke wieder aufzulesen, in die seine Familie zerbrochen war.

Luke schüttelte den Kopf, als wäre er enttäuscht.

„Joy hätte das nicht gewollt."

Ace wandte den Blick ab, sein Schmerz war deutlich sichtbar an der Art, wie sich sein Kiefer zusammenpresste und seine Miene sich in Stein verwandelte.

An diesem Punkt gab Luke auf. Oder besser gesagt, er war am Ende seiner Geduld angelangt.

„Na, dann lass ich dich jetzt allein, damit du in der Vergangenheit versumpfen und deinen Groll hegen und pflegen kannst. Ich hoffe, er hält dich warm in den langen, kalten Winternächten."

Ace zeigte Luke den Finger, als er den Raum verließ. Luke war sein bester Freund und hatte noch nie ein Blatt vor den Mund genommen. Aber anzudeuten, er sei nur deshalb so genervt, weil er Paige gerne in seinem Bett hätte, war ein starkes Stück. Das war das Letzte, was er wollte, versicherte er sich selber. Ungebeten stieg vor seinem inneren Auge ein Bild von ihr auf, wie sie über etwas lachte. Sie hatte ein überraschend tiefes, volles Lachen, bei dem ihr ganzer Körper beteiligt war. Ähnlich wie ein Welpe, der mit dem ganzen Körper wedelte vor lauter Enthusiasmus. Unwillkürlich zuckten seine Mundwinkel. Nicht, dass Paige in letzter Zeit viel zu lachen gehabt hätte. Aber vor einer Weile hatte er sie wieder ein paar Mal aus der Ferne beobachtet, als sie mit Kat im Diner gewesen war und sich offensichtlich gut unterhalten hatte. In seiner Gegenwart lachte sie nie. Weder so noch anders. Dafür hast du selbst gesorgt, erinnerte ihn eine wenig hilfreiche Stimme in seinem Kopf. Das war auch schon mal anders gewesen. Als sich zusätzlich zu der Erinnerung an die Zeit vor dem Vorfall auch noch das Gefühl einstellte, dass er sich vielleicht wirklich wie ein Arschloch benahm, verdrängte er die Gedanken resolut. Er war nicht zuständig für ihr Glück.

Und sein eigenes stand in keinerlei Zusammenhang mit der rotblonden, frechen Journalistin, belog er sich selber. Die bittere Wahrheit war, dass er sich das Risiko, das Paige darstellte, einfach nicht leisten konnte. Eine zweite Tragödie wie die, die er bereits erlebt hatte, würde er nicht überstehen, sollte sich Lukes Aussage als Irrtum herausstellen. Er tat also gut daran, sich das so lange einzureden, bis er es irgendwann selber glaubte.

*

Als sie nach Hause kamen, war es bereits nach sechs Uhr und somit praktisch dunkel. Paige freute sich darauf, dass die Tage bald länger wurden. Die Kälte machte ihr schon genug zu schaffen. Da brauchte sie nicht auch noch diese ewige Dunkelheit.

„Danke fürs Abholen.“ Paige stieg mit ihrem kleinen Rucksack in der Hand aus und streckte sich. Hinter ihr sprang Maybellene aus dem Auto und rannte kläffend zum Haus. Schließlich mussten alle wissen, dass sie wieder zu Hause war. Paige lächelte, als sie dem schwarzen Energiebündel hinterher sah.

„Keine Ursache“, antwortete Kat. „Willst du noch zu uns kommen?“ Kat und ihr Freund Sam wohnten im ersten Stock über den Hundezimmern und der Garage, während sich Paige mit Kats Mutter die zweite Etage teilte.

Paige unterdrückte ein Gähnen. „Lieber ein anderes Mal. Ich bin ziemlich erledigt. Die Wanderung und die Aufregung …“

„… ganz zu schweigen von den Funken, die jedes Mal sprühen, wenn du und ein gewisser Feuerwehrchef aufeinandertreffen …“

Paige stöhnte.

„Darauf, diesen Kommentar loszuwerden, hast du bestimmt den ganzen Nachmittag gewartet.“

Kats Augen funkelten vergnügt. „Na klar. Wann werdet ihr endlich das Kriegsbeil begraben?“

„Das musst du nicht mich fragen. Er ist derjenige, der mir immer gleich ins Gesicht springt, ganz egal, was ich gerade mache.“

„Hm. Ich frage mich, warum das so ist. Ich werde Sam fragen. Brenda weiß beinahe so gut über alles Bescheid wie die Disney Sisters.“

„Musst du nicht. Es interessiert mich nicht. Er interessiert mich nicht.“ Stolz darauf, dass sie es geschafft hatte, ihrer Stimme einen unbeteiligten Klang zu verleihen, manövrierte sie sich mit Maybellenes Hilfe durch die vielen Hunde hindurch. Mit Kats Hunden hatte sie inzwischen so etwas wie einen Waffenstillstand geschlossen. Sie ließ die Hunde in Ruhe und die Hunde erwiderten den Gefallen. Die Neuzugänge des Safe Havens brauchten hingegen jeweils ein Weilchen, bis sie wussten, wie der Hase lief. Das, gepaart mit der Tatsache, dass sie von fremden Hunden nach wie vor das Schlimmste erwartete, machte das Nachhausekommen oft zu einem Spießrutenlauf. Doch mit Maybellenes Unterstützung schaffte sie es meistens problemlos.

Kat lachte und schob einen Irischen Wolfshund zur Seite, der anscheinend den Verdacht hegte, dass sie in ihrer Jacke Leckerlis versteckt hatte.

„Lass mich durch. Du kriegst jetzt keins.“ An Paige gewandt meinte sie: „Wenn dich diese Lüge nachts besser schlafen lässt …“

Paige verdrehte die Augen, nicht gewillt, das leidige Thema noch länger zu verfolgen.

„Bis morgen. Bleibt es bei unserem Treffen um zehn?“

„Treffen?“

„Ja. Wir wollten doch die nächste Werbeaktion und die Statistiken deiner Webseite besprechen.“

„Statistiken?“, wiederholte Kat, als wäre ihr die Bedeutung des Wortes nicht ganz klar. „Kein Wunder, dass ich das Treffen verdrängt hatte. Willst du hier arbeiten? Oder wolltest du ins Diner fahren?“

„Lass uns dem Sweets einen Besuch abstatten“, meinte sie und spielte damit auf das neue Café im Zentrum der kleinen Stadt an. Aileen, eine junge Frau mit großartigen Kochkünsten und noch größerem Talent, was Süßigkeiten anging, hatte das Lokal vor ein paar Monaten eröffnet. Sie war um sieben Ecken mit den Disney Sisters verwandt. Der Einfachheit halber bezeichneten Miss Minnie und Miss Daisy sie als ihre Nichte. Erst hatte sie im Diner ausgeholfen, sehr zur Freude der beiden Schwestern. Doch bald war klar geworden, dass Aileen unbedingt etwas Eigenes aufziehen wollte. Mit ihrem Talent für die französische Küche und Patisserie war das Diner einfach nicht der richtige Ort für sie. Also hatten die Disney Sisters sie schweren Herzens ziehen lassen, auch wenn das bedeutete, dass sie wieder mehr Arbeit hatten. Anfangs war die Stadt in zwei Lager gespalten gewesen. Die Mehrheit freute sich, dass endlich eine gewisse kulinarische Vielfalt in Independence Einzug hielt. Aber es gab auch einige, die fanden, das Diner sei mehr als genug, und in einem fehlgeleiteten Anflug von Loyalität jede Gelegenheit nutzten, das Sweets schlecht zu machen.

Das tat dem Erfolg des Cafés allerdings keinen Abbruch. Inzwischen hatten auch die Widerspenstigsten unter den Gegnern der Versuchung nachgegeben und von Aileens Backkünsten gekostet. Seither waren die negativen Stimmen weitgehend verstummt. Kein Wunder. Die schokoladenen und cremigen Köstlichkeiten machten süchtig, wenn Paige ihrem Hosenbund Glauben schenkte.

„Gute Idee. Dann bis morgen. Schlaf gut."

Paige lächelte. „Du auch."

*

In ihrem Zimmer angekommen zog sie die schweren Wanderschuhe von den Füßen und stellte sie neben die Tür. Erschöpft ließ sie sich aufs Bett plumpsen. Maybellene drehte sich dreimal um die eigene Achse und ließ sich auf das Hundekissen fallen, das neben dem Bett stand. Gedankenverloren streckte sie die Hand nach ihr aus und streichelte über ihren weichen Pelz.

Sie war vorhin nicht ganz ehrlich gewesen zu Kat. Sie wollte vielleicht nichts weiter von Ace, aber es wurmte sie schon, dass er so an seiner Ablehnung festhielt. Vor allem verstand sie nicht, wieso. Er war gar nicht direkt in die Geschichte letztes Jahr involviert gewesen. An einem Tag hatte er mit ihr geflirtet wie immer. Am nächsten war sie offensichtlich für ihn gestorben. Gut, dasselbe hatte für alle anderen auch gegolten. Natürlich nicht das mit dem Flirten. Ein ersticktes Lachen entschlüpfte ihr, als sie sich vorstellte, wie das aussehen würde, wenn Miss Daisy mit ihr flirtete. Nein, sie meinte natürlich die Ablehnung, die ihr entgegenschlug. Doch inzwischen waren eigentlich alle wieder freundlich. Vielleicht etwas vorsichtig, das konnte sie ihnen nicht verdenken, schließlich war sie nach wie vor Reporterin, wenn auch eine arbeitslose, aber insgesamt waren sie nett. Außer Mr. Perfekt. Sie seufzte. Maybellene hob verwundert den Kopf und leckte ihr über den Handrücken, der immer noch auf ihrem Pelz lag.

„Dein Frauchen feiert gerade eine Selbstmitleidsparty", informierte sie ihre Hündin, während sie sich auf die Seite rollte und die freie Hand unter den Kopf schob. „Du bist leider nicht eingeladen, Schatz. Du vermiest mir nämlich regelmäßig meine schlechte Laune, indem du mich aufheiterst."

Das schien Maybellene nicht weiter zu beeindrucken. Stattdessen grub sie mit ihrer Nase in den Tiefen ihres Hundekissens und brachte einen zerkauten Stoffhasen zutage. Sie legte das zerfetzte Stofftier auf Paiges Bett und wedelte erwartungsvoll mit dem Schwanz.

Paige grinste und schüttelte den Kopf. „Du lässt nicht locker, was?"

Maybellene bellte auffordernd.

Also richtete sich Paige auf, ergriff das Stoffbündel und lieferte sich ein ausgiebiges Tauziehen mit ihr. Als Maybellene das Ding nach ein paar Minuten triumphierend in die entfernteste Ecke des Zimmers trug, um es dort gründlich tot zu schütteln, hatte Paige die Erlebnisse des heutigen Tages erfolgreich beiseitegeschoben. Sie würde jetzt erst einmal duschen. Anschließend wartete im Kühlschrank sicher noch etwas Leckeres zu essen auf sie. Das Zusammenwohnen mit Kats Mutter Nadia hatte definitiv seine Vorteile. Nadia drückte ihre Zuneigung durchs Kochen aus. Wie die Frau das schaffte, neben ihren verschiedenen Engagements im Buchclub und der Strickgruppe sowie in verschiedenen anderen Gruppen, die regelmäßig zusammenkamen, um die Welt zu verbessern, da hatte sie keine Ahnung.

Nadia erwartete im Gegenzug dafür, dass es gegessen wurde. Damit hatte Paige keinerlei Probleme. So musste sie wenigstens nicht kochen. Kat sah das ähnlich, nachdem sie ihre Zeit sowieso lieber mit ihren Vierbeinern verbrachte. Sam seinerseits scherzte oft, dass er sich ohne Nadia vermutlich von Hundefutter ernähren müsste. Das brachte ihm immer einen Boxhieb von Kat ein, wenn er leichtsinnig genug war, es in ihrer Anwesenheit zu erwähnen. Doch das diente mehr zur Show. Kat hatte Paige einmal gestanden, dass die Vermutung nicht mal so abwegig war. Nachdem sie Frischfleisch und den Hunden zusätzlich Gemüse und Reis fütterte, war dagegen im Prinzip nicht mal viel einzuwenden, wie Paige fand. Nichtsdestotrotz war Nadias Küche dem natürlich vorzuziehen.

Anschließend würde sie es sich mit ihrem Laptop im Bett bequem machen und reflektieren, wie es mit ihrem Leben weitergehen sollte. Dieses Leben von Tag zu Tag funktionierte nicht länger. Wenn sie damit fertig war, beziehungsweise ihre Geduld am Ende, würde sie noch ein paar Kapitel ihres historischen Romans lesen. Nichts entspannte sie besser als ein guter Liebesroman, wo die Männer noch Gentlemen waren und die Heldinnen spannende Leben hatten.

3

„Oh“, meinte Kat nur, als sie von der Toilette zurückkam. Paige hatte keine Zeit verloren und Kaffee und Frühstück bestellt. Und zwar eine ganze Menge. Cupcakes in verschiedenen Farben, Profiteroles, kleine Fruchttörtchen und Macarons in allen Farben. „Entweder hast du ein Geheimnis und isst für zwei oder du bist ernsthaft frustriert.“

Als Paige nur unverständlich grunzte, während sie versuchte, eine Profiterole zu essen, ohne dass die Füllung sich in alle Richtungen verteilte, nickte Kat verständnisvoll. „Frustriert also. Willst du darüber reden?“

Vehement schüttelte Paige den Kopf. Nachdem sie den letzten Bissen verschlungen und ihre klebrigen Finger an einer Papierserviette abgewischt hatte, erklärte sie: „Wir sind hier wegen deiner Viecher. Genauer gesagt wegen der Statistiken zu deiner Webseite und deiner Facebook-Seite.“

Kat verzog das Gesicht. „Schade. Ich hatte gehofft, diese Diskussion verschieben und dir mit weisen Ratschlägen zur Seite stehen zu können.“

Trotz ihrer schlechten Laune lachte Paige. „Du tust so, als ob du dich noch nie mit der geschäftlichen Seite eines Unternehmens auseinandergesetzt hättest. Dabei hast du doch einen erfolgreichen Hundesalon in Seattle.“

„Das stimmt. Aber die geschäftliche Seite war mir schon immer ein Graus. Ich mache eigentlich alles aus dem Bauch heraus.“ Sie zuckte mit den Achseln. „Das hat auch immer gut funktioniert. Ich weiß nicht, wozu ich plötzlich Statistiken brauche.“

„Das erkläre ich dir gleich.“

„Hoffentlich auch so, dass ich es verstehe. Ich bin viel besser darin, Hunde zu kämmen oder zu trainieren, als in Mathe.“

„Keine Angst, du brauchst keine Mathe“, beruhigte sie Paige. „Es ist nur so, dass du dich erneut mit Expansionsplänen trägst.“ Als Kat nickte, fuhr sie fort: „Expansion kostet Geld.“

„Ich weiß“, stöhnte Kat und griff nach einem Apfeltörtchen.

Paige sah es und grinste. „Siehst du, ich wusste, weshalb ich die große Probierplatte bestellt habe. Aber zurück zum Thema. So wie ich das sehe, hast du zwei Möglichkeiten.“

Interessiert setzte sich Kat auf.

„Entweder du bezirzt deinen erfolgreichen Hockeyspielerfreund, dass er den Safe Haven zu seiner Haupt-Charity macht und dir regelmäßig einen neuen Anbau spendiert …“

„Das kommt überhaupt nicht infrage“, unterbrach sie Kat resolut. „Er hilft mir sowieso schon, wo er kann. Auch finanziell hat er dem Safe Haven bereits einige Male mit größeren Summen unter die Arme gegriffen. Versteh mich nicht falsch, ich finde das toll. Nur kann es nicht sein, dass der Safe Haven alleine dadurch abgesichert ist. Tierheime sind ein Fass ohne Boden. Leider. Es steht außer Frage, dass ich einen Weg finden muss, um die Finanzierung auf einer breiten Basis abzusichern.“

„Das dachte ich mir. Deshalb habe ich ja auch einen Plan B.“

„Lass hören.“

„Auch wenn das bedingt, dass du dich mit Statistiken herumschlägst?“, zog Paige sie auf und schnappte sich ein pinkfarbenes Himbeer-Macaron.

„Auch dann. Wobei ich versuchen werde, diesen verantwortungsvollen Job an Sam abzutreten“, murmelte sie mit vollem Mund.

„Ich übernehme das gerne weiterhin für dich. Mir geht es nur darum, dass du verstehst, warum ich was mache und wie ich das erreichen will. Danach lasse ich dich wieder in Ruhe. Wenn du es schaffst, mir zweimal im Jahr zuzuhören, mache ich den Rest."

Kat klopfte sich die Blätterteigkrumen von der Hose. „Sag das doch gleich. Eine Stunde zuzuhören schaffe ich locker. Vor allem, wenn ich weiß, dass ich es für die nächsten sechs Monate hinter mir habe." Sie grinste, sichtlich erleichtert, dass Paige von ihr nicht erwartete, ab jetzt wöchentlich über Zahlen zu brüten.

„Also. Deine Webseite wird wiederholt besucht. Vor allem von Leuten aus der Umgebung. Von diesen Leuten kommen auch regelmäßig kleinere Spenden zusammen. Im Schnitt so zwischen zehn und zwanzig Dollar."

„Cool", antwortete Kat, sichtlich beeindruckt.

„Cool", bestätigte Paige mit einem Nicken, „doch es bezahlt dir keinen neuen Zwingertrakt."

„Es sind keine Zwinger. Mehr so was wie Hunde- und Katzenzimmer."

Paige verdrehte die Augen. „Okay. Hundezimmer, Katzensuiten, was auch immer. Fakt ist, die Zwanzigdollarspenden helfen mit dem Futter, vielleicht noch mit den regulären Impfungen oder was die Tiere sonst noch brauchen, aber sie reichen nicht aus für das nächste Bauprojekt. Oder eine größere Operation, sollte eines der Tiere krank werden."

„Oh." Ernüchtert kaute Kat auf ihrer Unterlippe.

Um die Sorgenfalten von der Stirn ihrer Freundin zu vertreiben, machte sich Paige unverzüglich daran, ihr ihre Ideen, deren Kosten und Umsetzbarkeit zu präsentieren.

Sie war so vertieft in ihre Aufgabe, dass sie Ace, der hinter ihrem Rücken in der Schlange stand, gar nicht bemerkte.

Ace hatte eine fürchterliche Nacht hinter sich. Seine Träume waren voll gewesen mit Paige. Egal wohin er sich im Traum gewandt hatte, war sie aufgetaucht. Ihre ausdrucksvollen, braunen Augen schienen ihn gleichzeitig einzuladen und auszulachen. Um halb sechs war er aufgewacht. Wäre Paige zu dem Zeitpunkt in der Nähe gewesen, hätte er ihr entweder den Hals umgedreht oder, was wahrscheinlicher war, sie unter sich begraben und ein paar heiße Stunden mit ihr verbracht.

Entsprechend schlecht gelaunt hatte er sich aus dem Bett gewälzt und war laufen gegangen. Jetzt war er hier, um einen Kaffee und ein süßes Teilchen zu kaufen. Unglücklicherweise hatte Paige dieselbe Idee gehabt. Innerlich stöhnte er. Sie sah in echt nicht weniger sexy aus als im Traum. Immerhin schien sie ihn nicht gesehen zu haben. Er hatte keine Lust, wieder einmal ihrem verletzten Blick zu begegnen. Er weigerte sich, ein schlechtes Gewissen wegen seines Verhaltens zu haben. Sie hatte sich das selbst zuzuschreiben.

Während er in der Schlange stand und darauf wartete, dass er an der Reihe war, kam er nicht umhin, einen Teil des Gespräches zwischen den beiden Frauen mitanzuhören. Wider seinen Willen war er fasziniert von den innovativen Ideen, die sie Kat präsentierte. Vermutlich verrechnete sie dafür ein Heidengeld, dachte er säuerlich, nicht gewillt, einen positiven Gedanken mit Paige in Verbindung zu bringen. Er würde Sam mal fragen, ob ihm bewusst war, was zwischen seiner Frau und Paige lief.

Am Tresen angekommen bestellte er sich nur einen Kaffee. Der Appetit auf mehr war ihm vergangen. Was musste er ihr schon wieder über den Weg laufen. Das war das Letzte, das er gebrauchen konnte. Vor allem, wenn er mitanhören musste, wie sie mit ihren Worten eine Vision für den Safe Haven zauberte. Das passte so gar nicht zu seinem Bild der rücksichtslosen Reporterin.

Er verließ das Café und traf draußen prompt auf Luke, der auch auf dem Weg zur Feuerwache war.

„Ist der für mich?", fragte Luke anstelle einer vernünftigen Begrüßung und streckte die Hand nach dem To-go-Becher aus.

Eilig zog Ace die Hand mit dem Kaffee außerhalb von Lukes Reichweite. „Nein. Hol dir selber einen."

„Oha. Deine Laune hat sich offensichtlich noch nicht verbessert." Er warf einen Blick in das Lokal und zog seine Augenbrauen hoch. „Ach deshalb. Ich glaube, ich brauche tatsächlich einen Kaffee."

Ace starrte ihn böse an. Dann drückte er ihm seinen Kaffee in die Hand.

„Hier. Jetzt lass uns gehen. Ich bin sicher, es gibt irgendwo ein Feuer zu löschen oder eine Katze zu retten."

„Und wenn du die Katze erst selber auf den Baum jagen musst", murmelte Luke.

Ace' Mundwinkel zuckten.

„Für solche Aufgaben habe ich Lilo." Lilo war Ace' Hündin, ein sibirischer Laika mit ausgeprägtem Jagdinstinkt. Zu ihrem Leidwesen durfte sie ihrer Lieblingsbeschäftigung, Katzen zu jagen, nur sehr selten nachgehen. Eigentlich nur, wenn Ace für einen Moment nicht aufpasste.

Luke versetzte ihm einen freundschaftlichen Boxhieb und begann in Richtung Feuerwehr zu gehen.

Nach einem flüchtigen Blick ins Innere des Cafés folgte Ace ihm.

*

Kat hatte den Blick des attraktiven Feuerwehrchefs gesehen und wusste genau, wem er gegolten hatte.

„Nicht, dass ich dich unterbrechen möchte. Aber eben hat dir unser Feuerwehrchef einen Blick zugeworfen, bei dem es ein Wunder ist, dass du nicht spontan in Flammen aufgegangen bist."

„Ace? War er hier?"

Kat nickte.

„Nirgends hat man seine Ruhe vor dem Mann“, murmelte Paige und haute ein wenig heftiger in die Tasten ihres Laptops, als nötig gewesen wäre.

„Er sah nicht so aus, als würde er dich in nächster Zeit in Ruhe lassen.“

„Ich weiß“, antwortete Paige wegwerfend. „Er hat mir mehr als einmal deutlich gemacht, was er von mir hält. Anscheinend hat er es zu seiner Mission gemacht, mir das Leben schwer zu machen.“

„Hm.“

Paige schaute verwundert von ihrer Tabelle auf.

„Was meinst du damit?“

„Nur, dass es ein eher hungriger Blick war. Als könnte er es nicht erwarten, über dich herzufallen.“

„Echt?“ Hoffnung beschleunigte ihren Herzschlag. Doch dann setzte die Ernüchterung ein. Das war vermutlich eher Kats blühende Fantasie. Resolut erstickte sie ihre hoffnungsvollen Gefühle.

„Vergiss es. Du warst ja gestern dabei.“ Sie zuckte mit den Schultern. „Und ehrlich gesagt ist es mir auch egal.“

„Wirklich?“

„Wirklich“, antwortete Paige bestimmt, nicht gewillt, noch länger über das Thema zu sprechen. „Können wir uns jetzt wieder wichtigeren Dingen wie dem Safe Haven zuwenden?“

Schuldbewusst wandte Kat ihre Aufmerksamkeit wieder den Kalkulationen zu. „Sorry. Klar. Wo waren wir?“

„Bei den verschiedenen Möglichkeiten, Safe Haven in eine erfolgreiche Stiftung umzuwandeln“, erwiderte Paige mit einem wissenden Lächeln.

„Kann ich dich nicht einfach anstellen und du zauberst dein Ding? Ich bin sehr viel besser zu gebrauchen, um Hunde spazieren zu führen.“

Zu ihrer Überraschung nickte Paige. „Das kann ich machen. Ich werde mir allerdings Hilfe holen. Ein Team zusammenstellen. Alleine schaffe ich das nicht. Da reichen meine Kenntnisse einfach nicht aus. Du musst nur für die Videos zu Verfügung stehen, aber da können wir einen Arbeitsplan ausarbeiten."

„Videos?" Shit. Hätte sie nur mal besser aufgepasst, schimpfte Kat innerlich mit sich selber. Irgendwie hatte sie nach den ersten Grafiken, welche die Besucherzahlen auf ihren Seiten präsentierten, einiges ausgeblendet.

„Die Trainingsvideos von dir und den Hunden, außerdem Vorstellungsvideos von den Tieren, die bereit sind, ein neues Zuhause zu finden. Sam bauen wir auch irgendwo mit ein für den Promifaktor."

„U-hu, ich weiß nicht, ob Sam das mitmacht."

Paige kniff die Augen zusammen.

„Also bitte. Sam liest dir jeden Wunsch von den Augen ab. Wenn er Werbung für eine Unterhosenmarke machen kann, ist es wohl drin, einen Spot für dich zu drehen."

„Bei mir ist auch kein Millionenvertrag involviert", murmelte Kat.

„Dann einigt euch halt auf eine alternative Währung für das Begleichen der Schuld. Ich bin sicher, dir oder Sam fällt etwas ein."

Kat errötete und warf ein zusammengeknülltes Cupcake-Papier nach Paige.

Diese duckte sich und lachte. „Ist doch wahr. Stell dir einfach vor, wie viel Gutes das für den Safe Haven und deine Tiere bedeutet."

Kat gab Paige insgeheim recht. War ja nicht so, dass es eine Bürde wäre, Sam öfter Cookies zu backen. Oder im Bett kreativ zu werden. Im Gegenteil.

„Ja, ja, ja. Du hast mich ja überzeugt. Was ich in einem Video zu suchen habe, ist mir immer noch nicht klar, aber wenn du meinst, die Leute wollen das tatsächlich sehen, dann machen wir das."

„Da bin ich mir sicher“, antwortete Paige und klang sehr überzeugt dabei.

„Ich mach mir mehr Sorgen darüber, wie ich dein Team finanzieren soll. Ich bezahl ja schon dir kaum was.“

„Richtig. Darüber sprechen wir, sobald du mich Miete bezahlen lässt, okay?“

Kat klappte ihren Mund wieder zu.

„Was die anderen Mitglieder des Teams angeht, musst du dir keine Sorgen machen. Ich hatte die Idee, so was wie ein Freiwilligenteam zusammenzustellen.“

„Ehrenamtlich?“

„Genau. Für die Bilder und Videos wollte ich Shauna und Leslie fragen.“

„Kinderarbeit? Das wird ein gefundenes Fressen für Ace sein, wenn er es wirklich auf dich abgesehen hat, wie du sagst.“

„Ha! Der kann mich mal! Und überhaupt: Ich werde es über die Schule machen. Eine stufenübergreifende Arbeitsgruppe bilden.“

„Meinst du, die machen mit?“

„Das werde ich heute Nachmittag wissen. Da habe ich einen Termin mit Nadine.“ Nadine Saunders war die Schulvorsteherin des ganzen Bezirks und zufällig eng mit Rose McArthy, Jaz’ Großmutter, befreundet. Manche sagten, die beiden seien mehr als nur Freundinnen. So genau wusste das niemand. Oder wenn, dann nur die engsten Freunde. War ja auch völlig egal. Wichtig war nur, dass Paige sie bei anderen Gelegenheiten bereits flüchtig kennengelernt hatte. Daher wusste sie, dass Nadine Ideen, die „ihre“ Kinder auf sinnvolle und kreative Weise involvierten, aufgeschlossen gegenüberstand.

„Du warst dir ja recht sicher, dass du mich von deinen Plänen überzeugen kannst“, murmelte Kat.

Paige grinste. „Ja. Erstens sind meine Pläne der Hammer. Und zweitens hatte ich noch einen Plan B in petto, für den Fall, dass du die Videos abgelehnt hättest.“

„Echt? Was war denn Plan B?", fragte Kat eifrig, die eine Möglichkeit sah, der Filmerei zu entgehen.

„Nichts da. Plan B wurde vor einer halben Stunde hinfällig. Er war auch nie so gut wie Plan A. Definitiv zweite Wahl. Deshalb bin ich froh, dass wir uns einigen konnten."

„Einigen konnten ist gut", brummelte Kat. „Ich wusste ja nichts von deinen außergewöhnlichen Überzeugungskräften."

Paige schob ihr den Teller hin, auf dem ein letztes Macaron lag. „Hier. Iss und sei still."

Kat tat, wie ihr befohlen wurde, schimpfte aber: „Irgendwie hat es mir besser gefallen, als du dich nicht getraut hast, einen Piep zu machen."

Paige, die genau wusste, dass Kat das nicht ernst meinte, lachte. „Das glaube ich gerne."

„Soll ich dich mit nach Hause nehmen?"

„Nein. Ich drehe mit Maybellene noch eine Runde im Park, dann esse ich im Diner eine Kleinigkeit, bevor ich mich mit Nadine treffe."

Maybellene, die bis dahin friedlich unter dem Tisch geschlafen hatte, hob bei der Nennung ihres Namens interessiert den Kopf. Ging es etwa los? Präventiv wedelte sie mit ihrer Schwanzspitze, um ihre Zustimmung auszudrücken

„Wie willst du denn da hinkommen? Ihr Büro ist in der neuen Highschool, oder?"

Paige hatte vor einer Weile ihr Auto verkauft. Sie hatte sowieso nie Geld für Benzin gehabt. Außerdem verbrachte sie ihre meiste Zeit bei Kat zu Hause. Zumindest war das bis vor ein paar Wochen so gewesen. Seit die Einwohner von Independence sich wieder beruhigt hatten (bis auf einen dickschädligen Feuerwehrchef), waren ihre Ausflüge ins Stadtzentrum wieder häufiger geworden. Sie merkte auch, wie sehr ihr das gefehlt hatte: der Austausch mit anderen, Gespräche zu belauschen (diese schlechte Angewohnheit hatte sie sich immer noch nicht abgewöhnt) und Leute zu beobachten. Zudem war ihr klar, dass es nicht ewig so weitergehen konnte. Sie wusste nur, dass sie hier bleiben wollte. Der Ort, die Leute, so schwierig sie ihr das Leben gemacht hatten, die Berge, die Natur – das alles sprach zu ihr auf eine Weise, wie sie es noch nie erlebt hatte. Zudem war sie jetzt eine verantwortungsvolle Hundebesitzerin. Sie wollte Maybellene kein Leben an der Leine zumuten. Und jedes Mal eine halbe Stunde im Auto (das sie nicht hatte) zu sitzen, nur um mit dem Hund spazieren zu gehen, darauf hatte sie keine Lust. Es gefiel ihr, dass sie sich am Morgen nur ihre Uggs und einen dicken Pulli über ihren Pyjama ziehen musste und praktisch aus ihrem Bett auf den nächsten Wanderweg fallen konnte, einen glücklichen Hund an ihrer Seite.

Aus diesem Grund hatte sie den Mietvertrag ihrer Wohnung in Denver komplett auf ihre Untermieterin überschrieben. Das Auto war verkauft. Jetzt musste sie nur noch einen Weg finden, Geld zu verdienen. Sie war sich nicht sicher, in welcher Richtung sie weitergehen sollte: Öffentlichkeitsarbeit und Werbung, wie sie sie für Kat machte, oder noch einen Versuch in Richtung Journalismus zu starten. Das mit der Werbung gefiel ihr zwar nicht schlecht. Allerdings befürchtete sie, dass die Qualität ihrer Arbeit in direktem Zusammenhang zur Sache stand. Das war beim Safe Haven kein Problem. Sie bewunderte Kat für ihre Arbeit und ihr Engagement. Zudem lag ihr das Thema Tierschutz persönlich am Herzen. So war es ein Kinderspiel, ein Konzept für die erfolgreiche Sammlung von Spenden zu entwickeln. Das fühlte sich nicht einmal wie Arbeit an.

Wenn Gianni de Luca fragte, wie er es letzte Woche getan hatte, ob sie die PR für sein geplantes Einkaufszentrum-Schrägstrich-Feriendorf-Schrägstrich-Skigebiet machen würde, drehte sich ihr der Magen um. In dem Wissen, dass sie vielleicht bald keine andere Wahl haben würde, als den Job anzunehmen, hatte sie ihm nur vage geantwortet. Sie müsste sich erst ein wenig in das Thema einarbeiten, bis sie ihm eine Zusage geben könnte. Das hatte er zähneknirschend geschluckt.

Wie das so war in Independence, wussten ein paar Stunden später praktisch alle von dem Angebot, das ihr der Baumagnat gemacht hatte. Noch am selben Abend hatte sie eine schäumende Avery am Telefon. Noch dazu via Ferngespräch. Avery war Mr. Wilkinsons Tochter, also alteingesessene Independence-Familie. Die ehemalige Spezialagentin war mit Cole Carter zusammen. Die beiden waren momentan auf einer Art vorgezogener Hochzeitsreise. Die Hochzeit war für irgendwann im Sommer geplant. Gleichzeitig hatten sie vor, sich im Sicherheitssektor selbstständig zu machen, was viel Arbeit bedeutete. Eine turbulente Zeit also. Trotzdem hatte sie sich die Zeit genommen, Paige anzurufen und sie zu warnen.

„Ich habe ein ganz schlechtes Gefühl bei dem Typen. Leider hatte ich keine Zeit, mich um die Sache zu kümmern, aber ich bin mir ziemlich sicher, dass bei der Erteilung der Bewilligungen nicht alles mit rechten Dingen zugegangen ist. Mach einen großen Bogen um ihn. Bitte."

„Es wird mir vielleicht nichts anderes übrig bleiben, als den Job anzunehmen", hatte sie ruhig geantwortet.

„Frag Sam. Der braucht sicher einen weiteren Imageberater oder so."

„Du bist ja verrückt. Auf keinen Fall werde ich Sam um einen Job angehen. Ich wohne seit Monaten mietfrei in seinem Haus."

„Hm. Ich hasse es, wenn du mit logischen Argumenten kommst. Kannst du nicht einfach eine Zeitung gründen? Das wär doch was für Independence", hatte Avery beiläufig vorgeschlagen.

Sie hatte etwas Unverbindliches gemurmelt und es dann geschafft, das Gespräch in andere Bahnen zu lenken.

Doch seither ließ sie der Gedanke nicht mehr los. Logisch. Eine Zeitung für Independence. Eine absolut idiotische Idee, wenn auf der ganzen Welt große Zeitungen ihre Türen schließen mussten, weil sie der Konkurrenz durch das Internet nichts entgegenzusetzen hatten. Das änderte nichts an der

Tatsache, dass sie selber, ganz oldschoolmäßig, total auf den Geruch von Druckerschwärze und Papier stand.

„Erde an Paige", holte Kat sie in die Gegenwart zurück.

„Sorry. Ich war gerade …"

„… ganz weit weg, das habe ich gemerkt. Ich hatte dich gefragt, wie du zur Highschool rauskommen willst ohne fahrbaren Untersatz."

„Ach, ich finde schon jemanden, der mich mitnimmt." Sie machte eine wedelnde Handbewegung, von der sie hoffte, dass sie beruhigend wirkte.

Kats Gesichtsausdruck entnahm sie, dass sie nicht erfolgreich gewesen war.

„Sonst gehe ich zu Fuß."

„Zu Fuß?", fragte ihre Freundin ungläubig. „Das sind sicher sechs Kilometer."

„Dann mach ich mich besser auf den Weg. Maybellene wird sich freuen."

„Ich bin ja voll dafür, dass dein Hund zu seinem Ausflug kommt, aber …"

„Nichts aber. Zur Not rufe ich dich an, versprochen." Sie schob den Stuhl von dem hübschen, schwarz lackierten Bistrotischchen zurück. Maybellene sprang hoch und ließ ihre rosa Zunge heraushängen.

„Also gut." Kat nahm ihren Schal von der Stuhllehne und schlang ihn sich um den Hals. „Dann lass uns gehen, ich dreh eine Runde im Park mit dir. Obwohl das ja eigentlich überflüssig ist, wenn ihr nachher wandern geht", fügte sie grummelnd hinzu.

Paige lachte. „Mein Hund sieht das anders. Nach einer Stunde vorbildlichen Benehmens im Café braucht sie dringend eine Pause, wo sie die Sau raus lassen kann."

Kat schmunzelte, als sie hinter Paige das Café verließ. Sie fand es wunderbar, dass ihre Freundin, die bis vor Kurzem noch völlig panisch gewesen war, wenn sie in die Nähe eines Hundes kam, ihr erklärte, was Maybellene brauchte. Die beiden hatten sich wirklich gesucht und gefunden.

4

So sehr sich Ace auch bemühte, die morgendliche Begegnung mit Paige aus seinen Gedanken zu verbannen, es gelang ihm einfach nicht. Eins musste er ihr lassen, sie hatte definitiv Charisma. Wahrscheinlich würde es ihr auch gelingen, Sumpfland am Nordpol zu verkaufen, wenn sie sich wie heute, gekleidet in einen hellvioletten Kapuzenpulli – oder nannte man diese Farbe hellblau? –, in ein paar alten Jeans, die rotblonden Haare zu einem nachlässigen Pferdeschwanz zusammengebunden, mit blitzenden Augen über den Tisch beugte und enthusiastisch ihre Pläne erklärte. Bei diesem Anblick überlegte sogar er, ob er nicht doch einen bis jetzt unerkannten Bedarf an Sumpfland hatte. Oder in seinem konkreten Fall für einen Marketingplan. Ungefragt schob sich der jährliche Feuerwehrball vor seine anderen Gedanken. Dieses Jahr lag die Verantwortung dafür bei ihm, nachdem Sunny, die einzige Frau in seinem Team und bisher alleinig verantwortliche für den Anlass, sich dieses Jahr geweigert hatte, es noch einmal zu machen.

„Nur weil ich Titten habe heißt das nicht, dass ich einen Ball organisieren will. Schon gar nicht jedes Jahr. Ich bin bei der Feuerwehr, um Himmels willen! Das könnte man auch als Hinweis nehmen, dass ich mit dem üblichen Mädchenkram nicht allzu viel am Hut habe“, hatte sie gewettert.

„Dafür sind deine Nägel ziemlich schick“, hatte Luke gewagt einzuwenden.

Das stimmte. Ihre Nägel schimmerten jede Woche in einer anderen Farbe. Sunnys einziges Zugeständnis an ihre Weiblichkeit. Ansonsten trug sie meistens ihre Uniform aus einem Harley Davidson T-Shirt, Jeans und Stiefel.

Das war unvorsichtig gewesen. Wütend hatte sie sich zu ihm umgedreht und war mit bösem Blick auf ihn zu stolziert, bis sie ihm einen Stoß versetzen konnte. „Nagellack verleiht mir nicht die magische Fähigkeit, einen Wohltätigkeitsanlass zu organisieren. Leider. Sonst würde ich dir persönlich eine Maniküre verpassen."

Luke war bei dieser Androhung merklich erbleicht und hatte sich hastig verabschiedet.

Sunny hatte ihm mit zusammengekniffenen Augen hinterher geschaut, sichtlich unglücklich, dass sich ein potenzieller Wohltätigkeitsball-Organisator aus dem Staub machte.

„Ich versteh dich ja", hatte Ace versucht, sie zu beschwichtigen. „Aber nachdem du es bereits zweimal gemacht hast, bist du trotzdem die ideale Kandidatin."

„Vergiss es. Du weißt selber, dass unsere Einnahmen miserabel waren. So gut war meine Arbeit also nicht."

Ace war zusammengezuckt. Das war leider die unschöne Wahrheit.

„Mein Vorschlag? Such dir jemanden, der so etwas professionell macht, dann lohnt sich der ganze Firlefanz auch und wir wissen wenigstens, wofür wir uns einen Abend lang in Schale werfen und unbequeme Schuhe tragen. Vielleicht können wir uns dann endlich einen neuen Fernseher im Aufenthaltsraum leisten."

„Fernseher?", hatte Luke vom Nebenraum gerufen.

Ace hatte die Augen verdreht und leichtfertig versprochen, sich darum zu kümmern. Sunny war zufrieden abgezogen und er hatte sein Bestes gegeben, sämtliche Gedanken daran zu verdrängen.

Zum Glück fand der Anlass erst im Sommer statt. Bis dahin würde er das wohl hinkriegen. Vielleicht könnte ihm seine Mutter helfen. Auf keinen Fall würde er Paige um Hilfe bitten. Sonst haute sie womöglich mit den Einnahmen ab. Er hielt in seiner Arbeit, Dienstpläne zu schreiben, inne. Was, wenn sie genau das mit Kats Einnahmen plante? Jemandem wie Paige traute er alles zu.

Entschlossen schob er die Papiere zusammen und stand auf. Er steckte den Kopf in den Pausenraum.

„Ich bin eine Stunde weg. Wenn was ist, bin ich auf dem Pager erreichbar."

Luke blickte von seinem Videogame auf. „Alles klar."

Vor der Feuerwehrstation stand Ace einen Moment unschlüssig herum. Sollte er Kat anrufen? Oder direkt bei ihr zu Hause vorbeifahren? Anrufen, beschloss er. Erst einmal würde er telefonisch die Lage abchecken. Wenn er das Gefühl hatte, mehr Überzeugungsarbeit leisten zu müssen, könnte er sie immer noch besuchen. Am besten, wenn Sam auch zu Hause war.

Er wählte Kats Nummer aus der Kontaktliste.

„Ace, hallo? Ist etwas passiert? Brennt mein Haus und ich habe nichts gemerkt?", begrüßte sie ihn mit einem Scherz.

Ace lächelte. Er mochte Kat. Zu schade, dass sich das nicht für ihre hübsche Freundin sagen ließ. Wäre Kat ein Mann, könnte er die Freundschaft sogar verstehen. Für den Anblick nahm so mancher einiges in Kauf. Doch soviel er wusste, spielte Kat nicht fürs andere Team. An Paiges Aussehen konnte es also nicht liegen.

„Nein, dein Haus brennt nicht. Sonst würde ich vor deiner Tür stehen und nicht mit dir telefonieren. Ich kann das Feuer ja schlecht zu Tode quatschen", frotzelte er.

Kat lachte. „Das stimmt wohl. Warum rufst du dann an? Suchst du einen zweiten Hund?", fragte sie, obwohl sie sich das nicht vorstellen konnte. Soweit sie das beurteilen konnte, hatte er mit seiner Hündin Lilo bereits alle Hände voll zu tun. Das würde sie ihm auch ungeschminkt sagen, sollte er tatsächlich aus diesem Grund anrufen.

Ace kämpfte mit der Antwort. Wirklich gut durchdacht hatte er diesen Anruf nicht. Er konnte ja schlecht anrufen und aus dem Blauen heraus ihre Freundin der noch nicht stattgefundenen Unterschlagung bezichtigen.

„Äm, ich weiß nicht, ob du mich heute Morgen gesehen hast beim Sweets?“

„Klar. Ich war nur so ins Gespräch mit Paige vertieft, dass ich es verpasst habe, dich zu grüßen. Sorry.“

Ace lachte. „Kein Problem. Ich kam nicht umhin zu hören, dass Paige für dich so etwas wie eine Charity-Aktion organisiert?“

„Ja, ist das nicht toll? Im Grunde genommen ist es ein ganzes Konzept, das mit der Zeit so viel einbringen soll, dass Wohltätigkeitsveranstaltungen gar nicht mehr unbedingt nötig sein werden.“

Sie klang so begeistert, dass Ace es nicht über sich brachte, ihre gute Laune zu zerstören. Besser, er sammelte erst Beweise für seine Vermutung. Oder, dachte er bei sich, er könnte Paige einfach zur Rede stellen. Das war eigentlich noch besser. Den Grund, wieso er diese Idee so großartig fand, untersuchte er lieber nicht genauer. Auch dass sich bei der Aussicht, Paige gleich zu sehen, sein Puls beschleunigte, ignorierte er geflissentlich.

„Klingt nach einem guten Plan. Ich habe ein ähnliches Anliegen und würde das gerne mit ihr besprechen. Weißt du, wo ich sie finde?“

„Ja. Aber ich kann dir gerne ihre Nummer geben. Dann kannst du sie anrufen.“

„Ich würde eigentlich lieber mit ihr persönlich sprechen. Am Telefon ist es etwas schwierig zu erklären.“

„Klar. Kann ich verstehen. Wenn man dem anderen gegenübersitzt, kann man zur Not wenigstens eine Zeichnung machen.“

Ace lachte. „Genau. Also, wo finde ich sie?“

„Jetzt ist sie wahrscheinlich im Diner. Der nächste Termin, den sie hat, ist bei der Highschool. Ich weiß zwar nicht, wie sie dahin kommen will, aber irgendwie wird sie das schon schaffen.“

Hatte sie denn kein Auto?, fragte er sich im Stillen. Laut sagte er: „Dann werde ich mal sehen, ob ich sie im Diner antreffe.“

„Mach das. Und viel Spaß!“ Mit diesen abschließenden Worten legte sie auf.

Amüsiert schüttelte Ace den Kopf. Was hatte sie wohl mit viel Spaß gemeint? Egal. Auf zum Diner.

*

Kat klappte ihr Handy zu und lächelte. Sie wusste es. Ace war Paige gegenüber keineswegs so gleichgültig, wie er immer vorgab. Das versprach gute Dinge für ihre Freundin. Sie würde es ihr sooo gönnen, wenn Ace endlich die alten Geschichten loslassen und damit beginnen würde, Paige richtig kennenzulernen. Sie hatte ihren sehnsuchtsvollen Blick sehr wohl registriert, bevor sie wieder ihre desinteressierte Maske aufgesetzt hatte. Es wurde langsam Zeit, dass Maybellene nicht der einzige Lichtblick in Paiges Leben war.

Zum Glück wohnte sie mit Paige im selben Haus. So konnte sie sie gleich heute Abend ausfragen. Viel besser, als die Facebook-Seite von Independence zurate zu ziehen. Das würde sie erst nachher machen, für den Fall, dass Paige irgendwelche saftigen Details ausgelassen hatte.

Mit beschwingtem Schritt sprang sie die Treppe hinunter und machte sich daran, das Futter für die Hunde vorzubereiten.

*

Paige biss gerade konzentriert in ihr gegrilltes Käsesandwich, als sich Ace mit einem Plumps auf die Bank auf der anderen Seite des Tisches fallen ließ. Nicht in Stimmung, sich ihr

Mittagessen verderben zu lassen, murmelte sie nur mit vollem Mund ein „Geh weg“ über den Tisch.

Ace’ einzige Reaktion war ein Heben der Augenbrauen.

Sie kniff die Augen zusammen. „Hast du was an den Ohren? Nicht, dass mich das überraschen würde, aber ich dachte, Anweisungen, die nur zwei Worte beinhalten, wären selbst für dich zu schaffen“, fuhr sie sarkastisch fort.

Bei diesen Worten versteinerten Ace’ Gesichtszüge. Gut. Sie hatte ihn schließlich nicht zum Lunch eingeladen. Wenn ihm nicht passte, was sie zu sagen hatte, konnte er ja gehen. Er selber konnte das Wort Small Talk offensichtlich nicht einmal buchstabieren. Entschlossen, sich neben ihrer Laune, die bereits Untergrundniveau erreicht hatte, nicht auch noch den Appetit verderben zu lassen, nahm sie einen weiteren herzhaften Bissen von ihrem Sandwich. Sie würde einfach ihr Mittagessen und die Aussicht, die er bot, genießen. Schließlich konnte sie ihn bloß nicht leiden. Blind war sie deswegen noch lange nicht. Er war ein sehr attraktiver Mann. Zumindest solange er stumm blieb. Leider hatte sich diese Tatsache nicht im selben Maße geändert wie sein Verhalten ihr gegenüber. Sonst hätte er jetzt mindestens eine Halbglatze und einen Bierbauch.

Leider hielt die Stille nicht an. Als er zum Reden ansetzte, stöhnte sie innerlich. Was für Beleidigungen würde er ihr wohl heute an den Kopf werfen?

„Hörte ich richtig, dass du dir anstelle von Waisenkindern jetzt schutzlose Tiere als Opfer ausgesucht hast?“

Paige blieb prompt der letzte Bissen im Hals stecken. Sie hustete und röchelte, bis sich das Stück Toast in ihrem Hals endlich löste. Tränen schossen ihr in die Augen.

Ace rollte mit den Augen. „Bitte! Bei mir kannst du dir das Theater spielen sparen.“

„Wie bitte?“, stieß sie hervor. Ungläubig starrte sie ihn an, während sie sich mit einer Serviette die Nase putzte.

Er legte die Unterarme auf den Tisch und beugte sich vor, um sie böse anzufunkeln.

„Du hast mich schon richtig gehört. Hör auf so zu tun, als wüsstest du nicht, wovon ich spreche."

„Äh …" Sie wusste tatsächlich nicht, wovon er sprach. Doch das war nichts Neues. Seit ihrem offenbar unentschuldbaren Fehler wusste sie meistens nicht, was er eigentlich von ihr wollte. Heute war da keine Ausnahme.

„Wie planst du diesmal abzusahnen?"

„Abzusahnen?" Sie hatte immer noch keinen blassen Schimmer, wovon er sprach. Was sie aber definitiv wusste, war, dass sie sich sein wirres und, seiner Wortwahl nach, beleidigendes Geschwätz keinen Moment länger anhören wollte.

Sie schnappte sich das Messer, welches unbenutzt neben ihrem Teller lag und deutete damit auf ihn.

„Geh weg. Keine Ahnung, was dir diesmal wieder über die Leber gelaufen ist. Es interessiert mich auch nicht. Ich weiß nur, dass ich mir das nicht anhören muss."

Ihre Augen blitzten wütend. Die rotblonden Haare flogen, als sie sie über die Schulter zurückwarf. Ace' Blick senkte sich auf ihren vollen Mund. Widerstrebend riss er sich von dem Anblick los und konzentrierte sich auf die wichtigen Dinge. Und das war die Zukunft von Safe Haven.

Paige hingegen überlegte gerade, wie sie seine Leiche am besten verschwinden ließ, falls sie ihrem aktuellen Impuls erliegen und den Mann umbringen würde.

Gegen seinen Willen beobachtete Ace fasziniert die Vielzahl der Emotionen, die über Paiges Gesicht zogen. Verdammt. Selbst wenn sie, wie gerade jetzt, überlegte, auf welche Art und Weise sie ihn um die Ecke bringen könnte, war sie unglaublich sexy.

„Was?", fauchte Paige irritiert, die gemerkt hatte, dass sich seine Aufmerksamkeit verschoben hatte. Zu versuchen, ihm zu folgen, war wie eine Achterbahnfahrt. Das bestätigte sich bei seinen nächsten Worten.

Ace streckte die Hand aus und strich ihr über die Wange. „Mordpläne und dabei noch gut aussehen."

Perplex saß Paige einfach nur da und hielt ganz still. Selbst das Atmen stoppte sie. Irre sollte man am besten nicht stören, oder? Vielleicht ging er ja weg, wenn sie sich tot stellte? Schließlich hielt sie es nicht mehr länger aus und platzte heraus: „Sag mal, bist du auf Drogen?"

Prompt zog er seine Hand zurück, als hätte er sich verbrannt.

Paige atmete tief durch. „Hatte ich mir doch fast gedacht, dass du dich kurzfristig geirrt hast."

Mit Mühe konzentrierte er sich wieder auf den Grund seines Besuchs. „Der Marketingplan für Safe Haven. Wie viel kostet Kat der ganze Spaß?"

„Dich gar nichts", konterte sie. „Was also geht es dich an?"

„Die Carters sind meine Freunde."

„Kat ist auch meine Freundin. Denkst du nicht, dass sie mir schon Bescheid geben würde, wenn sie sich von mir über den Tisch gezogen fühlt?"

„Leider sieht es so aus, als hätte sie blinde Flecken, was dich angeht", grollte Ace, wütend, dass er nicht gegen die Anziehungskraft, die Paige auf ihn ausübte, ankam.

Paige war es plötzlich leid, dieses Gespräch zu führen. Nicht, dass sie es zu irgendeinem Zeitpunkt sonderlich genossen hatte, aber genug war genug.

„Weißt du was? Es ist mir vollkommen egal, was du von mir denkst." Okay. Das war jetzt vielleicht nicht die ganze Wahrheit. Er musste ja nicht alles wissen. „Nachdem du offensichtlich nichts zu tun hast, wenn du mitten am Tag Zeit hast, mich einem Verhör zu unterziehen, kannst du mich genauso gut zu meinem Meeting mit Nadine Saunders fahren. Eventuell entspannt dich der Inhalt unseres Gesprächs ja genug, dass du dir keine Sorgen um deine Freunde mehr machen musst." Und mich dann endlich in Ruhe lässt. Den letzten Teil sagte sie nicht laut.

„Das bezweifle ich“, murmelte er. Seine Libido hingegen frohlockte beim Gedanken, mehr Zeit in Paiges Anwesenheit zu verbringen. Er biss die Zähne zusammen. Eine Stunde mehr würde er schon noch aushalten.

„Also, fährst du mit, oder was?“, schnappte sie.

„Mitfahren tust höchstens du, in Anbetracht der Tatsache, dass es mein Auto ist, von dem wir reden.“

Paige rollte mit den Augen. „Wie auch immer.“

Sie griff nach ihrer Tasche, die sie neben sich auf die Bank gelegt hatte, und der Leine, die mitsamt dem Hund unterm Tisch lag. Maybellene erhob sich und streckte sich erst mal. Gerade als sie aufstehen wollte, trat Gianni de Luca an den Tisch und ließ sich auf den freien Platz neben ihr auf die Bank fallen. Wie immer standen die obersten Knöpfe seines weißen Hemdes offen. Was dachte der Mann eigentlich? Dass er damit jung und unwiderstehlich wirken würde? Die paar spärlichen grauen Haare auf seiner Brust hatten eher eine gegenteilige Wirkung. Unter dem Stoff blitzte die protzige Kette hervor, die er immer trug. An schweren, silbernen Gliedern hing ein protziges Kreuz. Sein Glücksbringer, wie er bei jeder Gelegenheit betonte.

„Paige!“, begrüßte er sie überschwänglich, als wäre sie seine verloren gegangene beste Freundin aus Kindertagen, die er seit zwanzig Jahren nicht mehr gesehen hatte.

Schräg, dachte Paige und wich unwillkürlich ein Stück von ihm weg. Leider war auf der anderen Seite das Fenster, was ihre Ausweichmöglichkeiten ziemlich einschränkte. Also setzte sie ihr unverbindlichstes Lächeln auf und versuchte ihm unauffällig ihre Hand zu entziehen, die immer noch zwischen seinen beiden Händen klemmte. Vergeblich. Maybellene knurrte warnend. Scheiße. Ihr Hund regte sich auf. Das ging nicht. Zudem rümpfte die Versicherung die Nase, wenn sie schon wieder einen Schadenfall im Zusammenhang mit dem Hund meldete. Sie kniff die Augen zusammen und ruckte kraftvoll. Endlich ließ er sie los, und die Schipperke-Hündin verstummte. Entspannt war sie allerdings nach wie vor nicht. Sie ließ den ungebetenen Gast nicht aus den Augen.

„Hallo, Gianni. Du erwischst mich zu einem ungünstigen Zeitpunkt. Ich wollte gerade los."

Ace beobachtete die Szene mit Argusaugen. Er hatte genau gesehen, wie Paige von de Luca zurückgewichen war. Interessant. Als er sah, dass de Luca sie länger festhielt als nötig und vor allem länger, als von Paige gewünscht, verengten sich seine Augen.

„Kein Problem, es geht auch ganz schnell."

Typisch, dachte Paige. Ganz egal, ob es für sie gerade passte oder nicht, Hauptsache, er konnte sein Anliegen vorbringen. Langsam, aber sicher hatte sie die Nase definitiv voll von Männern, die nicht zuhörten. Irgendetwas lief in ihrem Leben falsch, dass sie gerade mit zwei solchen Exemplaren am Tisch saß.

Gianni de Luca wartete nicht auf eine Antwort von ihr, sondern fuhr einfach fort: „Hast du dir die Sache überlegt mit der PR für die Peak-Residenzen?"

„Tut mir leid, ich bin noch nicht dazu gekommen, mir die Sache genauer anzusehen. Ich habe gerade einen großen Auftrag angenommen und bin mir nicht sicher, ob ich genug Zeit haben werde, einem zweiten gerecht zu werden. Und dein Projekt verdient höchste Aufmerksamkeit, das kann ich nicht so nebenher laufen lassen."

„Dann sag einfach deinem anderen Kunden ab, ich bezahl dir auch einen Bonus." Gianni de Luca mochte es offensichtlich nicht, wenn man Nein zu ihm sagte.

Paige lehnte sich ein Stückchen weiter weg von ihm. „Wie ich schon sagte, ich muss mir das Projekt nochmals gründlich ansehen. Aber der Vertrag mit meinem anderen Kunden steht. Daran gibt es nichts zu rütteln", erwiderte sie bestimmt.

Ace wusste nicht so recht, wie er all die Infos, die ihm Paige gerade unbewusst zukommen ließ, einordnen sollte. Er hatte so das unangenehme Gefühl, dass er vielleicht nicht alles über die Frau ihm gegenüber wusste. Dabei war er sich so sicher gewesen, was für eine Person sie war. Was er hingegen ohne Zweifel wusste, war, dass er es nicht mochte, wenn jemand einer Frau einen drohenden Zeigefinger ins Gesicht hielt. Das ging gar nicht. Noch viel weniger, wenn diese Frau mit ihm unterwegs war.

Also stand er auf, zwängte sich aus der Tischnische und machte einen großen Schritt auf die andere Seite. Er zog de Luca kurzerhand von der Sitzbank und stellte ihn zur Seite. Der andere Mann war so verblüfft, dass jemand es wagte, ihn einfach so von A nach B zu hieven, dass er hektisch nach Luft schnappte. Ace nutzte diese Zeit, um Paige die Hand hinzustrecken. „Komm, Schatz. Wir müssen los."

Schatz?, dachte Paige und starrte erst seine Hand, dann sein Gesicht misstrauisch an.

Gleichzeitig wetterte de Luca: „Schatz?! Für wie blöd haltet ihr mich eigentlich? Es ist ja wohl hinreichend bekannt, dass du sie nicht ausstehen kannst."

Autsch. War er wirklich so rücksichtslos in seinen Äußerungen gewesen, dass selbst Leute außerhalb seines Freundeskreises darüber Bescheid wussten? Egal. Darum würde er sich später kümmern. Erst einmal galt es, hier Schadensbegrenzung zu betreiben.

Deshalb fasste er nach Paiges Hand, die sie ihm immerhin zögerlich entgegenstreckte, zog sie aus der Nische und an seine Brust. Maybellene, die die Spannung spürte, winselte und trat unsicher von einer Pfote auf die andere. Ihre Schwanzspitze zuckte, als könnte sie sich nicht entscheiden, ob ein Wedeln angebracht war oder nicht oder ob sie einfach kurzerhand beide Männer beißen sollte.

„Dinge ändern sich, nicht wahr, Schatz?“

„Ähm …“ Mehr brachte sie nicht heraus.

Dann küsste Ace sie. Kurz und hart, mit geschlossenen Lippen. Trotzdem war es wundervoll. Leider hatte sie in ihrem Schock gar keine Zeit, den Kuss zu genießen. Sie starrte ihn nur mit großen Augen an.

Ebenso schnell, wie er angefangen hatte, beendete er den Kuss auch wieder. Ohne sie loszulassen, wandte sich Ace zu de Luca.

„Zur Info: Ich mag es nicht, wenn man meine Freundin bedrängt. Ist das klar?“

Offensichtlich sehr unglücklich über den Verlauf des Gesprächs warf de Luca ihm einen bösen Blick zu.

„Hey, ich rede mit dir. Ist das klar?“

Schließlich nickte de Luca knapp.

Zufrieden hob Ace sein Kinn zu einem knappen Gruß. Dann verstärkte er seinen Griff um Paiges Hand und steuerte mit ihr und Maybellene im Schlepptau auf den Ausgang des Diners zu. Dass während des Schlagabtausches sämtliche Gäste verstummt waren, um ja kein Detail des Dramas zu verpassen, blendete er geflissentlich aus.

Paige gelang das mit dem Ausblenden weniger gut. Sie war sich der neugierigen Blicke und dem Tuscheln nur allzu bewusst. Schließlich war sie im letzten halben Jahr oft genug Inhalt solcher Gespräche gewesen. Weiß der Himmel, was sie aus der Szene, die sich eben hier abgespielt hatte, machen würden. Na ja. Spätestens heute Abend konnte sie es auf Facebook lesen. In der Zwischenzeit konzentrierte sie sich am besten darauf, einen Fuß vor den anderen zu setzen, sodass sie es vielleicht wenigstens ohne Stolpern aus dem Lokal schaffte. Es gab schließlich keinen Grund, den Tratschtanten mehr Futter als nötig zu liefern.

5

Während Paige Ace gezwungenermaßen zu seinem Auto folgte, fand in ihrem Inneren eine hitzige Debatte statt. Sie hatte große Lust, ihm gründlich die Meinung zu sagen. Was dachte er sich eigentlich dabei, sie einfach als seine Freundin auszugeben? Hatte er sie nicht mehr alle? Bis vor knapp dreißig Minuten hielt er es nicht einmal aus, mit ihr im selben Raum zu sein, und plötzlich küsste er sie aus heiterem Himmel?

Andererseits musste sie zugeben, dass sein Trick Wunder gewirkt hatte. De Luca hatte die unglückliche Angewohnheit, sie ständig anzugrapschen und kein Nein gelten zu lassen, sei das in Bezug auf seine Arbeit oder auf ihr Bedürfnis nach einer angemessenen persönlichen Distanzzone. Vielleicht hatte er es mit der Demonstration von eben endlich gecheckt, dass sie nichts von ihm wollte, weder Arbeit noch sonst was.

So in ihre Gedanken vertieft merkte sie gar nicht, dass sie auf dem Parkplatz vor dem Gemeindehaus angekommen waren. Fast wäre sie gegen Ace geprallt, wenn er sie nicht mit einer Hand an ihrer Hüfte sanft gestoppt hätte.

„Ist es ungefährlich, dich einsteigen zu lassen, oder explodierst du gleich? Weil, falls Letzteres der Fall ist, würde ich das gerne hinter mich bringen, bevor ich mich ans Steuer setze."

Paige kniff die Augen zusammen und musterte ihn. Er mochte ein guter Küsser sein, doch im Moment war sie sich nicht so sicher, ob dies seine elende Arroganz wettmachte.

„Eigentlich hatte ich nicht vor, mich aufzuregen. Das kann sich aber im Nu ändern, wenn du dich aufführst wie ein Esel."

Ace' linker Mundwinkel zuckte. Er entriegelte den Geländewagen und öffnete ihr die Tür. Wie ein Blitz hüpfte Maybellene hinein und rollte sich auf dem Beifahrersitz zusammen.

„He, meine Kleine, wo soll ich denn sitzen?"

„Die Bank ist durchgehend. Setz dich doch einfach neben mich in die Mitte."

Paige sah ihn an, als wären ihm Hörner gewachsen.

„Ist deine multiple Persönlichkeitsstörung eigentlich diagnostiziert und in Behandlung?", fragte sie beiläufig, während sie Maybellene das Zeichen gab, sich in den Fußraum zu setzen.

„Multiple was?", fragte er abgelenkt, während er das große Fahrzeug aus dem Parkplatz und auf die Straße manövrierte.

„Persönlichkeitsstörung", wiederholte Paige geduldig. „Du weißt schon, die Leute, die sich mal so und dann wieder ganz anders verhalten? Bis gerade eben hast du mich gemieden wie die Pest und mir kriminelle Machenschaften unterstellt. Und jetzt fährst du mich zu meinem Meeting, nachdem du mich im Diner vor allen Leuten als deine Freundin deklariert hast. Dir ist hoffentlich klar, dass ab sofort Wetten aufgestellt werden, wie unsere Kinder heißen?"

Ace grinste. Er hatte ganz vergessen, wie witzig Paige sein konnte. Kunststück. Er hatte ihr im letzten Jahr auch keinen Grund zum Lachen gegeben. Im Gegenteil. Da war es nicht verwunderlich, dass Paige nach seinem Geisteszustand fragte. Unangenehm berührt rutschte er auf seinem Sitz hin und her. Andererseits war es nicht so, dass er wegen zwei positiver Sätze und einer geteilten Abneigung gegen de Luca sämtliche seiner Bedenken verloren hatte. Sie waren nur näher zusammengerückt und hatten ein paar Zweifeln Platz gemacht. Zudem wollte er sie küssen, seit sie nach Independence gekommen und er ihr im Diner zum ersten Mal über den Weg gelaufen war. Dieses Bedürfnis hatte sich leider nicht zeitgleich mit seiner

Meinung über sie geändert. Darüber hatte er sich fast am meisten geärgert. Zu wissen, dass sie die falsche Frau war für ihn und trotzdem nicht in der Lage zu sein, sie aus seinen Gedanken und Träumen zu verbannen. Wenn sich dann eine Gelegenheit wie gerade eben erbot, kombiniert mit ersten Zweifeln, würde er sich diese sicher nicht entgehen lassen. Er beschloss, für den Moment den ersten Teil ihrer Frage zu ignorieren.

„Benjamin, wenn es ein Junge wird. Tara für ein Mädchen." Er warf ihr einen schnellen Seitenblick zu.

Paige schaute weiterhin aus dem Fenster. Die einzige Indikation, dass sie ihn gehört hatte, war ein Hochziehen der Augenbrauen und ein Zusammenpressen ihrer Lippen.

„Natürlich", murmelte sie. „Auch bei den Namen deiner Kinder zählt offensichtlich nur eine Meinung, und zwar die deine. Das hätte ich mir ja denken können."

Ace zuckte unmerklich zusammen. Autsch. Während er sich heute Morgen noch völlig gerechtfertigt gefühlt hatte in seiner schlechten Meinung über sie, war er sich mit jeder Minute, die er in ihrer Gegenwart verbrachte, weniger sicher.

„Und das, obwohl die Frau die ganze Arbeit mit dem Brüten und zur Welt bringen hat", fuhr sie mit dem aktuellen Thema fort, ahnungslos den widersprüchlichen Gefühlen in seinem Inneren gegenüber. „Wenn du mich fragst, müsste alleine aus diesem Grund das Recht zur Namensgebung ausschließlich den Frauen zustehen."

Diesmal konnte er das Grinsen nicht verhindern, das sich auf seinem Gesicht ausbreitete.

„Ehrlich? Ganz egal, was die Mutter für einen Namen aussucht? Was, wenn sie das Kind zum Beispiel, ich weiß nicht, Theodora nennen möchte? Oder Dior?", fragte er, ehrlich interessiert an ihrer Antwort.

Paige kaute auf ihrer Unterlippe und dachte nach.

„Theodora finde ich gar nicht so schlimm. Und wenn du dir eine Frau aussuchst, die sich einen idiotischen Namen wie Dior ausdenkt", sie zuckte mit den Achseln, „selber schuld. Zudem steht es dir ja frei, dir kreative Wege einfallen zu lassen, um sie umzustimmen."

Er warf ihr nochmals einen Seitenblick zu, bevor er in die Auffahrt zur Schule einbog. „Kreative Überzeugungsarbeit, hm??"

Paige bückte sich, um Maybellene zu streicheln und ihre Mappe zu fassen, die sie zwischen Bank und Tür geschoben hatte. Er erhaschte gerade noch einen Blick auf das verschmitzte Lächeln, bevor ihr die rotblonden Haare ins Gesicht fielen und ihre Gesichtszüge verbargen.

Ace parkte das Auto auf dem Besucherparkplatz der Highschool.

Als sie sich wieder aufrichtete, hatte sie wieder die übliche, emotionslose Maske aufgesetzt, die sie um ihn herum meist zur Schau trug.

„Hör zu. Ich habe dich zwar zu diesem Meeting eingeladen, doch daran sind Bedingungen geknüpft."

Bedingungen?, dachte er misstrauisch. Da war er ja mal gespannt. Bedingungen passten schon eher zu dem Bild, das er bisher von Paige hatte. Einerseits beruhigte ihn dieser Gedanke. Das würde heißen, dass er sich nicht wie ein Idiot verhalten hatte. Gleichzeitig stellte er überrascht fest, dass er es schade fand.

Paige musterte ihn. Sie konnte direkt hören, wie sich die Zahnräder in seinem Hirn bewegten. Leider hatte sie keine Zeit, ihm alle seine Geheimnisse zu entlocken. Die Schulleiterin wartete auf sie. Sie konnte nur hoffen, dass Ace seine Freunde tatsächlich so wichtig waren, wie er sagte, und er ihr Treffen nicht sabotieren würde.

„Ganz egal, was du über mich denkst. Und wie ich an deinem Gesichtsausdruck erkennen kann, befinden wir uns wieder auf vertrautem Gebiet, wo du mir misstraust und alle möglichen niederen Motive unterstellst."

Ace setzte an, etwas zu sagen, aber sie schnitt ihm mit einer entschiedenen Handbewegung das Wort ab. „Wie schon gesagt, das kümmert mich nicht. Doch wenn dir etwas daran liegt, dass meine Ideen für Kats Safe Haven erfolgreich sein werden, hältst du dich da drinnen zurück. Ich möchte, dass Kat keine schlaflosen Nächte mehr haben muss, weil sie nicht weiß, wo sie die nächsten Tiere unterbringen soll. Ich bin überzeugt, dass meine Pläne das Potenzial haben, ihr diese Sorge zu nehmen. Also werde ich mein Möglichstes tun, sie Wirklichkeit werden zu lassen. Im Klartext: Wenn dir Kats Wohlergehen am Herzen liegt, behalte deine negativen Vorurteile über mich für dich oder noch besser, lass sie hier im Auto." Ihre Augen funkelten ihn herausfordernd an.

Wow. Überrascht von der Intensität hinter ihren Worten wich Ace zurück. Was sie sagte, machte Sinn. Auch wenn es ihm alles andere als leicht fiel, ihr quasi freie Hand zu geben, sah er ein, dass ihm nichts anderes übrig bleiben würde. Das hieß nicht, dass er nicht eingreifen würde, wenn er ein falsches Spiel vermutete. Oder eine unangemessene Exponierung durch die Medien.

„Okay. Versprochen."

Paige blinzelte überrascht. „Okay? Einfach so?"

Ganz offensichtlich hatte sie sich innerlich für eine größere Diskussion gewappnet. Dabei sah sie so süß aus, dass er sie beinahe noch einmal geküsst hätte. Doch da ihm das diesmal vermutlich eine Ohrfeige einbringen würde, verzichtete er darauf. Also antwortete er nur: „Ja."

Ace benahm sich heute äußerst seltsam, stellte Paige fest. Doch damit konnte sie sich jetzt nicht auseinandersetzen. Jetzt galt es, Nadine Saunders von ihrem Schulprojekt zu überzeugen. Also straffte sie die Schultern, atmete tief durch und schob sich den Riemen ihrer Tasche höher auf die Schulter.

„Also dann, auf in den Kampf."

Sie öffnete die Tür und sprang hinter Maybellene aus dem Truck. Ace stieg auf seiner Seite aus und schlug die Tür zu. Auf dem Weg zum Bürogebäude, das direkt an die Schule angebaut war, schloss er zu ihr auf.

„Du schaffst das schon", sagte er unvermittelt und drückte kurz ihre Hand.

Überrascht von dem unerwarteten Support schaute sie ihn an. Dann ließ sie ihren Blick über das atemberaubende Panorama der Rockies in der Ferne schweifen. Wie immer beruhigte sie der Anblick der schneebedeckten, majestätischen Gipfel.

„Immer, wenn ich die Berge anschaue, werde ich von zwei verschiedenen Gefühlen überwältigt. Einerseits wird mir meine eigene Bedeutungslosigkeit bewusst."

„So ähnlich ergeht es mir in sternenklaren Nächten."

„Und auf der anderen Seite vermitteln sie mir das Gefühl, ich könnte alles schaffen." Sie hielt an und drehte sich zu ihm um. „Falls du dich je gefragt hast, weshalb ich nicht abgehauen bin, nachdem letztes Jahr alles drunter und drüber gegangen ist. Ich weiß zwar noch nicht genau, was es sein wird", für einen Moment nahm ihr Gesicht einen verlorenen Ausdruck an, bis wieder die Entschlossenheit überwog und sie den Satz beendete, „aber ich weiß, dass ich es schaffen werde."

„Und das alles nur, weil du die Berge anschaust?"

„Ja", sagte sie einfach. Dann setzte sie ihren Weg fort.

Ace schüttelte leicht den Kopf und sah ihr nach. Mit jedem Moment, den er in ihrer Gesellschaft verbrachte, passte das Bild der mediengeilen Paparazzi-Frau, das er so sorgfältig in seiner Vorstellung aufgebaut hatte, weniger. Er seufzte. Irgendwie war das Leben heute Morgen, bevor er ihr über den Weg gelaufen war, noch einfacher gewesen. Simpler. Schließlich schob er diese Gedanken zur Seite und grinste in sich hinein. Ein kleines bisschen verrückt war sie auf jeden Fall. Er setzte sich in Bewegung und beeilte sich, die Frau mit den rotblonden Haaren und dem schwarzen, kleinen Hund einzuholen.

*

Paige hatte eben ihre Präsentation beendet und wartete mit angehaltenem Atem auf die Reaktion der Schulleiterin. Sie hoffte wirklich auf eine positive Rückmeldung. Ohne die Schüler und ihre unglaublichen medientechnischen Talente würde das Projekt schwierig werden. Nicht unmöglich, aber schwierig. Für professionelle Designer oder Filmer fehlte das Geld. Und wenn sie die Videos mit Kat selber drehte, würde das Ganze einen sehr starken selbst gestrickten Touch bekommen.

Nadine Saunders saß an ihrem Pult und studierte die Papiere, die Paige ihr vorgelegt hatte.

Paige rutschte unruhig auf ihrem Stuhl hin und her, bis Maybellene ihr die Schnauze in den Schoß legte. Abwesend vergrub sie ihre Finger in dem dichten Fell. Wie immer funktionierte die Nähe der kleinen Hündin wie ein Anker und beruhigte sie augenblicklich. Sie hatte keine Ahnung, wie sie die letzten fünfundzwanzig Jahre ohne Hund überlebt hatte.

Nadine schob sich mit dem Bleistift in der Hand eine silberne Haarsträhne ihres kinnlangen Bobs hinters Ohr.

Paige zwang sich, den Blick abzuwenden, und schaute aus dem Fenster. Beziehungsweise zu Ace hinüber, da dieser am Fenster stand, die Arme vor der Brust verschränkt. Seine Miene verriet nichts von seinen Gedanken.

Um sich abzulenken, ließ sie ihre Augen über seinen Körper wandern. Jepp, leider immer noch so attraktiv wie beim letzten Mal. Blöd. Sie wandte ihren Blick wieder aufwärts, bis sie bei seinem Gesicht anlangte. Dort angekommen musste sie feststellen, dass seine Aufmerksamkeit nicht mehr Nadine galt, sondern ihr. Sprich, er hatte ganz genau mitbekommen, wie sie ihn gemustert hatte. Mist. Jetzt nur nicht rot werden. Sie schickte sich gedanklich an den Nordpol, um sich abzukühlen, und schenkte ihm ein – wie sie hoffte – cooles Lächeln.

Er lächelte zurück, worauf prompt ihre Lippen zu prickeln begannen. Der Kuss. Den hatte sie bis zu dieser Sekunde erfolgreich verdrängt gehabt.

Zum Glück blieb ihr keine Zeit, länger über den seltsamen Verlauf des Treffens mit Ace nachzudenken. Nadine räusperte sich nämlich und legte die Papiere vor sich hin.

Plötzlich wieder nervös richtete sich Paige kerzengerade in ihrem Stuhl auf.

„Wohltätigkeitsarbeit, kombiniert mit dem Einsatz von digitalen Medien. Hervorragend."

Paiges Gesicht leuchtete auf. „Finden Sie?"

Nadine lächelte. „Ja. Finde ich. Das Einzige, was etwas unüblich ist, ist der stufenübergreifende Ansatz. Das ist nicht üblich an dieser Schule."

Als Paige etwas einwenden wollte, hob sie die Hand.

„Aber ich sehe nicht ein, weshalb wir das Projekt nicht in beiden Stufen ins Leben rufen können. So arbeiten die Kinder innerhalb ihrer Altersstufe. Wenn es für das Projekt erforderlich wird, führen wir die Klassen für einzelne Lektionen zusammen."

Paige nickte, während sie versuchte, das Projekt gedanklich an die neuen Voraussetzungen anzupassen.

„Ich wollte eigentlich bei dem Projekt mitarbeiten. Nur, ich kann mich schlecht zweiteilen."

„Das ist richtig. Aber ich bin sicher, wir finden die richtigen Lehrer, die deine Vision teilen. Dich sehe ich eher in einer beratenden Funktion."

Das stimmte. Es behagte Paige zwar nicht ganz, die Leitung abzugeben – sie war ein Kontrollfreak, was ihre Projekte anging, insbesondere, seit ihr ehemaliger Arbeitgeber sie so verarscht hatte – doch sie würde sich anpassen.

„Das wäre ideal, dann kann ich jeweils an beiden Orten eine Stunde vorbeischauen und die beiden Gruppen koordinieren." Sie kaute auf ihrer Unterlippe und dachte blitzschnell nach.

Leslie und ihre Freundin Shauna, die, seit Nate und Paula geheiratet hatten, auch Geschwister waren, würden nicht glücklich sein, wenn sie in verschiedene Gruppen eingeteilt wurden. Die beiden hatten sie unfreiwillig auf die Idee gebracht, als sie ein Video nach dem anderen über die Einwohner von Independence ins Netz gestellt hatten. Selbst die Disney Sisters, die die Facebook-Seite ins Leben gerufen hatten, sprachen inzwischen von Geistern, die sie zwar gerufen hatten, aber nun nicht mehr loswurden.

Obwohl sie selbst schon ein paar Mal das Opfer der Kamera gewesen war, kam sie nicht umhin, die Kreativität der beiden zu bewundern. Es half sicher auch, dass sie abgehärtet war nach dem letzten halben Jahr. Da kümmerte es sie nicht groß, wenn sie in Zeitlupe zu sehen war, wie sie über ihren Hund stolperte und kopfvoran im Schnee landete. Sie hatte keine Ahnung, wie es die Mädchen schafften, immer zur rechten Zeit am rechten Ort zu sein. Aber sie vermutete, das hatte mit der Menge an Videomaterial zu tun, die sie durch ihr konstantes Filmen zusammentrugen.

„Es macht auf jeden Fall Sinn, das brachliegende, kreative Potenzial der Schüler für einen sinnvollen Zweck zu nutzen", vervollständigte die Schulleiterin ihre Gedanken.

„Genau. Das war auch mein Gedanke."

„Wenn das Projekt gut anläuft, kann ich mir sogar vorstellen, es nach Abschluss weiterlaufen zu lassen." Sie studierte nochmals die Papiere. „Ich bin sicher, das Tourismusbüro oder unsere Sportmannschaften wären dankbar für die mediale Aufmerksamkeit", murmelte sie mehr zu sich selbst als zu Paige.

Paige nahm das als Hinweis, dass das Gespräch vorerst beendet war, und stand auf.

„Vielen Dank für Ihre Zeit."

„Sind wir eigentlich nicht per Du?", erkundigte sich Nadine beiläufig.

„Ähm, doch, ich glaube schon", murmelte Paige verlegen. „Ich wusste nur nicht, ob sich das auch außerhalb des privaten Rahmens erstreckt. Nachdem dies ein offizieller Besuch ist, war ich mir nicht sicher …"

„Nadine reicht völlig", versicherte sie ihr mit einem Lächeln. „Mach mit meiner Sekretärin einen Termin aus. Ich werde zwei geeignete Lehrpersonen zu dem Termin organisieren. Und dann müssen wir noch über dein Gehalt sprechen."

„Oh." Damit hatte sie gar nicht gerechnet, was sie Nadine auch sagte.

„Doch, natürlich wird so etwas bezahlt. Nachdem wir eine Schule sind, wird es nicht viel sein, das stimmt schon." Sie beugte sich nach rechts und zog eine Schublade auf. „Irgendwo hier sollte eine Liste sein mit den Gehaltsstufen. Ach ja, da ist sie." Sie zog ein Blatt Papier hervor. „Zweitunterste Zeile Wahlfachbetreuung Externe. Schau es dir in Ruhe an."

Paige nahm den Zettel entgegen und faltete ihn zusammen, ohne einen Blick darauf zu werfen.

„Danke. Aber ich bin sicher, das geht in Ordnung. Wie gesagt bin ich nicht davon ausgegangen, einen Lohn zu erhalten."

„Gut. Aber nachdem du sonst nicht viele Einnahmen hast, kommt dir das sicher entgegen."

„Auf jeden Fall", antwortete Paige, etwas verlegen, dass Nadine so gut über ihre finanzielle Situation Bescheid wusste. Und jetzt auch Ace. Na großartig. Dann hatte er gleich noch mehr Gründe, sie zu verdächtigen, dass sie Kat ausnehmen würde.

„Auf diese Weise bist du wenigstens nicht gezwungen, die Drecksarbeit für diesen Bauunternehmer zu machen", stellte Nadine fest.

„Was?"

„Ja. Ich habe gehört, dass er dich engagieren wollte, um seine PR-Arbeit zu übernehmen. Offenbar merkt er langsam, dass immer weniger Leute in Independence hinter seinem Projekt stehen.“

Paige öffnete den Mund, schloss ihn dann aber wieder, ohne etwas zu sagen. Im Endeffekt gab es auch nichts zu sagen. Independence funktionierte ganz einfach so. Jeder wusste alles über jeden. Ein Wunder eigentlich, dass de Luca überhaupt zu seinen Baubewilligungen gekommen war. Anfangs hatte sie noch vermutet, dass die ehemalige Bürgermeisterin das Bauvorhaben genehmigt hatte. Das hatte sich jedoch als falsch herausgestellt. Wie hatte diese nochmals geheißen? Sie wusste es nicht mehr. Sie war irgendwann im letzten Sommer aus familiären Gründen überraschend zurückgetreten. Auf jeden Fall kannte sie selbst niemanden außer Mr. Browner, das war der neue Bürgermeister, der das Projekt unterstützte. Zugegeben, sie war nicht übermäßig sozial. Die Leute fingen erst langsam wieder an, ihr Klatsch anzuvertrauen. Es könnte schließlich sein, dass sie es irgendeinem Revolverblatt weitererzählte. Als wenn nicht jeder selbst auf Facebook lesen könnte, was Jinx, Kats Katze, während der vergangenen Nacht in die Küche geschleppt hatte. Sie rollte innerlich mit den Augen, als sie wieder einmal über diese Doppelmoral nachdachte. Aber das mit dem Bürgermeister als einziger Supporter des Projekts war vielleicht ein paar Nachforschungen wert.

Ace stieß sich von seinem Platz am Fenster ab und riss sie aus ihren Gedanken, als er zu ihr hin trat. Er stand so dicht, dass sie den Stoff seiner Jacke an ihrem Arm spürte. Sofort ging das Kribbeln wieder los. Verdammt. Um es abzustellen, biss sie sich kräftig auf die Lippen.

„Seid ihr fertig?“

Nadine lächelte ihn an. „Wir sind fertig.“ Nach einem Blick auf die Uhr meinte sie: „Du meine Güte, ja, ich sollte bereits im nächsten County sein, die neue Turnhalle eröffnen. Tschüss zusammen. Bis bald.“ Sie stand auf, schlang sich einen bunten Schal um den Hals und schlüpfte in einen eleganten Wollmantel.

„Und vergiss den Termin nicht", rief sie, als sie schon in der Tür war, und hob die Hand zu einem flüchtigen Winken.

„Sie ist echt eine Nummer, was?", murmelte Ace.

„Wenn ich groß bin, will ich so sein wie sie", antwortete Paige. „Die Frau hat Stil, kümmert sich einen Dreck darum, was andere denken und führt ein erfolgreiches Leben, wo sie anderen sagt, wo's langgeht."

Ace grinste. „Das kann ich verstehen."

Draußen auf dem Parkplatz konnte Paige nicht mehr an sich halten. Sie machte Maybellene von der Leine los und forderte sie zum Spielen auf. Die Hündin ließ sich das nicht zweimal sagen und sprang laut bellend um ihre Besitzerin herum, bis sie ihr schließlich mit einem riesen Satz in die Arme sprang. Paige sah sie zwar kommen, taumelte aber trotzdem einige Schritte zurück, als das Fellbündel mit ganzer Wucht in ihren Armen landete.

„Hoppla." Ace fing sie an den Oberarmen auf und stellte sie wieder gerade hin. „Habt ihr gerade eure täglichen fünf Minuten Wahnsinn? Meine Hündin Lilo macht das immer alleine, ich wusste nicht, dass man da mitmachen kann."

Paige machte sich von ihm los und versuchte Maybellenes Zunge auszuweichen. Als das nicht klappte, stellte sie die Hündin wieder auf den Boden. Dann drehte sie sich zu Ace um. „Probier's aus. Ich bin sicher, Lilo wird entzückt sein. Aber das hier …", sie hüpfte auf der Stelle, was Maybellene sofort wieder als Aufforderung zum Bellen auffasste, „das hier war pure Freude darüber, dass das Gespräch so gut verlaufen ist."

Die Schulglocken klingelten. Ace wartete, bis sie fertig waren, dann sagte er: „Das glaube ich. Klingt tatsächlich nach einem guten Plan."

„Echt jetzt?" Ungläubig starrte sie ihn an. Doch als er zu einer Antwort ansetzte, schüttelte sie den Kopf. Sie wollte lieber gar nicht wissen, was in ihn gefahren war. Am Ende würde sie nur wieder enttäuscht werden. Vermutlich fand er morgen wieder zu seinem unausstehlichen Selbst zurück, das heute aus unerfindlichen Gründen eine Auszeit genommen hatte.

„Gehen wir?“

„Klar. Das Taxi wartet schon. Zu Kat?“

„Gerne. Wenn es dir nichts ausmacht?“

„Kein Problem.“

Schweigend lenkte Ace den Wagen über die Landstraße. Paige ließ den Blick über die vorbeiziehenden, vom kalten Winter ganz braunen Wiesen gleiten. Damit sie nicht über Ace’ plötzliche Jekyll-and-Hyde-Persönlichkeit nachdenken musste, versuchte sie sich Colorados Wildblumen in Erinnerung zu rufen. Bald würde der Frühling Einzug halten. Dann würde sie mit ihrem Hund durch die Natur streifen und versuchen, so viele Farben wie möglich in sich aufzunehmen. Die Spitzen der Espen waren schon hellgrün angehaucht.

Das Funkgerät knisterte und krachte.

„Ace?“

„Ja, Luke, was gibt’s?“

„Möglicher Waldbrand oberhalb von Bending River.“

„Dasselbe wie letzte Woche?“ Ace’ Stimme war äußerst gespannt.

„Möglich. Ist noch nicht bestätigt.“

„Scheiße. Ich komme, so schnell ich kann. Muss noch auf der Wache vorbei, meine Sachen holen. Ich werde in“, er warf einen Blick auf die Uhr am Armaturenbrett, „circa dreißig Minuten dort sein.“ Er hatte zwar das meiste an Ausrüstung dabei, doch ausgerechnet heute hatte er den Helm liegen lassen.

„In Ordnung. Wir sind bereits unterwegs.“

„Gut. Bis gleich.“

Ace unterbrach die Funkverbindung und warf Paige einen Blick zu.

„Keine Sorge“, versicherte sie ihm. „Wirf mich einfach bei der Station raus. Ich komm schon irgendwie nach Hause.“

„Sicher?“, fragte er, verblüfft darüber, wie schnell sie gecheckt hatte, um was es ging und wie wichtig es war.

„Sicher“, entgegnete sie amüsiert.

„Was ist denn so witzig?“

„Na, du. Als wenn du die letzten zehn Jahre mein Chauffeur gewesen wärst und ich keine Ahnung hätte, wie ich selbstständig von A nach B komme.“

„Hatten wir das Thema heute nicht bereits?“

Paige blinzelte. „Keine Ahnung. Schon möglich. Aber offenbar ist es beim letzten Mal nicht angekommen.“

Ace ließ ein schnaubendes Lachen hören, sagte aber wohlweislich nichts mehr.

Paige verkniff sich ein Grinsen. Auch ganz angenehm, wenn ausnahmsweise er stumm war und sie das letzte Wort hatte. Daran könnte sie sich direkt gewöhnen.

6

Ace stieß die Tür zur Feuerwehrwache auf und ging mit langen Schritten durch den Aufenthaltsraum in Richtung Büro. Auf halbem Weg ließ er seine Schlüssel auf den Tisch fallen und schnappte sich einen übrig gebliebenen, halb zerdrückten Donut. Seltsam. Sonst fielen seine Kollegen doch immer wie die Heuschrecken über die Dinger her. Ob ihm wohl Rosa, die Putzfrau, einen zur Seite gelegt hatte? Egal. Er war hungrig.

In seinem Büro putzte er sich die mit Puderzucker bestäubten Finger kurzerhand an der Hose ab und griff nach seinem Helm. Der Rest der Ausrüstung befand sich Gott sei Dank im Auto.

„Ts, ts", erklang Rosas Stimme vom Gang. „Du hast Puderzuckerspuren auf deinen Hosen."

„Habe ich die dir zu verdanken?"

„Die Spuren auf keinen Fall", kam es prompt zurück.

Amüsiert schüttelte er den Kopf. Rosa hatte alle Feuerwehrmänner und -frauen sozusagen adoptiert. Sie war Mitte sechzig, kinderlos und besserte sich ihre magere Rente damit auf, dass sie die Feuerwehrleute auf Trab und die Wache in Schuss hielt.

„Gib mir die Hose. Du brauchst sowieso deine andere Hose."

„Ich habe keine Zeit, Rosa, ich muss los. Im Auto habe ich eine Ersatzausrüstung."

„Umziehen musst du dich sowieso. Dann kannst du das auch gleich hier machen." Sie warf ihm einen berechnenden Blick zu. „Oder kommt etwa eine gewisse Reporterin mit und du möchtest ihr ungerne den Anblick deines nackten Hinterteils vorenthalten? Das verstehe ich natürlich."

„Was? Nein! Wieso?"

„Habe dich heranfahren sehen. Hübsche Frau. Mui bonita! Und der Hund. So süß! Aber dass du sie nicht reingebeten hast, ts ts."

Ace verdrehte die Augen. Anscheinend würde er sich auf der Wache umziehen. Wer weiß, was sonst für Gerüchte bis morgen die Runde machen würden.

„Falls es dir entgangen sein sollte, wir haben einen Einsatz! Ein Waldbrand ist kein geeigneter Ort für Zivilisten."

„Worauf wartest du dann?", schoss sie zurück und schlurfte auf ihren Crocs aus dem Zimmer.

Mit dem Helm in der Hand spurtete er in den Umkleideraum. Dort entledigte er sich mit einer Schnelligkeit, die jahrelanger Übung entsprang, seiner Kleider. Er schlüpfte in die hitzebeständige Hose, zog seine Stiefel wieder an und nahm die Jacke vom Haken. So. Jetzt musste er aber wirklich los.

Auf dem Weg zum Einsatzort war er versucht, die letzten Stunden noch einmal Revue passieren zu lassen. Doch unglücklicherweise hatte er ein Feuer zu löschen und, so wie es aussah, einen Fall zu lösen. Das war der dritte Waldbrand in diesem Jahr. Für März sehr selten. Sicher, es war der Start der Waldbrandsaison. Doch gleich drei Brände innerhalb so kurzer Zeit so früh im Jahr waren ungewöhnlich. Auch wo sie ausbrachen war seltsam. Keiner der Orte befand sich an exponierten Stellen. Bereits zweimal war der Auslöser ein nicht gelöschtes Campingfeuer gewesen. Wiederum nichts, das per se seltsam wäre. Im Juli. Oder August. Aber März war definitiv keine Campingsaison in den Rockies. Das müssten schon richtige Hardcore-Outdoor-Freaks sein. Einen solchen Zufall hätte er hingenommen. Der heutige Brand war Nummer drei. Bei dreien schlug sein Bauchgefühl Alarm. Das war auch der Grund gewesen, weshalb er so ausgetickt war, als Paige ihr vermeintliches Feuer gemeldet hatte. Brandstifter waren Kriminelle. Beim Gedanken, dass sie versehentlich (oder absichtlich, so genau wusste man das bei Paige ja nie) über einen Feuerteufel gestolpert war, war ihm fast das Herz stehen geblieben. Das hatte nichts zu bedeuten, hatte er sich zu diesem Zeitpunkt eingeredet. Diese Reaktion hätte er auf jeden Fall gehabt, ganz egal, wer involviert war. Nach dem heutigen Tag war er sich da nicht mehr so sicher. Mist. Es war viel angenehmer, wenn die Welt ganz klar in schwarz und weiß eingeteilt war. Mit den Grautönen tat er sich immer etwas schwer.

Schon von Weitem sah er die dunkle Rauchwolke, die tief über dem Wald hing. Immerhin blies der Wind heute nur schwach. So hatten sie wenigstens eine Chance, dem Feuer Herr zu werden und es tatsächlich zu löschen.

Er lenkte seinen Truck an den Straßenrand und hielt an. Die Schlüssel ließ er stecken. Draußen schlüpfte er in seine Jacke, die er zum Fahren ausgezogen hatte, und setzte den Helm auf. Es roch nach Schnee und brennendem Holz. Wenn nicht das Knacken und Knistern des wütenden Feuers gewesen wäre, hätte man beinahe den Eindruck haben können, im Winter neben einem Holzofen in der Wärme zu sitzen. Leider war dem nicht so. Also machte er sich besser an die Arbeit.

Luke, der mit Sunny den Einsatz koordinierte, nickte ihm zu, als er sich zu ihnen gesellte.

Ace wartete, bis er damit fertig war, die Anweisungen mithilfe des Funkgeräts durchzugeben. Erst dann fragte er: „Und? Was habt ihr gefunden?“

Sunny presste die Lippen zusammen.

„Es ist zu früh, ein definitives Urteil abzugeben. Es wurde zum Glück schnell entdeckt, sodass wir rechtzeitig hier waren, um ihm Einhalt zu gebieten. An der Ostseite haben wir einen

Graben ausgehoben und die anderen sind dabei, an dieser Stelle die Umgebung zu ertränken. Jetzt heißt es abwarten, bis es ausgebrannt ist."

„Was sagt deine Intuition?", hakte Ace nach, der genau wusste, dass sie vielleicht noch keine endgültige Aussage machen konnte, aber sich auf jeden Fall bereits eine Meinung gebildet hatte.

„Dass wir definitiv ein Problem haben. Ein Problem, das ich gerne schon gestern gelöst hätte, aber definitiv nicht mehr haben möchte, wenn die tatsächliche Waldbrandsaison losgeht, sobald es wärmer ist." Sie warf ihm einen herausfordernden Blick zu. „Also schlage ich vor, du vertagst deine Werbungsphase um dein Weibchen und findest erst mal diesen Irren, der Feuerlegen als sein Hobby ausgewählt hat, und überzeugst ihn, stattdessen mit Stricken anzufangen."

Hoppla. Sunny war offensichtlich mit dem falschen Fuß aufgestanden.

„Danke für den Vorschlag", antwortete er sarkastisch. Er kehrte nicht oft den Chef heraus, doch sein Privatleben war tabu. „Ich werde sehen, was sich machen lässt."

„Wäre schön. Wenn möglich, noch in diesem Jahrzehnt", murmelte Sunny, nach wie vor verstimmt.

Um zu verhindern, dass sich die beiden an die Gurgel gingen, räusperte sich Luke.

„Die Stelle, von wo wir denken, dass das Feuer ausgegangen war, befindet sich dort drüben." Er leuchtete mit seiner Taschenlampe in die geschwärzten Überreste des Waldes, aus denen immer noch Rauchschwaden aufstiegen.

„Wie lange müssen wir warten, bis wir reingehen können?"

Sunny schaute auf die Uhr an ihrem Handgelenk.

„Mindestens eine halbe Stunde."

„Also bleibt uns nichts anderes übrig, als zu warten. Brauchen die anderen an der Ostseite Hilfe?"

„Nein", antwortet Luke. „Die haben alles unter Kontrolle."

„Ich geh trotzdem rüber."

„Ich komme mit", sagte Sunny, die sich offenbar wieder eingekriegt hatte.

Zum Glück. Die Frau konnte unglaublich stur sein, wenn sie es sich in den Kopf gesetzt hatte.

„Ihr Date hat sie gestern versetzt", murmelte Luke in sein Ohr.

„Mist. Aber gut, das erklärt wenigstens ihre Laune."

„Wäre schön, wenn sie sich einmal einen brauchbaren Mann aussuchen würde. Das würde unser Leben um einiges erleichtern."

Ace grinste. „Vielleicht meldest du dich freiwillig für den Job?", zog er seinen Freund auf.

Das brachte ihm einen bösen Blick ein.

„Herrje! Nur weil du dich endlich entschlossen hast, deine Vorurteile abzulegen und wieder mit Paige zu sprechen, musst du nicht gleich an allen passenden und unpassenden Stellen Amor spielen."

„So ist es überhaupt nicht", behauptete Ace. Das wäre ja noch schöner. Nur weil er mit Paige wieder redete, hieß das noch lange nicht, dass er an ihr interessiert war. Das würde schon etwas mehr Überzeugungskraft von Paiges Seite brauchen. Zugegeben, die Erlebnisse des heutigen Morgens hatten ihn nachdenklich werden lassen. Mehr aber auch nicht.

„Nicht? Seltsam. Ich hätte schwören können, dass sich deine Laune um hundertachtzig Grad gedreht hat."

„Kaum, mit einem neuen Brand am Hals."

„Zusammenhang mit deinem Privatleben?", fragte Luke provozierend.

Ace gab auf und ließ Luke stehen. Da war ihm Sunnys Sarkasmus lieber.

*

Zwei Stunden später war der Einsatz vorbei und alle waren zurück auf der Wache. Zwei Leute waren an der Brandstelle zurückgeblieben, um sicherzustellen, dass keine der schwelenden Feuerstellen wieder aufflackerte. Die anderen Feuerwehrleute lümmelten müde auf den Stühlen im Aufenthaltsraum herum und warteten darauf, dass die Abschlussbesprechung ein Ende fand. Dann waren duschen und ein Schichtwechsel angesagt. Die Teammitglieder der nächsten Schicht waren bereits hier und würden der abschließenden Einsatzbesprechung beiwohnen, sodass alle auf dem neuesten Stand waren.

Ace stand zuvorderst an der Wand und zeichnete auf einer Karte die letzten drei Brände ein.

„Ich halte mich kurz", wandte er sich an die Gruppe. „Es sieht tatsächlich so aus, als hätten wir einen Brandstifter unter uns." Er ließ seinen Blick von einem Mitglied des Teams zum anderen gleiten. „Ich muss euch nicht erklären, dass das ein ernsthaftes Problem ist. Solange wir nichts über das Motiv wissen, müssen wir mit allem rechnen. Bis jetzt hat sich der Feuerteufel an den Wald gehalten." Er deutete auf die große Karte in seinem Rücken. „Hoffen wir, dass wir ihn erwischen, bevor er sich steigert und auf Häuser losgeht."

Oliver, einer der Neulinge, meldete sich aus der hinteren Reihe.

„Ja?"

„Willst du die Bevölkerung informieren?"

„Vorerst möchte ich gerne Stillschweigen bewahren. Wer weiß, was noch auf uns zukommt und wie lange es noch dauern wird. Es macht keinen Sinn, jetzt eine Panik unter den Einwohnern zu riskieren."

Sunny schnaubte laut hörbar auf ihrem Platz am Tisch. „Als wenn das in Independence möglich wäre. Es verwundert mich, dass noch keine Bürgerwehr gebildet wurde."

Ace nickte. „Das ist richtig. Deshalb ist es wichtig, dass wir schnell handeln, bevor etwas in der Art geschieht. Wenn wir hier fertig sind, treffe ich mich mit Jake, um unsere Bemühungen zu koordinieren. Nachdem nun feststeht, dass es tatsächlich Brandstiftung war, liegt der Fall sowieso bei der Polizei."

Ein Klopfen unterbrach seinen Vortrag. Ace warf Oliver, der am nächsten zum Eingang saß, einen fragenden Blick zu. Dieser nickte zum Zeichen, dass er ihn verstanden hatte, und erhob sich, um nachzusehen, wer an der Tür war. Klopfen war ungewöhnlich. Die meisten Leute traten einfach ein, ohne darauf zu warten, dass ihnen jemand Einlass gewährte.

In der Zwischenzeit fuhr Ace fort: „Also Leute, geht nach Hause, ruht euch aus. Morgen ist ein neuer Tag. Diejenigen, die ihre Schicht jetzt starten, fahren Patrouille in diesem Gebiet." Er drehte sich zur Karte um und beschrieb einen großen Kreis rund um die drei Brandstellen. „Wechselt euch ab, sodass immer genügend Leute für den Ernstfall hier sind."

In diesem Moment kam Oliver zurück, in seinem Schlepptau Paige und Maybellene. Die schwarze Hündin hielt den Blick unverwandt auf das große Tablett in den Händen ihres Frauchens gerichtet.

Luke lachte leise. „Das riecht lecker. Und so wie es aussieht, ist der Hund auch dieser Meinung."

Paige antwortete mit einem breiten Grinsen.

„Das könnte man wohl sagen. Miss Daisys Würstchen im Schlafrock. Sie meinte, die tapferen Männer – und Frauen", ergänzte sie mit einem Seitenblick auf Sunny, „von Independence bräuchten dringend eine Stärkung. Ich habe mich angeboten, es vorbeizubringen." Sie schielte auf ihre kleine Begleiterin hinunter und wäre beinahe über sie gestolpert.

Bevor ihr die große Platte entglitt, war Ace zur Stelle und nahm sie ihr ab. Auf der Stelle transferierte Maybellene ihre Aufmerksamkeit erst auf ihn und dann auf den Tisch, wo er das Essen absetzte.

„Mein Hund ist bestechlich", stellte Paige gutmütig fest.

„Sieht ganz so aus", gab er zurück und schmunzelte.

Während sich alle auf den Snack stürzten, wanderte Paige interessiert durch den Aufenthaltsraum. Sie war zum ersten Mal auf einer Feuerwehrwache. Im Großen und Ganzen unterschied sich die Stimmung nicht sehr vom geschäftigen Treiben einer News-Redaktion. Außer vielleicht, dass die gut aussehenden Kerle hier klar in der Mehrzahl waren. Auch Sunny war ganz offensichtlich sehr fit. Solche Muskeln bekam man nicht einfach, indem man Worte in einen PC hämmerte. Auf jeden Fall nicht ohne erhebliche sportliche Zusatzmaßnahmen. Davon war Paige noch nie ein Fan gewesen. Zu anstrengend. Doch als sie jetzt Sunnys schön definierte Oberarme sah, die in einem Tanktop gut zur Geltung kamen, beschloss sie, ihre Einstellung vielleicht zu überdenken. Vor der Karte blieb sie stehen. Mit schräg gelegtem Kopf studierte sie den Lageplan und die Fähnchen, welche die Feuer kennzeichneten. Irgendetwas kam ihr an diesem Kartenausschnitt vertraut vor. Wieder meldete sich ihr Instinkt aus dem Winterschlaf zurück und brachte ihre Kopfhaut zum Prickeln.

„Ich nehme alles zurück", murmelte Sunny Ace mit vollem Mund zu. „Wenn das das Resultat deiner Bemühungen um Paige ist, mach ruhig weiter so."

„Ich bemühe mich nicht um Paige!"

„Ja, ja", winkte sie ungeduldig ab. „Was auch immer du dir einreden musst, um nachts schlafen zu können." Sie warf ihm einen wissenden Blick zu, den sie dann zu Paige schweifen ließ, die gerade über etwas lachte, was Luke ihr erzählte. „Auch wenn ich mir sicher bin, dass du durchaus Ideen hast, was du mit deiner nächtlichen Freizeit anfangen kannst."

„Sunny", grollte Ace warnend.

Sie lachte nur und schlenderte davon, vermutlich um irgendeinen anderen ihrer Kollegen zu ärgern.

Er sah ihr nach, doch dann schaute er wieder zu Paige und Luke hinüber. Die beiden schienen in ein gemütliches Gespräch vertieft, währenddessen Paige ein paar Mal auf die Karte an der

Wand deutete. Was machten die beiden da? Luke sollte es wirklich besser wissen, als Interna mit Zivilisten zu besprechen. Als Paige Luke am Arm berührte und dieser sich leicht vorneigte, um besser zu hören, was sie sagte, hatte er genug. Er stieß sich von der Wand ab, wo er sich angelehnt hatte, und stapfte zu den beiden hinüber. Mit einem Ruck zog er an dem Ring unten an der Karte und ließ wieder los, sodass sie sich automatisch zusammenrollte.

„He", beschwerte sich Paige. „Was soll das? Ich habe gerade versucht, Luke meine Theorie zu erklären."

„Das ist nicht nötig. Danke für den Hauslieferdienst. Jetzt haben wir zu arbeiten."

Fassungslos starrte sie ihn an, dann verengten sich ihre Augen zu Schlitzen. Sie war stocksauer. „Wirfst du mich etwa raus? Nachdem ich allen Essen gebracht habe?"

Ace verschränkte die Arme vor der Brust, um den eisigen Wind, der ihm plötzlich von ihr entgegen blies, besser abzuwehren, und nickte.

„Du bist wirklich unglaublich." Als er nichts sagte, verdrehte sie die Augen. „Ich sehe schon, du bist wieder zum Schweigen übergegangen. Für den Fall, dass du glaubst, das würde mysteriös und männlich wirken, lass dir eins gesagt sein: Es funktioniert nicht! Vielmehr habe ich den Eindruck, dass das mit dem Erwachsenwerden nicht so ganz geklappt hat. Nicht sehr attraktiv."

Mit diesem letzten Satz drehte sie sich zu Luke um und verabschiedete sich mit einem warmen Lächeln, das dieser erwiderte.

Ace biss die Zähne zusammen, als er es sah.

„Manchmal kannst du ein ganz schönes Arschloch sein, weißt du das? Entweder gibst du endlich zu, dass du etwas von ihr willst, oder du lässt sie in Ruhe."

„Wieso? Willst du sie etwa ausführen?"

Luke studierte seinen Freund. „Vielleicht. Wieso auch nicht? Sie ist hübsch, intelligent und warmherzig, soweit ich das beurteilen kann. Zudem kenne ich sie nicht schon seit der Grundschule. Hast du ein Problem damit?“, schloss er herausfordernd.

Und ob er das hatte. Nur konnte er das momentan noch nicht einmal sich selbst gegenüber eingestehen. Keine Chance also, dass er das Luke gegenüber zugeben würde.

„Dachte ich es mir doch.“ Er seufzte. „Selbst wenn du sie nicht ausstehen kannst, würde ich sie nach ihrer Theorie zu den Bränden fragen. Meiner Meinung nach ist sie durchaus hörenswert.“

Als Ace nicht antwortete, schüttelte er den Kopf und ging.

*

Paige bahnte sich einen Weg durch den Raum. Von links und rechts wurde sie angesprochen, sodass es eine Weile dauerte, bis sie sich von allen verabschiedet hatte. Als Letztes war Sunny an der Reihe.

„Ich weiß, du kennst mich nicht und denkst vermutlich zu Recht, dass es mich nichts angeht.“

„Was denn?“

„Ace. Er benimmt sich nur so, weil du ihm etwas bedeutest.“

„Hmpf. Seltsame Art, das zu zeigen.“ Sie war nicht in Stimmung, Entschuldigungen zu Ace’ Verhalten zu hören. Erst wollte sie sich noch eine Weile ärgern. Das ging schlecht, wenn sie Verständnis für seine Situation entwickelte.

„Auf jeden Fall“, beeilte sich Sunny, ihr zuzustimmen. Leider war sie noch nicht fertig mit Reden. „Du musst wissen, dass er seine Gründe, gute Gründe, hat, den Medien zu misstrauen. Die Geschichte mit Paula und Leslie hat uralte Wunden aufgerissen.“

Gegen ihren Willen über diesen Einblick in Ace' komplizierten Charakter fasziniert, neigte Paige ihren Kopf ein wenig, um Sunnys leise Stimme besser verstehen zu können.

„Was ist denn geschehen?"

„Das musst du ihn schon selber fragen. Ich habe bereits zu viel gesagt. Er würde mir den Kopf abreißen, wenn er wüsste, dass ich meine Klappe so weit aufgerissen habe."

Paige warf Ace einen Blick über ihre Schulter zu. Er stand immer noch an der Wand und starrte böse in ihre Richtung. Sie wandte sich wieder an Sunny.

„Möglich, dass das stimmt, was du sagst. Das gibt ihm trotzdem nicht das Recht, so mit mir umzuspringen."

„Stimmt leider", antwortete Sunny mit einem schiefen Lächeln. „Und nichts würde mir ferner liegen, als dir zu raten, dir alles gefallen zu lassen." Sie grinste.

„Du verspeist Typen wie ihn wahrscheinlich zum Frühstück", vermutete Paige.

„Hehe, klar."

„Bis bald. Vielleicht sehen wir uns mal im Diner beim Billard oder so."

„Würde mich freuen."

Paige nahm die zwei letzten Würstchen in Teig vom Tablett und drückte sie Sunny in die Hand.

„Hier. Ich nehme das Tablett gleich wieder mit und bringe es im Diner vorbei, bevor ich eine Mitfahrgelegenheit suche."

„Ich kann dich und deinen Hund mitnehmen, wenn du willst. Die Besprechung und damit meine Schicht ist fertig."

„Echt? Das wäre toll."

„Klar. Lass mich nur meine Sachen holen."

„Komm einfach ins Diner, wenn du fertig bist, ich bringe so lange das Tablett zurück."

„In Ordnung."

Paige verließ das Gebäude. Maybellene sprang fröhlich vor ihr her. Die Sonne schickte eben ihre letzten Strahlen über die

Berggipfel und tauchte die Spitzen in rosagoldenes Licht. Sie atmete tief durch. In dieser Umgebung war es einfach unmöglich, schlecht gelaunt zu bleiben. Für nächste Woche waren sogar zwanzig Grad angesagt, wie sie in Colorado manchmal im Frühling vorkamen. Perfektes Wanderwetter. Sie wusste auch schon, in welcher Region sie ihren nächsten Trail plante. Wie sie vorher Luke erzählt hatte, erinnerte sie die Position der Feuer an etwas. Sie würde es zu Hause auf der Karte überprüfen und sich anschließend vor Ort ein Bild machen. Schließlich brauchte sie Ace nicht dazu.

7

Während der nächsten Tage hatte Paige glücklicherweise so viel zu tun mit der Planung für Kats Projekt, dass sie gar nicht dazu kam, sich groß über Ace' seltsames Verhalten zu ärgern. Der Mann hatte schlimmere Stimmungsschwankungen als schwangere Frauen. Aber gut. Ihr konnte es ja egal sein, solange sie nicht in seiner Nähe war. Dass sie den seltsamen Vormittag in seiner Gesellschaft sehr genossen hatte, verdrängte sie erfolgreich mithilfe ihrer Arbeit. Projektpläne wollten geschrieben werden, mit den verantwortlichen Lehrerinnen fanden Sitzungen statt und die Webseite des Safe Haven musste umgestaltet werden. Leider hieß das auch, dass sie bislang noch keine Zeit gehabt hatte, wandern zu gehen. Das wurmte sie aus zwei Gründen. Zum einen hatte der Frühling mit voller Wucht in den Rocky Mountains Einzug gehalten. Seit drei Tagen herrschten sehr milde Temperaturen. Man konnte beinahe zusehen, wie die Natur von Tag zu Tag grüner wurde und alles zum Leben erwachte. Ideales Trekkingwetter.

Zum anderen hatte vorsichtiges Nachfragen im Diner ergeben, dass tatsächlich niemand so recht wusste, wie de Luca an seine Baubewilligungen gekommen war. Der Bau der Wohnungen hatte bereits begonnen. Der Rohbau des Einkaufszentrums, welches auch in dem Komplex integriert war, war bereits fertiggestellt. Probleme gab es anscheinend mit dem geplanten Skilift und der Pistenerschließung am Berg direkt hinter der Überbauung. Bereits bewilligt, hatte dazu offensichtlich jemand erfolgreich Einspruch eingelegt und Recht bekommen. Kein Wunder, handelte es sich doch bei dem Wald, der den Hang überzog, um einen Bannwald, der Teil des National Forest war. Keiner wusste, wer Einspruch erhoben hatte, doch Kat hatte versprochen, ihrerseits ein paar Nachforschungen anzustellen. Paige gegenüber waren die meisten immer noch recht zugeknöpft, wenn auch freundlich zugeknöpft, was immerhin schon ein Fortschritt war.

Paige war sich noch nicht sicher, ob die neuen Erkenntnisse ihre Theorie zu den Waldbränden eher unterstützen oder entkräften würden. Zu diesem Zeitpunkt war ihr das auch egal. Sie würde einfach so lange die verschiedenen Spuren verfolgen, bis sich die einzelnen Punkte zu einem klareren Bild zusammensetzten. Eigentlich hatte sie gar keine Zeit für diese Nachforschungen. Doch die Überbauung war ihr ein Dorn im Auge. Sie gehörte sonst eigentlich nicht zu den ewig Gestrigen, die der Meinung waren, dass alles so bleiben sollte, wie es schon immer war. Doch was de Luca da geplant hatte, war einfach … hässlich. Gegen ein stilvolles Ferienresort, das sich in Umfang und Bauweise sanft in die Landschaft einfügte und eine gezielte Erweiterung der bereits vorhandenen Skigebiete in der Umgebung war, hatte sie überhaupt nichts.

Auch neue Mietwohnungen konnte das stetig wachsende Independence gebrauchen. Die waren hier Mangelware. Und da immer mehr zufällig vorbeikommende Touristen, wie Paige selber ja auch, sich spontan in die Kleinstadt und ihre Bewohner verliebten und hier häuslich niederließen, würde sich das in der näheren Zukunft nicht ändern. Ganz zu schweigen von den Jungen, die, inzwischen nicht mehr ganz so jung, zurückkehrten, um am Ort ihrer Kindheit ihre eigenen Familien großzuziehen.

Es gab keinen Zweifel, Independence erlebte einen Boom, der nicht so schnell aufhören würde. Glücklicherweise waren die meisten Zuzügler sehr daran interessiert, die Umgebung und die Natur möglichst zu erhalten, da das überhaupt erst die Gründe gewesen waren, die sie bewegt hatten, ihren Wohnsitz in diese kleine Stadt in den Rocky Mountains zu verlegen. Umso unerklärlicher war die widerspruchslose und schnelle Erteilung von Baubewilligungen.

Schmiergeld?, fragte sich Paige. Hm.

Maybellene stand von ihrem Liegeplatz auf und schnappte sich ihren uraltesten Tennisball. So dreckig, wie er war, konnte man sein ursprüngliches Aussehen nur noch erahnen, doch der Hund liebte ihn heiß und innig. Paige weniger. Das Ding war permanent dreckig und feucht. Auch jetzt, als Maybellene ihn ihr auffordernd auf den Schoß warf, unterdrückte sie ein Schaudern. Bäh. Doch nach einem Blick in die treuherzigen Augen ihrer Begleiterin überwand sie sich und warf ihn beherzt durch den Raum. Der Hund rannte hinterher, bestrebt, ihr das Spielzeug so schnell wie möglich wiederzubringen. Nein danke. Sie schaute auf die Uhr auf ihrem PC. Schon Mittag. Ein Blick nach draußen zeigte, dass sich an dem strahlenden Sonnenschein und dem postkartenblauen Himmel nichts geändert hatte.

Sie speicherte die letzten Änderungen in dem Dokument auf ihrem Computer ab und schaltete das Gerät aus. Arbeiten konnte sie auch abends noch. Jetzt würde sie erst einmal mit Maybellene losziehen.

Fertig angezogen, in einem weinroten Windbreaker, Jeans und leichten Trekkingschuhen, den Rucksack in der Hand, nahm sie die Treppe in den unteren Stock. Dort angekommen machte sie sich auf die Suche nach Kat.

Sie fand sie in der Küche, über Ernährungsplänen für ihre Schützlinge sitzend. Die meisten bekamen ein hochwertiges Trockenfutter. Aber sie hatte auch ein paar Sorgenkinder, die entweder nicht schnell genug zunahmen oder eine Nahrungsmittelunverträglichkeit hatten. Für diese kochte sie selber Reis und Gemüse und ergänzte das mit frischem, rohem Fleisch. Damit hatte sie sehr gute Erfahrungen gemacht.

„Hey, kommst du voran?“, begrüßte sie sie.

Kat schaute auf und grinste. „Ach, du kennst mich doch. Ich muss immer jede Ration einzeln berechnen. Vermutlich würden es alle bestens überstehen, auch wenn sie zehn Gramm mehr oder weniger kriegen würden.“

„Hm. Die Hunde vielleicht schon. Bei dir bin ich mir da nicht so sicher“, zog Paige sie auf. „Sag mal, musst du heute Nachmittag noch weg?“

„Nein. Wieso? Brauchst du ein Auto?“

„Ja. Die Berge rufen, und ich möchte gerne eine neue Route ausprobieren. Da wäre es toll, wenn ich anschließend unkompliziert einfach wieder nach Hause fahren könnte.“

„Recht hast du. Jetzt, wo alles sprießt und das Wetter so toll ist, musst du das ausnutzen. Nimm ruhig meins. Ich geh nirgendwo mehr hin. Bist du zum Abendessen wieder zurück?“

„Auf jeden Fall. Das wird heute eher ein Spaziergang als eine richtige Wanderung.“

„Nachdem du den Weg vom Diner zur Highschool auch als Spaziergang bezeichnest, heißt das gar nichts.“

„Willst du mitkommen?“

„Gerne beim nächsten Mal. Ich bin heute Abend mit Sam verabredet – er hat darauf bestanden, dass wir wieder einmal ausgehen.“

Paige lachte. „Da würde ich mich auch nicht wehren.“

Kats Freund Sam war ein Hockeyspieler der Colorado Avalanche und sah aus wie ein nordischer Gott. Bedingt durch die Trainings, die alle in Denver stattfanden, und die Meisterschaftsspiele, die über den Winter liefen, sahen sich die beiden relativ selten. Kat kam mit ihrem ganzen Zoo nur schwer von zu Hause weg. Paige hatte zwar schon ein paar Mal angeboten, Hunde- und Katzensitter zu spielen, damit sie Sam zum Training nach Denver oder zu den Auswärtsspielen begleiten konnte. Doch bis jetzt hatte Kat das Angebot noch nicht angenommen. Sie vermutete, dass das nicht zuletzt daran lag, weil Kat genau wusste, dass Paige vor den meisten Hunden immer noch etwas Angst hatte. Immerhin hatte der Vorschlag, als sie ihn zum ersten Mal gemacht hatte, zu Tauwetter zwischen ihr und Sam geführt. Er war anfangs ja sehr dagegen gewesen, als Kat sie unter ihre Fittiche genommen hatte. Verständlich, nachdem Paula seine Schwester und somit Leslie seine Quasi-Nichte war.

„Genieß es. Ihr habt es verdient."

„Das hat Sam auch gesagt." Sie grinste. „Das heißt leider, dass ich dringend shoppen gehen muss. Zum Glück ist Tyler für ein paar Tage hier. Die habe ich gleich abkommandiert als Shoppingbegleiterin."

Tyler war Sams andere Schwester, eine ehemalige Starballerina. Sie hatte ein Händchen für Klamotten und alles andere, was Frau so brauchte, um gut auszusehen. Paige hätte sich ihnen gerne angeschlossen. Doch ohne Geld machte einkaufen nur halb so viel Spaß.

Aber ihre Wanderung war eine akzeptable, kostenlose Alternative. Sie würde ein paar Stunden mit Maybellene die frische Luft und das Panorama genießen.

„Sam wird fluchen, dass er einen Tisch reserviert hat, wenn er dich heute Abend sieht", prophezeite Paige.

„Das kann schon sein", antwortete Kat mit einem wissenden, sehr weiblichen Lächeln. „Aber Vorfreude ist ja auch was Schönes." Sie zwinkerte Paige schelmisch zu. „Der Schlüssel hängt bei der Treppe."

„Danke. Ich fahr in einer halben Stunde los. Brauchst du noch Hilfe?"

„Nein. Ich bin hier gleich fertig. Übrigens: Morgen Abend ist Grillen bei Paula angesagt. Du bist ausdrücklich eingeladen."

„Wirklich?" Paige spürte, wie ihr ganz warm ums Herz wurde.

„Wirklich. Auf ausdrücklichen Wunsch von Leslie und Shauna. Anscheinend haben sie bereits von dem neuen Wahlfach gehört und können es nicht erwarten, dich mit Fragen zu löchern."

„Sehr gut. Kommst du auch? Dann können wir ja gleich die erste inoffizielle Teamsitzung abhalten."

„Macht das Sinn? Schließlich sind die beiden nicht in derselben Gruppe."

„Glaub mir, wenn ich das richtig einschätze, wird zumindest Shauna ihren Klassenkameraden sehr genau Bescheid sagen, wo's lang geht. Leslie wird es vielleicht etwas subtiler angehen, aber im Endeffekt wird rein schon die Tatsache, dass sie dich persönlich kennt, dazu führen, dass die anderen ihrer Meinung Gehör schenken."

„Echt? Das ist ja cool. Dann habe ich ja zwei persönliche Assistentinnen."

„Wenn du es richtig anstellst, auf jeden Fall."

*

Als sie etwas später Maybellene auf den Beifahrersitz springen ließ und sich selber hinters Steuer von Kats Geländewagen setzte, dachte sie immer noch über das Projekt nach. Es war das erste Projekt seit Langem, das ihr von Anfang an Spaß machte. Irgendwie schienen sich alle möglichen Schwierigkeiten wie von selbst in Luft aufzulösen. Ideen und Lösungen präsentierten sich von allen Seiten. Und jetzt verhalf es ihr offensichtlich auch noch zu einem besseren Verhältnis zu Leslie und im Zuge dessen hoffentlich auch zu Paula. Paula war nicht unfreundlich. Gemessen an den Umständen sogar richtiggehend herzlich. Doch Paige hoffte, dass sie Freunde werden würden. Sie mochte die ganze Familie sehr gern. Gerade weil sie sich so gut mit Kat verstand und diese via Sam ja quasi zur Carter-Familie gehörte, hatte sie eine ziemlich genaue Vorstellung davon, wie es war, dazuzugehören. Mit ihren Eltern weit weg im sonnigen

Arizona und einem jüngeren Bruder, der seit über drei Jahren auf Weltreise war, fühlte sie sich oft einsam. „Ein Freund würde da auch helfen", flüsterte die Stimme im Hinterkopf listig. Natürlich schob sich bei dem Gedanken sofort das Bild von Ace vor ihr inneres Auge. Grrr. Nicht hilfreich. Seit dem Brand vor ein paar Tagen hatte sie ihn nicht mehr gesehen. Was auch gut war. Sie war immer noch so wütend über sein Verhalten auf der Wache, dass ihr Kopf beinahe explodierte, wenn sie genauer darüber nachdachte. Was sie nicht tat. Punkt.

Inzwischen hatte sie bereits das Zentrum von Independence hinter sich gelassen und fuhr auf der Interstate Richtung Osten. Als die entsprechende Abzweigung in Sicht kam, konnte sie das große Schild sehen, das in Richtung der Baustelle wies. Sich interessiert umsehend, fuhr sie am Bauplatz vorbei, weiter auf der Landstraße den Berg hoch. Erst zwei Kilometer weiter oben fuhr sie auf den Parkplatz eines Aussichtspunktes. Dort stellte sie den Motor ab und stieg aus. Mit einer Hand schirmte sie ihre Augen gegen die Frühlingssonne ab und schaute sich um. In der Ferne sah sie die Betonmauern des zukünftigen Shoppingcenters emporragen. Große Baumaschinen standen herum, rot-weißes Absperrband flatterte im Wind. Wenn sie den Kopf weiter nach rechts drehte, konnte sie den Rauch aus den Schornsteinen der Häuser aufsteigen sehen, welche die äußere Grenze von Independence bildeten.

Ein Fiepen im Inneren des Wagens lenkte sie von ihren Beobachtungen ab.

„Ich komm ja schon", murmelte sie, mehr zu sich selbst als zu dem Hund. Maybellene war es nämlich ziemlich egal, was ihr Frauchen von der Bellerei hielt. Hauptsache, sie durfte raus. So viel hatte sie bereits über ihren Hund gelernt. Kat versuchte ihr immer beizubringen, dass sie strenger sein sollte mit ihr. Doch sie brachte es einfach nicht übers Herz. Insgeheim fand sie sowieso, dass die Kommunikation doch eigentlich gut funktionierte. Die Hündin quietschte, sie, Paige, machte, das Quietschen hörte auf. So einfach war das. Nur beim Futter blieb sie hart. Mehr als ein bis zwei Leckerlis hatte sie nie in der Tasche. Kat grinste zwar immer, wenn sie dieses Argument vorbrachte. Nur weil sie sie ein- oder vielleicht zweimal dabei erwischt hatte, wie sie ihr Sandwich mit Maybellene geteilt hatte. Als sie Kat nach dem Grund für das Grinsen gefragt hatte, hatte diese nur gemeint, sie könnte froh sein, dass ihr Hund einen so gut funktionierenden Stoffwechsel hätte.

Sie erlöste das schwarze Fellbündel aus seinem Gefängnis und schnappte sich ihren Rucksack vom Rücksitz. Darin befanden sich ihr Wasser, zwei Energieriegel, ein Apfel, Trockenfleisch und zwei Karten von der Umgebung. Sie hatte sich diese extra im Outdoorshop besorgt. Sie wollte sich diesmal nicht ausschließlich auf ihr GPS verlassen. Zum einen kannte sie sich in dieser Gegend überhaupt nicht aus. Und zum anderen wollte sie ganz bestimmte Dinge überprüfen. In beiden Fällen konnte sie es nicht gebrauchen, wenn sie plötzlich kein Netz mehr hatte.

Die Nase dicht am Boden, verfolgte Maybellene eine Spur. Paige rief sie zu sich und begann den Aufstieg.

Nicht ganz eine Stunde später stand sie schwer schnaufend vor den schwarzen Überresten des ersten Waldbrandes des Jahres. Als dieser vonstattengegangen war, hatte sie dem Ganzen nicht viel Aufmerksamkeit geschenkt. Himmel. Niemand hatte das. Zwischen März und November war in den Rockies Waldbrandsaison. Nicht weiter ungewöhnlich. Das wusste sogar ein Outdoor-Greenhorn wie sie. Auch wenn sie in der Großstadt Denver aufgewachsen war und nicht hier oben in den Bergen, waren die Waldbrände je nach Größe ein Thema in der Presse. Doch während die Einwohner hier oben tatsächlich mit dem Thema konfrontiert wurden, war es in der tiefer gelegenen Ebene mit seinem umliegenden Grasland, wo Denver situiert war, ein Leichtes zu vergessen, wie elementar und zerstörerisch so ein Feuer war.

Selbst Maybellene schien besser aufzupassen, wo sie hintrat. Vorsichtig setzte sie eine Pfote vor die andere und schnupperte in alle Richtungen. Ab und zu nahm sie ihre Pfote zu Hilfe und scharrte etwas zur Seite, um besseren Zugang zu haben.

Paige zog einen Bleistift aus ihrer Jackentasche und zeichnete die Ausbreitung des Feuers auf der Karte ein. Sie würde erst einmal versuchen, keine Schlüsse zu ziehen. Dafür war später noch genug Zeit. Nachdem sie rundherum gegangen und nach über einer Stunde wieder am Ausgangspunkt angelangt war, ließ sie den Blick über die Bergflanke gleiten. Das Ausmaß der Zerstörung und, mit einem Durchmesser von ungefähr eineinhalb Kilometern auch die Ausdehnung des Feuers hatten sie überrascht. Sie war mit keiner konkreten Vorstellung, was sie zu finden hoffte, hier hochgekommen. Trotzdem war sie seltsam enttäuscht. Erneut warf sie einen Blick auf die Karte. Von hier aus war es nochmals eine Stunde zur nächsten Stelle, wo der zweite Waldbrand ausgebrochen war. Sollte sie das heute noch in Angriff nehmen? Unschlüssig schob sie die Karte zurück ins Außenfach ihres Rucksacks und blinzelte in den Himmel. Wenn sie den Stand der Sonne richtig einschätzte, blieben ihr noch ungefähr drei Stunden, bis die Dämmerung einsetzen würde. Eigentlich genug Zeit, die zweite Brandstelle auch noch in Angriff zu nehmen. Ein Blick auf die Uhr bestätigte das. Sie seufzte. Na dann, wenn sie schon einmal hier war, konnte sie es gleich hinter sich bringen. Sie pfiff nach Maybellene und setzte ihren Weg fort. Allerdings mit deutlich weniger Motivation als zu Beginn ihrer Wanderung, nachdem ihre Nachforschungen bisher so ereignislos verlaufen waren.

Zu diesem Zeitpunkt wusste sie noch nicht, dass ereignislos allem anderen bei Weitem vorzuziehen war.

*

Zumindest gab es viel zu sehen. Maybellene scheuchte einen Hirsch auf. Die Kleine war darüber ebenso verblüfft wie Paige.

Gemeinsam blickten sie staunend dem flüchtenden Tier hinterher.

„Immerhin war es kein Wildschwein“, sagte sie scherzhaft zu ihrem Hund.

Maybellene stupste sie mit der Schnauze an und rannte dann zu einem Bach, der sich, von Schmelzwasser gespeist, seinen Weg talwärts bahnte. Dort stillte sie ihren Durst, bevor sie wie eine Irre durchs Wasser rannte.

Paige hüpfte darüber. Auf dem letzten Stein wäre sie fast ausgerutscht. Mit rudernden Armen fing sie sich wieder. Das wär's jetzt noch gewesen, dachte sie. Den Rest der Strecke in tropfnassen Kleidern zurückzulegen. Sie stieg immer höher, die Bäume wurden weniger und die Schneefelder größer. Sie zog noch einmal die Karte zurate. Mit dem Finger den Höhenkurven folgend, sah sie, dass sie zu weit aufgestiegen war. Konzentriert nagte sie an ihrer Unterlippe. Vielleicht war das gar nicht so schlecht. So würde sie die Stelle garantiert nicht verpassen, sondern eher mittendrin landen. Zumindest wenn sie diesem Pfad, der mehr wie ein viel genutzter Wildwechsel aussah, folgte.

Offenbar war es ein Wildwechsel, wie sie wenig später frustriert feststellte. Das Gelände war sehr abschüssig und bot wenig Halt. Sie bedachte ihre Hündin mit einem neidischen Blick. „Dir ist das egal mit deinem Vierpfoten-Antrieb, nicht wahr?“

Maybellene setzte ihren Weg unbeirrt fort. Mit einem amüsierten Kopfschütteln folgte ihr Paige, so gut sie konnte.

Abrupt veränderte sich die Umgebung. Eben noch war die Luft frisch und der Boden braun bis sogar leicht grünlich gewesen, und plötzlich war alles grau. Ein leichter Aschefilm lag auf den Blättern und bedeckte die Wurzelstücke der Bäume. Ein paar Meter weiter vorn waren bereits die ersten Baumruinen zu sehen. Gespenstisch, dachte Paige und rief Maybellene zu sich.

Die Hündin praktizierte wieder einmal selektives Hören und ignorierte sie. Die Haare im Nacken zu einer beeindruckenden

Bürste aufgestellt, die Nase am Boden, verfolgte sie mit höchster Konzentration eine Spur.

Paige hoffte einfach, dass es nicht ausgerechnet die Spur eines Bären war, und ließ sie gewähren. Was blieb ihr auch anderes übrig. Meist hörte die Schipperke-Hündin sehr gut. Aber bei den wenigen Gelegenheiten, wo sie sich so verhielt, konnte sie die Theorie mit dem Appell gleich vergessen. Wenigstens lief sie nicht weg.

Nun ja, sie wollte ja sowieso den ehemaligen Brand begutachten. Ohne eine Vorstellung davon zu haben, was sie eigentlich suchte, begann sie systematisch den schwarzen Boden abzugehen. Nach zwanzig Minuten gab sie auf und schaute sich nach ihrem Hund um. Blauer Himmel. Kohlrabenschwarze Erde überall, wo sie hintrat. Staubige Luft, aber keine magischen Hinweise auf den Übeltäter. Und eben auch kein Hund. Das war aktuell das dringendere Problem.

„Maybellene!", rief sie lauthals. Keine Reaktion. Sie versuchte es nochmals. Anschließend legte sie den Kopf schräg und lauschte angestrengt. Der Wind ging ein wenig. Gerade genug, um ihre Atemwege mit Staub zu überziehen. Es roch nach nassem, verkohlten Holz und Rauch. Am Himmel zog ein Bussard seine Kreise und stieß einen Schrei aus. Ein Schauder überlief sie.

„Maybellene!"

Endlich hörte sie in der Ferne ein Bellen. Ihr Kopf zuckte in diese Richtung und sie rannte los.

„Bitte, bitte lass nicht zu, dass ihr etwas passiert ist", murmelte sie während des Rennens vor sich hin, an niemand Bestimmten gerichtet. Sie wusste nur, dass sie es sich nie verzeihen würde, wenn der Kleinen etwas zugestoßen wäre.

Erleichtert verlangsamte sie ihre Schritte, als Maybellene in Sicht kam. Sie war damit beschäftigt, etwas auszubuddeln. Paige runzelte die Stirn. Hatte sie etwa eine Maus aufgestöbert? Sie zog eine Grimasse. Das wäre dann wahrscheinlich eine tote

Maus, so wie es hier roch. Modrig. Tot halt. Igitt. Langsam trat sie näher. Maybellene grub, dass links und rechts schwarze Erde und verkohltes Holz wegflogen. Zeitgleich schien sie an etwas zu zerren.

Paige machte einen weiteren Schritt auf Maybellene zu, um besser sehen zu können, was sie da im Maul hatte. Dann schrie sie. Laut.

8

Einige Zeit später wimmelte es im Wald von Polizisten und Feuerwehrleuten. Da der Brand bereits einige Wochen her war, wusste sie zwar nicht, was die hier wollten. Doch nachdem das zu durchkämmende Gebiet relativ groß war, nahm sie an, dass Sams Bruder Jake, der Sheriff, jede Hilfe, die er kriegen konnte, dankbar annahm. Sie hatten sogar einen Hund dabei. Genauer gesagt Tylers Schäferhund Ranger. Offensichtlich war er so was wie ein Polizeihund im Ruhestand. Aber da die Polizeistation von Independence keine eigene Hundestaffel hatte, wurde er bei Bedarf in den aktiven Dienst zurückversetzt.

Paige saß in einem der Einsatzwagen der Polizei und schlürfte aus einem Becher, den ihr irgendjemand in die Hand gedrückt hatte, viel zu süßen, heißen Tee. Maybellene, die erst von dem abgetrennten, menschlichen Arm abgelassen hatte, als sie schreiend weg in Richtung ihres Autos gerannt war, lag zusammengerollt zu ihren Füßen und schlief. Der Hund hatte offensichtlich kein bleibendes Trauma davongetragen.

Was sie selber anging, war sie sich nicht ganz so sicher. Dieser ganze investigative Journalismus verlangte ihr mehr ab, als sie gedacht hatte. Zugegeben, sie hatte nicht damit gerechnet, über zerstückelte Körperteile zu stolpern. Ihre Gedanken hatten sich mehr in der Richtung bewegt, ein Papierfragment mit einer verräterischen Botschaft zu finden. Oder vielleicht auch Zigarillo-Stummel, wie sie ein gewisser Baulöwe rauchte. Im Nachhinein musste sie zugeben, dass sie vielleicht etwas blauäugig an die Sache herangegangen war, braune Augen hin oder her.

Ein Knacken hinter ihr ließ sie zusammenfahren. Idiotisch eigentlich. Der Tote, oder die Toten, ganz klar war das noch nicht, würden sie kaum am helllichten Tag heimsuchen. Und sich dann durch Geräusche ankündigen. Doch ihre bis zum Äußersten strapazierten Nerven waren der Logik gerade nicht sehr zugänglich. Entschlossen, sich ihren Ängsten zu stellen, warf sie einen Blick in den Rückspiegel. Polly Miners, die ehemalige Polizistin, die sich nach ihrer Pensionierung innerhalb von zwei Wochen wieder hatte anstellen lassen und sich jetzt um den ganzen Papierkram auf der Wache kümmerte, kam auf das Auto zu. Paige war fasziniert von Polly. Trotz ihres fortgeschrittenen Alters war jedem, der einen Blick auf sie warf, sofort klar, dass sie nicht zu unterschätzen war. Es ging das Gerücht um, dass sie wieder angefangen hatte zu arbeiten, um ihre Ehe zu retten. Oder genauer ausgedrückt, um zu vermeiden, dass sie während eines Langeweilekollers aus Versehen ihren Ehemann mit der Schrotflinte erschoss. Wenn sich Paige die gebündelte Energie anschaute, die die andere Frau ausstrahlte, konnte sie sich gut vorstellen, dass das süße Nichtstun des Ruhestands nichts für sie war.

Polly hielt neben dem Auto an und öffnete die Tür einen Spaltbreit. Paige lächelte zu ihr hoch. Polly war immer nett zu ihr gewesen. Jetzt stand Sorge in ihren Augen.

„Wie geht es dir? Hältst du noch durch?"

Paige zuckte mit den Schultern. Ehrlich, was sollte sie dazu sagen. Sie hatte von Jake vor zwei Stunden, als er gekommen war, die strikte Anweisung erhalten, sich nicht von der Stelle zu bewegen. Inzwischen war ihr kalt, sie hatte Hunger und gleichzeitig brachte sie keinen Bissen hinunter. Sie hatte es versucht, mit einem ihrer Energieriegel. Leider verwandelten sich diese in ihrem Mund augenblicklich zu Sägemehl und sie musste einen Brechreiz unterdrücken. Also fiel essen wohl erst mal aus. Fast hätte sie hysterisch angefangen zu kichern, als in ihrem Kopf eine Schlagzeile mit dem Titel der neuen Trenddiät aufleuchtete. „Ein Toter pro Tag hält Ihren Appetit in Schach."

Polly, die wohl irgendetwas von ihren Gedanken ihrem Gesichtsausdruck entnommen hatte, sagte nur: „O-o. Adrenalincrash. Warte hier. Ich gebe einem der Jungs Bescheid, dass er dich nach Hause bringen soll."

Nach Hause gehen war eine ausgezeichnete Idee. Begleitung weniger.

„Danke, aber ich schaff das schon alleine. Ich muss sowieso Kats Truck wieder mit nach Hause nehmen."

Den Atem für diesen Einwand hätte sie sich sparen können. Polly war bereits am Telefon und bellte Anweisungen an die Person am anderen Ende.

Paige gab es auf, zu argumentieren und schenkte ihr ein schwaches Lächeln. Besser, sie sparte ihre Kräfte für … sie wusste eigentlich nicht wofür. Sie merkte nur, dass sie keinerlei Reserven mehr hatte. Deshalb klapperten vermutlich auch ihre Zähne. Offenbar war das auch Polly aufgefallen, die ihr einen besorgten Blick zu warf.

„Beweg deinen Hintern zum Parkplatz!" Sie machte eine Pause, um zuzuhören, was am anderen Ende gesprochen wurde.

„Das ist mir egal. Ich brauche dich jetzt dringend hier!" Mit diesen Worten nahm sie das Handy vom Ohr und unterbrach die Verbindung.

„Ich komme wirklich alleine klar. Es ist mir unangenehm, wenn ich jemanden von der Arbeit abhalte."

„Vergiss es. Das Adrenalin ist aufgebraucht, und jetzt setzt der Schock ein. Deshalb der Schüttelfrost. Willst du eine Decke?"

„Äh, nein danke." Mehr wusste sie nicht zu sagen. Es gab nichts mehr zu sagen. Dann würde sie eben hier auf einen der

Deputies oder der Neulinge bei der Feuerwehr warten und nach Hause fahren.

Ihr Blick fiel auf Pollys Hand, deren Finger ungeduldig auf das Dach des Autos trommelten.

„Geh nur", sagte sie deshalb. „Ich verspreche auch, nicht alleine loszuziehen."

„Bist du sicher?", fragte sie, offensichtlich erfreut über die Aussicht, sich wieder mitten ins Getümmel zu stürzen und Leichenteile zu suchen. Na ja. Jedem das Seine.

Wenn Paige nicht so fix und fertig gewesen wäre, hätte sie lachen müssen. Stattdessen lächelte sie nur schwach und nickte. „Ganz sicher."

Als sie herausfand, wer abkommandiert worden war, um sie nach Hause zu bringen, wünschte sie sich allerdings, dass sie nicht so voreilig geantwortet hätte.

Ace kam mit großen Schritten aus dem Wald und sprang leichtfüßig den Abhang bis zum Parkplatz hinunter. Erst dachte sie sich nichts Böses dabei. Schließlich war damit zu rechnen, dass er etwas brauchte, das sich in seinem Truck oder dem großen Feuerwehrauto befand. Zu ihrer Überraschung kam er aber wider Erwarten direkt auf sie zu.

Ohne Umschweife öffnete er ihre Tür und ergriff ihren Arm, um sie herauszuziehen.

„Hey, was soll das!"

„Ich fahre dich nach Hause, was denn sonst?"

Sie warf ihm einen bösen Blick zu.

„Wenn ich gewusst hätte, dass du die Babysitter-Pflichten übernehmen wirst, wäre ich vorher geflüchtet."

Ace warf ihr einen Blick zu, der besagte, dass er gerade alles andere als in Stimmung für einen Streit mit ihr war. In Anbetracht der Tatsache, dass sie mit ihrem Fund die ganze Feuerwehrtruppe aufgescheucht hatte, konnte sie ihm das nicht verdenken. Also beschloss sie, auf eine weitere scharfe Erwiderung zu verzichten und ihr Schicksal gefasst zu akzeptieren. Wenigstens hatte sie so während der Fahrt was fürs Auge, dachte sie mit so etwas wie Galgenhumor, als sich ihr Bauch bei seinem Anblick unwillkürlich zusammenzog. Es gab wohl für ihre fehlgeleitete Libido keinen unpassenderen Augenblick als diesen, um sich bemerkbar zu machen. Biologische Vorgänge waren schon was Sonderbares, dachte sie, nicht gewillt, dem Vorgang mehr Bedeutung zuzugestehen. Schließlich ging es hier um Ace, der ihren Anblick gerade mal einen halben Tag aushielt, wie er ihr ja gerade erst schmerzlich bewiesen hatte.

Sie unterbrach ihre unfruchtbaren Gedankengänge und stupste Maybellene an. Diese war offensichtlich so erschöpft, dass sie die ganze hitzige Diskussion verpasst hatte. Schlaftrunken hob sie den Kopf und blinzelte ihr entgegen, bevor sie herzhaft gähnte.

„Können wir?“, fragte Ace ungeduldig.

„Ja, ja. Wir kommen ja schon. Himmel. Man könnte meinen, es brennt irgendwo“, konnte sie sich nicht verkneifen zu murmeln. Aus dem Augenwinkel sah sie zu ihrer Überraschung, wie Ace’ Mundwinkel zuckte. Wie jetzt? Hatte der Mann tatsächlich einen Sinn für Humor? In ihrem Kopf gingen Alarmglocken los. Verdammt. Konnte er sich nicht wenigstens konstant wie ein Arschloch verhalten? Das würde ihre Ich-kann-den-Kerl-nicht-ausstehen-Kampagne um einiges erleichtern. Sie beschloss, dass es sicherer war, wenn sie einfach still war.

Lange hielt sie es allerdings nicht durch. Zuerst war einmal die dringliche Frage, was denn mit Kats Truck passieren würde. Also fragte sie ihn das.

„Wie kommt denn Kat zu ihrem Auto?“

„Zwei meiner Jungs kümmern sich darum, sobald wir hier fertig sind.“

„Oh, okay. Danke“, fügte sie nach einer Pause hinzu. Sie stieg ein und packte sich Maybellene zu ihrem Rucksack auf den Schoß. Nicht, weil sonst nirgends Platz war, sondern, weil ihr so kalt war. Der Trost, den das weiche Fell und die feuchte Nase dicht an ihrem Körper spendeten, war auch nicht zu verachten.

Fest entschlossen, die Fahrt schweigend hinter sich zu bringen, starrte sie aus dem Fenster. Das schaffte sie ganze zwei Minuten lang. Dann hielt sie es nicht mehr aus. Sie war einfach zu … aufgedreht. Ein anderes Wort fiel ihr dafür nicht ein. Zudem hatte sie dringende Fragen. Wie: Wer war der Tote? War es nur ein Toter? Wie war er umgebracht worden? Aber irgendwie hatte sie nicht das Gefühl, dass er diese Fragen schätzen würde. Zumindest nicht zu diesem Zeitpunkt. Also beschloss sie, über einen Umweg zu ihren Fragen zu gelangen und sagte beiläufig: „So viele Waldbrände … Ist das normal?“

Ace warf ihr einen kurzen Seitenblick zu und konzentrierte sich wieder auf die gewundene Straße. Sie dachte schon, er würde ihre Frage einfach ignorieren, als er antwortete.

„Waldbrände gehören zum normalen Kreislauf der Natur. Altes Holz wird verbrannt und es gibt Platz für neue, junge Pflanzen. So erneuert sich der Wald von selbst. Allerdings sprechen wir da von Waldbränden, die eines natürlichen Ursprungs sind.“

„Dann sind Waldbrände also gar nichts Schlechtes?“, fragte sie erstaunt.

„Im Prinzip nicht. Wenn aber alle paar Wochen irgendein Idiot vergisst, ein Feuer zu löschen, dann hat der Wald irgendwann zu wenig Zeit, sich zu regenerieren. Ein gesunder Wald hat auch immer Feuchtigkeit im Unterholz. Bereits abgebrannte Stellen sind trocken wie Zunder und bieten gleichzeitig zu wenig Nahrung. Dann wird es richtig gefährlich, weil das Feuer bei seiner Suche nach Nahrung massiv an Geschwindigkeit zunimmt.“

„Aber wer macht denn so was? Ich meine, das steht nun wirklich an jeder Ecke angeschrieben“, ereiferte sie sich, die omnipräsenten Warntafeln des Tourismusbüros und der Nationalparks vor ihrem inneren Auge.

„Oft ist es tatsächlich nur fehlende Sorgfalt. Mit der extrem trockenen Luft, die wir hier in Colorado aufgrund des kontinentalen Klimas haben, braucht es nicht viel, bis das dürre Holz Feuer fängt. Die meisten Leute unterschätzen diese Gefahr. Wenn es in den vergangenen Tagen einmal kurz geregnet hat, fühlen sie sich auf der sicheren Seite."

„Du sprichst von Dingen wie nicht gründlich gelöschten Campingfeuern oder weggeworfenen Zigarettenstummeln?"

„Genau. Die Liste lässt sich noch ergänzen durch Feuerwerk oder überhaupt das Anzünden eines Feuers während des Feuerbanns."

Paige nickte und machte sich konzentriert Notizen in ihr kleines, in Leder gebundenes Notizbuch. Schließlich war sie fertig und hob ihren Blick. Intelligenz und Wissensgier blitzten auf.

„Und sonst?"

„Wie und sonst?"

„Na, du hast gesagt, oft. Das heißt nach meiner Interpretation, dass es durchaus auch andere Gründe gibt."

Verdammt, dachte Ace. Ihr entging nichts. Dabei hatte er gehofft, sie würde sich mit diesen Gründen zufriedengeben.

„Na ja", druckste er herum. „Dann gibt es natürlich Brandstiftung."

„Brandstiftung. Du sprichst vom vorsätzlichen Legen eines Feuers? Wieso sollte jemand so etwas tun?", fragte sie, ehrlich interessiert. Sie war nicht überrascht. Schließlich war sie bereits selber zu dem Schluss gekommen. Nur das Warum war ihr nicht ganz klar. Sie hoffte, Ace' Erklärungen würden ein wenig Schwung in ihre stagnierenden Nachforschungen bringen.

Ace zuckte mit den Schultern.

„Wie bei jedem Verbrechen gibt es verschiedene Motive. Irrsinn. Gier." Er zuckte mit den Schultern. „Such dir was aus."

„Oh." Gedankenverloren kaute sie auf dem Ende ihres Bleistifts rum.

Dieses Bild setzte Ace dermaßen zu, dass er seinen Blick abwenden musste. Sonst hätte er in den nächsten Sekunden jegliche Vorsicht in den Wind geschossen und sie geküsst. Doch auch wenn sein Körper da anderer Meinung war und lauthals protestierte, war er noch nicht bereit, diesen Schritt zu wagen. Zu viele mögliche Konsequenzen, von denen er nicht wusste, ob er sie auf sich nehmen wollte. Ganz zu schweigen davon, dass Paige gerade erst einen ernsthaften Schock erlitten hatte. Als ehemaliger SEAL mit einer Tour in Afghanistan und zehn Jahren bei der Feuerwehr hatte er schon viel erlebt und gesehen. Trotzdem war es jedes Mal wieder … unangenehm. Eklig. Traurig. Paige hatte diese Erfahrungen nicht und er hoffte, sie würde sich nie an einen solchen Anblick gewöhnen müssen.

Ace hätte sich nicht solche Sorgen zu machen brauchen. Im Moment war Paige im Forschermodus, wo Gefühle erst einmal keinen Platz hatten. Nur Fakten. Später, beim Einschlafen, würde das anders sein. Dann würden die Geister erwachen und ihr während einer schlaflosen Nacht Gesellschaft leisten.

„Was war es in diesem Fall? Gier?"

Ace konnte nicht glauben, dass sie völlig cool einfach beim Thema blieb, und starrte sie ungläubig an.

„Was? Es wundert mich eben. Ich weiß, du hörst es nicht gerne und hast für die Leute meiner Zunft nur Verachtung übrig. Aber selbst du musst zugeben, dass investigativer Journalismus durchaus seine Berechtigung hat. Ich sage nur: Erin Brockovich."

Ace schüttelte frustriert den Kopf. „Das war Hollywood." Seine Lider senkten sich auf Halbmast und sein Mund verzog sich zu einem Lächeln, als er seine Aufmerksamkeit wieder auf die Straße richtete. „Immerhin hat Julia Roberts die Hauptrolle gespielt."

Paige rollte mit den Augen. „Typisch Mann. Ist ja klar, dass das das Einzige ist, was dir in Erinnerung geblieben ist und nicht der Umweltskandal. Klar, Julia Roberts ist Hollywood. Doch der Film basierte auf einer wahren Geschichte. Es gibt unzählige Fälle, bei denen Journalisten einen wertvollen Beitrag zur Aufklärung eines Falles geliefert haben. Ich habe halt dieses Beispiel gewählt, weil ich dachte, dass es dir am ehesten geläufig ist. Wegen Julia Roberts“, konnte sie sich nicht verkneifen, hinzuzufügen.

„Und du siehst dich jetzt als die nächste Erin Brockovich?“

„Irgendwer muss es schließlich machen“, murmelte Paige störrisch, wandte aber den Blick ab.

Ace presste die Lippen zusammen. Während er ihrer Begründung eine gewisse Logik nicht absprechen konnte, passte es ihm gar nicht, dass sie sich als selbst ernannte Ermittlerin betätigte. Die Brände waren eins. Aber mit den sterblichen Überresten, über die sie gestolpert war, hatte der Fall eine ganz andere Dimension angenommen. Eine, wo kurvige, rotblonde Schreiberlinge nichts zu suchen hatten. Unvorsichtigerweise teilte er diese Ansicht unverzüglich mit Paige.

„Irgendwer ist in diesem Fall wohl die Feuerwehr und, seit diesem Nachmittag, auch die Polizei.“

„Wow, ich bin beeindruckt“, antwortete sie sarkastisch, im Gegensatz zu ihrer Aussage ganz offensichtlich völlig unbeeindruckt. „Deshalb habt ihr die Leiche auch schon vor Wochen gefunden, als ihr die Brandstelle untersucht habt.“

Autsch. Der Hieb saß. Zum Glück hatte Ace viel Erfahrung darin, sich nichts anmerken zu lassen. Nur ein Muskel an seinem Kinn zuckte.

„Wer weiß, ob zu diesem Zeitpunkt überhaupt etwas zu finden gewesen wäre“, gab er ruhig zurück. „Versprich mir, die Arbeit den Profis zu überlassen.“

Ungläubig starrte Paige ihn an. Zugegeben, sie hatte sich nicht die Zeit für ein eingehendes Studium der abgetrennten Gliedmaße genommen. Dafür war sie viel zu beschäftigt damit gewesen, nicht ihr Frühstück wieder von sich zu geben. Trotzdem sah sie das verkohlte Fleisch deutlich vor sich.

Unwillkürlich erschauderte sie und schluckte, um den Brechreiz zu unterdrücken. Das war einfach Bullshit, was er erzählte. Allerdings erinnerte sie der flaue Geschmack im Mund daran, dass sie grundsätzlich nichts dagegen hatte, wenn jemand anders den nächsten Toten finden würde und nicht sie. So gesehen hatte seine Forderung durchaus seinen Reiz.

Ace nahm eine Hand vom Lenkrad und steckte ihr die Decke fürsorglich fester um den Körper. Maybellene leckte ihm über die Finger und kuschelte sich ihrerseits enger an sie.

Wie immer verwirrten sie seine widersprüchlichen Handlungen. Vorsichtshalber richtete sie ihre Aufmerksamkeit auf die Straße und die Lichter von Independence, die im Licht der Dämmerung sichtbar waren.

„Versprochen?"

Sie seufzte. Schließlich nickte sie. „Versprochen. Ich werde keine Brandstellen mehr alleine untersuchen." Sie hoffte, dass er die Einschränkung in ihrem Versprechen nicht merkte. Alles andere würde sie erst sehen.

Mit einem abschließenden Drücken ihrer Schulter nahm Ace seine Hand wieder weg. Die Stelle, an der er sie angefasst hatte, fühlte sich seltsam leer an. Die Gedanken in ihrem Kopf überschlugen sich. Ihre Nachforschungen. Die Waldbrände. Die toten Bäume. Maybellenes Fund. Ace an ihrer Seite in der Schule. Nett. Derselbe Ace, der sie grundlos angriff und wütend von der Feuerwehrwache wegschickte. Das Drama mit Leslie, das in seiner Anwesenheit irgendwie immer wieder von Neuem an Aktualität gewann, weil er die Geschichte nicht ruhen ließ. Schokolade. Sie brauchte dringend Schokolade. Oder eine Flasche Jack Daniels. Schokolade gewann, da sie von dieser Seite höchstens einen Zuckerschock, aber keinen Kater befürchten musste.

„Ich weiß, es ist viel verlangt. Aber kannst du auf dem Weg zu Kat kurz in der Stadtmitte halten? Bei Sweets? Ich brauche Schokolade."

Eine bittersüße Erinnerung durchzuckte Ace. Seine Schwester Joy, die auch zu den unmöglichsten Zeiten und Gelegenheiten Schokolade essen konnte. Zumindest bevor … Er schüttelte den Gedanken ab. Zwei Touren im fernen Osten setzten ihm nicht so zu wie diese Erinnerungen. Himmel!

„Klar“, antwortete er nur knapp.

Verwundert über die Veränderung in seinem Tonfall warf ihm Paige einen vorsichtigen Blick von der Seite zu. Die ganze Stimmung im Inneren des Autos schien sich verdunkelt zu haben. Plötzlich fiel es ihr schwerer, zu atmen.

„Wenn es dir zu viele Umstände bereitet, ist es okay“, murmelte sie unsicher und vergrub ihre Hand in Maybellenes Pelz. Auch ihre Hündin hatte den Kopf gehoben und musterte ihn.

Er antwortete nicht verbal, sondern schüttelte nur knapp den Kopf. Seine Miene war regungslos, wie eine Maske. Nur die Energie um ihn herum war intensiv wie immer, nur düster, anstatt wie sonst voller Leben.

Paige überlegte sich, ob sie sich einfach in Independence absetzen lassen sollte. Irgendwer würde sich schon finden, der sie zu Kat hinaus fuhr. Und wenn nicht, ließen die Disney Sisters sie sicher im Bed & Breakfast übernachten. Eine Nacht würde ihr knappes Budget wohl noch gerade so verkraften.

Doch als Ace den Wagen vor dem Sweets anhielt, öffnete sie nur stumm die Tür. Maybellene, die natürlich erfreut hinaussprang, verfrachtete sie kurzerhand wieder ins Innere des Autos, als sie selbst auf dem Gehweg stand. Hunde waren in dem Café zwar erlaubt, doch sie wollte ihren Aufenthalt so kurz wie möglich gestalten.

Das erwies sich allerdings als ein Ding der Unmöglichkeit. Kaum war sie durch die Tür, drehten sich alle zu ihr um. Brenda, die sich offensichtlich mit Jaz auf einen Kaffee, beziehungsweise in Jaz’ Fall Tee, getroffen hatte, sprang mit ihrer Enkelin Cammie im Arm auf und eilte ihr entgegen. Jaz, die offensichtlich heute arbeitete und noch ihre Yogaklamotten trug, tat es ihr gleich.

„Geht es dir gut?“

„Ist dir auch nichts passiert?“

„Ihr wisst bereits Bescheid?“

„Natürlich. Abgesehen von der Buschtrommel, die komplett in Aufruhr ist, hat Jake mich angerufen, als er den Anruf erhielt. Irgendwer muss ja auf die kleine Prinzessin hier aufpassen, wenn Mama arbeitet und Papa böse Jungs jagen muss.“ Sie beugte sich zu dem gut halbjährigen Mädchen hinunter und blies ihr sanft ins Gesicht.

„Ähm, okay. Ich meine, ich bin okay“, murmelte Paige. „Ich muss aber gleich los. Wir telefonieren später, ja?“ Sie schaute Jaz fragend an.

„Gerne. Aber wieso bist du so in Eile?“

„Mein Taxi wartet.“ Vage deutete sie hinaus, in der Hoffnung, die beiden würden nicht zu genau hinschauen, wer ihre Mitfahrgelegenheit war. Natürlich hatte sie dieses Glück nicht. Brenda warf einen Adleraugenblick nach draußen.

„Aber das ist doch Ace. Er hat bestimmt nichts dagegen, wenn es ein paar Minuten länger dauert.“

„Nein, wirklich. Es ist schon in Ordnung.“ Sie warf selber einen Blick in Richtung Parkplatz. „Er ist, wie soll ich sagen, nicht gut drauf.“ Sie zögerte und platzte daraufhin raus: „Es war ganz seltsam. Alles war normal, zumindest so normal es zwischen uns beiden sein kann.“ Sie zog eine Grimasse, die die beiden Frauen erwiderten. Jeder wusste, dass Ace als Einziger immer noch einen Groll auf Paige hegte. „Und dann war er plötzlich ganz seltsam. Als wenn jemand die Rollläden runtergelassen hätte.“ Verlegen warf sie einen Blick auf ihre Hände und bemerkte, dass diese ganz verdreckt und zerkratzt waren. Na großartig. Sie runzelte die Stirn, als ihre Gedanken wieder zu Ace und seinem sonderbaren Verhalten zurückkehrten. „Dabei hatte ich nur gefragt, ob wir bei Sweets halten können, um ein oder zwei schokoladehaltige Teilchen von Aileen zu holen." Sie hob den Blick. „Schokolade ist ein absolutes Muss, um einen Tag wie diesen zu verarbeiten. Schließlich stolpere ich nicht jeden Tag über eine Leiche. Immerhin besser als Alkohol, oder? Das war nämlich meine zweite Option." Nach dieser wahren Informationsflut klappte sie den Mund zu. Eigentlich war das gar nicht ihre Art, mitten in einem Lokal anderen ihr Herz auszuschütten. Aber irgendwie hatte sie sich einfach nicht zurückhalten können.

Jaz und Brenda warfen sich einen Blick zu.

Paige bemerkte diesen und fragte: „Was?"

„Nichts", antwortete Jaz. „Zumindest nichts, was sich innerhalb von zwei Minuten erklären ließe. Geh nur, wir hören uns."

„Wenn ihr meint …" Unsicher schaute sie von einer Frau zur anderen, doch ihre Mienen verrieten nichts.

„Ich melde mich", versicherte ihr Jaz. „Und wenn du dir neben der Schokolade sonst noch was Gutes tun willst, frage Kat nach meinem Tee. Der steht irgendwo in ihrer Küche rum."

Paiges Mund verzog sich zu einem schiefen Lächeln.

„Wäre das der Tee, auf den Kat schwört und bei dessen Erwähnung Paula direkt zur Whiskeyflasche greift?"

„Paulas Stoffwechsel funktioniert am besten mit einer Mischung aus Whiskey und Steaks. Irgendetwas ist bei ihrer Aufzucht schief gelaufen", bemerkte Brenda, die ihre Tochter nur zu gut kannte, mit einem trockenen Grinsen. „Vermutlich ist sie als Kind irgendwann in den Dieseltank des Traktors gefallen und keiner von uns hat es gemerkt."

„Das kann ich bestätigen. Ich habe einmal mit Paula und einer Flasche Whiskey gefeiert. Ich sage dir, nie wieder", stöhnte Jaz. „Im Gegensatz zu ihr bin ich mit einem Kater aufgewacht, der sich gewaschen hatte."

Cammie suchte sich diesen Moment aus, um mit lautem Geheul ihre Unzufriedenheit über den Mangel an

Aufmerksamkeit auszudrücken. Brenda kitzelte sie und drehte sie im Arm um, damit sie sich im Café umsehen konnte. Sofort beruhigte sich das Baby wieder und ruderte wie verrückt mit den Armen, um näher zu Paige zu gelangen.

„Paige hat jetzt keine Zeit", beschied ihr Brenda.

„Stimmt. Ich sollte jetzt wirklich weiter."

„Bis bald. Ich ruf dich an", verabschiedete sich Jaz.

„Gerne. Tschüss Brenda."

„Mach's gut und pass auf dich auf."

Paige winkte beiden zu, dann eilte sie auf den Tresen zu.

Dahinter standen Aileen und Lily vom Blumenladen und schienen in eine hitzige, wenn auch in gedämpftem Tonfall gehaltene Diskussion vertieft. Paige wartete, dass die beiden fertig wurden. Als sie so da stand und wartete, kam sie nicht umhin, ein paar Gesprächsfetzen aufzuschnappen.

„… wie lange willst du denn noch warten?", zischte Aileen gerade Lily zu.

Die hob abwehrend die Schulter. „… Frühling?", antwortete sie schließlich fragend.

Das bewog Aileen dazu, frustriert die Hände in die Luft zu werfen. „Merde! Frühling. Wieso nicht gleich bis zur nächsten Eiszeit warten? Lass dir nicht zu lange Zeit. Sonst gibt's dann vielleicht bald nichts mehr zu erzählen."

Lily presste die Lippen zusammen und stürmte nach hinten in Richtung Küche. Und weiter zum Hinterausgang, wie Paige vermutete. Es wurde gemunkelt, die beiden seien ein Paar. Doch wie es schien, gab es Ärger im Paradies. Was für eine Enttäuschung, dachte sie bei sich. Während ihres Frusts mit Ace hatte sie sich öfter mit dem Gedanken getröstet, dass ihr immer noch die Möglichkeit blieb, sich auf Frauen umzuorientieren. Frauen waren lange nicht so kompliziert wie Männer, hatte sie sich gedacht. Eine Schlagzeile blinkte in ihrem Kopf, als sie Lily hinterher sah. „Eifersuchtsdrama endet in Schokoladenbad."

Sie konnte gerade noch ein Grinsen unterdrücken, als Aileen sich ihr endlich zuwandte, ein gezwungenes Lächeln im Gesicht. „Hallo, Paige, was kann ich für dich tun?“

Paige war so damit beschäftigt gewesen, erst Ace’ seltsames Verhalten zu analysieren, als Nächstes die Zwischentöne von Brendas und Jaz’ Aussagen mitzubekommen, wenn auch erfolglos, und anschließend damit, das kleine Drama zwischen den beiden Turteltauben mitzuverfolgen, dass sie noch gar keine Zeit gehabt hatte, zu überlegen, was sie eigentlich essen wollte. Das war schon ohne Zeitdruck eine große Herausforderung, wenn sie all die Köstlichkeiten betrachtete, die hinter der Glasscheibe präsentiert waren. Schokoladenglasur glänzte, die Farben der Macarons leuchteten und die Früchtekuchen ließen ihr das Wasser im Mund zusammenlaufen. Am Ende entschied sie sich jedoch für einen Klassiker. „Äh, hast du noch von deinen Schokoladencroissants?“

Aileen nickte. „Wie viele?“

„Äh, drei?“, antwortete sie mit einem Fragezeichen am Ende, da sie nicht wusste, ob es noch so viele gab. Gegen Abend waren einige Sachen oft bereits ausverkauft.

Aileen nickte und schob drei Hörnchen, die sie mit einer Zange aus einem der Körbe hinter sich an der Wand fischte, in eine hellgrüne Papiertüte. Sie war mit einem weißen Schmetterling und dem geschwungenen Schriftzug vom Sweets beschriftet.

Dankbar legte Paige das Geld hin und griff nach der Tüte. „Danke. Du rettest gerade meinen Abend und bewahrst mich noch dazu vor einem Kater.“

„Exzellenter Kundenservice ist mein oberstes Gebot. Zudem bleibt so mehr Alkohol für mich übrig.“

Paige lächelte mitfühlend, sagte aber nichts dazu. Sie kannte Aileen, war jedoch nicht wirklich mit ihr befreundet. Und entgegen der weitläufigen Meinung, die andere von ihr hatten, mischte sie sich nicht überall ein.

„Danke. Vielleicht lässt sich der missgelaunte Feuerwehrmann da draußen im Auto durch eines deiner Schokoladencroissants besänftigen." Ups. Woher war das denn plötzlich gekommen? Hatte sie nicht eben gedacht, dass sie Aileen eigentlich gar nicht richtig kannte? Offensichtlich war ihre interne Festplatte gerade am Überlaufen. System-Overload. Nicht gut.

Aileen lachte. „Das hilft sicher. Und wenn du in nächster Zeit Feuer und Leichen vermeidest, bessert das seine Stimmung vielleicht auch."

Alle anderen hatten eindeutig kein Problem damit, sich in die Angelegenheiten anderer zu mischen, unabhängig vom Freundschaftsgrad.

Amüsiert schüttelte Paige den Kopf, verabschiedete sich mit einem Lächeln und ging nach draußen. Zu ihrem Hund, der sich freute, als würde sie nach einem halben Jahr Auslandsaufenthalt endlich zurückkehren, und dem Mann, der immer noch so brummig war wie vor einer Viertelstunde.

Das Schokoladenhörnchen akzeptierte er allerdings ohne Gegenwehr. Dazu waren sie einfach zu gut.

9

In den nächsten Tagen hatte Paige keine Zeit, sich um dubiose Baugeschäfte, Brandstifter oder launische Feuerwehrmänner zu kümmern. Die Planungen für ihre Wahlfächer an der Highschool waren voll angelaufen. Nadine hatte ihr sehr engagierte Lehrerinnen vermittelt, die nicht lange rumfackelten. Beide waren so begeistert von der Idee, dass sie sich mit vollem Elan in die Vorbereitungen gestürzt hatten.

Wie vermutet waren Shauna und Leslie überhaupt nicht begeistert gewesen, als sie gehört hatten, dass sie aufgrund ihres Alters in unterschiedlichen Gruppen sein würden.

„Na super. Wir bringen dich auf die Idee, und du bestimmst dann über uns“, hatte Shauna gemotzt.

Leslie war zurückhaltender gewesen, aber auch ihr war der Unmut deutlich anzumerken.

Paige, die diese Reaktion bereits erwartet hatte, hatte geduldig gewartet, bis die Mädchen ihren Gefühlen Luft gemacht hatten. Dann hatte sie gesagt: „Ich habe euch einen Vorschlag zu machen.“

„Und der wäre?“, kam es unwirsch von Shauna.

„Shauna“, zischte Leslie ihr zu, „hör dir doch erst mal an, was sie zu sagen hat.“

„Wollte ich ja“, verteidigte sich ihre Schwester hitzig. „Das hatte ich eben ja gesagt, Himmel!“

„Das reicht, Mädels", rief Paula vom Herd, wo sie in einer Suppe rührte. Das wirkte. Die beiden waren ruhig, die finsteren Blicke blieben. Aber gut.

Paige schaute bewundernd zu Paula hinüber. Der Buchtitel „Kinder- und Pferdetraining in einem" blinkte in ihrem Kopf auf. Sollte sie je schwanger werden, würde sie versuchen, Paula dazu zu überreden, Kindererziehungskurse anzubieten. Dann hätte sie vielleicht wenigstens eine kleine Chance, dass ihr fiktiver Nachwuchs sich benehmen würde. Dass es mit Maybellene so gut klappte, hatte mehr mit dem Goodwill des Hundes zu tun als mit ihrer eigenen Konsequenz.

Dieser Ausflug in ihre eigene Zukunft dauerte so lange an, dass die Mädchen ungeduldig auf ihren Stühlen umherzurutschen begannen.

„Paige", forderte Paula sie auf, „du wolltest etwas sagen? Ich kann die beiden zwar für einen Moment zum Verstummen bringen. Doch der Zauberspruch hat nur eine begrenzte Wirkkraft. Wenn sie länger als zwei Minuten auf die Infos warten müssen, kann ich für nichts garantieren."

„Ups, sorry. Ich war in Gedanken."

„Kein Problem. Aber jetzt los. Von den zwei Minuten sind schätzungsweise noch dreißig Sekunden übrig."

„Richtig. Gut. Also."

Leslie setzte sich aufrechter hin, gespannt darauf, was jetzt gleich kommen würde. Shauna starrte Paige an, als hätte sie nicht alle Tassen im Schrank. So wie sie diese ganze Sache gerade vermasselte, konnte sie ihr das nicht verdenken.

„Ich würde euch zwei gerne als Projektleiter einsetzen."

„Wie toll!", rief Shauna aus und klatschte in die Hände. „Hast du gehört?"

Diesmal war es Leslie, deren Reaktion verhalten ausfiel

„Was würde denn das beinhalten?", fragte sie misstrauisch.

Nur zu gut wusste sie, dass es im Leben nichts umsonst gab. Irgendeinen Haken gab es immer. Außer, als sie auf Paulas

Ranch gestolpert war und schließlich eine Familie gefunden hatte. Aber sie ging davon aus, dass sie damit jetzt so ziemlich ihr komplettes Glücksguthaben fürs Leben aufgebraucht hatte.

„Gute Frage", schaltete sich Paige wieder ins Gespräch ein. „Ihr wärt für die Organisation innerhalb der Gruppe verantwortlich und die Kommunikation mit der zuständigen Lehrerin, aber auch mit mir und der anderen Gruppe. Es macht keinen Sinn, wenn beide Gruppen beides machen. Ich dachte mir, wir könnten uns auf ein gemeinsames Konzept einigen, dann würden beide Gruppen drehen und Tonmaterial sammeln."

„Dann machen ja doch beide Gruppen dasselbe", stellte Shauna fest.

„Kannst du vielleicht mal zuhören?", schnappte Leslie ungeduldig. Sie wollte gerne den Rest hören. Dolly und die anderen Pferde warteten draußen auf sie, die Sonne schien und länger hell war es auch endlich. Sie hatte keine Zeit, unnötig lange Gespräche zu führen. Das Projekt war toll, klar. Aber ihre Vierbeiner hatten nach wie vor Vorrang.

Shauna rollte in bester Schwesternmanier mit den Augen, war aber still.

„Das ist richtig", gab Paige ihr recht. „Das Drehen und das Sammeln des Tonmaterials ist ja auch das, was am meisten Spaß macht. Das wollte ich keiner Gruppe vorenthalten. Der Schnitt und das Einfügen der Tonspur sowie das Überarbeiten der Textbausteine werden nach Interesse und vorhandenem Talent aufgeteilt. Das erfordert eine gute Kommunikation zwischen den Klassen. Genau das wäre eure Aufgabe."

„Dann wären wir sozusagen die Chefs?", schloss Shauna und rieb sich erfreut die Hände.

Leslie warf ihr einen Blick zu. „Chefs arbeiten mehr."

„Na und?"

„Ich habe bereits genug Hausaufgaben. Der Kurs kostet mich jeden Tag zusätzlich zwei Stunden." Sie warf die Hände in die Luft. „Ich habe auch noch ein Pferd, weißt du. Dann sind da noch Jack und Jill …", zählte sie die beiden halbjährigen Kätzchen auf, die sie auf ihrem Trip nach San Diego aufgelesen hatte, „ganz zu schweigen von den Hunden. Ich bin mir nicht sicher, ob mir das dann nicht zu viel wird." Ihrer Stimme war deutlich anzuhören, wie aufgewühlt sie war.

Paula, die immer noch am Küchentresen stand, drehte sich um und betrachtete ihre Adoptivtochter prüfend. Schließlich sagte sie: „Lass es dir doch einfach durch den Kopf gehen, Kleine. Vielleicht könntest du es probehalber machen?" Sie warf einen fragenden Blick in Paiges Richtung.

Paige beeilte sich, zu nicken. Sie war sich nicht sicher, was jetzt genau Leslies Stress ausgelöst hatte. Sie wusste nur, dass sie alles tun würde, damit es ihr wieder besser ging. Ihre Idee war dazu gedacht gewesen, den Mädchen eine Freude zu machen, nicht, sie unter Druck zu setzen. Sie hatte gehofft, das wäre die ideale Lösung, nachdem die beiden sowieso immer gemeinsam unterwegs waren und filmten. War sie da etwa falsch gelegen? Andererseits hatte sich Leslie ursprünglich für das Projekt begeistert.

„Auf jeden Fall. Wenn du merkst, es wird dir zu viel, können wir in der Klasse auch jemand anderen wählen. Vielleicht wäre das sowieso die beste Lösung. Dann könnte sich niemand beschweren, er sei nicht berücksichtigt worden."

„Auf keinen Fall", entrüstete sich Shauna. „Ich will das unbedingt machen."

Für eine knapp Neunjährige hatte sie eine sehr genaue Vorstellung davon, was und wie sie etwas wollte, dachte Paige und unterdrückte ein Grinsen.

„Du willst ja bloß allen sagen, wo's langgeht", murmelte Leslie.

„Ja klar. Und jetzt?" Shauna sah offensichtlich nicht, wieso das ein Problem sein sollte.

„Ich möchte das lieber nicht." Ein weiteres Puzzleteil fiel an seinen Platz.

„Dann ist ja alles geregelt. Shauna, du wirst offiziell Teamleiter deiner Klasse. Ich gebe Mrs. Davies Bescheid. Mrs. Tanner hingegen bitte ich, in der ersten Stunde verschiedene Ämter zu verteilen und dabei dich, Leslie, für die Koordination vorzuschlagen. Nachdem die anderen zur gleichen Zeit auch verschiedene Aufträge erhalten, wird niemand auf die Idee kommen, dass du eine besondere Stellung einnimmst. Und wenn du merkst, es wird dir tatsächlich zu viel, dann gib einfach Bescheid. Okay?“

Sie versuchte Leslies Blick zu erhaschen, doch ihre Augen waren hinter einem Vorhang ihrer langen, braunen Haare verborgen.

„Kann ich dann jetzt gehen?“

Paige schaute zu Paula hinüber und zuckte mit den Schultern. Das war Paulas Entscheidung. Sie hatte gesagt, was sie sagen wollte.

„Klar. Komm einfach rein, sobald es dunkel ist“, antwortete Paula an ihrer Stelle. „Wenn du willst, kannst du Rufus mitnehmen.“

„Mach ich.“ Leslie wandte sich zu ihrer Schwester und deutete ein Nicken in Richtung Stall an. „Kommst du?“

„Sind wir hier fertig oder muss ich noch etwas tun? Einen Vertrag unterschreiben oder so?“

Paige lachte über Shaunas Eifer und ihren offensichtlichen Geschäftssinn. „Nein, nein. In ein paar Tagen ist das nächste Treffen mit den Lehrerinnen und dem Tourismusbüro von Independence. Es wäre schön, wenn ihr dann dabei sein könntet, obwohl der eigentliche Kurs noch nicht angefangen hat.“

Sie sahen den beiden Mädchen nach, die sich im Foyer in ihre Stiefel und Jacken stürzten und schließlich in Richtung Stall abzogen, die beiden Cattledogs Barns und Roo dicht auf ihren Fersen. Maybellene, die unter dem Tisch saß, schaute den Vieren ungerührt hinterher. Erst als sie nicht mehr zu sehen waren, ließ sie sich mit einem erleichterten Seufzer zur Seite und auf Paiges Füße fallen. Sie hielt es zwar inzwischen aus, aber eigentlich war so viel Trubel nichts für sie.

„Bleibst du zum Essen?“, wollte Paula wissen.

Paige schüttelte den Kopf.

„Danke, aber nein. Ich muss noch einiges erledigen bis Montag.“

„In Ordnung.“

„Sag mal, was war denn eben mit Leslie los?“, erkundigte sich Paige. „War es falsch von mir, den beiden so viel Verantwortung zu übertragen? Oder hätte ich zuerst dich fragen sollen? Sorry, daran, hatte ich gar nicht gedacht.“

„Auf keinen Fall“, winkte Paula ab. „Außer einigen zusätzlichen Treffen mit dir, Kat und den beiden Lehrerinnen bewegt sich ja alles in dem Rahmen der Freifächer, zu denen wir sowieso unsere Zustimmung gegeben hatten.“

„Zu was habe ich meine Zustimmung gegeben?“

Paulas Blick flog zum Eingang und sie lächelte. „Nate! Bist du schon fertig für heute?“

„Ja. Zum Glück.“ Er stellte seine Gummistiefel vor die Tür auf die Veranda.

Paulas Mann Nate trat in die Küche. Er nickte Paige zu, ging aber zielstrebig zu Paula und nahm sie in den Arm. Paula wechselte den Löffel in die linke Hand, sodass sie den rechten Arm frei hatte, um ihn in den Arm zu nehmen. Er senkte den Kopf, und Paula hob ihren Blick für einen Willkommenskuss. Einen langen Kuss.

Angesichts dieses intimen Moments wandte Paige den Blick ab.

Schließlich hörte sie Paula kichern.

„Hör auf, Nate. Du machst ja Paige ganz verlegen.“

„Und das ist mein Problem, weil …?“

Das brachte ihm einen Boxhieb von Paula ein.

„Autsch“, jammerte er und tat so, als würde er zusammenzucken, obwohl er ziemlich sicher nicht viel gespürt hatte. Paula war stark. Aber erstens hielt sie sich wenigstens ein bisschen zurück, wenn das Ziel ihr Mann war, das vermutete Paige zumindest, ganz sicher war sie sich allerdings nicht. Und zweitens war Nate ein sehr großer und kräftiger Mann. Täglich als Tierarzt mit unwilligen Kälbern zu diskutieren schien sich als Fitnessprogramm zu bewähren. Ähnlich wie das Training gewisser Feuerwehrmänner. Was trainierte der Mann überhaupt? Kletterte er die ganze Zeit die Feuerwehrstange rauf und runter? Diese Überlegungen führten zu einer Zeitungsanzeige für Pole-Dance-Klassen für Feuerwehrleute, sodass sie verständlicherweise abgelenkt war und fast Nates Entschuldigung verpasst hätte.

„Tut mir leid“, sagte er, an Paige gewandt, obwohl offensichtlich war, dass es ihm überhaupt nicht leid tat. Doch nachdem er ihr dabei freundlich zuzwinkerte und Paula ein zufriedenes Lächeln im Gesicht trug, gab es auch nichts zu entschuldigen.

„Nein, nein, macht nur weiter mit … ähm, küssen und so, ich geh dann mal.“

Paula schnaubte amüsiert.

„Küssen und so, ja? Du vergisst, dass wir zwei heranwachsende Mädchen im Haus haben, die jeden Moment zur Tür reinplatzen können. Zumindest den ‚und so‘-Teil müssen wir leider verschieben. Also kannst du genauso gut sitzen bleiben und mich beim Kochen unterhalten. Nate geht jetzt sowieso erst einmal duschen.“

„Das ist wahr. Du kannst auch gern zum Essen bleiben“, versicherte ihr Nate.

Paige lachte. „Danke. Aber ich muss nach Hause. Ich habe Kat versprochen, ihr bei der Abendfütterung zu helfen.“

„Mit den Hunden?“, fragte Nate beeindruckt, der genau wusste, dass sie immer noch mit ihrer Hundephobie zu kämpfen hatte.

„Nein“, gab Paige zerknirscht zu. „So weit bin ich noch nicht. Aber wir haben einen Wurf junger Kätzchen sowie ein verletztes Eichhörnchen. Zumindest bei diesen bin ich eine Hilfe.“

Nate zuckte mit den Schultern. „Hauptsache, Kat muss nicht alles alleine machen. Wer wen füttert, ist schlussendlich ja egal.“

„Zurück zu deiner Frage“, schaltete sich Paula in die Unterhaltung ein, während sie für Nate ein Bier aus dem Kühlschrank holte. „Leslie nimmt jegliche Art von Verantwortung nach wie vor sehr ernst. Seien das die Tiere, ihre Hausaufgaben oder etwas anderes. Und ab und zu wird es ihr dann zu viel. Zudem steht sie nicht gerne im Mittelpunkt. Dafür hat sie zu lange versucht, möglichst unsichtbar zu sein.“

Schuldgefühle stürzten auf Paige ein. Da hatte dieses Mädchen bereits mit allen möglichen Dämonen zu kämpfen und sie ging hin und schaffte es, mit einem ungeschickt platzierten Artikel ihre sichere Tarnung auffliegen zu lassen. Beschämt schloss sie die Augen.

„Es tut mir so leid. Wirklich“, flüstere sie.

„Was?“, fragte Paula, sich bewusst dumm stellend.

„Du weißt schon, mein Artikel.“ Paige hatte selber nie beabsichtigt, den Artikel so rauszubringen, wie er am Ende in der Zeitung gelandet war. Mit den echten Namen und allem. Aber sie war so begeistert gewesen, die Geschichte rauszubringen, dass sie sie wahllos an alle möglichen Redaktionen geschickt hatte. Unter anderem an ihren ehemaligen Chef, den Redakteur einer schmierigen zweitklassigen Zeitung. Seitdem hatte sie sich unzählige Male entschuldigt und alles in ihrer Macht Stehende unternommen, um es wiedergutzumachen. Letzteres hatte beinhaltet, dass sie dem Verantwortlichen auf die Schliche gekommen war und zusätzlich zu einer offiziellen Entschuldigung von seiner Seite eine finanzielle Wiedergutmachung ausgehandelt hatte. Immerhin hatte Leslie jetzt ein gut gepolstertes Collegekonto. Wie die letzten Stunden bewiesen, kamen sie alle inzwischen ziemlich gut miteinander aus. Trotzdem oder vielleicht auch gerade deshalb wurde Paige manchmal immer noch von ihren Schuldgefühlen überwältigt.

„Das hattest du bereits gesagt. Und hinreichend bewiesen, dass dem tatsächlich so ist. Glaub mir, du bist die Einzige, die noch daran zu kauen hat."

Abgesehen von Ace, schoss es Paige durch den Kopf.

„Und Ace vielleicht", fügte Paula prompt hinzu, die ihre Gedanken zu lesen schien.

„War das jetzt so offensichtlich?" Paige biss sich auf die Unterlippe.

Paula zuckte amüsiert mit einer Schulter. „Ziemlich. Zudem kenne ich ihn ja auch sehr gut. Was ist denn der aktuelle Stand zwischen euch?"

„Es gibt kein uns", grummelte Paige. „Letzter Stand waren wieder einsilbige Antworten und eine allgemeine Unzufriedenheit darüber, dass ich dieselbe Luft atme wie er. Oder überhaupt atme."

„Oha. Da klingt jemand recht unzufrieden."

„Das kannst du laut sagen", mischte sich Nate ein.

Das erschien Paige als der perfekte Zeitpunkt zu gehen. Sie erhob sich, und Maybellene sprang auf die Füße.

„Ich muss los. Danke. Wenn die Kinder noch was wissen müssen, können sie mich jederzeit anrufen."

„Geht klar. Werde ich ihnen ausrichten. Und mach dir keine Gedanken wegen Leslie. Das wird schon. Die Lösung, die du ihr angeboten hast, finde ich ziemlich gut. Das nimmt das Scheinwerferlicht von ihr und sie kann trotzdem das machen, was du ursprünglich im Sinn hattest. Und Shauna ist ja sowieso Feuer und Flamme."

„Shauna ist was?", hakte Nate bei der Erwähnung seiner Tochter nach.

„Bereit, die Weltherrschaft zu übernehmen, so wie ich das sehe", antwortete Paige mit einem Grinsen.

„Das kann ich mir vorstellen. Das hat an dem Tag angefangen, als sie einen vollständigen Satz sagen konnte", jammerte er gespielt verzweifelt.

„Wenigstens wird es uns die nächsten zehn Jahre sicher nie langweilig", meinte Paula trocken.

Nate stellte die leere Flasche auf den Tresen und lehnte sich hinüber, um Paula noch einmal zu küssen, bevor er sich umdrehte und in Richtung Bad verschwand. Diesmal war es nur ein kurzer Kuss. Deswegen war die Situation nicht weniger süß. Ein schmerzhafter Stich durchfuhr Paige. Sie freute sich ehrlich für Paula, dass sie und Nate endlich zusammengefunden hatten. Es war nicht Eifersucht. Eher Sehnsucht. Sehnsucht, endlich auch so eine Verbindung mit einem anderen Menschen zu haben. Sie wünschte sich einen Mann in ihrem Leben, der sie anschaute, als wäre sie alles für ihn. Wenn dieser Mann sie dann noch auf diese Art und Weise küssen würde … da hätte sie ganz und gar nichts dagegen. Ace' Gesicht geisterte durch ihre Gedanken. Sie schnaubte hörbar. Ja richtig. In einem anderen Leben vielleicht. Die wehmütigen Hirngespinste abschüttelnd, ging sie zu Paula und umarmte sie zum Abschied.

„Danke und bis bald."

„Auf jeden Fall. Und hey, wenn du mal reden willst, und zwar über dich anstatt über deine Projekte, ruf an."

Das war typisch Paula, dachte Paige. Kein langes Reden um den heißen Brei. Ob gut oder schlecht, sie ließ einem immer wissen, wo man stand. Das entlockte Paige ein schiefes Lächeln, während sich ein warmes Gefühl in ihr ausbreitete.

Gerührt durch dieses unerwartete, deutliche Freundschaftsangebot, antwortete sie: „Mach ich. Tschüss."

Maybellene verstand den Abschiedsgruß als das, was es war und eilte durch die Diele voraus zum Ausgang.

Paula sah Paige noch einen Moment lang nach, bis sich die Tür hinter ihr geschlossen hatte. Sie hatten zwar einen holprigen Start hinter sich, doch Paula kam nicht umhin zu bemerken, wie gerne sie die andere Frau mochte. Was sie nicht mochte, war die Melancholie, die sie immer wieder umgab. Paige tat zwar ihr Bestes, sich nichts anmerken zu lassen, aber Paula ließ sich nicht täuschen. Tolle Projekte hin oder her, Paige war nicht glücklich. Zumindest nicht rundum glücklich, wie das sich Paula für alle ihre Freunde wünschte. Normalerweise mischte sie sich nicht gerne ein. Sie selber hasste das auch. Sollte jeder leben, wie er wollte. Leben und leben lassen, war ihre Devise. Jedoch in diesem Fall würde sie vielleicht eine Ausnahme machen müssen. Sie machte sich im Geiste eine Notiz, ihre Schwestern und Freundinnen anzurufen. Und einem gewissen Feuerwehrchef eine Standpauke zu halten.

Leider wusste Paige nichts von Paulas Interventionsplänen. Sonst hätte sie sie vielleicht beim Wort genommen und sie am selben Abend noch angerufen. Dann wäre sie wenigstens etwas vorbereitet gewesen auf das, was sie in den nächsten Tagen erwartete.

10

Mit Tüten und Paketen beladen schob Paige die Tür zum Diner auf. Bevor sie zufiel, konnte sie sie gerade noch mit dem Fuß stoppen, damit Maybellene, die hinter ihr war, nicht eingeklemmt wurde. Dabei verlor sie jedoch die auf ihrem Arm gestapelten Schachteln aus den Augen, sodass der Turm gefährlich in Schieflage geriet. Will, einer von Jakes Deputies, der nach seiner Mittagspause gerade wieder auf dem Weg aufs Revier war, kam ihr zu Hilfe und richtete sie wieder gerade.

„Hoppla. Nicht, dass dir was runterfällt." Um zu vermeiden, dass sie selbst auch das Gleichgewicht verlor, hatte er seine freie Hand an ihre Hüfte gelegt.

Nachdem sie ihre Sachen wieder fest im Griff hatte, richtete sie ihre Augen verlegen auf Will. „Danke. Das wäre verheerend gewesen, wenn diese Dinge runtergefallen wären."

„Wie wär's mit einem Kaffeedate als Dank?", fragte er mit einem frechen Funkeln in den Augen.

Paige schoss das Blut in die Wangen. „Ein Kaffeedate?", wiederholte sie, etwas dümmlich, wie sie fand.

„Ja. Du weißt schon, wo sich zwei Menschen gemeinsam treffen, einen Kaffee trinken und einander besser kennenlernen." Will schien es nicht aus der Ruhe zu bringen, dass sie ein wenig langsam war, was seine Flirtversuche anging.

Während sie überlegte, was sie sagen sollte, idiotisch eigentlich, wenn man bedachte, dass Will gut aussehend, Single und nicht zu vergessen lustig war und sie gerne jemanden kennenlernen würde, hielt Miss Minnie neben ihnen an und wischte geschäftig die Scheibe der Eingangstür ab, obwohl diese bereits streifenfrei glänzte.

„Nichts da. Ich habe mein Geld auf Paige und Ace gesetzt. Sie haben noch zwei Tage Zeit bis zum ersten Kuss. Da kann ich es nicht gebrauchen, dass du dich einmischst, Will. Halt dich lieber an … was weiß ich, Anna? Das arme Mädchen arbeitet viel zu viel in ihrem Friseursalon. Die könnte deine Aufmerksamkeit gebrauchen."

Ebenso schnell, wie sie gekommen war, war sie auch schon wieder weg. Mit offenem Mund starrte Paige ihr nach. Will schüttelte nur amüsiert den Kopf. Aufgewachsen in Independence, hatte er schon ziemlich alles mit den Disney Sisters erlebt.

„Hat sie uns eben verboten, uns zum Kaffee zu verabreden? Damit Ace mich in zwei Tagen küssen kann und nichts zwischen sie und ihren Wettgewinn kommt?", fragte sie ungläubig.

„Genau das hat sie gemacht."

„Ist die Frau nicht ganz bei Trost? Sie muss doch wissen, wie es zwischen Ace und mir steht."

„Wie steht es denn zwischen Ace und dir? Das würde mich nämlich auch interessieren", sagte Will beiläufig. „Nur so, damit ich meine Erwartungen an unser Date anpassen kann." Er bückte sich, um Maybellene zu streicheln, die interessiert nähergekommen war. Als sie seine ausgestreckte Hand sah, hielt sie jedoch inne und blieb außerhalb seiner Reichweite stehen. Fremden Menschen, insbesondere Männern, begegnete die Hündin immer mit großem Respekt. Netterweise ließ er sie in Ruhe und verfolgte sie nicht weiter, was ihm Paige hoch anrechnete.

„Es gibt kein ‚Ace und ich'", antwortete sie, trotzdem irritiert über seine Frage.

„Na, dann ist ja alles bestens. Nachdem wir uns wahrscheinlich lieber nicht mit Miss Minnie und ihren Plänen herumschlagen wollen, schlage ich das Sweets vor. Morgen um neun vor meiner Schicht. Ich hol dich ab.“

Während Paiges Hirn sich damit auseinandersetzte, dass sie gerade Anweisungen, ja genau, Anweisungen!, für ein Date entgegen genommen hatte, beugte er sich vor und küsste sie kurz auf den Mund, bevor er die Tür öffnete und die paar Stufen hinuntersprang.

„Wow“, erklang Tylers Stimme verträumt hinter ihr. „Das war ja ziemlich heiß! Wie machst du das nur?“ Ranger, der immer in der Nähe war, wo sich Tyler aufhielt, zwängte sich zwischen die beiden. Erst begrüßte er Maybellene mit einem Nasenstüber, was diese sich gerne gefallen ließ, dann setzte er sich auf Paiges Fuß und schaute mit seinem besten Hundeblick zu ihr hoch. Zögernd legte sie ihm eine Hand auf den Kopf. Nachdem ihre Hand auch nach zwei Sekunden noch dran war, entspannte sie sich und ließ sie liegen, wo sie war, als sie Tyler antwortete.

„Was? Den Eindruck erwecken, ich ließe mich gerne herumkommandieren?“ Waren denn heute alle verrückt geworden? Vielleicht war hier in den Bergen das Wasser anders. Oder die Luft. Anders waren gewisse Dinge nicht zu erklären. Wie die Rückkehr ins Steinzeitalter, was die Männlein-Weiblein-Geschichte anging. Obwohl sie insgeheim, aber wirklich nur insgeheim zugeben musste, dass das, was Tyler gesagt hatte, ein Körnchen Wahrheit enthielt.

„Ich weiß nicht, mir persönlich sind Männer lieber, die wissen, was sie wollen“, antwortete Tyler ungerührt. „Außerdem … schau mal da rüber.“

Paige befolgte Tylers Aufforderung und begegnete Ace’ Blick. Dieser hatte die ganze Szene offensichtlich mitbekommen und war anscheinend ganz und gar nicht begeistert. Auch wenn sie sich beim besten Willen nicht vorstellen konnte, was sie nun schon wieder getan hatte, um seinen Ärger zu wecken.

„Ach das“, meinte sie deshalb wegwerfend. „Das ist sein üblicher Gesichtsausdruck, wenn ich in der Nähe bin. Das hat ganz und gar nichts mit Will und seiner Frage zu tun.“

„Da wäre ich mir nicht so sicher“, murmelte Tyler. Dann fiel ihr Blick auf die Pakete und Tüten in Paiges Arm. „Warst du einkaufen?“

„Jaaa“, rief Paige begeistert. Einerseits über den Themenwechsel im Allgemeinen, andererseits aber auch, weil sie in Hochstimmung über ihren erfolgreichen Morgen war. „Allerdings nicht das, was du denkst. Ich habe sämtliche Elektronikgeschäfte im ganzen County abgeklappert. Für mein Schulprojekt brauchen wir GoPro-Kameras, Stative und Tablets. Die Schule kann zwar einen Teil abdecken, aber nicht alles. Also bin ich losgezogen und habe alle Inhaber vollgequasselt, indem ich in epischer Länge und Breite von unserem Projekt erzählt habe. Ich habe den Verdacht, dass die meisten am Ende einfach Ja gesagt haben, damit ich endlich ruhig bin.“ Sie lächelte verschmitzt.

„Das kann ich mir vorstellen“, brummte Ace nicht leise, als er sich an ihnen vorbeidrückte, da sie nach wie vor im Eingang standen. „Geschichten erfinden kannst du ja gut.“

Paiges Strahlen, das eben noch geleuchtet hatte, als sie von ihrem Erfolg erzählte, erlosch. Wie auf Kommando erstarben alle Gespräche im Diner. Miss Minnie, die gerade im Begriff war, Kaffee nachzuschenken, hielt mitten in der Bewegung inne. Dann drehte sie sich um. Ihr Gesicht glich einer Gewitterwolke kurz vor der Entladung. Paige hielt den Atem an. Was kam jetzt wohl? Sie musste nicht lange warten, bis Miss Minnie loslegte.

„Ace O’Neil!“, donnerte sie. „Was ist denn bloß mit dir los? Kaum zu glauben, aber du treibst mich dazu, einen Wettpool frühzeitig aufzulösen. So wie du dich benimmst, wird da sowieso nichts daraus. Zum Glück für Paige, kann ich da inzwischen nur sagen. Schäm dich!“

Ace zeigte äußerlich keine Regung. Nur ein Muskel an seiner Wange zuckte. Er salutierte spöttisch, dann ging er.

Wie vom Donner gerührt stand Paige da. War das eben gerade wirklich geschehen? Verstohlen schielte sie nach links und nach rechts. Mitleidige Blicke trafen sie von allen Seiten. Beschämt schloss sie die Augen. Yepp. Tatsächlich. Vielleicht sollte sie wieder zurück nach Denver ziehen. Oder nach Europa? Italien sollte sehr schön sein, hatte sie gelesen. Sie öffnete die Augen erst wieder, als Tyler ihr die Pakete abnahm und sie an der Hand nahm, um sie an den Tresen zu führen.

„Hör nicht auf diesen Blödmann. Ist doch egal, wie du die Geschäftsinhaber dazu gebracht hast, das Projekt zu unterstützen. Hauptsache, alle Kinder haben jetzt gutes Material zum Arbeiten.“

Paige lächelte zögerlich. „Ja. Nicht wahr?“ Dann schweifte ihr Blick zur Tür, wo gerade Ace verschwunden war.

„Ich weiß, ich sollte es einfach an mir abprallen lassen. Unglücklicherweise ist mein teflonbeschichteter Schutzanzug zurzeit in der Reparatur …“, frotzelte sie, bemüht um einen möglichst leichten Tonfall. „Ich verstehe nur nicht, weshalb er so an seiner Abneigung mir gegenüber festhält. Vor der ganzen Geschichte hatten wir uns ja gut verstanden.“

„Gut verstanden ist die Untertreibung des Jahres“, warf Tyler trocken ein. „Dass ihr zwei nicht allein durch die Blicke, die ihr ausgetauscht habt, einen Waldbrand verursacht habt, ist ein Wunder.“

Frustriert fuhr sich Paige durch die Haare. „Eben. Meiner Meinung nach sind die Funken immer noch da. Zumindest auf meiner Seite. Doch er scheint fest entschlossen zu sein, auch noch dem letzten gewaltsam den Garaus zu machen. Keine Ahnung, warum.“

„Hm.“ Tyler tippte sich mit dem Zeigefinger an die Lippen, während sie überlegte. „Vielleicht solltest du mal mit Mom sprechen.“

„Du meinst mit deiner Mom? Mit Brenda?“ Zerstreut streichelte sie weiter Rangers Kopf, bis es Maybellene zu bunt wurde und sie sich zwischen ihr Frauchen und den großen Schäferhund drängte. Gutmütig ließ er sich das gefallen.

„Ja.“ Tyler zwirbelte zerstreut das Ende ihres langen blonden Zopfes zwischen den Fingern. „Ich war damals noch ein Kind. Aber ich weiß, dass Ace’ Familie eine tragische Geschichte erlebt hat. Vielleicht bringt das ja etwas Licht ins Dunkle.“

Vage erinnerte sich Paige an die bedeutungsvollen Blicke, die sich Brenda und Jaz zugeworfen hatten, als beim letzten Mal Ace’ feindseliges Verhalten zur Sprache kam. Vielleicht war das tatsächlich eine Überlegung wert? Andererseits war sie sich nicht sicher, ob sie seine Gründe überhaupt kennen wollte. Ganz egal, wie man sich fühlte, war man trotzdem immer verantwortlich dafür, was man sagte. Kindheitstraumata hin oder her, der Mann war schließlich erwachsen.

„Hm. Wenn du meinst? Ich werde sie mal anrufen.“

„Am besten, du gehst einfach vorbei. Nachmittags ist sie meist zu Hause anzutreffen.“

„Okay. Ich schau mal, wann ich Kats Auto wieder ausleihen kann. Ab und zu braucht sie es ja selber. Und zu Fuß bis zur Carterranch zu gehen, ist sogar mir definitiv zu weit.“

„Hast du immer noch kein eigenes?“

Paige schnitt eine Grimasse. „Nein. Leider nicht. Wie denn auch. Mir fehlt einfach das Geld.“

„Hattest du nicht ein Angebot von de Luca?“

„Schon“, gab Paige zu. „Es ist nur, dass der Typ mir Gänsehaut verursacht.“

„Kann ich verstehen. Geht mir nicht anders. Andererseits müsstest du gar nicht so viel mit ihm zu tun haben, oder? Nach der ersten Sitzung und einem Interview schreibst du den Rest sowieso alleine."

„Da hast du auch wieder recht. Hm. Gutes Geld wäre es schon." Sie trommelte mit den Fingern auf die Tischplatte. „Das hier", sagte sie und zeigte auf die Tischplatte, wo all ihre Pakete ausgebreitet waren, „macht mir einfach viel mehr Spaß."

„Kann ich verstehen. Andererseits könntest du auch den spaßigen Teil sehr viel einfacher mit einem Auto erledigen als ohne."

„Ja, ja. Ich werde es mir überlegen." In Tat und Wahrheit blieb nicht viel zu überlegen. Sie brauchte schlicht und einfach das Geld, das de Lucas Auftrag ihr bringen würde. Also würde sie wohl die Zähne zusammenbeißen und sich da durchkämpfen müssen.

*

Ace fühlte sich nicht wohl in seiner Haut. Er wusste ganz genau, dass er sich wie ein Arschloch benommen hatte. Paige brachte wirklich seine schlimmsten Seiten zum Vorschein. Aber selbst er musste zugeben, dass er ihr dafür nicht die Schuld geben konnte. Ganz egal, was sie sich in der Vergangenheit hatte zuschulden kommen lassen, sein heutiges Verhalten rechtfertigte es in keiner Weise.

Doch als er mitbekommen hatte, wie Will sie gefragt hatte, ob sie mit ihm ausgehen wollte, hatte er nur noch rot gesehen. Wenn jemand mit Paige ein Date hatte, war das wohl er. Allerdings musste er zugeben, dass er sich seine Chancen heute wohl ziemlich versaut hatte. In dem Moment, wo er die Worte laut ausgesprochen und gesehen hatte, wie das Leuchten in ihren Augen auf der Stelle erlosch, hätte er sich auf die Zunge beißen können.

Als er den Gemeinschaftsraum auf der Wache betrat, warf Luke nur einen Blick auf sein finsteres Gesicht, bevor er sich eilig erhob und seine Sachen zusammensuchte.

„Bin gleich weg“, murmelte er.

Lilo, die Ace heute ausnahmsweise mit auf die Wache genommen hatte, hob wachsam den Kopf, als sie die Stimmung zwischen den beiden Männern abschätzte. Am Ende befand sie es für unwichtig und ließ sich zurück auf die Seite fallen.

„Was soll das heißen, du bist gleich weg?“, fragte Ace irritiert.

„Soll heißen, dass du wieder einmal rumtrampelst wie ein gereizter Bär. Also mach ich mich vom Acker und komme wieder, wenn du deine letzte Begegnung mit Paige verdaut hast.“

„Wer sagt denn, dass ich Paige getroffen habe?“, rief er Lukes Rücken zu.

„Schau in den Spiegel, Alter.“

In den Spiegel schauen. Das würde er ganz bestimmt nicht tun. Missmutig kickte er eine offen stehende Spindtür zu. Natürlich setzte er in seinem Unmut zu viel Kraft ein, sodass sie laut zuknallte, augenblicklich zurückschwang und sein Schienbein traf. Klar. Wie sollte es auch anders sein. Lautstark fluchend beschloss er, nach seiner Schicht Will einen Besuch abzustatten und ein paar Dinge klarzustellen.

Lilo beschloss, den ganzen Tumult als Anlass zu nehmen, ihm ihr stark zerkautes Gummihuhn vor die Füße zu schleppen. Erwartungsvoll schaute sie abwechslungsweise zu ihm und dem Spielzeug, als könnte sie ihn so beschwören, endlich das Ding durch den Raum zu werfen.

Zufrieden mit seinem Plan atmete Ace endlich wieder tief durch. Keine Minute zu früh, wie sich herausstellte. Wenige Sekunden später ging der Feueralarm los. Seufzend griff er nach seinem Helm und machte sich daran, sich seinen Leuten anzuschließen. „Keine Zeit zu spielen“, sagte er bedauernd zu Lilo. Frustriert machte sie sich daran, das Gummihuhn noch toter zu schütteln, als es ohnehin schon war. Nach der Arbeit würde er es bei ihr mit einer langen Joggingrunde wieder gut machen. Immerhin würde ihn sein volles Programm von den wirbelnden Gedanken in seinem Kopf ablenken.

*

„Du brauchst es sicher nicht?“, fragte Paige ihre Freundin am Telefon. Nachdem sie Tylers Worte hatte sacken lassen, beschloss sie, lieber nicht mehr Zeit zu verlieren und den Stier bei den Hörnern zu packen. Beziehungsweise bei de Luca vorbeizufahren, um herauszufinden, ob sein Angebot noch stand.

„Nein, nein. Ich fahr heute sowieso nirgends hin. Ich muss noch mit den Hunden raus. Anschließend versuche ich, den Text, den du für die Webseite des Safe Havens wolltest, endlich in Angriff zu nehmen.“

„Brav“, lobte Paige. „In diesem Fall ist es sogar von Vorteil, wenn ich dein Auto noch etwas länger in Anspruch nehme. Dann kommst du wenigstens nicht in Versuchung, etwas anderes zu erledigen.“

„Das ist richtig. Eine heiße Schokolade von Sweets wär schon was …“ Ihre Stimme verlor sich, als sie geistig die süßen Köstlichkeiten vom Sweets aufzählte.

„Weißt du was, dann bringe ich dir auf dem Heimweg doch einfach eine mit.“

„Gerne. Aber nur, wenn du Zeit hast.“

„Die Zeit habe ich auf jeden Fall.“

Nachdem Paige das Gespräch beendet hatte, stieß sie sich von der Motorhaube, wo sie sich angelehnt hatte, ab und stieg ins Auto. Maybellene saß bereits auf dem Beifahrersitz und ließ ihre rosa Zunge raushängen. Ein Blick auf die Uhr am Armaturenbrett zeigte ihr, dass es halb zwei war. Die Chancen, de Luca in seinem Büro anzutreffen, standen also gut, wenn auf seine Sekretärin Verlass war. Sie hatte vorhin angerufen, um sich einen Termin geben zu lassen. Doch die Frau, die das Telefon entgegen genommen hatte, meinte, sie solle doch einfach direkt vorbeikommen.

Während sie über die Landstraße navigierte, kam ihr in den Sinn, dass sie gar nicht wusste, was bei der Untersuchung der gefundenen Leiche, oder besser gesagt, der einzelnen Leichenteile, wie sie stirnrunzelnd feststellte, herausgekommen war. Das hätte sie eigentlich ganz gerne gewusst, bevor sie de Luca wieder gegenübertrat. Immerhin grenzte das Land, wo der Waldbrand stattgefunden hatte, direkt an seine Baustelle. Nur Zufall? Oder steckte etwa mehr dahinter? Na ja. Das war jetzt ja auch egal. Erst mal galt es, sich diesen PR-Job unter den Nagel zu reißen, auch wenn sie sich dabei fühlte, als würde sie ihre Seele an den Teufel verkaufen.

„Jetzt stell dich nicht so an“, ermahnte sie sich selber. Laut. Maybellene war an die Selbstgespräche ihrer Besitzerin gewöhnt und hielt ihre Aufmerksamkeit auf die Straße gerichtet.

Weiter vorn kamen bereits die ersten, unfertigen Blöcke in Sicht. Die uninspirierte, rechteckige Form stand in starkem Kontrast zu den zerklüfteten Bergen, die sich im Hintergrund erhoben. Die flache Frühlingssonne tauchte gerade die obersten Baumwipfel in ein goldenes Licht. Weiße Schäfchenwolken unterbrachen das strahlende Blau des Himmels. Vielleicht war die Architektur bewusst so gewählt, dass sie nicht in einen Wettstreit mit der sie umgebenden Natur trat. Was wusste sie schon übers Häuserbauen. Gar nichts. Nur, dass es ihr nicht gefiel, das konnte sie mit Bestimmtheit sagen.

Sie fuhr auf einen der leeren Parkplätze vor den Containern. Vermutlich befanden sich darin die Büros, wenn sie die Schilder mit den Firmennamen richtig interpretierte. Sie griff nach ihrer Handtasche, die auf dem Rücksitz lag, und strich sich ihre Bluse glatt. Sie trug ein cremefarbenes Oberteil aus Seide, kombiniert mit einem schwarzen Bleistiftrock, der ihr bis zu den Knien reichte. An den Füßen trug sie Bottinen mit einem kleinen Absatz. Sie war sonst eher der Jeans- und Sweatshirt-Typ. Doch für ihre Sponsorensuche heute Morgen hatte sie sich extra ein wenig in Schale geworfen. Das kam ihr nun für das, was sie als Bewerbungsgespräch betrachtete, gerade recht.

Nachdem sie ausgestiegen war, ging sie ums Auto herum und öffnete die Beifahrertür.

„Warte", wies sie Maybellene an. Die folgsame Hündin wartete geduldig, bis sie die Leine eingehängt hatte. Vielleicht nicht die feine Art, mit einem Hund zum Vorstellungsgespräch zu erscheinen. Andererseits würde sie de Luca auf keinen Fall ganz alleine gegenübertreten. Dafür war er ihr einfach zu unheimlich.

11

Bereits als Paige sich dem ersten Container näherte, der hilfreich mit ‚Baubüro' beschriftet war, konnte sie die lauten Stimmen hören. Sie sah sich auf dem Parkplatz um und bemerkte erst jetzt, dass sie direkt neben einem Polizeiauto geparkt hatte. Was machte denn die Polizei hier? Ob das mit ihrem Fund vom Wochenende zu tun hatte? Es war ja tatsächlich ein Grundstück, welches direkt an die Bauparzellen anschloss.

Maybellene, die zu spüren schien, dass etwas nicht in Ordnung war, fing leise an zu winseln und zog ungeduldig an der Leine.

„Scht, meine Kleine. Das hat nichts mit uns zu tun. Lass uns einfach reingehen und sehen, ob Mr. de Luca Zeit für uns hat." Ihre beruhigenden Worte waren gleichermaßen für sich selbst wie für ihren Hund. Aus irgendeinem Grund schlug ihr Herz bis zum Hals. Wahrscheinlich nur, weil sie inzwischen fast hoffte, den Job zu kriegen. Die Aussicht, endlich wieder ein eigenes Auto zu haben, schien mehr Wirkung auf sie zu haben, als sie gedacht hatte. Es war auch eine unmögliche Situation, immer auf andere angewiesen zu sein, kaum machte sie einen Schritt aus dem Haus. In einer Stadt mit öffentlichen Verkehrsmitteln wäre es kein Problem. Hier in den Bergen allerdings schon. Um ein wenig Zeit zu gewinnen, hielt sie mit der Hand am Türgriff inne und warf nochmals einen Blick auf das umliegende Panorama. Die weiß gepuderten Bergspitzen waren in das goldene Licht der Nachmittagssonne getaucht. Das Gras an den Hängen und die überall verstreuten Espen, die in Grüppchen zusammenstanden, wiesen schon den ersten Hauch frischen Grüns auf, das den unmittelbar bevorstehenden Frühlingsbeginn versprach. Es war ein so perfekter Anblick, wie einem Gemälde entsprungen. Während sie da stand und die Umgebung auf sich wirken ließ, wurde sie plötzlich von Dankbarkeit erfüllt, dass sie in diesem Moment hier war und das erleben durfte. Italien musste wohl ein wenig warten, beschloss sie. Mühsame Feuerwehrmänner hin oder her.

Plötzlich wurde die Tür aufgestoßen. Im letzten Moment konnte sie zur Seite springen. Dabei wäre sie beinahe über die Hundeleine gefallen. Jake, gefolgt von seinem Deputy Will, fing sie im letzten Moment auf und stellte sie wieder aufrecht hin.

„Hoppla."

„Ups. Danke."

„Scheint so, als hättest du heute Probleme mit deinem Gleichgewicht", neckte Will sie.

„Haha", entgegnete Paige. Nicht besonders geistreich, aber sie hatte gerade andere Dinge im Kopf.

Das Geplänkel wurde von de Luca unterbrochen, der plötzlich wutschnaubend in der Tür stand. Das silberne Kreuz lag auf seiner Brust und funkelte im Sonnenlicht. Sehr … italienisch, dachte Paige, während sie die Geschmacklosigkeit studierte.

„Ihr werdet von meinen Anwälten hören. Das wird noch ein juristisches Nachspiel haben."

„Mach, was du für richtig hältst", rief ihm Jake über die Schulter hinweg ruhig zu, offensichtlich unbeeindruckt von de Lucas Drohungen.

„Ist irgendetwas nicht in Ordnung?", wollte Paige mit großen Augen wissen.

„Das war ein reiner Routinebesuch", antwortete Jake mit einem Seitenblick auf sie.

„Ah, okay“, erwiderte sie, auch wenn ihr sonnenklar war, dass sie eben mit einer Standardantwort für unbeteiligte Zivilisten abgespeist worden war.

Jake runzelte die Stirn. „Was machst du denn überhaupt hier?“

„Ähm, de Luca hatte mir vor einiger Zeit einen Auftrag angeboten.“ Sie wand sich ein wenig unter Jakes strengem Blick. „Ich hatte ihm ursprünglich abgesagt, doch nachdem sich die Rechnungen auf meinem Schreibtisch häufen und ich zudem gerne ein eigenes Auto hätte, habe ich es mir anders überlegt.“

Jakes Blick verfinsterte sich. „Das gefällt mir nicht. Ich dachte, du arbeitest jetzt für die Schule?“

Paige schnaubte belustigt. „Schon. Aber das reicht gerade mal fürs Essen. Und ich rede nicht vom Benzin fürs Auto.“

„Du kannst doch Kats Auto benutzen.“

Paige spürte, wie sich langsam Ärger in ihr breitmachte. „Sicher nicht auf Dauer. Und überhaupt“, fuhr sie störrisch fort, „ich wüsste nicht, was dich das angeht, wo ich arbeite. Soweit ich weiß, ist ein Routinebesuch“, sie machte spöttisch Gänsefüßchen in die Luft, „kein Grund zur Sorge.“

Frustriert zog Jake sich den Hut vom Kopf und fuhr sich mit den Fingern durchs Haar.

„Halt auf jeden Fall die Augen und Ohren offen. Wenn dir etwas nicht ganz koscher erscheint, mach, dass du wegkommst und gib mir sofort Bescheid, ja?“

„Äh, ja?“ Was sollte sie auch anderes sagen. Sie konnte durchaus auf sich selber aufpassen. Seine Warnung half gegen das ungute Gefühl, das sie in Bezug auf de Lucas Auftrag hatte, allerdings kein bisschen.

Jake hob die Hand zum Gruß. Will hielt auf ihrer Höhe kurz an und meinte nur: „Also dann, bis in …“, er warf einen Blick auf die Uhr an seinem Handgelenk, „achtzehn Stunden, meine Schöne.“

Paige starrte den beiden Polizisten nach, bis sie ins Auto gestiegen waren. Dann schüttelte sie den Kopf und drehte sich zu de Luca um.

Der schien seinen Unmut gegen seinen omnipräsenten schmierigen Charme eingetauscht zu haben und hielt ihr demonstrativ die Tür auf.

„Ich habe bereits gehört, dass du heute Nachmittag vorbeikommen willst“, meinte er, als sie an ihm vorbei in den mit grauem Teppich ausgelegten Container trat. An einem der Tische saß die Sekretärin, mit der sie wohl vor einer halben Stunde gesprochen hatte, und tippte in Rekordgeschwindigkeit auf ihrer Tastatur herum. Paige wunderte sich beiläufig, wie sie überhaupt so schnell denken konnte, als ihre Aufmerksamkeit von de Luca wieder in Anspruch genommen wurde.

„Ich hoffe, das heißt, dass du mein Angebot in Betracht ziehst?“

Paige runzelte die Stirn. Dieser Mann schaffte es wirklich, allem eine zweideutige Bedeutung zu verleihen.

„Wenn Sie mit ‚Angebot‘ den Auftrag für die Öffentlichkeitsarbeit für die Peak-Residenzen meinen, dann ja, Mr. de Luca.“

„Gianni. Mein Name ist Gianni“, wiederholte er aalglatt, während er ihr beiläufig eine Hand ins Kreuz legte, um sie durch die nächste Tür zu geleiten.

Geschickt verhinderte sie das, indem sie Maybellenes Leine in ihre andere Hand wechselte und direkt auf die zwei Polstersessel zusteuerte, die in einer Ecke des Raumes standen. „Lass uns doch hier alles besprechen, Gianni. Da hat Maybellene genug Platz.“

„Natürlich, meine Liebe.“ Sein Gesichtsausdruck sprach allerdings Bände darüber, dass er es gar nicht schätzte, wenn jemand seine Pläne durchkreuzte. Um Himmels willen, wie mochte er reagieren, wenn etwas Wichtiges nicht so lief, wie er es wünschte? Hier handelte es sich schließlich nur um so etwas

Belangloses wie die Sitzgelegenheit, überlegte Paige besorgt. Vielleicht sollte sie Jakes Warnung doch ernster nehmen?

De Luca setzte sich ihr gegenüber, beugte sich vor und griff nach ihrer Hand. Paiges Herz machte einen Satz. Maybellene stand auf, ihre Nackenhaare zu einer Bürste aufgestellt.

„Platz, Maybellene“, wies sie ihre Hündin an und hoffte, dass sie auf sie hören würde. Zu ihrer Erleichterung legte sich die Schipperke-Hündin tatsächlich hin, ließ aber de Luca nicht aus den Augen.

Dieser tätschelte tatsächlich ihre Hand. „Also. Dein Auftrag. Die Peak-Residenzen. Ich will das volle Programm. Pressemitteilungen, Publireportagen in der Zeitung, Werbung auf Facebook und in den anderen Medien. Zur Veröffentlichung darf ein großer Event natürlich nicht fehlen. Melissa wird dir alle erforderlichen Unterlagen aushändigen.“

Paige nickte. Sie war zwar keine PR-Agentur, doch zumindest hatte sie Marketing im Nebenfach studiert. Und was sie nicht wusste, wusste das Internet. Hoffte sie zumindest. Sie war so darin vertieft, eine mentale Liste mit all den Aufgaben anzulegen, dass sie beinahe verpasst hätte, dass de Luca weitergesprochen hatte. Es konnte allerdings auch am Inhalt liegen, den sie liebend gerne ignoriert hätte. Sicherheitshalber fragte sie nochmals nach: „Was war das, was du am Schluss gesagt hattest? Ein privater Event?“

„Ich sagte, alles Weitere können wir in einem mehr privaten Setting besprechen.“ Er klang leicht genervt, als wäre er es nicht gewohnt, sich wiederholen zu müssen.

„Privat?“, wiederholte Paige ungläubig, die gerade versuchte, sämtliche Warnsignale, die in ihrem Hirn aufblinkten, zu ignorieren. Ansonsten wäre sie nämlich fluchtartig aus dem Container geflüchtet.

„Genau. Du und ich, bei einem guten Glas Wein …“

Bei seinen Worten drehte sich Paiges Magen um. Am liebsten wäre sie Hals über Kopf geflüchtet, aber sie weigerte sich, die

Hoffnung auf einen eigenen fahrbaren Untersatz so schnell aufzugeben.

Deshalb nahm sie all ihren Mut zusammen und zwang sich, ihn anzulächeln. „Vor dem privaten Teil würde ich doch noch gerne über meine Bezahlung verhandeln. Du hattest mir beim letzten Mal einen Bonus versprochen, wenn ich die Zeit finde, dein Projekt bevorzugt zu behandeln. Darauf würde ich jetzt gerne zurückkommen. Ich arbeite immer mit einer Anzahlung von fünfzig Prozent, die zweite Hälfte wird fällig, wenn ich fertig bin."

De Luca schaute sie bewundernd an. Starke Verhandlungspartner respektierte er, ob Mann oder Frau. Als Paige ihm eine Summe nannte, die sie selber als völlig absurd empfand, zuckte er deshalb nicht mit der Wimper. Wenn sie endlich bei ihm im Bett landete, würde er sich den entsprechenden Wert schon zurückholen.

Völlig perplex, dass de Luca ihre Forderungen einfach so akzeptierte, stand Paige auf, um von Melissa die Unterlagen und den Scheck in Empfang zu nehmen. Die Sekretärin reichte ihr die erforderlichen Papiere. Da sie ihre Tasche nicht dabei hatte, blieb ihr nichts anderes übrig, als sich alles unter den Arm zu klemmen. Nicht sehr professionell, dachte sie, doch sie war ja gleich beim Auto. Sie wollte schon nach der Klinke greifen, als de Luca sie zurückhielt.

„Nicht so schnell. Unser privater Termin. Wir haben noch kein Datum ausgemacht."

Paige überlegte schnell. Sie wollte vor allem erst einmal hier raus. Um den Rest, sprich: um die Probleme, die sie sich mit diesem Auftrag aufgehalst hatte, würde sie sich später kümmern. Deshalb zwang sie sich, ihm ihre freie Hand auf den Arm zu legen, obwohl sich in ihr alles dagegen sträubte, und ihn anzulächeln.

„Ich ruf dich an, ja? Ich habe meine Agenda gerade nicht hier. Und wir wollen ja nicht, dass etwas dazwischen kommt."

Den letzten Satz sagte sie mit einem, wie sie hoffte, von einem verschwörerischen Zwinkern begleiteten mysteriösen Lächeln. Sie hatte allerdings den Verdacht, dass sie eher aussah, als hätte sie gerade etwas im Auge. Wie auch immer, de Luca schien besänftigt zu sein. Er grinste und ließ ein joviales Lachen hören, bei dem sich ihr sämtliche Nackenhaare aufstellten.

„Nein. Da müssen wir schon genug Zeit einplanen. Schließlich haben wir viel zu besprechen." Anzüglich ließ er seinen Blick über ihren Körper gleiten.

Maybellene rettete sie, indem sie ungeduldig an der Leine zerrte und anfing zu kläffen.

„Den Köter lässt du dann aber besser zu Hause", beschied er ihr, bevor er sie endlich losließ.

Paige unterdrückte ihre Empörung, die bei seinen Worten in ihr aufstieg. Ob wohl mildernde Umstände für Mord im Affekt galten, wenn das Opfer vorher ihren Hund beleidigt hatte? Bilder von sich selbst, wie sie in Handschellen abgeführt wurde, blitzten in ihrem Kopf auf. Lieber nicht. Also riss sie sich zusammen und eilte mit einem verkniffenen Lächeln aus dem Büro. Sie ließ Maybellene ins Auto springen, warf ihre Unterlagen auf die Rückbank und startete den Wagen, kaum hatte sie auf dem Fahrersitz Platz genommen.

Erst eine ganze Weile später, als sie sich dem Zentrum von Independence näherte, entspannte sich ihr verkrampfter Griff am Steuerrad, und sie atmete hörbar aus. Ein Blick auf die Uhr zeigte ihr, dass sie noch etwas Zeit hatte. Sie beschloss, dem Diner einen kurzen Besuch abzustatten. Wenn sie Glück hatte, traf sie jemanden aus der Carter-Familie und konnte ein wenig Dampf ablassen. Nur Jake wollte sie nicht unbedingt gleich wieder begegnen. Auf seine Bevormundung konnte sie gut verzichten. Und auf ein „Ich hab's dir ja gleich gesagt" auch. Falls nur Jake da war, würde sie einfach nur einen Kaffee trinken. Oder auf die Disney Sisters ausweichen. Die waren ganz gut darin, zuzuhören, wenn sich jemand Luft verschaffen musste. Sie setzte den Blinker und bog auf den Parkplatz beim Gemeindehaus ein. Maybellene, die genau wusste, wo sie waren, hatte sich auf dem Beifahrersitz aufgesetzt und schaute erwartungsvoll hinaus.

Fünf Minuten später saß sie im Diner, einen großen Schokoladenmuffin vor sich, einen Kaffee in der Hand. Sie hatte weder einen Schluck getrunken noch von dem Muffin gegessen. Erst musste sie ihren Ärger loswerden.

„Was für ein Arsch“, schimpfte sie laut. „Der glaubt doch tatsächlich, mein Honorar würde auch gleich das Nutzrecht für meinen Körper abdecken.“

„Ich war schon von Anfang an der Meinung, dass der nichts Gutes im Schilde führt“, ließ sie Miss Minnie, die ihr geduldig zuhörte, mit ernstem Gesicht wissen.

„Spannend, dass Sie das sagen. Fast jeder, den ich kenne, erzählt mir die gleiche Geschichte“, wetterte Paige weiter. „Ich frage mich einfach, wie es kommt, dass er trotzdem dieses, dieses … abscheuliche Bauwerk an den Fuß des National Forest pflanzen konnte.“

„Das frage ich mich auch“, hörte sie eine weibliche Stimme zu ihrer Linken.

„Avery!“, rief sie erfreut, als sie die Frau entdeckte, die sie während des letzten halben Jahres kennengelernt hatte. Sie war die Enkelin von George Wilkinson, der zusammen mit den Disney-Sisters zu den inoffiziellen Gründungsmitgliedern von Independence zählte. Das war natürlich Unsinn, doch die drei hatten tatsächlich oft mehr Einfluss als der amtierende Bürgermeister. Was die Geschichte mit de Luca umso seltsamer machte, denn das Bauprojekt hatten sie nicht verhindern können.

„Was machst du denn hier? Warst du beim letzten Mal, als wir gesprochen hatten, nicht auf Hawaii?“ Eigentlich hatte sie gedacht, dass Avery noch eine ganze Weile mit ihrem Freund, Cole Carter, auf Weltreise sein würde. Die beiden waren früher in verschiedenen Organisationen als Agenten tätig gewesen. Avery bei der Drogenfahndung und Cole beim FBI. Nach dem letzten Fall, bei dem sie gemeinsam ermittelt hatten, hatten sie ihren Job gekündigt und planten, so was wie eine private Sicherheitsfirma aufzuziehen. Aber eben erst nach einem ausgedehnten Urlaub.

„Ach, wir haben so viel zu tun, dies und das", antwortete Avery ausweichend.

Paige runzelte die Stirn. Normalerweise war Avery genau gleich wie Paula. Beide nannten die Dinge gerne beim Namen. So eine vage Antwort entsprach ihr überhaupt nicht. Irgendetwas war anders an ihr. Sie musterte die Frau von Kopf bis Fuß. Auf dem Rückweg nach oben blieb ihr Blick an Averys Hand hängen. Sie wollte gerade ihre Hand ergreifen, als ihr der Ausdruck in Averys Gesicht auffiel. Der versprach Mord und Totschlag, wenn sie das Thema weiterfolgen sollte.

In Anbetracht der Tatsache, dass Avery vermutlich siebenundzwanzig Varianten kannte, um mithilfe eines Salzstreuers und den Zahnstochern auf dem Tisch, unbemerkt von den anwesenden Zeugen, ihr plötzliches Ableben zu bewerkstelligen, entschied sie sich spontan, still zu sein. Stattdessen biss sie in ihren Muffin. Und hätte ihn beinahe wieder ausgespuckt.

„Was ist denn da drin?", fragte sie entsetzt.

„Na, Lebkuchengewürz", antwortete Miss Minnie schnippisch, als wäre es das Normalste der Welt, Ende März Weihnachtsgebäck zu verkaufen.

„Lebkuchengewürz?", hakte Paige mit vollem Mund nach und kaute weiter. Tatsächlich. Wenn man wusste, was man zu erwarten hatte, war es lecker. Sehr sogar. Eigentlich ganz nett, so eine Erinnerung an die Weihnachtszeit.

„Nachdem einige Kunden angeregt hatten, unsere Menüpläne zu überarbeiten, habe ich das an Miss Daisy übermittelt", sagte sie spitz.

„Weshalb sollte jemand so etwas Idiotisches vorschlagen?“, fragte Avery alarmiert, die sich um ihre heiß geliebten und – ganz wichtig – gewürzfreien Schokoladenmuffins sorgte. Sie hatte bereits während ihres Urlaubs gelitten, als sie ohne diese auskommen musste. Die ganzen letzten zehn Jahre, als sie an den verschiedensten Orten stationiert gewesen war, war sie immer nur bei ihren kurzen Besuchen bei ihrem Großvater in den Genuss der Leckerei gekommen. Der Gedanke, dass es diese jetzt vielleicht nie mehr geben würde, nachdem sie sie endlich wieder hatte, ließ ihren Blutdruck in die Höhe schnellen.

Miss Minnie zuckte mit den Schultern.

„Es waren Leute, die wohl gerne weiterhin Aileens neueste Kreationen gekostet hätten, aber aus missverstandener Loyalität nicht in ihrem neuen Café Sweets essen wollen.“

„Aber das Diner ist doch für seine Traditionen bekannt!“, schaltete sich Paige wieder in die Unterhaltung ein. „Nicht, dass das“, sie gestikulierte wild rund um den Muffin in ihrer anderen Hand, „nicht gut wäre, aber …“

„Du kannst dir ja vorstellen, wie die Forderung bei meiner Schwester angekommen ist“, antwortete Miss Minnie trocken.

Das konnten die beiden tatsächlich. Miss Daisy war eine hervorragende Köchin. Zum Glück. Denn mit Kritik an ihrer Küche hatte sie so ihre Probleme.

„Also hat sie sich das erstbeste Rezept gegriffen, das ihr in die Hände gekommen ist, und Adventsgebäck gebacken.“

„Immerhin hat sie sich auf die Süßigkeiten beschränkt“, meinte Paige.

„Finde ich nicht“, grummelte Avery.

„Hat sie nicht. Heute gibt es Schweinelende mit Lebkuchensoße.“

Die beiden waren noch am Überlegen, ob das ein kulinarisches Highlight oder eine Sünde an dem guten Fleisch war, als plötzlich die beiden großen Türen des Diners aufschwangen. Es steckte so viel Kraft dahinter, dass sie heftig an die Wand knallten. Die darin eingelegten Glasscheiben erzitterten gefährlich. Alle Gäste zuckten zusammen. Fallen gelassene Gabeln klirrten. Ein Fluch ertönte aus der Ecke, wo der stadtbekannte Trunkenbold Dagobert saß. Er hatte gerade das Glas mit seiner sowieso schon eher zittrigen Hand zum Mund führen wollen, als er sich erschrocken hatte. Jetzt tropfte ihm das Bier über die Finger. Miss Minnie atmete scharf ein. Nur Avery drehte sich seelenruhig zur Quelle des Lärms um, als wäre so ein Tumult im Diner ein alltägliches Geschehen.

Na ja, im Diner vielleicht nicht, aber überall sonst in Averys Leben, mutmaßte Paige, der das Herz immer noch bis zum Hals schlug, ganz richtig. Sie für ihren Teil hatte für den heutigen Tag eigentlich schon genug Aufregung gehabt.

Neugierig geworden, musterte sie den Neuankömmling. Ein großer Mann mit grauem Bart und einer Lederweste, die sich um seinen beachtlichen Bauch spannte, stand im Eingang.

„Wo ist sie?“, bellte er, während das ruckartige Heben seines Kinns deutlich machte, dass er eine Antwort wollte, und zwar sofort.

Miss Minnie schluckte.

Interessant, dachte Paige. Sie schien zu wissen, dass die Frage an sie gerichtet war. Nur, um wen oder was ging es eigentlich? Einen Hund? Eine Katze? Oder gar ein Kind? Sie musste nicht lange auf die Antwort warten.

Ungewöhnlich widerspruchslos deutete Miss Minnie in Richtung Küche. „Wo sie immer ist.“

Ohne etwas darauf zu erwidern, setzte sich der Mann entschlossen in Bewegung.

In diesem Moment trat Miss Daisy geschäftig durch die Schwingtür, sich die Hände an einem Geschirrtuch abwischend.

„Was soll denn dieser Zirkus hier draußen“, verlangte sie mit gebieterischer Stimme zu wissen. Dann erblickte sie den bärtigen Mann, der sich mit großen Schritten dem Tresen näherte, und erstarrte auf der Stelle.

„Du!“, stieß sie hervor.

Ihre Stimme hörte sich eigenartig atemlos an, wie Paige verwundert zur Kenntnis nahm. Sie hatte allerdings keine Zeit, diesen Gedanken zu vertiefen, da das Schauspiel ohne Unterbrechung weiterging.

„Ja, ich“, antwortete der Mann und es klang wie ein Knurren. „Ich habe die Schnauze voll von deinen Spielchen. Du wolltest Zeit für dich, die hast du gekriegt.“ Inzwischen war er durch die Schranke, die den Schankraum von den Gästen trennte, hindurch und hinter dem Tresen gelandet. Paige machte große Augen. Miss Daisy wich tatsächlich einen Schritt zurück.

„Sollen wir nicht etwas tun?“, flüsterte sie Avery besorgt zu.

Diese ließ ihren Blick zwischen den beiden Schwestern hin- und herschweifen. „Ich glaube nicht. Sonst würde Miss Minnie nicht so ruhig dastehen.“

Paige schaute zu ihr hinüber. Tatsächlich. Miss Minnie stand seelenruhig da und schien die Show sogar zu genießen. War das ein selbstgefälliges Lächeln, das ihre Lippen umspielte? Wieder wurde ihre Aufmerksamkeit abgelenkt, als der große Mann Miss Daisy eine Hand in den Nacken legte und sein Gesicht dem ihren näherte.

„Ich habe dir die Zeit nicht gegeben, damit du sie mit George verbringen kannst.“ Inzwischen hatte er die Stimme gesenkt und klang umso bedrohlicher.

Miss Daisy schien dieses Detail zu entgehen, denn dieser Satz brachte sie dazu, mit aller Kraft wütend auf seine Brust einzutrommeln.

„Du warst ja nicht da! Weg warst du! Ich wusste ja nicht, ob du überhaupt wiederkommst!“

Der Mann fragte ungläubig: „Ja, was dachtest du denn? Dass ich zu Hause rumsitze und was tue? Stricken?“

„Auf jeden Fall nicht, dass du dich einer Biker-Gang anschließt“, schnappte sie zurück.

Da legte er den Kopf in den Nacken und ließ ein dröhnendes Lachen hören. Miss Daisy starrte ihn wütend an. Sie verstand wirklich nicht, was daran so witzig sein sollte.

Schließlich beruhigte er sich und sagte: „Frau, manchmal bist du einfach zu …“ Offenbar nicht in der Lage, ein passendes Wort zu finden, zog er die sich sträubende Miss Daisy zu sich heran und küsste sie. Gründlich. Vor allen Gästen.

Es schien seine Wirkung nicht zu verfehlen. Als er nach einer ganzen Weile seinen Kopf wieder hob, hatte sie einen leicht benommenen Blick.

Paige fächelte sich ein wenig Luft zu. Das war eben ganz schön heiß gewesen, dachte sie neidisch. Es schien, als hätten sogar die deutlich älteren Semester ein spannenderes Liebesleben als sie.

Miss Minnie, die die Zeit während des Kusses offenbar gut genutzt hatte, hielt ihm eine Jacke hin. Er grinste und griff mit der einen Hand danach, während er mit der anderen Miss Daisy mit sich führte. Sie gingen an den sprachlosen Gästen vorbei und durch die immer noch offenstehende Tür hinaus. Draußen stand eine große, silbern und schwarz glänzende Harley Davidson. Nach einer kurzen Debatte händigte er ihr einen Helm aus. Eine Minute später saßen beide auf dem Motorrad, Miss Daisy an seinen Rücken gepresst. Mit einem Grollen erwachte die Maschine zum Leben. Und weg waren sie.

„Wer war denn das?“, fragte Paige an niemanden im Speziellen gerichtet.

„Das war Kurt“, antwortete Avery mit einem Grinsen im Gesicht. „Ihr Lover.“

„Die wichtigere Frage ist vielmehr: Wer um Himmels willen kocht jetzt für mich“ Das war Miss Minnie. Doch sie hatte dabei ein Lächeln auf den Lippen.

Paige blieb der Mund offenstehen. Sie kam sich vor, als wäre sie in einem Paralleluniversum gelandet. Die Disney Sisters benahmen sich völlig atypisch. Seit wann ließen sich die beiden herumkommandieren?

„Du kannst den Mund wieder zumachen“, sagte Avery amüsiert. „Das war längst fällig. Jetzt kann mein Großvater wenigstens nicht mehr die eine gegen die andere Schwester ausspielen.“

„Stimmt.“ Paige lachte. „Trotzdem war das gerade irgendwie surreal.“ Sie schaute Miss Minnie hinterher, die in der Küche verschwand. „Jetzt, da der Klatschdrache weg ist, möchte ich alles über den Ring an deinem Finger wissen.“

„Ach, weißt du, mir ist gerade eingefallen, dass Miss Marple schon viel zu lange alleine zu Hause ist.“ Mit einer fließenden Bewegung stand Avery auf, schob sich eine Strähne ihres schwarzen, schulterlangen Haars hinters Ohr und drückte die verdatterte Paige zum Abschied. Maybellene, die geduldig unterm Tresen lag, bekam die Ohren gekrault, und weg war sie.

Kopfschüttelnd blickte Paige ihr nach. Miss Marple war Averys Spürratte. Sie war darauf trainiert, Drogen, Geld und Schmauchspuren zu erschnüffeln und begleitete Avery praktisch überall mit hin. Sie war sich ziemlich sicher, dass sie auch in diesem Moment friedlich in der Jackentasche der ehemaligen Agentin schlief. Sie grinste. Sie war definitiv nicht die Einzige, deren Leben kopfstand. Das versprach eine spannende Woche zu werden.

12

Am nächsten Morgen wachte Ace mit guter Laune auf. Er freute sich darauf, Paiges Gesichtsausdruck zu sehen, wenn er gleich anstelle von Will bei ihr zu Hause auftauchte, um sie zum Frühstück auszuführen. Warum er das überhaupt machte, wusste er selbst nicht so genau. Oder besser gesagt, er vermied es tunlichst, seine Gefühle übermäßig zu analysieren. Er wusste nur, dass er bei dem Gedanken an sie und Will und eine Verabredung rot gesehen hatte. Als er gestern nach seiner Schicht auf der Polizeiwache aufgekreuzt war, hatte Will nur ergeben die Hände gehoben, als er ihn im Türrahmen entdeckt hatte.

„Dachte ich mir schon, dass du was gegen meine und Paiges Pläne haben würdest."

„Weshalb hast du sie dann gefragt?"

„Ich weiß nicht? Vielleicht weil du dir zu viel Zeit lässt?"

„Und was geht dich das an?"

Da hatten sich Wills Augen verengt. „Was denkst du denn. Ich habe schließlich auch Augen im Kopf. Sie ist eine sehr attraktive Frau mit einem fröhlichen Lachen. Zudem kommt sie mit dem Bonus, dass ich sie nicht bereits seit der ersten Klasse kenne."

Bei diesen Worten hatte Ace ihn mit einem bösen Blick bedacht. „Du hältst dich von ihr fern."

„Diesmal werde ich das tun. Vermassele es nicht. Beim nächsten Mal gebe ich nicht so leicht auf."

„Halt dich da raus.“

„Nein. Das werde ich nicht tun.“ Er schaute ihm direkt in die Augen. „Es ist nicht fair, sie für dich zu beanspruchen und sie gleichzeitig wie eine Aussätzige zu behandeln. Sie hat Anspruch auf ein wenig Glück im Leben. Zudem ist es an ihr, sich für einen von uns zu entscheiden. Du weißt ja, Frauen haben inzwischen Rechte, mein lieber Neandertaler.“

Ace war gegangen, bevor sein Temperament mit ihm durchging. Erstens war Will grundsätzlich in Ordnung. Und zweitens spürte er, dass in dem, was Will gesagt hatte, durchaus ein Körnchen Wahrheit steckte. Wenn er sich nicht mit dieser Tatsache auseinandersetzen wollte, war er doch klug genug zu erkennen, dass er sich deswegen nicht mit seinem Kumpel prügeln wollte.

Zum Glück hatte Lilo zu Hause wieder einmal für Chaos gesorgt und zwei Federkissen auseinandergenommen. Nachdem er alle Federn eingesammelt hatte und zwei Meilen gejoggt war, um den jungen Hund auszupowern, hatte er eine Fertigpizza verschlungen. Anschließend war er todmüde ins Bett gefallen, ohne von unwillkommenen Gedanken verfolgt zu werden.

Und jetzt würde er erst einmal das Date hinter sich bringen, bevor er ins Grübeln kam. Pfeifend griff er nach der Leine und machte sich mit Lilo auf zur morgendlichen Pipi-Runde.

*

Kat schaute aus dem Fenster, als sie das Motorengeräusch hörte. Wie immer war sie bereits seit halb sieben wach, um die Hunde rauszulassen und alle Vierbeiner zu füttern. Jetzt war es kurz vor neun und sie fragte sich, ob Paige sich noch an ihr Date mit Will erinnerte. Gestern war es spät geworden. Paige hatte viel zu erzählen gehabt. Kat hatte ihren Ohren kaum getraut, als sie die Geschichte von Kurt und Miss Daisy gehört hatte. Dann gab Averys verfrühtes Auftauchen natürlich Rätsel auf. Sie hatte sogar Sams Mutter Brenda angerufen, um herauszufinden, was los war.

„Ein Ring, sagst du?“

„Ja. Weißt du etwas darüber?“

„Ich bringe meinen Sohn um!“, war ihre einzige Antwort gewesen. Dann hatte sie das Telefon aufgehängt.

Kat und Paige hatten sich angeschaut und waren in Gekicher ausgebrochen, als sie sich vorstellten, wie Brenda sich mit ihrer Schrotflinte unterm Arm auf die Suche nach Cole machte.

„Ist Cole denn etwa auch wieder da?“, hatte sich Paige erkundigt.

Kat wusste es nicht.

Anschließend war das Gespräch auf das Schulprojekt und sein Voranschreiten umgeschwenkt. Das war auch der Grund, weshalb sie es erst nach ein Uhr ins Bett geschafft hatten.

Sie trocknete den letzten Napf ab und stellte ihn auf den Tisch. Später würde sie das Futter für den Abend vorbereiten. Jetzt würde sie erst einmal Will begrüßen. Sie war gerade auf dem Weg zur Tür, als sie ein fremdes Bellen und die Antwort ihrer eigenen Hunde im ersten Stock hörte. Rocky und Nikita schätzten es gar nicht, wenn fremde Hunde in ihrem Zuhause laut waren. Das begriffen sogar die temporären Schützlinge in Kürze und waren die meiste Zeit erstaunlich ruhig. Kat führte es zumindest auf den Einfluss ihrer Bordeaux-Doggen zurück. Sie konnte es sich nämlich nicht erklären, weshalb ihre Tiere so friedlich waren, während in den meisten anderen Tierheimen so ein Lärm herrschte.

Die wichtigere Frage war vielmehr, seit wann hatte Will einen Hund? Und ob das klug war, wenn er diesen ausgerechnet für sein erstes Date mit Paige mitbrachte, die ja bekanntermaßen den meisten Hunden mit Ausnahme ihres eigenen eher skeptisch gegenüberstand?

Sie hatte die Antwort auf ihre Frage, als sie die Tür öffnete, bevor die Person dahinter anklopfen konnte. Davor stand nämlich nicht wie erwartet Will, sondern Ace, eine ungeduldig auf und ab hüpfende Lilo an der Leine.

Sie seufzte. „Das hätte ich mir ja denken können."

„Dir auch einen schönen guten Morgen", erwiderte Ace gut gelaunt. „Kann Lilo mit reinkommen?"

„Ehrlich gesagt, lieber nicht. Sonst bricht hier das reine Chaos aus."

„Kein Problem. Dann bringe ich sie kurz zurück ins Auto. Das hätte ich mir eigentlich auch denken können."

Kat wartete, bis er Lilo weggebracht hatte. Die Kleine protestierte vehement, als er sie in ihre Box sperrte. Obwohl sie nicht älter als vier Monate sein konnte, schien sie eine sehr ausgeprägte eigene Meinung zu haben und scheute sich offensichtlich auch nicht, diese kundzutun.

Als Ace ihr ins Haus folgte, fragte sie beiläufig: „Weiß Paige, dass du sie heute abholst?"

„Nein", antwortete er mit einem reuelosen Grinsen. „Ich wäre dir auch sehr verbunden, wenn du es ihr nicht gleich auf die Nase bindest."

Unschlüssig biss sich Kat auf die Unterlippe. Eigentlich gefiel es ihr gar nicht, Paige so unvorbereitet ins Messer laufen zu lassen. Andererseits war es vielversprechend, dass Ace es für nötig befunden hatte, für Will einzuspringen. Entweder die zwei stritten sich jetzt, dass die Fetzen flogen, oder sie versöhnten sich endlich. Sie hoffte ja auf Letzteres. Aber wie auch immer es ausgehen sollte, alles war besser als diese unterschwellige Anziehung, verdeckt von den andauernden Streitereien.

Also sagte sie: „Setz dich. Ich schau mal nach, ob sie überhaupt wach ist."

„Mach das", antwortete Ace und setzte sich an den Küchentisch, als hätte er keine Sorge der Welt.

Kat verdrehte innerlich die Augen. Männer. Sie hoffte bloß, Ace wusste, was er da tat.

Sie griff nach dem Telefon und rief Paige auf der internen Nummer an. Das war einfacher, als die Treppe hochzulaufen. Nach dem dritten Klingeln nahm eine sehr verschlafen klingende Paige ab.

„Ja?"

„Ich wollte nur sehen, ob du schon wach bist. Dein Date ist hier."

„Mein Date? Scheiße, mein Date! Kannst du ihn zehn Minuten hinhalten? Ich komm gleich runter. Muss erst Schadensbegrenzung betreiben."

„Klar. Bis gleich", antwortete Kat und musste ein Grinsen unterdrücken.

*

Paige sprang aus dem Bett und raufte sich die Haare. Dieses Date hatte sie ganz vergessen. Sonst wäre sie schon vor einer Stunde aufgestanden. Also ehrlich. Wer verabredete sich auch in aller Herrgottsfrüh zum Kaffee. Vor zehn Uhr fühlte sie sich selbst an guten Tagen wie ein Zombie, ganz zu schweigen von heute, wo sie noch lange nach ihrem Gespräch mit Kat wach gelegen hatte. Geplagt von der Frage, was das überhaupt sollte, dieses Date mit Will. Klar. Er war gut aussehend, hatte einen Job, Freunde und vor allem war er freundlich zu ihr. Das sollte ja mehr als genug sein, um ihn als potenziellen Partner in Betracht zu ziehen. Nur leider schob sich immer das Bild eines brummigen Feuerwehrchefs dazwischen. Anscheinend hatte sie gerade eine masochistische Phase. Aber es half alles nichts. Jetzt war er nun mal da, also würde sie eine nette Zeit mit ihm verbringen und ihm anschließend zu verstehen geben, dass sie nicht interessiert war. Beruhigt, dass sie einen Plan hatte, sprang sie schnell unter die Dusche. Dass sie vorhatte, ihn abblitzen zu lassen, hieß nicht, dass sie dabei nicht möglichst gut aussehen konnte.

*

Paige legte die Wimperntusche zur Seite und betrachtete sich im Spiegel. Wie immer, wenn sie das machte, wünschte sie sich, ein paar Kilo weniger auf den Rippen zu haben. Ihre Kurven waren schon etwas sehr deutlich ausgeprägt. Doch das ließ sich jetzt in der nächsten Viertelstunde auch nicht ändern. Immerhin war sie mit dem Schwung in ihren rotblonden, halblangen Haaren und dem Funkeln in ihren braunen Augen ganz zufrieden. Nicht schlecht, dafür, dass sie vor – sie warf einen Blick auf ihr Handy – genau siebzehn Minuten noch im Bett gelegen hatte. Sie schlüpfte in ihre neuen, Rocky-Mountains-tauglichen Stiefel, schlang sich einen leuchtend blauen Schal um den Hals und nahm ihren gefütterten Anorak vom Haken. Maybellene, die bis jetzt im Bett gelegen und geduldig gewartet hatte, wollte mit und stellte sich erwartungsvoll zur Tür, ihre Leine im Maul. Paige lächelte, nahm sie ihr ab und ließ sie vorausgehen. Paula hatte ihr zwar beigebracht, immer zuerst einen Raum zu betreten oder zu verlassen. Diese Regel hatte bestimmt auch ihre Berechtigung. Aber ihre und Maybellenes Beziehung war einfach anders. Bei ihnen war es eher so, dass Maybellene sagte, wo es langging. Das war auch gut so, nachdem sie selber keine Ahnung hatte, wie das Leben mit Hund funktionierte. Vielleicht geprägt durch ihre fürchterliche Vorgeschichte bei einem gewalttätigen Besitzer nützte die kleine Schipperke-Hündin Paiges Unwissenheit nicht aus. Im Gegenteil. Sie schien sehr zufrieden zu sein mit ihren neuen Umständen. Jetzt raste sie die Treppe hinunter zu Kats und Sams Wohnbereich, als Kats Mutter Nadia, mit der sie zusammenwohnte, aus der Küche trat.

„Gehst du schon? Kein Frühstück?“ Sie schnalzte mit der Zunge, sodass Paige genau wusste, was sie davon hielt.

„Ich habe eine Verabredung zum Frühstück“, sagte sie deshalb schnell, bevor ihr Nadia irgendeine Köstlichkeit, die sie sicher in der Küche fabriziert hatte, unter die Nase halten konnte. Sie war nämlich tatsächlich sehr hungrig.

„Ach, wie schön!“, rief Nadia jetzt erfreut aus. „Mit diesem attraktiven Feuerwehrchef? Der ist heiß.“

Paige schnaubte amüsiert. „Wohl kaum. Nein, einer von Jakes Kollegen hat mich gefragt, Will. Vielleicht kennst du ihn?“

Nadia schüttelte den Kopf. „Nein. Aber eventuell lerne ich ihn ja bald kennen.“

Himmel, sie fühlte sich wieder ins Teenageralter zurückversetzt, als sie noch bei ihren Eltern zu Hause gewohnt hatte, und wurde rot.

„Ja, kann sein. Aber jetzt muss ich los. Ich habe den Armen sowieso schon eine halbe Stunde warten lassen.“

„Na, dann geh, lass dich nicht aufhalten“, antwortete Nadia und scheuchte sie mit einer Handbewegung die Treppe hinunter.

„Ich geh ja schon.“ Sie schmunzelte, als sie die Treppe hinuntersprang, zwei Stufen auf einmal nehmend.

Dieses Lächeln sah Ace als Erstes, als Paige in Kats Küche stürzte. Sie sah glücklich aus, beinahe erwartungsvoll. Sein schlechtes Gewissen regte sich irgendwo in der Nähe seines Herzens. Resolut erstickte er es. Dabei half ihm, dass Paige, sobald sie ihn erblickte, das Lächeln auf der Stelle durch ein ärgerliches Stirnrunzeln ersetzte. Was blieb, war das augenblickliche Bedürfnis, das Leuchten in ihren Augen zurückzuholen.

„Was machst du denn hier!“

„Dir auch einen schönen guten Morgen.“ Er merkte, dass er sich tatsächlich freute, sie zu sehen. Maybellene näherte sich ihm vorsichtig und wedelte probeweise mit ihrer Rute, als sie an seiner Hand schnupperte.

Paiges Stirnrunzeln vertiefte sich. Maybellene hasste die meisten Männer mit einer Inbrunst, dass es fast schon peinlich war. Aber natürlich musste sie ausgerechnet bei Ace eine Ausnahme machen. Ihr entschlüpfte ein Grollen.

Kat, die die Spannung zwischen den beiden spürte und zudem wusste, wie dringend Paige am Morgen ihren Kaffee brauchte, beeilte sich, ihrer Freundin eine Tasse von dem dampfenden Gebräu hinzuhalten.

Ohne ihren bösen Blick von Ace zu lösen, griff sie nach dem Becher. Erst als sie sich den Kaffee unter die Nase hielt und einen tiefen Atemzug machte, schloss sie die Augen. Der erste Kaffee am Morgen war ihr heilig. Den musste man genießen, alles andere war ein Sakrileg.

Ace ließ sie nicht aus den Augen und hätte beinahe gestöhnt, als er den sinnlichen, genussvollen Ausdruck auf ihrem Gesicht entdeckte. Er hätte nichts dagegen, selber die Ursache dafür zu sein. Visionen von ihr auf seinem Bett, unter ihm, Haut auf Haut, erfüllten seine Gedanken.

„Was ist denn mit dir los?" Paige betrachtete ihn verwundert.

„Nichts, gar nichts", beeilte er sich zu versichern.

„Aha. Dann beantwortest du jetzt endlich meine Frage?"

„Welche denn?", fragte er gespielt unschuldig.

Sie verdrehte die Augen. „Nur so zur Information. Ich bin weder dement noch zurückgeblieben. Wieso du denkst, du könntest mich für dumm verkaufen, entzieht sich meinem Verständnis."

Er zuckte unter der gerechtfertigten, verbalen Attacke unmerklich zusammen, während Kat, die im Hintergrund am Tisch saß, sich vergeblich bemühte, sich ein Lachen zu verbeißen.

In diesem Moment schlenderte Sam ins Zimmer und erfasste mit einem Blick die Situation.

„Schatz", sagte er zu Kat, „wir wollten doch einkaufen gehen."

„Wollten wir das?", fragte diese, abgelenkt und fasziniert von dem Schauspiel, das sich in ihrer Küche vor ihren Augen entfaltete.

„Ja, wollten wir." Er machte eine bedeutungsvolle Kopfbewegung in Richtung der beiden anderen.

„Ach so. Stimmt ja. Dringend."

Sie stand auf und schob den Stuhl an den Tisch zurück. „Tschüss. Bis später."

„Kat!", rief Paige, leicht panisch über die Aussicht, gleich mit Ace alleine zu sein.

Als sie im unteren Stock das Garagentor auf- und zugehen hörte, ließ sie geschlagen die Schultern sinken.

„Und? Bereit fürs Frühstück?", wollte Ace nonchalant wissen.

Bei seinen Worten straffte sie die Schultern wieder. Er hatte selten eine Frau getroffen, die sich so gut unter Kontrolle hatte wie Paige. Bewundernswert, auch wenn es seinen Wünschen gerade entgegenlief.

„Wo ist Will?"

„Will konnte überzeugt werden, dass es besser ist, dich nicht auszuführen."

Fassungslos starrte Paige Ace an.

„Überzeugt werden?" Jetzt wurde ihre Stimme doch ein wenig schrill. Aber sie konnte es einfach nicht fassen, dass sich Ace einfach so in ihr Leben einmischte. Oder dass sich Will einfach so überzeugen ließ. Das gab ihr einen Stich ins Herz. Klar. Sie hatte nicht wirklich etwas von ihm gewollt. Aber war sie so unwichtig, dass er gleich kampflos aufgab?

Ace sah, wie sich die verschiedensten Gefühle in ihrem Gesicht spiegelten – auch Verletztheit. War sie etwa tatsächlich an Will interessiert? Es nicht länger auf seinem Stuhl aushaltend sprang er auf und hob mit zwei langen Schritten die Distanz zwischen ihnen auf. Mit einer fließenden Bewegung nahm er ihr die inzwischen leere Kaffeetasse aus der Hand und stellte sie hinter ihr auf die Arbeitsfläche.

Paige hob die Hände, um ihn wegzuschieben. Er war ihr viel zu nahe. Sie konnte die Hitze seines Körpers spüren. Dass sie den frischen, nach Zedern und Holz riechenden Duft wahrnehmen konnte, half auch nicht.

„Du stehst mir im Weg. Geh weg.“ Energisch versetzte sie ihm einen Stoß. Leider nur mit geringem Erfolg.

Ace lachte leise. Paige ließ ein Grollen hören, das ihn daran erinnerte, dass Lilo noch immer im Auto wartete. Zeit, das hier etwas zu beschleunigen.

„Wolltest du etwa mit Will ausgehen?“

„Das geht dich nichts an.“

Jetzt war er an der Reihe, seine Geduld zu verlieren. Er nahm ihr Gesicht in beide Hände und näherte sein Gesicht dem ihren, bis sich ihre Nasenspitzen fast berührten. Ihr Atem kam stoßweise, wie er mit Befriedigung feststellte.

„Sag mir, dass du diese Anziehungskraft zwischen uns nicht spürst.“

Als sie nicht sofort antwortete, wiederholte er: „Sag es mir und ich lass dich in Frieden. Ich rufe sogar Will an und sag ihm, er soll vorbeikommen.“

Nur zu gern hätte sie behauptet, sie wüsste nicht, von welcher Anziehungskraft er sprach. Doch das wäre definitiv gelogen. Auch wenn sie ihm momentan, wie so oft, gerade am liebsten eins über den Schädel gezogen hätte, wollte sie gleichzeitig am liebsten über ihn herfallen. Sie senkte ihren Blick und blieb an seinen Lippen hängen.

Als er bemerkte, wo sie hinschaute, stieß er einen leisen Fluch aus und senkte seine Lippen mit einem Grollen auf ihre.

Als sie nach einer gefühlten Ewigkeit voneinander abließen, um nach Luft zu schnappen, schaute sie ihn etwas benommen an.

„Wir mögen uns nicht einmal.“ Langsam schaltete sich ihr Verstand wieder ein.

„Ich weiß“, war seine einzige Antwort, bevor er sie erneut küsste.

Irgendwann wurde es Maybellene zu bunt. Sie fühlte sich ignoriert, hatte Hunger und musste dringend für kleine Hundedamen. So wichtig konnte das gar nicht sein, was auch immer die beiden Menschen da gerade anstellten. Also ließ sie ein ungeduldiges Bellen hören.

Paige zuckte zusammen, als sie es hörte. Mit einem nervösen Lachen löste sie sich von Ace.

„Du hast ja recht, meine Schöne. Du musst dringend raus."

Das auch. Und essen, dachte Maybellene und stellte sich vielsagend vor ihren noch leeren Napf. Das wirkte. Paige verstand offenbar den Wink mit dem Zaunpfahl und schüttete einen Becher Trockenfutter hinein. Schließlich drehte sie sich um und fragte Ace: „Was jetzt?"

Dieser hatte ihre plötzliche Geschäftigkeit beobachtet und richtig vermutet, dass sie die Zeit genutzt hatte, sich wieder zu sammeln. Sämtliche Schutzschilde waren wieder oben. Vielleicht ganz gut so, nachdem er selber nicht genau wusste, was er mit diesem wahren Gefühlssturm, der in seinem Inneren tobte, anfangen sollte.

„Frühstück", antwortete er deshalb leichthin. „Hatte ich dir doch versprochen."

„Gar nichts versprochen hattest du. Mein Frühstücksdate hast du sabotiert", grummelte sie, offenbar wieder völlig klar im Kopf.

„Ich habe nur Wills Platz eingenommen im heutigen Plan. Der Rest bleibt gleich."

„Wer's glaubt", murmelte sie, allerdings mehr zu sich selber, und Ace beschloss klugerweise, nicht darauf einzugehen.

*

Nachdem sie beim Diner angehalten hatten und Ace für beide einen Becher Kaffee und etwas zu essen geholt hatte, spazierten sie schweigend durch den Park. Nach einer Weile deutete Ace auf eine Bank.

„Wollen wir uns kurz hinsetzen? Die Sitzfläche scheint trocken zu sein."

Paige zuckte mit den Schultern, als wäre es ihr egal. War es ihr auch. Sitzen oder gehen, das war ihr geringstes Problem.

Schließlich fragte sie: „Und jetzt? Wie hast du dir vorgestellt, dass es weitergeht? Wir finden uns gegenseitig unmöglich, unterbrochen von …", sie schien über die Worte zu stolpern, „… von gelegentlichem Knutschen?"

Ace ließ sich Zeit mit seiner Antwort. Schließlich rieb er sich mit der Hand übers Gesicht.

„Ehrlich gesagt, ich habe keine Ahnung."

Die aufrechte Erwiderung überraschte Paige. Sie hatte irgendwelche Ausflüchte oder flotten Sprüche erwartet.

„Oh."

„Ich wusste nur, wenn jemand mit dir ausgeht, bin ich das."

Diese Aussage wiederum nervte Paige gewaltig. „Was gibt dir das Recht …"

Weiter kam sie nicht, denn Ace hatte beschlossen, sie lieber zu küssen, bevor sie wieder anfingen zu streiten. Paige wehrte sich eine Sekunde lang. Dann gab sie es auf. Streiten konnten sie auch nachher noch.

Diesmal konnte sie die Gedanken jedoch nicht ganz abstellen. Ihre Verwirrung über die Situation und die Gefühle, die er in ihr auslöste, war einfach zu groß.

„Stopp", sagte sie deshalb schließlich mit deutlicher Anstrengung. „Ich kann das, was zwischen uns steht, nicht einfach ausblenden."

Auch wenn Ace sie gerne ignoriert hätte, ließ er sie widerstrebend los. „Okay. Das verstehe ich."

„Dann bist du bereit, darüber zu sprechen?"

Jetzt war er an der Reihe, eine Maske aufzusetzen. Paige konnte buchstäblich zusehen, wie die Rollläden zu seinem Innersten runtergingen. Sie wartete noch einen Moment, ob er es sich vielleicht anders überlegte. Als er nichts sagte, sondern den Blick ganz abwandte, seufzte sie und stand auf.

„Dachte ich es mir doch. Also dann, ich wünsche dir ein schönes Leben." Sie pfiff nach Maybellene, die dankenswerterweise auf der Stelle zu ihr kam, drehte sich um und ging.

Auch als Ace ihren Namen rief, schaute sie nicht zurück. Sie konnte nicht mehr. Seit bald einem Jahr versuchte sie zu erreichen, dass er ihr verzieh. Obwohl er eigentlich gar nichts zu verzeihen hatte. Er war ja nicht der Leidtragende gewesen. Aber genug war genug.

Ace biss die Zähne zusammen, als er ihr hinterherschaute. Sie wusste ja nicht, was sie von ihm verlangte. Der bekannte Schmerz, der jede Erinnerung an seine Schwester begleitete, breitete sich in seinem Herzen aus und verteilte sich in seinem ganzen Körper. Die Bilder überschlugen sich in seinem Kopf. Joy, wie sie tanzte und sang. Joy, wie sie sich auf dem Dachboden versteckte, zitternd und außer sich. Seine Stiefmutter Gabrielle, gierig nach Aufmerksamkeit, die das Leben ihrer Tochter buchstäblich verkaufte.

Erst als Lilo zu ihm kam und ihm in ihrem jugendlichen Überschwang zwei lehmverschmierte Pfoten auf die Beine legte, gelang es ihm, aus seinen schwarzen Gedanken wieder aufzutauchen.

13

Das Schulprojekt war in vollem Gange. Die Gruppen waren gebildet und die Lehrerinnen hatten einen tollen Start hingelegt. Abgesehen von ihrer Anwesenheit zweimal die Woche hatte Paige vorerst nicht viel mit dem Projekt zu tun. Kat hingegen schon. Erst heute Morgen hatte sie gestöhnt, dass erneut ein Filmteam vorbeikommen würde, um mit ihr das Storyboard zu besprechen. Paige war eingesprungen und hatte ihr mit der morgendlichen Fütterung geholfen. Nur bei der Vorbereitung, aber immerhin hatte sie so etwas Zeit gespart.

Obwohl es sich seltsam anfühlte, die Kontrolle für den Moment aus der Hand zu geben, war sie froh, wieder mehr Zeit zu haben. Endlich kam sie dazu, sich um die Pressemitteilungen und das Werbematerial für de Luca zu kümmern. Seinen weiteren Verabredungsversuchen war sie mithilfe ihrer Freunde und der Disney Sisters erfolgreich aus dem Weg gegangen. Per Telefon ließ er sich leicht abwimmeln. Sie konnte schließlich auch nichts dafür, wenn die Verbindung in den Bergen so oft abriss … Sie grinste in sich hinein, als sie auf dem Weg zu ihrem Auto daran dachte.

Das Auto, das ihr de Lucas Geld ermöglicht hatte, erinnerte sie sich. Aber nicht einmal das verdarb ihr die Freude an ihrem neuen fahrbaren Untersatz. Er war nicht neu. Nur neu für sie. Laut Fahrzeugpapieren hatte der Subaru bereits ein paar Jahre auf dem Buckel. Acht, genauer gesagt. Doch das Auto war in gutem Zustand, wie der Händler ihr und Paula versichert hatte. Nate hatte zwar gemeint, sie hätte besser ihn mitgenommen, Frauen würden immer übers Ohr gehauen beim Autokauf. Das konnte sie nicht glauben, doch selbst wenn, war es ihr egal. Paula und sie hatten großen Spaß gehabt, der Preis des Autos lag innerhalb ihres Budgets und es fuhr sie von A nach B, was wollte sie also mehr. Nur als Paula über Ace und sie sprechen wollte (natürlich hatte Kat sie brühwarm über die morgendlichen Geschehnisse informiert), hatte sie abgeblockt. Zu groß war momentan die Enttäuschung, dass sich zwischen ihnen nichts geändert hatte. Immerhin wusste sie jetzt Bescheid und konnte sich vielleicht endlich von der wahnwitzigen Vorstellung befreien, dass er der Richtige für sie war.

Ausnahmsweise hatte sie Maybellene zu Hause gelassen. Ihre Hündin war darüber nicht sehr erfreut gewesen. Doch sie wollte die verschiedenen Baustellen fotografieren und sich einen Überblick über die geplanten Ausmaße der Anlage verschaffen. Das konnte sie nicht, wenn sie dauernd ein Auge darauf haben musste, dass die Schipperke-Hündin sich durch ihre Neugier nicht in Gefahr brachte. Sie hatte keine Lust, sie aus einem Betonmischer zu ziehen oder Pfotenabdrücke in noch frischer Farbe zu erklären. Fotografieren war sowieso nicht ihre Stärke. Falls die Fotos nicht gut rauskamen, müsste sie vielleicht eine ehemalige Arbeitskollegin aus Denver nach Independence einladen. Soweit sie wusste, gab es keine Fotografin, die hier lebte. In Breckenridge vielleicht, überlegte sie, während sie die Kleinstadt hinter sich ließ und weiter zu den Peak-Residenzen fuhr.

*

„Heute? Bist du sicher, Boss?“

„Ja, es muss heute sein. Mir läuft die Zeit davon.“

„Okay, Boss. Ich bereite alles vor.“

„Und schau, dass dir nicht wieder derselbe Fehler unterläuft wie letztes Mal."

Der Mann am anderen Ende der Leitung zuckte zusammen, und es überlief ihn siedend heiß. Er hatte keinen Fehler gemacht. Nur Aufträge ausgeführt. Doch er wusste, was das hieß. Würde es hart auf hart kommen, würde er den Sündenbock spielen müssen. Er biss die Zähne zusammen und knurrte.

„Geht klar, Boss!"

Offensichtlich mit der Antwort zufrieden hängte dieser am anderen Ende auf.

Frustriert schob sich der Angestellte das Telefon in die Gesäßtasche. Da würde er sich noch etwas überlegen müssen. So war das nicht abgemacht gewesen. Daran war nur diese Tussi schuld. Was hatte die auch bei den alten Brandfeldern zu suchen.

Er trat aus dem halbfertigen Gebäude und machte sich an die Vorbereitungen. Durch die flache Frühlingssonne geblendet sah er deshalb die Person nicht, die eben aus dem Büro kam und auf die Baustelle schlenderte.

*

Paige schaute sich suchend um und versuchte zu entscheiden, mit welchen Motiven sie anfangen sollte. Soeben hatte ihr Melissa eine Führung durch das fertig gestellte Musterhaus gegeben. Sie musste zugeben, dass sie ziemlich beeindruckt war von dem, was sie gesehen hatte. Die Wohnungen hatten großzügige Grundrisse und waren mit luxuriösen Details ausgestattet. Der Plan umfasste ein kleines Shoppingcenter, komplett mit Cafés und Restaurants. Sie konnte sich vorstellen, was die Disney Sisters von diesem Plan hielten. Nicht unbedingt nur wegen der fehlenden Einnahmen, aber auch wegen all der Informationen, die ihnen entgehen würden. Paige kicherte, als sie sich die Empörung der beiden vorstellte.

Die großen Wohnblöcke bildeten ein U und umschlossen eine kleine Parkanlage. Wenn sie das nötige Kleingeld hätte, könnte sie sich sogar selber vorstellen, hier zu wohnen. Damit stellte sich für Paige die Frage, wer denn hier wohnen sollte. Gemäß ihrer Unterlagen war nur die Hälfte der Wohnungen für Feriengäste gedacht. Doch ob so betuchte Mieter nach Independence kommen würden? Die wenigsten Einheimischen hatten so viel Geld. Zudem zogen es die meisten vor, ein eigenes Haus zu besitzen.

Sie rief sich streng in Erinnerung, dass ihre Aufgabe sich darauf beschränkte, die Peak-Residenzen im besten Licht darzustellen. Und nicht irgendwelche Verschwörungen aufzudecken. „Das ist der Unterschied zwischen Werbung und Journalismus“, sagte sie laut, um sich selber zu überzeugen.

Langsam schlenderte sie in Richtung Bergflanke. Am oberen Ende sollte die neue Sesselliftanlage hinkommen. Auf ihre Frage, wann denn die Eröffnung geplant sei, fielen Melissas Antworten allerdings etwas vage aus. In den Unterlagen, die ihr de Luca gegeben hatte, war davon nichts zu spüren. Dort stand schwarz auf weiß, dass die Wohnungen im Herbst bezugsbereit sein würden. Genau zum Start der nächsten Skisaison. Mist. Sie driftete schon wieder in Ermittlungen ab. Entschlossen packte sie ihr Handy und knipste wild drauflos. Schließlich gelangte sie ans Ende des Grundstücks. Der unfertige Bau der Liftanlage ragte wie ein Missgebilde in die Höhe. Der Beton hob sich düster gegen das Blau des Himmels ab. Sie drückte auf den Auslöser der Kamera. Doch auch nach dem dritten Bild wurde es nicht besser. Das konnte man höchstens für ein Horrorkabinett gebrauchen. Entweder sie verwendete das Modellbild und verzichtete hier auf ein Making-of-Bild, oder … sie studierte die Umgebung. Ziemlich nahe am Gebäude schloss bereits der Wald an. Der Teil war von den Waldbränden offenbar verschont worden. Sie kaute auf ihrer Unterlippe, während sie sich einmal im Kreis drehte und die Landschaft in sich aufnahm.

Vielleicht ergäbe es ein schönes Übersichtsbild, wenn sie die Bergflanke hochkletterte und von oben eine Aufnahme machte? Angetan von dieser Idee machte sie sich auf den Weg.

*

Der Angestellte war gerade dabei, die notwendigen Utensilien in den kleinen Geländewagen zu laden, als ihm außerhalb der unfertigen Garage eine Bewegung auffiel. Stirnrunzelnd trat er näher. Er hatte doch alle weggeschickt? Er verfolgte mit scharfem Blick, wie die Person, jetzt sah er, dass es eine Frau war, immer wieder stehen blieb und Fotos machte. Was zum Teufel hatte das zu bedeuten? Blitzschnell fällte er eine Entscheidung und folgte ihr, darauf bedacht, dass sie ihn nicht entdeckte. Das war mit all den herumstehenden Gerätschaften nicht allzu schwierig. Als er näher kam, erkannte er in der Frau die Journalistin, die für seine aktuelle Misere zuständig war. Wut erfüllte ihn, aber er riss sich zusammen. Heimzahlen konnte er es ihr immer noch. Später. Wenn er den jetzigen Auftrag ausgeführt hatte. Der hatte erst einmal Priorität. Jetzt musste er sie einfach möglichst schnell loswerden.

Er setzte sich seinen Schutzhelm, den er in der Hand trug, auf und setzte eine offizielle Miene auf. Seiner Erfahrung nach ließen sich Leute relativ einfach vertreiben, wenn sie mit einem ungehobelten Bauarbeiter konfrontiert wurden. Ein dreckiges Grinsen stahl sich auf seine Lippen, als er sich auf die bevorstehende Konfrontation freute. Es sprach schließlich nichts dagegen, sich einen kleinen Spaß mit der Frau zu erlauben.

Seine Freude währte allerdings nur kurz, als er sah, dass sie sich erneut in Bewegung gesetzt hatte und auf den kleinen Pfad neben der Sesselliftanlage zusteuerte. Er hatte damit gerechnet, dass sie mit ihrer Tour fertig war, was auch immer sie hier machte. Scheiße. Das bedeutete, dass er sie nicht einfach so abfangen konnte. Sollte er warten, bis sie wieder herunterkam? Er warf einen Blick auf sein Handy, das er aus seiner Hosentasche zog. Ihm lief die Zeit davon. In Kürze würde der Boss zurück sein. Wenn bis dahin nicht alles im Gange war, würde er ihm die Hölle heißmachen. Kurz entschlossen kehrte er zum Geländewagen zurück, hievte die letzten Utensilien ins Auto und fuhr los.

*

Paige ahnte nichts von der Gefahr, die hinter ihr lauerte. Im Gegenteil. Sie genoss den Aufenthalt an der frischen Luft. Der Kontrast zwischen den rohen Bauten und der im Überfluss vorhandenen Natur faszinierte sie. Mit den ersten Blumen waren auch die ersten Bienen aufgetaucht. Ganz zu schweigen von den Vögeln, die die Luft mit ihrem Gezwitscher erfüllten. Weiter vorne meinte sie, einen Bach zu hören. Doch sie war sich nicht sicher. Das Stück, das sie zurücklegen wollte, stieg ziemlich steil an. Wer den Pfad wohl angelegt hatte?, fragte sie sich, als sie ins Schnaufen geriet. Bergziegen? Endlich mündete der Trampelpfad in einer schmalen, aber immerhin mit Schotter befestigten Straße. Außer Atem blieb sie stehen und stützte sich auf ihren Oberschenkeln ab. Puh. An ihrer Fitness sollte sie vielleicht wieder einmal arbeiten. Sie wollte sich gerade umdrehen, um die Umgebung sowie die Aussicht von hier oben ins Auge zu fassen, als ein lautes Motorengeräusch die relative Stille der Natur zerriss. Nanu, was war denn das? Waldarbeiter, die sich ein Rennen lieferten? Sie verkniff sich ein Lachen bei dem Gedanken und drehte sich in Richtung des Lärms um. Zu ihrem Erstaunen kam tatsächlich ein Auto den Berg hinauf. Sie hielt es für angebracht, sich auf die andere Seite des Sträßchens zu stellen, auch wenn das Geländefahrzeug noch einige Serpentinen unter ihr war. Nicht, dass sie am Ende den Hügel wieder runterrollte, nur weil ein Idiot nicht fahren konnte. Den Bergziegenpfad ein zweites Mal in Angriff zu nehmen, darauf hatte sie keine Lust.

Auf der Bergseite der Straße befand sich ein tiefer Graben. Mehrere Meter tief, war er mehrheitlich mit Morast und einigen Pfützen gefüllt und definitiv künstlichen Ursprungs, wenn sie die steilen Ränder betrachtete, wie sie nur eine Baggerschaufel herstellen konnte. Zudem war es seltsam, dass sich so viel Feuchtigkeit darin befand. Die Luft war hier so trocken und Niederschläge waren in den letzten Wochen rar gewesen. Wahrscheinlich wurden hier irgendwelche Leitungen verlegt, mutmaßte sie. Wofür dazu Wasser in den Graben gelassen wurde, wusste sie nicht. Aber sie war schließlich kein Experte für Tiefbau.

Der tiefe Einschnitt wirkte wie eine offene Wunde. Obwohl sie wusste, dass der Graben am Ende wieder zugeschüttet und aller Wahrscheinlichkeit nach gar nicht mehr zu erkennen sein würde, verursachte ihr der Anblick ein mulmiges Gefühl. Sie schüttelte sich. So alleine unterwegs zu sein, tat ihr offenbar nicht gut. Das nächste Mal würde sie Maybellene mitnehmen, Baustelle hin oder her.

Jetzt hatte das Auto sie fast erreicht. Das Sonnenlicht spiegelte sich in der Windschutzscheibe, sodass sie nicht erkennen konnte, wer darin saß. Was ja auch egal war, sagte sie sich und hob die Hand zum Gruß, während sie die Augen zusammenkniff, um nicht geblendet zu werden. Zu ihrem Entsetzen merkte sie, dass der Fahrer nicht abbremste, als er sich ihr näherte. Kies spritzte nach allen Seiten. Sie blinzelte gegen die Sonne. Hielt er etwa direkt auf sie zu? Hektisch blickte sie um sich und trat einen Schritt zurück. Der Motor heulte nochmals auf, und sie fuhr erschrocken zusammen. Dabei rutschten einige lose Steine unter ihrem Schuh weg und sie verlor das Gleichgewicht. Wie in Zeitlupe fiel sie rückwärts ins Leere. Und fiel und fiel, bis sie mit dem Kopf hart aufschlug.

*

Ohne sich umzudrehen, setzte der Fahrer seinen Weg in den Wald fort. Das Problem war vorerst erledigt, dachte er befriedigt. Jetzt konnte er sich erst einmal um seinen Auftrag kümmern. Ob die Frau hinterher noch ein Problem darstellte, würde sich zeigen. Darum konnte sich dann der Boss kümmern. Auch wenn dieser das anders sah, verdiente er nicht genug Geld, um die Verantwortung für solche unangenehmen Zwischenfälle auf sich zu nehmen. Das würde auch de Luca merken, wenn er versuchen sollte, ihn zu seinem Sündenbock zu machen. Ein paar Tricks hatte er noch auf Lager.

*

Benommen wälzte sich Paige auf die andere Seite. Was hätte sie nicht dafür gegeben, wenn Maybellene jetzt bei ihr wäre. Oder Ace. Selbst schlecht gelaunte Gesellschaft wäre besser, als mit Schrammen an allen möglichen Stellen, einem geschwollenen Handgelenk und einem dröhnenden Schädel alleine hier im Graben zu sitzen. Wenigstens war sie nicht ohnmächtig geworden. Ob der Fahrer sie wohl nicht gesehen hatte?, überlegte sie stirnrunzelnd. Die Sonne hatte sich schon direkt in der Windschutzscheibe gespiegelt. Trotzdem war er ein Idiot. So würde er auch jedes unschuldige Reh anfahren, das den Fehler machte, sich zur falschen Zeit am falschen Ort aufzuhalten. Rowdy! Echt unmöglich. Darüber müsste sie vielleicht auch mal was schreiben, dachte sie wütend, als sie sich mühsam aus dem Schlamm erhob. Immerhin schienen ihre beiden Beine intakt zu sein, von ein paar Kratzern abgesehen. Sie nahm an, wenn sie den Graben lange genug entlanglief, würde er wohl irgendwo aufhören. Behelfsmäßig wischte sie sich die Hände an einer der wenigen trockengebliebenen Stellen ihres T-Shirts ab und zog mit ihrer gesunden Hand das Handy aus ihrer Hosentasche. Das funktionierte zum Glück noch. Hatte es sich doch gelohnt, sich für die teure wasserdichte Variante zu entscheiden. Mit dem Empfang sah es allerdings schlecht aus. Entmutigt ließ sie sich gegen die steile Erdwand sinken. Es würde ihr also tatsächlich nicht anderes übrig bleiben, als sich zu Fuß auf die Suche nach einem Ausweg zu machen. Sie legte den Kopf in den Nacken und schaute zu der unerreichbar scheinenden Graskante hoch. Das wäre zwar der direkteste Weg, doch falls nicht in den nächsten paar Minuten Spidermans Spinne vorbeikommen würde, auch der unwahrscheinlichste.

Sie ließ den Kopf an die lehmige Wand sinken und strich sich frustriert eine verklebte Haarsträhne aus der Stirn. Ein schmerzhaftes Pochen setzte in ihrem Handgelenk ein. Sie seufzte tief und setzte sich widerwillig in Bewegung. Je schneller sie hier rauskam, desto besser.

Fünf Minuten später musste sie einsehen, dass das wohl nicht so bald der Fall sein würde. Das Vorankommen gestaltete sich eher schwierig. Der Boden unter ihren Füßen war rutschig. Immer wieder verlor sie den Halt und landete unabsichtlich im tieferen Morast oder im Wasser. Angst, den Halt zu verlieren und vielleicht auf ihr bereits verletztes Handgelenk zu fallen, behinderte sie zusätzlich. Frustriert ließ sie sich auf einen der größeren Steinbrocken fallen, die im Matsch lagen.

Sie schloss die Augen. „Tief durchatmen", befahl sie sich. Hysterisch werden half in dieser Situation gar nichts. Im Gegenteil. Unvermittelt riss sie die Augen wieder auf und hob die Nase ein wenig höher in die Luft. Genau wie Maybellene, wenn sie eine vielversprechende Spur aufgenommen hatte. Ihre Hündin würde sich totlachen, wenn sie sie jetzt sehen könnte, dachte sie mit einer Portion Galgenhumor. Der nächste Windhauch verscheuchte diesen allerdings wieder. Diesmal roch sie es deutlich. Feuer und Rauch. Wahrscheinlich das Arschloch von Waldarbeiter, versuchte sie sich zu beruhigen. War er etwa in der Nähe? Sollte sie versuchen, ihn durch Rufen auf sich aufmerksam zu machen? Andererseits hörte er bei seiner Arbeit wahrscheinlich sowieso nichts. Trugen die nicht meistens Ohrenschützer? Während sie noch innerlich debattierte, drückte der Wind eine regelrechte Rauchwolke in den Graben. Paige hustete. Als sie endlich wieder zu Atem kam, war sie am Rande einer Panik. Kleines Feuer der Waldarbeiter. Ja, richtig. Das war eher ein neuer Waldbrand.

Entschlossen kämpfte sie gegen die Panik an und überlegte. Ihre Situation war zwar ungemütlich, aber nicht ausweglos. Immerhin befand sie sich in einem Wassergraben, mit der Betonung auf Wasser, und noch war Zeit, sich in die andere Richtung aufzumachen. Ob sie genügend Luft haben würde, würde sich zeigen und war vermutlich auch vom herrschenden Wind abhängig. Da konnte sie nichts machen, außer sich nahe zum Wasser zu kauern, sollte der Sauerstoff knapp werden. Unten war wohl die Luft besser als weiter oben. Das sah man doch immer in dieser Fernsehserie mit den heißen Feuerwehrmännern. Wie hieß die nochmals? Ach ja, genau. Chicago Fire. Fast hätte sie laut gekichert als ihr auffiel, dass sie sich in ihrer aktuellen Lage Gedanken über eine Fernsehserie machte. Das sprach nicht unbedingt für ihre geistige Gesundheit. Oder ihre Fähigkeit, Prioritäten zu setzen. Kopfschüttelnd konzentrierte sie sich wieder auf das Wesentliche. Sie bezweifelte zwar, dass sie einem Feuer davonrennen konnte, aber vielleicht fand sie eine Stelle, wo sie hoch genug hinaufklettern konnte, um einen Notruf abzusetzen. Gesetzt den Fall, das Handynetz funktionierte irgendwo hier oben. Dann hatte sie eine Idee. Mit zitternden Fingern zog sie das Handy hervor. Sie würde Ace eine Nachricht schreiben. Auch wenn sie nicht sofort gesendet wurde, würde es das Gerät unabhängig von ihr einfach weiterhin versuchen. Vielleicht hatte sie ja Glück und die Nachricht ging durch.

Bin oberhalb der Peak Residenzen in einem tiefen Graben gelandet. Rauch in der Luft. Waldarbeiter oder Waldbrand?

Ihr Finger schwebte über der Tastatur, nachdem sie die Nachricht losgeschickt hatte. Sollte sie noch mehr schreiben? Zähneknirschend fuhr sie fort:

Könnte Hilfe gebrauchen. Gruß, Paige

So. Immerhin konnte er sie so nicht wieder beschuldigen, sich bloß wichtigmachen zu wollen. Zufrieden mit der Formulierung und von neuer Tatkraft erfüllt verstaute sie das Telefon. Sie marschierte mit zusammengebissenen Zähnen los, in die Richtung, aus der sie gekommen war. Das Geräusch der knackenden Äste und den beißenden Geruch des Feuers im Nacken.

14

„Verdammt!“, fluchte Ace laut in seinem Büro auf der Wache. Lilo, die er heute in Erwartung eines ruhigen Tages mitgenommen hatte, bellte laut. Wahrscheinlich fühlte sie sich angesprochen, nachdem er öfter schimpfte, wenn er ihre neuesten Schandtaten entdeckte. Doch jetzt hatte er gerade keine Zeit für seinen jungen Hund. Das Telefon in der Hand, streckte er den Kopf zur Tür raus.

„Luke? Hast du was von einem Brand bei den Peak-Residenzen gehört?“

Luke lehnte sich im Stuhl zurück, damit er Ace sehen konnte.

„Nein. Sollte ich?“

Frustriert fuhr sich Ace durch die Haare.

„Vielleicht. Ich weiß nicht. Eben habe ich eine Nachricht von Paige erhalten. Der Text ist etwas kryptisch.“

„Gib mal her.“

Ace reichte Luke das Telefon.

„Hm. Scheint, als wollte sie nicht denselben Fehler wie beim letzten Mal machen.“

„Schon. Aber was bitte macht sie in einem Graben? Und vor allem, weshalb kommt sie da nicht raus?“

„Denkst du, sie will dich ärgern?“

Ace ließ sich diese Möglichkeit durch den Kopf gehen. „Möglich ist alles. Aber ich denke eigentlich eher nein. Ich glaube nicht, dass sie mich kontaktieren würde, wenn es nicht unbedingt sein muss."

„Sprecht ihr nicht mehr miteinander?"

Ace zog leicht den Kopf ein. „Nicht, wenn es sich vermeiden lässt. Und sie scheint recht gut darin zu sein, mich zu meiden."

„Du hast es verbockt", stellte Luke mit einem Grinsen fest.

Das hatte er wohl, dachte Ace ein wenig wehmütig, als er an den Morgen dachte, den sie zusammen verbracht hatten. Zum Glück rettete ihn der Piepton seines Handys, welcher eine neue Nachricht ankündigte, davor, Lukes Frage zu beantworten.

Dieser starrte auf den Bildschirm.

„Ich glaube, deine Frage hat sich eben beantwortet. Sieh selbst." Er hielt ihm das Gerät hin.

Könnte Hilfe gebrauchen. Gruß, Paige

„Feuer hin oder her, offenbar hat sie ein Problem."

„Das sehe ich auch so", antwortete Ace grimmig. Und es musste ernst sein. Er glaubte nicht, dass sie sonst zugegeben hätte, Hilfe zu gebrauchen.

„Stell ein Einsatzkommando zusammen. Ich will kein Risiko eingehen. Wenn es tatsächlich brennt, müssen wir vorbereitet sein. Ich informiere Jake. Der ist bestimmt interessiert zu hören, falls es da oben schon wieder ein Feuer gibt."

„Alles klar", antwortete Luke, wieder komplett ernst.

Ace drückte die Kurzwahltaste zum Sheriffsbüro.

„Polly. Ist Jake hier? Und, warte … kannst du abklären, ob Paige heute bei den Peak-Residenzen unterwegs war?"

„Ich stell dich gleich zu Jake durch. Dann ruf ich mal im Baubüro an. Die müssten ja eigentlich wissen, wer sich bei ihnen auf der Baustelle rumtreibt."

„Das ist zu hoffen. Danke Polly."

*

Paige hoffte sehr, dass ihre Nachrichten Ace auch erreichten. In diesem Moment hätte sie alles gegeben, sich nochmals mit ihm zu streiten. Oder ihn zu küssen, schlich sich der unerwünschte Gedanke in ihren Kopf. Wenn sie über ihre letzte Begegnung nachdachte, ärgerte sie sich ganz schön. Reden wurde völlig überbewertet. Es wäre viel gescheiter gewesen, einfach den Kuss zu genießen und abzuwarten, wo es hinführen würde. Aber nein. Sie musste ja immer alles gleich klären und planen. Das hatte sie jetzt davon. Vermutlich würde sie heute Nacht in diesem kalten Loch erfrieren, falls das Feuer sie nicht vorher erwischte. Frustriert hob sie einen Stein hoch und warf ihn weiter vorn ins Wasser. Nur zu gern hätte sie sich auf den Boden sinken lassen und ihren Tränen freien Lauf gelassen. Doch den Luxus einer Runde Selbstmitleid konnte sie sich nicht leisten. Der Rauch wurde dichter und sie hatte noch keinen Ausweg gefunden. Also zog sie die Nase hoch und stolperte weiter durch Pfützen, Morast und über heimtückische Steine.

Nach weiteren zehn Minuten hob sie den Kopf. Waren das etwa Motorengeräusche, die sie hörte? Links des Grabens sah sie dunklen Rauch vorbeiziehen. Sie hatte keine Ahnung, ob der Wald tatsächlich brannte. Sie wusste nur, dass es unerträglich laut dröhnte. Vermutlich hatte sie sich die Geräusche nur eingebildet.

Doch einhundert Meter weiter ertönten plötzlich auch Stimmen. Ein Kläffen gesellte sich dazu und sie, die immer noch Angst vor fremden Hunden hatte, freute sich wie verrückt, als Lilo in großen Sprüngen auf sie zugerannt kam. Mit Tränen in den Augen ließ sie sich auf die Knie sinken und schloss das kleine Fellbündel in die Arme. Lilo leckte ihr pflichtbewusst die salzigen Tränen vom Gesicht. Anschließend verfiel sie in aufgeregtes Kläffen, sodass sich Paige beinahe die Ohren zugehalten hätte, wenn nicht Ace' Silhouette hinter der nächsten Biegung aufgetaucht wäre. Erleichtert stieß sie sich von dem schlammigen Untergrund ab und winkte ihm mit ihrer gesunden Hand zu.

Als Ace sie erreichte, schloss er sie erstmal mit einer Wildheit, die ihn selbst und sicher auch Paige überraschte, in seine Arme.

„Du bist gekommen“, murmelte sie.

„Das ist mein Job“, antwortete er unwirsch, nicht bereit, sich mit den Gefühlen auseinanderzusetzen, die sie in ihm auslöste.

„Trotzdem.“ Paige ließ sich von seiner unfreundlichen Antwort nicht beirren. Es war ihr schlicht und einfach egal.

„Brennt es oben tatsächlich?“

„Ja. Aber meine Jungs haben es unter Kontrolle. Dieser Kanal, oder was auch immer das ist, verhindert das Schlimmste. Was zum Teufel machst du hier unten?“

„Können wir erst hoch und ins Trockene?“, fragte sie in der Hoffnung, die Befragung noch etwas hinauszuschieben.

Erst wollte er auf einer Antwort bestehen, dann fiel sein Blick auf ihr erschöpftes Gesicht und die Art und Weise, wie sie ihren Arm hielt. Er fasste danach.

„Du bist ja verletzt!“ Das klang mehr wie eine Anklage als eine Feststellung.

So langsam stieg trotz ihrer Erleichterung Ärger in Paige hoch. Sie hieß den Ärger sogar willkommen. Mit diesem Gefühl konnte sie um einiges besser umgehen als mit dem Purzelbaum, den ihr Herz bei seinem Auftauchen geschlagen hatte.

„Das passiert schon mal, wenn man rücklings in einen Graben fällt“, antwortete sie deshalb nur sarkastisch.

Ace schüttelte den Kopf. „Was soll ich bloß mit dir machen?“ Dann bückte er sich und hievte sie sich in klassischer Feuerwehrmanier über die Schulter.

„He! Was soll das! Lass mich runter“, verlangte Paige.

Ace ignorierte sie und machte sich mit seiner wertvollen Fracht auf den Rückweg. Später war noch genug Zeit für Diskussionen. Jetzt wollte er sie erst einmal in Sicherheit wissen. Zudem war so das Risiko nicht so groß, dass er sie einmal tüchtig durchschüttelte. Was musste sie sich auch immer leichtsinnig in Gefahr begeben?, fragte er sich im Stillen. Gott sei Dank konnte er sie nicht ausstehen. Sonst hätte er sich doch tatsächlich Sorgen gemacht. Er schnaubte, als ihm bewusst wurde, was er da innerlich vor sich hin schimpfte. Herrje. So gründlich hatte er sich schon lange nicht mehr selbst etwas vorgemacht. Schien, als müsste er sich doch einmal mit seinen komplexen Gefühlen für diese facettenreiche Frau auseinandersetzen. Noch ein Grund mehr, sich über sie zu ärgern. Er packte sie ein wenig fester als nötig um ihre wohlgeformten Oberschenkel. Wie zu erwarten, hatte das ein entrüstetes „Hey!“ und einen Hieb auf sein eigenes Hinterteil zur Folge. Er grinste. Vielleicht würde ihre Aussprache ja ganz interessant werden.

Paige konnte nicht glauben, was gerade geschah. Nicht nur hatte sie gerade ein weiteres traumatisches Erlebnis hinter sich. Jetzt wurde sie auch noch wie ein Sack Mehl vor den Augen aller anderen Feuerwehrleute durch die Gegend gehievt, obwohl ihre beiden Beine perfekt funktionierten. Diese Frechheit! Leider konnte sie sich mit nur einer funktionstüchtigen Hand schlecht wehren. Sich einfach zu winden getraute sie sich dann doch nicht. Sie traute ihm nämlich durchaus zu, dass er sie einfach fallen ließ, wenn es ihm zu blöd wurde. Also hieb sie nur frustriert mit ihrer gesunden Hand auf seine Kehrseite. Aus Protest natürlich. Auf keinen Fall, weil sie ihr gefiel. Sie stöhnte innerlich. Dieser Zwischenfall hatte irgendwie sämtliche ihrer Bemühungen der letzten Woche, ihm aus dem Weg zu gehen, zunichte gemacht.

Lilo dachte wohl, die ganze Aktion sei ein verrücktes Spiel, und sprang begeistert von einer Pfütze zur nächsten, sodass das Wasser nach allen Seiten spritzte. Gegen ihren Willen musste Paige lächeln. Die Kleine hatte es faustdick hinter den Ohren. Bei dem Gedanken daran, dass sie sicher mit schöner Regelmäßigkeit Ace' Haushalt auf den Kopf stellte, musste sie kichern.

„Was ist denn so lustig da hinten?“

„Wenn du mich nicht wie ein Höhlenmensch rumschleppen würdest, würde ich dich gerne an meiner Heiterkeit teilhaben lassen“, antwortete sie.

Ihr Tonfall wiederum brachte Ace zum Lachen. Seinen ganzen Körper und somit auch Paiges schüttelte es dabei durch.

„Wirst du das wohl lassen?“

„Beruhig dich. Ich lass dich ja schon runter. Da steht die Leiter.“

„Und ich dachte, ihr Helden seid so stark, dass ihr die Fräuleins in Not auch die Leiter hoch tragt.“

„Kannst du gerne haben“, antwortete er und rollte mit den Augen. Paige machte ja Paula Konkurrenz mit ihrer scharfen Zunge. „Ich hatte Dir nur ersparen wollen, Hinterteil voran über der Kante des Grabens aufzutauchen. Bestimmt filmt wieder irgendwer die Rettung und postet es auf Facebook.“

Das schien ihr einzuleuchten. Hastig lenkte sie ein

„Nein, nein. Schon in Ordnung. Ich glaube dir das auch so.“

„Ach, plötzlich“, murmelte er und ließ sie langsam an seinem Körper runtergleiten.

Paige schluckte, als sie unvermittelt so dicht vor ihm stand. Um ihm in die Augen zu schauen, musste sie den Kopf in den Nacken legen. Seine Körperwärme drang durch den nassen Stoff ihres T-Shirts, das ihr am Körper klebte. Nachdem sie jetzt nicht mehr unbequem auf dem Bauch durch die Gegend gezerrt und durchgeschüttelt wurde, nahm sie das auf einmal sehr deutlich wahr.

Ace griff nach ihren Schultern und drehte sie überraschend sanft zur Leiter um.

„Hoch mit dir.“ Seine Stimme klang seltsam belegt, stellte Paige zufrieden fest. Anscheinend war er von der körperlichen Nähe auch nicht unberührt geblieben. Diese Feststellung hob ihre Laune spürbar. Weshalb das so war, analysierte sie lieber nicht genauer. Ihre Prioritätenliste umfasste gerade nur zwei Punkte. Ein heißes Bad und etwas zu essen.

Das Erklimmen der Leiter erwies sich schwieriger als gedacht. Mit nur einer Hand konnte sie sich nicht richtig hochziehen. Ace blieb ganz ruhig und schob sie wortlos von hinten an.

„Du wolltest mir nur auf meinen Arsch starren, gib's zu."

„Klar", antwortete er, bereit, so ziemlich alles zu sagen, was sie hören wollte, wenn er sie nur endlich aus diesem Loch raus bekam.

„Männer!", schnaubte sie ungnädig.

Mit dem Wissen, dass ihr Puls durch die unverhoffte Nähe auch schneller geworden war, wie er an ihrer Halsschlagader deutlich sehen hatte können, ließ er sich nicht aus der Ruhe bringen und ließ sie reden. Nach den Erlebnissen des Nachmittags war es nur verständlich, dass sie ein wenig Dampf ablassen musste. Auch wenn sie es nicht zugab, musste sie reichlich Angst gehabt haben. Sonst hätte sie ihn nie und nimmer um Hilfe gebeten. Jetzt musste erst dieses Feuer unter Kontrolle gebracht werden, dann würde er sich um Paige kümmern. Und zwar ein für alle Mal. Er wollte in Zukunft wissen, wo sie sich herumtrieb.

Oben wurde Paige mit großem Juchee in Empfang genommen. Jemand legte ihr eine Wolldecke um die Schulter, aus einer anderen Richtung kam eine Tasse dampfend heißen Tees, und schließlich durfte sie in einem der Feuerwehrautos Platz nehmen. Als sie es sich bequem machte und die nassen Schuhe abstreifte, fragte sie Luke, der ihr das Handgelenk provisorisch verbunden hatte, ob irgendwer wohl einen Energieriegel dabei hatte.

„In gesund nicht, aber mit einem Snickers könnte ich dienen."

„Perfekt. Du bist ein Held."

Er lachte. „Der Held hat dich aus dem Graben gezogen. Ich verteile nur Schokolade."

„Das ist mindestens gleichwertig, glaub mir“, murmelte sie und griff gierig nach der Süßigkeit.

*

Als Ace eine Stunde später nach ihr schaute, hatte sie sich auf der Bank zusammengerollt und schlief tief und fest. Selbst als er sie in seine Arme hob und in sein Auto verfrachtete, zuckte sie nicht mit der Wimper. Das kam ihm sehr entgegen. So konnte er die Diskussion vermeiden, die sicherlich ausgebrochen wäre, wenn sie wach gewesen wäre. Er studierte ihr schlafendes Gesicht. So entspannt hatte er sie noch nie gesehen. Behutsam strich er ihr eine Haarsträhne aus dem Gesicht. Schließlich schloss er so geräuschlos wie möglich die Tür und ließ Lilo im Fußraum des Autos Platz nehmen.

Nach kurzer Rücksprache mit Jake, der mit seinen Deputies bereits vor Ort war und die Gegend nach dem angeblichen Waldarbeiter, den Paige gesehen haben wollte, abkämmte, stieg er in sein Auto und fuhr in Richtung Independence. Vor der Kreuzung, die zu seinem Haus führte, zögerte er. Wenn er sich richtig erinnerte, was ihm seine Schwester einmal gesagt hatte, brauchten Frauen ihr Zeugs, damit sie sich wohl fühlten. Überrascht stellte er fest, dass die Erinnerung zwar ein wenig Wehmut in ihm auslöste, aber nicht von dem schmerzhaften Stich begleitet wurde. Noch etwas, worüber er später nachdenken sollte. Doch jetzt hieß es erst einmal, seine nächsten Schritte zu überlegen. Kurz entschlossen wendete er das Auto nach rechts in Richtung Tierheim.

Kat öffnete ihm die Tür, ein erschrockener Ausdruck im Gesicht.

„Ace! Was machst du denn hier? Ist etwas passiert?“

„Ach, Paige ist in einem Graben gelandet, aus dem sie selber nicht mehr rausgekommen ist“, spielte er die Situation herunter. Die wahren Umstände würde sie noch früh genug erfahren. Ihm war jetzt wichtiger, so schnell wie möglich alles zu erledigen, um dann endlich mit seiner widerspenstigen Fracht nach Hause zu fahren.

„Okay, und jetzt? Ist sie im Krankenhaus?“, hakte Kat nach, offensichtlich noch nicht ausreichend beruhigt.

„Nein, nein. Sie hat sich nur das Handgelenk verstaucht, das haben wir bereits verbunden. Jetzt schläft sie bei mir zu Hause“, flunkerte er. Wenn er ihr erzählt hätte, dass Paige in seinem Auto lag und schlief, hätte sie sicher darauf bestanden, dass er sie in ihrem eigenen Bett ablieferte. Und dazu war er noch nicht bereit. Sie mussten sich dringend aussprechen. Da hatte Paige schon recht. Aber diesmal würde das unter seinen Bedingungen, in seinem Revier stattfinden.

„Ich wollte nur ein paar ihrer Sachen holen. Frische Kleider, Unterwäsche, Shampoo, so was.“ Verlegen brach er ab.

Kat musste sich ein Grinsen verkneifen.

„Wie umsichtig von dir. Respekt.“

Ace krümmte sich innerlich. Wenn sie wüsste, was er wirklich vorhatte, würde ihr Urteil wohl nicht so positiv ausfallen.

„Könntest du mir das holen? Ich will nicht in ihren Sachen wühlen.“

„Klar. Ich bin gleich zurück. Willst du Maybellene auch mitnehmen? Ich weiß nicht, ob sie Lilos Anwesenheit verkraftet, wenn ihr eigener Hund nicht dabei ist.“

Diese Sorge konnte er ihr hingegen nehmen.

„Ich glaube nicht, dass das nach heute noch ein Problem ist. Zumindest mit Lilo nicht. Die hat sie nämlich gefunden.“

Ein breites Lachen überzog Kats Gesicht. Wie schön für Paige. Ein weiterer Schritt in Richtung Vertrauen zu Hunden aller Art. Sie selber konnte sich ja gar nicht vorstellen, sich von Hunden abzugrenzen. Im Gegenteil. Wie man an ihrem Haushalt gut sehen konnte, hatte sie eher das gegenteilige Problem. Zum Glück hatte sie seit einiger Zeit das Tierheim Safe Haven und konnte völlig legitim alle möglichen Streuner aufnehmen.

„Na gut. Dann kann sie hier bleiben. Sag ihr, sie soll sich keine Sorgen machen. Sie spielt gerade Bellas Schatten.“

„Da wird sie sicher erleichtert sein, das zu hören.“

Insgeheim war er sich allerdings nicht so sicher. Vermutlich wäre sie ganz froh, wenn er Maybellene mitnehmen würde. Aber wenn er jetzt den Hund zu sich ins Auto lud, würde Lilo vor Freude ausflippen. Es war sowieso schon ein Wunder, dass sie die ganze Zeit so ruhig geblieben war. Auch wenn Paige anscheinend sehr erschöpft war, glaubte er nicht, dass sie durch den ganzen Tumult hindurch weiterschlafen würde.

Kat kehrte ein paar Minuten später mit einer kleinen Reisetasche zurück.

„Hier. Jetzt sollte sie alles haben, was sie braucht. Und irgendwann bringst du sie ja wieder zurück …“

„Aber klar. Sie soll sich einfach nur ausschlafen.“

„Dann ist ja gut. Vielleicht könnt ihr ja in der Zwischenzeit ein paar Dinge klären.“

„Das hoffe ich auch“, antwortete er abwesend, in Gedanken bereits auf dem Heimweg.

Kat sah ihm belustigt nach, als er, die Tasche nachlässig über die Schulter geworfen, zu seinem Fahrzeug ging. Wie er glauben konnte, dass sie Paige auf dem Rücksitz seines Autos nicht entdeckt hatte, war ihr ein Rätsel. Doch eine Aussprache würde den beiden wirklich gut tun, weshalb sie mitgespielt hatte. Sie hoffte nur, Ace konnte sich tatsächlich dazu durchringen. Wie dem auch sei, jetzt hatte sie einen guten Grund, Paula anzurufen. Diesmal hatte sie Neuigkeiten zu erzählen.

*

Als Paige aufwachte, blinzelte sie verwirrt. War sie etwa im Krankenhaus gelandet? Unbewusst schüttelte sie den Kopf. Das konnte eigentlich nicht sein, oder? Sie erinnerte sich nur, dass sie im Feuerwehrauto endlich ein wenig warm geworden war. Und dann? Dann war sie vermutlich eingeschlafen. Das Licht im Zimmer war gedämpft. Durch den Spalt in den Vorhängen erkannte sie die Gegend nur schemenhaft. Also war es bereits Abend. Unsicher richtete sie sich auf und schlug die weiße Bettwäsche zurück. Erschrocken hielt sie inne. Außer einem großen grauen T-Shirt und ihrer Unterwäsche trug sie nichts am Körper. Das Blut schoss ihr in den Kopf. Wo war sie hier? Sie sah sich im Zimmer um. Außer dem Bett und einem Nachttisch befanden sich unzählige Bücherregale an den Wänden. Auf Anhieb entdeckte sie diverse Titel, welche sie auch schon verschlungen hatte. Über ihrem Kopf war eine Schwarz-Weiß-Fotografie des Meeres angebracht. Sonst war das Zimmer leer und ließ keine Rückschlüsse auf seine Bewohner zu. Das Rätsel löste sich, als die Tür aufgeschoben wurde und ein Kugelblitz aus hellbraunem Fell angeschossen kam. Er landete direkt bei ihr auf dem Bett.

Paige wollte schon „Stopp!“ rufen und sich unter der Bettdecke in Sicherheit bringen, als Lilo ihr die Vorderpfoten auf die Schultern legte und das Gesicht ableckte.

„Bäh, lass das“, sagte sie und schob den übermütigen Junghund von sich runter. „Wörter wie Individualabstand und persönliche Grenzen kennst du wohl nicht“, murmelte sie und streichelte den Bauch, den ihr Lilo als Ersatz hinhielt.

„Mit den Fremdsprachen haben wir noch nicht begonnen“, kam eine amüsierte Stimme von der Tür her.

Sie hob den Kopf. Tatsächlich. Da stand Ace, lässig an den Türrahmen gelehnt. Als wäre es das Normalste der Welt, dass sie halb bekleidet in seinem Bett aufwachte (das ‚warum‘ war ihr nach wie vor ein Rätsel, war ihm etwa auf der Heimfahrt der Sprit ausgegangen, so dass er es nicht mehr bis zu Kats Haus geschafft hatte?) und mit ihm plauderte, während sein Hund auf ihrem Schoß saß. Das war es definitiv nicht. Auch wenn sie zugeben musste, dass es eigentlich ganz nett war. Selbst Lilos unmittelbare Nähe verursachte keinen Panikausbruch bei ihr.

Wenn, dann war es eher ihr Herrchen, das für den Tumult in ihrem Inneren verantwortlich war. Hm.

Während sie noch versuchte, das Rätsel zu lösen, trat Ace ins Zimmer und hielt ihr eine Tasche hin.

„Hier. Ich dachte, du möchtest vielleicht duschen und dich umziehen."

Paige hob eine Augenbraue und schaute demonstrativ an sich hinunter.

Er besaß wenigstens den Anstand, schuldbewusst zusammenzuzucken. „Ich weiß. Tut mir leid. Aber du warst so nass …", er brach ab.

Fasziniert beobachtete Paige, wie sich seine Ohren rot färbten. Zumindest bildete sie sich ein, dass sie das taten. Wirklich hell war es nicht im Zimmer, auch wenn vom Flur Licht durch die offene Tür fiel. Sie fand es sehr amüsant festzustellen, dass Ace offenbar verlegen war, obwohl er die ganze Situation selber eingefädelt hatte.

„Deine Kleider waren eine Katastrophe. Ich glaube nicht, dass du in ihnen entspannt hättest schlafen können." Offenbar hatte er sich wieder gefangen.

„Das ist allerdings fraglich, nachdem ich sogar das ganze Aus- und Anziehen verschlafen habe", murmelte sie.

Ace staunte ein wenig wegen ihrer Reaktion. Er hatte erwartet, dass sie außer sich sein würde. Das sagte er ihr auch so.

Paige war vielleicht außer sich. Vielleicht auch nicht. Sie wusste es noch nicht. Ihre Prioritäten waren nach wie vor dieselben. Schlaf war gar nicht auf der Liste gewesen. War aber trotzdem nicht schlecht, wenn sie das jetzt abhaken konnte. Als Nächstes stand definitiv duschen auf dem Plan. Das würde hoffentlich die Spinnweben in ihrem Kopf klären. Sauber und vor allem angezogen konnte sie immer noch entscheiden, was sie mit Ace machte. Schulterzuckend griff sie nach der Tasche.

Ace räusperte sich. „Keine Angst. Kat hat die Tasche gepackt. Ich habe sie einfach um das Nötigste gebeten."

Nachdem sie den Inhalt inspiziert hatte, hob sie den Blick.

„Danke. Das war nett von dir." Sie machte eine Pause. „Ein umsichtiger Entführer."

„Aaah. Ich wusste doch, dass da noch was kommt."

Misstrauisch runzelte sie die Stirn und sagte: „Du klingst ja so erleichtert."

„Klar. Sonst hätte ich mir Sorgen gemacht, dass du dir den Kopf doch fester angehauen hast, als es auf den ersten Blick den Anschein machte."

Paige verdrehte die Augen. „Ich brauche eine Dusche. Dann essen. Alles andere kann warten."

„Alles klar, Boss. Badezimmer ist hier die erste Tür rechts."

„Gut. Ich hoffe, du kannst kochen", rief sie seiner sich entfernenden Gestalt hinterher. Seine einzige Reaktion war ein lautes Lachen.

„Keine Ahnung, was das zu bedeuten hat", meinte sie zu Lilo, die sie erwartungsvoll anschaute. „Und nein, du kannst nicht mit ins Badezimmer kommen."

Als hätte sie sie verstanden, legte die Hündin den Kopf zwischen die Pfoten und warf ihr einen herzerweichenden Blick zu.

„Nein. Auch so nicht." Inzwischen aufgestanden, bückte sie sich und kraulte sie zwischen den Ohren. „Dein Besitzer ist in der Küche. Ich würde dort aufpassen, ob nichts runterfällt."

Lilo legte den Kopf schief und sprang dann an ihr vorbei den Flur entlang.

Amüsiert schaute Paige ihr hinterher. Anscheinend hatte sie einen zweiten Hund gefunden, dessen Nähe sie aushielt. Jetzt musst sich nur noch zeigen, ob ihr das auch mit dem dazugehörigen Mann gelang.

15

„Was genau ist passiert?“

Paula, die Kat gerade angerufen hatte, klang verwirrt.

„So richtig weiß ich das auch nicht. Ace ist mit ihr im Schlepptau aufgetaucht und hat irgendeine Story erzählt, sie sei in einen Graben gefallen.“

„Und daraus musste sie gerettet werden? Wieso ist sie denn nicht einfach wieder herausgeklettert? Verstehe ich nicht.“

„Vielleicht war er zu tief?“

„Weil es ja so viele Canyons in der Gegend gibt“, war Paulas sarkastische und etwas ungläubige Antwort.

Kat seufzte. Für Paula war es wahrscheinlich tatsächlich unvorstellbar, in einer Situation zu sein, aus der sie gerettet werden musste. Normalerweise war sie selber für die Rettung zuständig, wie sie letzten Herbst wieder einmal bewiesen hatte. Als Leslie entführt worden war, hatte sie sich persönlich auf die Suche nach ihr gemacht. Sie hatte sie gerade noch rechtzeitig gefunden und nach Hause gebracht, bevor die Hütte abgebrannt war, in der sie gefangen gehalten worden war. Kat traute sich selbst auch einiges zu. Doch gleichzeitig war sie sich bewusst, dass es durchaus Situationen gab, in denen man auf Hilfe angewiesen war.

„Ich weiß es nicht. Wenn du genauere Infos willst, ruf deinen Bruder an. Ich bin sicher, er weiß Bescheid.“

„Hm. Gut. Und wo ist Paige jetzt?“

„Sag ich doch. Bei Ace zu Hause.“

„Bei Ace zu Hause“, wiederholte Paula ungläubig, als würde das, was sie hörte, keinen Sinn ergeben.

„Ja. Er ist extra hier vorbeigekommen und hat ein paar Sachen für sie geholt. Du weißt schon. Frische Kleider und ihren Waschbeutel.“

„Den Mann soll einer verstehen. Und jetzt? Plant er, seinen Groll, den er offensichtlich immer noch gegen Paige hegt, endlich loszulassen?“

„Woher soll ich das wissen.“ Kat schüttelte frustriert den Kopf. „Wenn ich gewusst hätte, dass du daraus so eine große Sache daraus machst, hätte ich dich nicht angerufen. Das habe ich jetzt davon, dass ich einmal diejenige sein wollte, die eine Portion Klatsch zu erzählen hat.“

Paula lachte. „Als wenn du sonst nie etwas zu erzählen hättest. Jede Woche stolperst du über ein neues bedürftiges Tier und lässt so lange nicht locker, bis du seine Lebensgeschichte erfahren hast.“

„Schon. Aber das ist ja wohl normal.“

„Für dich vielleicht. Aber zurück zum Thema Paige. Ich wollte eigentlich schon lange mit ihr reden. Zusammen mit Brenda und vielleicht Jaz. So wie es aussieht, ist es jetzt zu spät.“

„Zu spät?“

„Zu spät, sie auf ein paar Abgründe in Ace’ Leben aufmerksam zu machen. Jetzt wird sie das alles völlig unvorbereitet treffen.“

„Abgründe?“ Jetzt machte sich Kat Vorwürfe, dass sie nicht darauf bestanden hatte, dass Paige hier blieb. Ihre Mutter war jahrelang von ihrem Ehemann missbraucht worden. Erst vor einem knappen Jahr hatte sie den Mut gefunden, sich endlich von ihm zu trennen. Kat, die das jahrelang miterlebt und sehr darunter gelitten hatte, war der Gedanke unerträglich, dass sie Paige vielleicht in eine gefährliche Situation geschickt hatte. „Du meinst, er ist gewalttätig?“

„Um Himmels willen! Nein. Natürlich nicht. Dann wäre ich doch jetzt bereits auf dem Weg, sie dort rauszuholen."

Das stimmte natürlich. Paula und ihre Schrotflinte wie auch ihre Zielsicherheit waren in der Gegend hinreichend bekannt. Selbst Kat, als frisch Zugezogene, wusste darüber Bescheid. Etwas beruhigt fragte sie nach: „Was hast du denn damit gemeint?"

Paula zögerte mit ihrer Antwort. „Ace verhält sich nicht nur aus reinem Starrsinn so ablehnend gegen Paige. Es gab eine Zeit, in der seine Familie sehr im Rampenlicht stand und von den Paparazzi richtiggehend gejagt wurde. Mit tragischen Folgen für die ganze Familie. Er gibt sich mehr oder weniger die Schuld daran, auch wenn das natürlich Unsinn ist. Doch als Paiges Artikel über Leslie und mich überall verbreitet wurde, hat das all seine Vorurteile gegen die Medien und die Leute, die in diesem Metier arbeiten, bestätigt. Und zwar auf die schlimmstmögliche Art und Weise."

„Oh." Jetzt verstand Kat Ace' Reaktion auf Paige mit einem Schlag besser. Es entschuldigte nicht sein Verhalten, aber es erklärte es ein Stück weit.

„Genau. Oh. Die Einzelheiten kenne ich nicht. Meine Mutter weiß besser Bescheid. Ich dachte, es würde Paige vielleicht helfen, die Hintergründe zu kennen. Doch wenn sie jetzt bei ihm ist, wird das Ganze ohnehin rauskommen."

„Meinst du? Bis jetzt hat er Paiges Vorschlag, sich auszusprechen, ja immer abgelehnt", erinnerte Kat sie.

„Das ist wahr. Doch aus irgendeinem Grund hat er sie mit zu sich nach Hause genommen. Vielleicht ist er zu dem Schluss gekommen, dass es unumgänglich ist."

„Oder er will sie einfach endlich ins Bett kriegen", antwortete Kat trocken.

„Ha. Das ist natürlich auch möglich. Doch wie ich unsere Miss Reporterin kenne, will sie zuerst Antworten von ihm."

„Je nachdem, wie fest sie sich heute den Kopf gestoßen hat." Kat kicherte.

„Halt mich auf jeden Fall auf dem Laufenden. Ich will nicht via Facebook informiert werden."

„Apropos Facebook. Hast du heute schon die Neuigkeiten gelesen? Sam war ganz konsterniert, dass Cole ihn nicht eingeweiht hat."

„Sam? Wieso, was haben sie denn wieder geschrieben?"

„Avery ist wieder zurück. Und auch wenn sie es offenbar unter Verschluss halten wollte, ist einigen Leuten wohl aufgefallen, dass sie einen Ring trägt."

„Dieser Mistkerl. Jetzt hat er sie tatsächlich überredet!"

„Scheint so. Sam hat am meisten geärgert, dass er jetzt eine gute Ausrede verpasst hat, ein paar Tage in Vegas zu verbringen."

„Meine Mutter wird ausflippen, wenn sie hört, dass ihr Jüngster ohne sie geheiratet hat."

„Das kann ich mir vorstellen. Andererseits finde ich, passt es total zu den beiden. Ich wäre halt nur auch gern dabei gewesen."

„Keine Sorge. So wie ich Mom kenne, bringt sie die beiden schon dazu, ein zweites Mal zu heiraten. Und zwar hier. Ich freue mich schon, ihn damit zu ärgern."

„Na dann, viel Spaß dabei. Wenn du es organisierst, treib Fotos von der Hochzeit in Vegas auf. Die könnten wir an die Wand projizieren."

„Gute Idee. Ich muss jetzt leider aufhören, die Kinder kommen gleich nach Hause. Ich habe ihnen versprochen, dass ich sie in einer Stunde zu dir rüber fahre. Sie haben wohl einen Interviewtermin mit dir, oder?"

Kat zog eine Grimasse. „Ja. Leider. Ich finde ihren Enthusiasmus toll. Und wenn es mehr Geld für den Safe Haven einbringt, noch besser. Trotzdem kann ich mich des Gefühls nicht erwehren, dass die ganze Übung zum Scheitern verurteilt ist. Ich bin nun mal keine besonders spannende Person."

„Lass das mal Leslies und Shaunas Problem sein. Ich freue ich auf jeden Fall schon auf die ersten Folgen des Hundetrainings. Das wird bestimmt spannend."

Kat war sich da nicht so sicher. Aber sie hatte nun mal zugesagt, jetzt würde sie das durchziehen.

*

Mit einem Holzlöffel kostete Ace von dem Hühner-Gemüse-Eintopf. Eigentlich ein ausgesprochenes Winteressen, passte es auch hervorragend zu kühlen Tagen im Frühling. Vor allem, wenn man einen Großteil davon im Wasser verbracht hatte. Nachdem ihm klar geworden war, dass Paige vermutlich noch eine ganze Weile schlafen würde, hatte er das Gemüse geschnippelt und den Topf aufs Feuer gesetzt und eine gute Stunde köcheln lassen. Jetzt fehlte nur noch eine Prise Pfeffer, dann war es perfekt. Konzentriert fischte er das Lorbeerblatt heraus und suchte nach den Thymianzweigen, die inzwischen, wie gewünscht, all ihre Blättchen verloren hatten. Anschließend schnitt er Brot auf, stellte die Butter auf den Tisch und füllte zwei Gläser mit Wasser. Alles, damit er nur nicht an Paige dachte, die gerade nackt unter seiner Dusche stand. Er war nur mäßig erfolgreich. Und als sie schließlich mit noch nassen Haaren in die Küche trat, in eine Leggings und ein großes Sweatshirt gekleidet, die Füße in dicken Wollsocken, fragte er sich auf der Stelle, weshalb er die Chance nicht genutzt hatte, um mit ihr zu duschen. Aus Wasserspargründen. Versteht sich. Er räusperte sich.

„Hast du alles gefunden?"

„Ja. Danke. Kat hat an alles gedacht." Sie hob die Nase ein wenig und schnupperte demonstrativ in die Luft. „Riecht richtig lecker. Ich wusste gar nicht, dass du kochen kannst."

Es gab vieles, das sie nicht über ihn wusste, dachte Ace. Aber das hatte er vor zu ändern, wenn der Abend in seinem Sinne lief. Laut sagte er: „Setz dich. Klar kann ich kochen. Irgendwann ist mir das Essen aus dem Diner verleidet, das habe ich ja schon immer über Mittag oder wenn ich Dienst habe. Viele andere Take-out-Möglichkeiten gibt es hier im Ort ja nicht."

Sie neigte zustimmend den Kopf, während sie den einen Stuhl unter dem Tisch hervorzog und sich hinsetzte.

„Zudem findet man heute im Internet so viele Rezepte mit idiotensicherer Anleitung, dass es nicht weiter schwierig war, die Zubereitung einiger Gerichte zu erlernen."

Immer noch ihre Prioritätenliste im Kopf, akzeptierte sie schweigend einen großen Teller des dampfenden Eintopfs. Erst essen. Dann reden.

Ace hatte das Memo offensichtlich nicht gekriegt. Kaum hatte sie Danke gesagt, als er ihr den Teller gereicht hatte, meinte er: „Ist ja wohl das Mindeste, was ich tun kann. Dich zu füttern, wenn ich dich schon zu mir nach Hause verschleppt habe. Ich nehme an, du fragst dich, weshalb du hier bist."

„Nicht direkt", murmelte sie. „Zumindest im Moment interessiert es mich nicht. Frag mich noch mal, wenn wir gegessen haben."

Das brachte Ace zum Schmunzeln. „Deshalb die ruhige Akzeptanz der Situation. Ich hatte mich bereits gewundert."

Das brachte ihm einen bösen Blick ein. Ansonsten konzentrierte sie sich völlig darauf, den Inhalt ihres Tellers in sich hineinzuschaufeln.

Sie sah dabei so süß und niedlich aus, dass er für einen Moment fast vergaß, dass sie sich mit ihm regelmäßig richtige verbale Gefechte lieferte. Als es ihm bewusst wurde stellte er fest, dass ihm dieser Charakterzug sehr gut gefiel. Das brachte ihn zurück zum ursprünglichen Grund, weshalb sie hier war. Seine Geschichte. Und ihre Geschichte. Inzwischen war ihm auch klar geworden, dass er ihr wohl einmal zuhören sollte, was genau sich letztes Jahr abgespielt hatte. Eigentlich war ihm das schon lange klar. Nur hatte er es sich bis jetzt nicht eingestehen wollen. Sonst hätte er sein eigenes Verhalten genauer unter die

Lupe nehmen müssen. Doch nachdem er heute fast gestorben wäre vor lauter Sorge um sie, wusste er, dass er nicht länger mit Scheuklappen und voreingenommener Meinung durchs Leben gehen wollte.

Aber erst einmal entsprach er ihrem Wunsch und ließ sie in Ruhe essen. Es machte keinen Sinn, sie bereits am Anfang zu verärgern.

Schließlich lehnte sich Paige zurück und stieß einen tiefen Seufzer aus.

„In Anbetracht der Tatsache, dass ich vor ein paar Stunden noch gedacht hatte, ich müsste die Nacht in diesem feuchten Loch verbringen", sie unterdrückte ein Schauern, „komme ich mir vor, als wäre ich in einem Nobelrestaurant gelandet."

Ace lachte. „Na ja, das vielleicht nicht gerade. Aber ich nehme das Kompliment gerne entgegen", fügte er mit einem verschmitzten Grinsen hinzu.

In Paiges Bauch flatterten die Schmetterlinge zaghaft mit den Flügeln. Sie verscheuchte sie, indem sie sich in Erinnerung rief, dass er bisher sämtlichen Flugversuchen der zart beflügelten Wesen immer sehr schnell ein Ende gesetzt hatte. Das Lächeln, das sich eben noch auf ihren Lippen ausbreiten wollte, wieder sicher verstaut, schaute sie ihn prüfend an.

„So. Jetzt bin ich sauber, warm und satt, also raus mit der Sprache. Was mache ich hier? Es ist ja nicht so, als wären wir beste Freunde."

Ace lehnte sich in seinem Stuhl zurück.

„Ob wir nach diesem Gespräch beste Freunde sein werden, wage ich zu bezweifeln. Zumindest ich würde mir ein anderes Auskommen wünschen", antwortete er, während sein Blick an ihren Lippen hängen blieb.

„So nett das ist, mit dir zu flirten, wäre ich jetzt doch froh, wenn du auf den Punkt kommen könntest", erwiderte sie. Die Worte kamen ihr schärfer als beabsichtigt über die Lippen. Egal. Das musste er jetzt aushalten.

Er nickte.

„Du hast recht. Keine Ablenkung mehr. Du hast mal gesagt, du würdest mir gerne die ganze Geschichte erzählen. Die Geschichte, wie die Reportage über Leslie und Paula so aus dem Ruder laufen konnte."

Paige richtete sich auf und stützte sich auf der Tischplatte ab.

„Oh nein. So nicht, mein Lieber. Dieses Angebot habe ich dir vor einem halben Jahr gemacht. Die Zeit ist leider abgelaufen. Wenn du etwas wissen willst, erzählst du mir lieber, weshalb du so eine Aversion gegen Journalisten zu haben scheinst. Vielleicht, mit Betonung auf vielleicht, erzähle ich dir dann meine Story."

Ace holte tief Luft und fuhr sich mit einer Hand durchs Haar.

„Okay", murmelte er. „Das habe ich vermutlich verdient." Dann stand er auf und begann durch die Küche zu tigern. Von einem Fenster zum anderen. Dabei trug er so einen gequälten Gesichtsausdruck, dass Paige schon versucht war, aufzuspringen und doch als Erste mit reden anzufangen. Doch intuitiv spürte sie, dass es wichtig war, dass er sich dem stellte und es hinter sich brachte, wenn sie eine Chance auf eine echte Freundschaft haben wollten. Oder auch mehr. Sie konnte nicht verhindern, dass ihr bei der Aussicht auf dieses vage angedeutete Mehr ganz heiß wurde.

Schließlich blieb er vor dem Fenster, welches bei Tage bestimmt eine wunderschöne Aussicht über das Tal bot, stehen und starrte blicklos in die dunkle Nacht hinaus. Ein Muskel zuckte an seiner Wange, als er die Zähne zusammenpresste. Mit emotionsloser Stimme begann er zu erzählen. Von seiner Mutter, die gestorben war, als er sieben und seine Schwester Joy fünf war. Krebs. Wie sie ihm zwei Tage vor ihrem Tod das Versprechen abgenommen hatte, immer gut auf seine Schwester aufzupassen. Wie sein Vater ihren Tod fast nicht verkraftet hatte. Wie dieser erst einige Jahre später, da waren er und seine Schwester bereits Teenager, Gabrielle kennengelernt und sich in sie verliebt hatte. Die Geschwister mochten Gabrielle nicht besonders. Doch sie machte ihren Vater glücklich und so lernten sie, sie zu tolerieren. Gabrielle war ehrgeizig. Nachdem ihr klar wurde, dass ihr Vater, auch wenn es ihm besser ging, wohl kaum mehr Karriere machen würde, verlagerte sie ihre Aufmerksamkeit auf die Kinder.

„Joy konnte singen wie ein Engel. Oder wie eine Barkeeperin, die täglich eine Packung Zigaretten rauchte. Ihre Stimme war extrem wandelbar. Als Gabrielle merkte, was für ein Talent in meiner Schwester schlummerte, tat sie alles, um das Singen zu fördern."

Er brach ab.

Als er eine ganze Weile nicht fortfuhr, hakte Paige behutsam nach: „Das ist ja eigentlich etwas Gutes, oder?"

„Sollte man meinen. Anfangs war Joy glücklich über die viele Aufmerksamkeit. Auch ich war stolz auf sie, wenn sie wieder einmal einen Wettbewerb gewann. Doch die lokalen Talentshows waren Gabrielle bald nicht mehr genug, und sie suchte einen Agenten für meine Schwester. Ich war damals bereits siebzehn und brannte darauf, von zu Hause wegzugehen. Aus diesem Grund habe ich dem, was zu Hause bei uns abging, nicht viel Aufmerksamkeit geschenkt."

„Verständlich. Welcher Siebzehnjährige macht das schon."

„Vielleicht." Er klang nicht überzeugt. Das Wort diente mehr dazu, sicherzustellen, dass Paige das Argument fallen ließ. „Trotzdem war es unentschuldbar", fuhr er fort. „Ein halbes Jahr später hatte ich meinen Highschoolabschluss in der Tasche. Jetzt gab es für mich kein Halten mehr. Ich wollte ein SEAL werden."

„Und das hast du ja auch geschafft", erinnerte ihn Paige sanft. Sie wusste nicht genau, worauf er mit seiner Story hinauswollte. Doch sie spürte, dass es wichtig für ihn war, sie zu erzählen.

„Ja", antwortete er. Die Bitterkeit in seiner Stimme war nicht zu überhören. „Aber um welchen Preis?" Ohne eine Antwort abzuwarten, setzte er die Geschichte fort. „Bevor ich eingerückt bin, kam Joy zu mir. Sie erzählte mir, dass sie es nicht aushielt, ständig auf der Bühne zu stehen. Die Leute, die sie im Supermarkt oder auf der Straße erkannten, machten ihr Angst. Sie fühlte sich unter ständiger Beobachtung. Ich versuchte, sie zu beruhigen. Erklärte ihr, das sei nur ein Prozess. Sie müsste sich nur daran gewöhnen." Er machte eine Pause. „Irgendwann hat sie es aufgegeben, mich zu überzeugen. Verständlich. Nicht gerade lustig, wenn dir niemand glaubt, wie es dir wirklich geht. Als ob das jemand anderes überhaupt beurteilen könnte."

Paige musste zugeben, dass das ziemlich hart gewesen sein musste für seine Schwester. Ein Vater, der sowieso nichts mitkriegte, eine Stiefmutter, die mehrheitlich die eigenen Interessen verfolgte und der einzige Vertraute, ihr Bruder, nahm sie nicht ernst. Scheiße. Das konnte man wohl so sagen.

„Schließlich fing sie an, mit Alkohol und Drogen zu experimentieren. Zu diesem Zeitpunkt war sie schon recht bekannt und die Medien hatten Blut geleckt. Die Paparazzi verfolgten sie auf Schritt und Tritt. Jeder Handgriff, jeder Fehltritt, alles war innerhalb weniger Stunden im Netz zu finden oder am nächsten Tag schwarz auf weiß in der Zeitung zu lesen."

Ah, dachte Paige. Jetzt ahnte sie endlich, weshalb er ihr die Geschichte erzählte. Beklemmung machte sich in ihr breit.

„So habe ich es überhaupt mitbekommen. Mir vertraute sie sich nicht mehr an und unsere Stiefmutter wollte nichts davon hören." Er holte tief Luft. Die Hände hatte er an der Seite zu Fäusten geballt. „Irgendwann habe ich es nicht mehr ausgehalten und Gabrielle angerufen. Die hat versucht, mich zu beruhigen. Sie meinte, ich müsse nicht alles glauben, was in den Medien stünde. Blabla. Joy war nicht ans Telefon zu kriegen. Oder sie hat es ihr gar nicht gesagt. Keine Ahnung. Ich habe es dann vorerst auf sich beruhen lassen. Was wollte ich auch tun. Ich war damals in der Wüste. Im Krieg."

Und hatte mit genügend Grauen vor Ort zu kämpfen, vermutete Paige, als sie den gequälten Blick in seinen Augen sah.

„Eines Tages erhielt ich einen Anruf. Auf meinen Anrufbeantworter. Darauf war Joy zu hören, wenn auch größtenteils unverständlich. Ganz wirr klang sie. Das Einzige, was sie immer wieder deutlich sagte, war, dass die Flucht in eine andere Welt, ich vermute, sie hatte damit den Alkohol und die Drogen gemeint, für sie die einzige Möglichkeit war, um die fremden Blicke und Stimmen abzustellen. Erst da nahm ich sie wirklich ernst. Ich muss zugeben, bis dahin hatte ich mich insgeheim immer gefragt, weshalb sie so ein Theater machte. Verglichen mit dem Elend, das ich in Afghanistan täglich sah, klangen ihre Beschwerden irgendwie so … so lächerlich. Armes reiches Mädchen. Aber nach dieser Nachricht wurde mir klar, dass sie tatsächlich ein Problem hatte. Nur war es viel zu spät."

„Was hast du dann gemacht?"

„Ich habe sofort Gabrielle angerufen und ihr versucht klar zu machen, dass meine Schwester a) einen Entzug braucht und b) dringend auf psychologische Hilfe angewiesen ist."

„Und? Hat das geklappt?"

Ace schnaubte und ließ ein freudloses Lachen hören. „Natürlich nicht. Sie hat gemeint, ich würde maßlos übertreiben. Und ob mir überhaupt klar sei, wie sehr ein angehender Star auf die Presse angewiesen sei." Er warf Paige einen Blick zu. „Ich kann an deinem Gesichtsausdruck sehen, dass du dem zustimmst."

„Zum Teil", antwortete sie vorsichtig. „Es ist eine Tatsache, dass es ohne die Presse nicht geht. Aber …", fügte sie hinzu und hob eine Hand, als er ihr wütend über den Mund fahren wollte, „natürlich im Rahmen des Anstands. Abgesprochene Interviews und Reportagen sind ganz was anderes als die Paparazzi, die wie die Geier am Himmel kreisen, zum Angriff bereit, sobald sie bei jemandem eine Schwäche entdecken."

Wieder einigermaßen beruhigt ließ Ace seinen Kopf an die kühle Fensterscheibe sinken. „Ist ja auch egal. Sie war auch gerade auf Tournee, Tausende von Tickets waren verkauft, ein Abbruch wäre ein finanzielles Desaster gewesen, welches das Unternehmen, das meine Schwester inzwischen darstellte, vermutlich zu diesem Zeitpunkt nicht verkraftet hätte. Das konnte meine gierige Stiefmutter natürlich nicht zulassen, da sie sich endlich kurz vor dem Ziel ihrer Träume sah."

„Sie hat nichts gemacht?" Fassungslos presste sich Paige die Hand vor den Mund. Sie war keine Mutter. Doch die Vorstellung, ein Kind oder auch die junge Frau, um die es hier ging, so im Stich zu lassen, war für sie unvorstellbar.

„Warte mal", sagte sie plötzlich. „Deine Schwester hieß Joy?"

Ace nickte.

„Joy Rivers?", hakte sie mit ehrfurchtsvoller Stimme nach, um sicherzugehen, dass es sich dabei tatsächlich um seine Schwester handelte.

„Genau. Joy Rivers. Rivers war Gabrielles Mädchenname. Es spricht sich leichter und lässt sich leichter merken als Joy O'Neil."

„Deine Schwester war der Hammer", hauchte Paige.

„Ja", sagte er nur. „Gestorben ist sie trotzdem. Einige Wochen später, als ein Exzess nach dem anderen die Konzerte, die sie immer noch gab, jagte, war sie alleine in ihrem Cabrio unterwegs in Kalifornien. Sie fuhr die Küstenstraße hoch. Ein besonders hartnäckiger Paparazzo, der ihr bereits wiederholt vor dem Hotel aufgelauert hatte und es sogar geschafft hatte, sich trotz hoher Security Backstage einzuschleichen, fuhr ihr nach. Er war von dem Gedanken besessen, Joy Rivers zu seinem Lebenswerk zu machen. An einer Tankstelle sprach er sie an. Sie ist ausgeflippt, wie auch auf den Überwachungsbändern der Raststätte später zu sehen war. Sie ist zu ihrem Auto gerannt und davongefahren. Der Reporter hinterher. Die Küste ist dort sehr steil. Die Straße sehr kurvig. Bei einer dieser Kurven ist sie einfach geradeaus gefahren, anstatt die Kurve zu nehmen."

„Du meinst, sie war zu schnell und hat die Kurve nicht mehr erwischt?"

„Ich meine es so, wie ich es gesagt habe. Sie hat sich entschieden, geradeaus zu fahren."

Nach dieser emotional geladenen Bombe herrschte erst einmal Stille.

Ace fühlte sich wie ausgehöhlt. So erging es ihm immer, wenn er über den Tod seiner Schwester sprach. Leer. Alleine. Und vor allem schuldig.

16

In Paiges Kopf überschlugen sich die Gedanken. Ihre überaktive Vorstellungskraft lieferte natürlich gleich Bilder zu der schrecklichen Geschichte, die sie gerade gehört hatte. Schließlich fragte sie mit leiser Stimme: „Und du bist dir ganz sicher, dass das Ganze nicht ein schrecklicher Unfall war?"

Mit steinerner Miene drehte er sich zu ihr um. „Mein Gott. Als wenn das einen Unterschied machen würde. Fakt ist, ohne den Reporter wäre sie gar nicht auf dieser Straße unterwegs gewesen."

Paige zuckte auf ihrem Stuhl zusammen. Wo er recht hatte, hatte er recht. Ganz egal, was für Probleme seine Schwester sonst noch gehabt haben mochte.

„Sorry. So hatte ich das nicht gemeint."

Bei ihrer Entschuldigung wurden seine Gesichtszüge weicher. „Schon gut", sagte er deshalb und fuhr sich mit der Hand über das müde Gesicht. „Es waren keinerlei Bremsspuren am Unfallort zu entdecken. Zudem war da der Augenzeuge, der natürlich nichts Besseres zu tun hatte, als das Ganze erst mal zu filmen und via Handy ins Internet zu laden."

Kein Wunder, dass er eine so schlechte Meinung von ihrer Zunft hatte. Mit seiner nächsten Aussage bestätigte er diese Vermutung.

„Ich bin sicher, du verstehst, dass die Reportage über Leslie und Paula schlimme Erinnerungen in mir geweckt hat."

„Ja“, sagte sie. Jetzt verstand sie es auch. Vermutlich hätte sie an seiner Stelle nicht anders reagiert. Zumindest im ersten Moment nicht. Später, als offensichtlich wurde, dass die Gefahr für Leslie vorbei war und Paula ihre Entschuldigung angenommen hatte, hätte sie versucht herauszufinden, was denn nun eigentlich passiert war. Zumindest hoffte sie, dass sie sich so verhalten hätte. Aber wer wusste das schon.

Sie wusste nur, dass sie dringend Abstand brauchte. Von der Intensität in Ace' Blick, von der emotional aufgeladenen Atmosphäre und von ihren Erlebnissen des heutigen Tages. Momentan konnte sie keinen klaren Gedanken fassen.

Ace hatte sich wieder zum Fenster gewandt und starrte hinaus. Paige stand vom Tisch auf, stellte sich hinter ihn und schlang ihm die Arme um den Bauch.

Überrascht wollte er sich zu ihr umdrehen, doch sie drückte sich nur noch mehr an ihn. Da es sich gut anfühlte, ihren Körper so dicht an seinem zu spüren, blieb er so stehen. Erstaunlicherweise hatte ihre Nähe eine beruhigende Wirkung auf ihn. Er spürte, wie sich seine Atmung wieder in Gang setzte und sich die verkrampften Muskeln in seinem Rücken lösten. Zudem war er neugierig, was jetzt kommen würde.

„Danke fürs Essen. Und dass du mir das mit deiner Schwester erzählt hast.“

So dicht an ihn geschmiegt, spürte Paige jede Regung seines Körpers. Bei der Erwähnung seiner Schwester verspannte er sich augenblicklich wieder. Als sie nichts weiter sagte, sackten seine Schultern erleichtert wieder nach unten. Das bestätigte sie in ihrem Entschluss, erst einmal auf Abstand zu gehen. Solange sie beide so emotional waren, war es nicht ratsam für sie und wahrscheinlich auch für ihn, wenn sie blieb.

Deshalb sagte sie: „Fährst du mich nach Hause?“

Damit hatte Ace nun gar nicht gerechnet. „Du bleibst nicht? Aber ich dachte …“ Ja, was hatte er sich eigentlich gedacht? Dass er ihr seine Familiengeschichte vor die Füße spucken und sie dann fünf Minuten später gut gelaunt in sein Bett zerren würde? Auch wenn ein bestimmter Körperteil von ihm bei dem Gedanken erfreut – und völlig ungefragt – zuckte, wurde ihm doch klar, dass das idiotisch war. Trotzdem wollte er nicht, dass sie schon ging.

„Und dein Teil der Geschichte?“, versuchte er den Abschied hinauszuzögern.

Paige war so lange ruhig, dass er schon dachte, sie würde gar nicht antworten. Doch schließlich sagte sie: „Es gibt keinen Teil dieser Geschichte, der meiner ist.“ Sie legte eine Pause ein, während der Ace für sich feststellte, dass sie recht hatte. An dem, was er eben erzählt hatte, hatte sie überhaupt keinen Anteil.

„In ein paar Tagen“, fuhr sie fort, „wenn wir beide diesen Abend der Offenbarungen verarbeitet haben, erzähl ich dir, wie es zu dem medientechnischen Desaster bei der Reportage über Pflegefamilien gekommen ist.“

Jetzt drehte er sich doch um und nahm sie seinerseits in die Arme. Auch so passten sie gut zusammen, dachte er zerstreut. Interessante Formulierung, die sie da gewählt hatte. Ein Blick in ihr Gesicht machte ihm klar, dass sie zu diesem Zeitpunkt nicht mehr sagen würde.

„Einverstanden. Morgen?“

„Vielleicht.“ Sie biss sich auf die Unterlippe. „Typisch. Erst lässt du dir eine halbe Ewigkeit Zeit, bis du überhaupt an den Hintergründen interessiert bist, und dann kann es nicht schnell genug gehen“, murmelte sie.

Ace schnaubte und musste lachen. „Ja, ja. Das zeigt doch nur, dass ich meinen Fehler eingesehen habe und keine weitere Zeit verschwenden will.“ Darauf rollte sie nur mit den Augen. Lachend berührte er sie leicht am Arm. „Komm. Ich fahr dich heim.“

„Halt. Meine schmutzigen Kleider liegen noch oben.“

„Die können da bleiben. Ich wasche sie mit meinen Sachen.“

„Aber …“ Paiges Wangen färbten sich rot, als sie an ihre Unterwäsche dachte. Ace, der ihre Gedanken erriet, schüttelte amüsiert den Kopf. „Glaub mir, ich weiß, wie ein BH aussieht.“

Paige zog es vor zu schweigen und folgte Lilo, die spürte, dass es gleich losging, aus dem Haus zum Auto.

„Ich sag dir, Lilo, Männer sind unmöglich. Dein Besitzer ganz besonders.“

Begeistert über die Aufmerksamkeit, bellte die Hündin lautstark.

Ace war gleich hinter ihnen und hörte, was sie zu Lilo sagte. „He, hör auf, meinen Hund zu beeinflussen. Das geht gar nicht, einfach unautorisierte Mädchengespräche zu führen.“

In Paiges Bauch schlugen die Schmetterlinge, die sich immer mehr trauten, einen Purzelbaum, als sie Ace’ Stimme scherzen hörten. Selbst Paige erlaubte sich ein kleines Lächeln und kletterte in seinen Truck.

*

De Luca kochte. Man sollte meinen, dass das Schreiben eines PR-Artikels keine Rumschnüffelei auf seiner Baustelle erforderte. Aber anscheinend hatte er die Reporterin unterschätzt. Das würde ihm nicht noch einmal passieren. Zudem hatte er sie immer noch nicht in seinem Bett gehabt, was ihn zusätzlich wurmte. Wenn sie sich weiterhin so unkooperativ zeigte, würde er sich etwas anderes ausdenken müssen. Er hatte seine Mittel und Wege, jemanden von seiner Sicht der Dinge zu überzeugen.

Doch jetzt war erst einmal Krisenbewältigung angesagt. Das Feuer hatte, bedingt durch Paiges Anwesenheit, viel zu früh Aufmerksamkeit auf sich gelenkt. Die Polizei, die ihn bereits nach dem Fund des Toten ins Kreuzverhör genommen hatte, war noch misstrauischer geworden. Er brauchte dringend ein paar Ablenkungsmanöver. Zu dumm nur, dass seit dem heutigen Feuer sein Handlanger spurlos verschwunden war. Abgetaucht vermutlich. Das ärgerte ihn zwar, insgeheim zollte er dem

Mann einen gewissen Respekt. Das hätte er an seiner Stelle auch gemacht. Würde er auch gerne. Nur leider saß er hier fest, mit diesem Bauprojekt, in dem ausnahmsweise tatsächlich auch eigenes Geld steckte. Zwar nicht ganz legal erworben, aber danach fragte ja keiner. Zeit, seinem Partner, wie er mit einem verächtlichen Grinsen dachte, einen Besuch abzustatten und ein bisschen Druck auszuüben.

Er warf einen Blick auf den Wetterbericht auf dem Bildschirm vor ihm. Wenigstens spielte das Wetter mit. Kein Niederschlag in Sicht. Nur trockene Winde und angenehme Temperaturen. Das passte hervorragend in seine Pläne.

*

Als Paige am nächsten Morgen aufwachte, fühlte sie sich, als hätte sie ein Laster überfahren. Blind tappte sie in die Küche, schüttete etwas Trockenfutter in Maybellenes Napf und tastete nach dem Schalter der Kaffeemaschine.

„Und?“, erklang Nadias Stimme munter vom Küchentisch.

„Shit! Hast du mich jetzt erschreckt. Ich hatte dich gar nicht gesehen.“

„Das mit dem Sehen funktioniert tatsächlich besser mit offenen Augen“, kam es prompt von Nadia. Die Belustigung in ihrer Stimme war deutlich zu hören. Selbst Paige in ihrem nachtwandlerischen Zustand hatte keine Mühe, das zu erkennen.

„Haha“, brummte sie nur und schob ihre Tasse unter die Maschine.

„Lange Nacht?“, kam die nächste, betont unschuldige Frage.

Paige drehte sich zu Nadia um und schenkte ihr mit zusammengekniffenen Augen einen bösen Blick. Die Augen zusammenzukneifen funktionierte gut in Anbetracht der Tatsache, dass sie noch mehr oder weniger zusammengeklebt waren vom Schlafen. Mit dem bösen Ausdruck war sie sich nicht so sicher, wie erfolgreich ihr das gelungen war.

Nachdem Nadia ungerührt auf ihrem Stuhl saß und an ihrem Croissant knabberte, wohl nicht sehr. Nun ja. Man konnte nicht immer gewinnen. Sie wollte eben nach ihrer Tasse greifen, als ihr langsames Gehirn endlich registrierte, was es eben gesehen hatte.

„Woher hast du das Croissant?“

„Na, von Sweets.“

„Schon klar. Was ich meinte, gibt's noch mehr davon?“

„Du meinst, ob du eins haben kannst?“

Fast hätte sie geknurrt, doch sie konnte sich gerade noch zurückhalten. „Gerne. Bitte. Wenn du noch eins hast.“

„Klar.“

Paige griff nach der Tüte, die Nadia hochhielt. Im letzten Moment zog Nadia sie wieder weg. „Halt. Das gibt's nur im Austausch gegen Informationen.“

„Kriegst du“, antwortete Paige sofort.

Zufrieden hielt ihr Nadia die Papiertasche hin. „Hier. Bediene dich. Ich muss ein paar Anrufe machen.“

Anrufe? Paige warf einen Blick auf die Uhr über dem Backofen. Um halb acht in der früh? Sie zuckte mit den Achseln und gab einen Löffel Zucker in ihren Kaffee.

Mit der Tasse in der einen und der Tüte in der anderen Hand setzte sie sich zu Nadia an den Tisch, um in aller Ruhe zu frühstücken. Mit der Ruhe war es allerdings vorbei, als sie mitbekam, was Nadia da gerade am Telefon besprach.

„Sie ist hier, frisch und munter“, auf Paiges irritierten Blick verbesserte sie sich, „Na ja, vielleicht nicht gerade frisch und munter, aber das liegt wohl mehr an der Uhrzeit.“ Sie machte eine Pause, um der Person am anderen Ende des Telefons zuzuhören. „Das weiß ich nicht, weshalb sie die Nacht nicht dort verbracht hat.“

Ungläubig starrte Paige Nadia an. Mit wem um Himmels willen telefonierte sie?

„Genau. Also dann, bis in einer halben Stunde.“ Sie klappte das Telefon zu und schaute Paige erwartungsvoll an.

„Was?!“

„Ich sehe schon, dass du nicht vorhast, mir einen Wissensvorsprung einzuräumen.“

„Wissensvorsprung?“ Irgendwie hatten ihre müden Hirnzellen Mühe, den Geschehnissen des Morgens zu folgen.

„Na, egal. Ich werde es ja sowieso bald erfahren.“

Wie bitte? Von ihr würde niemand irgendetwas erfahren.

„In einer halben Stunde sind alle hier. Wir haben einstimmig beschlossen, dass du und Ace ein wenig … sagen wir, liebevolle Unterstützung braucht.“ Geschäftig drückte sie auf ihrem Mobiltelefon herum.

Sie und Ace? Kurz fragte sie sich, in welchem Paralleluniversum sie hier gelandet war. Zur Sicherheit fragte sie trotzdem nach: „Wer ist alle?“

„Na, Brenda, Jaz, Kat natürlich, nachdem sie hier wohnt, und Paula.“

Brenda? Und der ganze Rest der Sippe? Sie stöhnte innerlich. Sah ganz so aus, als würde sie tatsächlich gleich alles erzählen. Wenn sich diese Frauen in den Kopf gesetzt hatten, etwas zu erfahren, dann gab es kein Entrinnen. Fast wünschte sie sich in ihren Graben zurück. Da hatte sie wenigstens ihre Ruhe gehabt.

Grundsätzlich hatte sie gar nichts dagegen, diesen Frauen, die in den letzten Monaten zu ihren Freundinnen geworden waren, ihr Herz auszuschütten. Auch wenn sie sich fragte, was Nadia und Brenda damit zu tun hatten, aber sie würde niemanden rein wegen des Alters diskriminieren. Das käme wohl nicht besonders gut an.

Das Problem war vielmehr, dass sie sich ein bisschen mehr Zeit gewünscht hätte, um sich über ihre Gefühle zum gestern Gehörten klar zu werden. Sie war immer noch sehr erschüttert von Ace’ Lebensgeschichte. Sie fühlte mit ihm und bedauerte den unnötigen und viel zu frühen Tod seiner Schwester. Aber sie hatte kein Mitleid mit ihm. Sie bezweifelte, dass er das akzeptieren würde. Blieb also die Frage: Was hatte das mit ihr zu tun? Sie seufzte. Vielleicht war es gar nicht schlecht, wenn in Kürze das Expertenteam aufkreuzen würde. Sie selbst schien ja nicht so wirklich auf einen grünen Zweig zu kommen, was die schlaflose Nacht, die hinter ihr lag, zur Genüge bewies.

Sie schob sich den letzten Bissen des leckeren Frühstücks in den Mund und leerte ihre Kaffeetasse.

„Ich geh dann mal duschen. Schließlich muss ich ja präsentabel sein, wenn Brenda und Co. gleich hier aufkreuzen."

„Gute Idee", meinte Nadia nur und nickte zufrieden, ohne von ihrer Zeitung aufzusehen. Maybellene blieb liegen. Die Chance auf einen mehr oder weniger zufällig runtergefallenen Happen war in der Küche (und in Nadias Anwesenheit) ungleich größer als im Badezimmer.

*

Eine Viertelstunde später war Paige geduscht und angezogen. Da sie seit gestern nicht so richtig warm zu werden schien, vervollständigte sie ihre Jeans und Sweatshirt-Kombi mit einem dicken, bunten Wollschal, den Nadia ihr zu Weihnachten geschenkt hatte. Sie liebte dieses Teil. Zudem war er zu einer Zeit gekommen, als sie ihre eigene Mutter sehr vermisst hatte. Nicht, dass ihre Mutter viel gestrickt hätte. Sie hatte sich einfach sehr umsorgt gefühlt. Und das hingegen erinnerte sie sehr an ihre Mama.

Als sie im unteren Stock in Kats Wohnung ankam, war Maybellene schon da und lag dicht an Bella gekuschelt in der Nähe des Feuers. Dass ihnen dabei nicht das Fell versengt wurde, war ihr ein Rätsel.

Kat schaute von dem Stoffbündel auf, welches sie in der Hand hielt.

„Paige. Hallo. Gut, dass du da bist. Ich habe nämlich gleich einen Job für dich."

Paige verkniff sich ein Grinsen. Kat war immer so beschäftigt, dass sie für jeden, der sich in ihre Nähe wagte, etwas zu tun hatte. Ihr machte das nichts aus. Im Gegenteil. Sie war froh um jede Gelegenheit, die sich ergab, Kats Freundlichkeit, die sie ihr von Anfang an erwiesen hatte, zu erwidern.

„Was hast du denn jetzt schon wieder? Einen kleinen Grizzly? Ein Wildschwein?", zog sie die andere Frau auf.

„Haha. Ein Frischling wäre ein ganzes Stück größer."

„Der Bär nicht?"

„Nicht unbedingt", erwiderte Kat ernsthaft. „Die wiegen ja nur dreihundert Gramm, wenn sie auf die Welt kommen. So viel bringt der Kleine hier auch auf die Waage. Setz dich hier an den Tisch."

Paige tat, wie ihr geheißen, und streckte die Hände aus. Vorsichtig transferierte Kat das Bündel samt Inhalt in ihre Obhut. Während Paige behutsam die Tücher ein wenig zurückschlug, um endlich zu sehen, was sich darin befand, drehte sich Kat um und griff nach einem kleinen, mit Ersatzmilch gefüllten Fläschchen.

„Ein Kätzchen", rief Paige entzückt aus. „Schwarz mit weißen Pfoten, wie niedlich!"

„Genauer gesagt ein Kater. Hier", sagte sie und stellte den Behälter neben Paige hin. „Er muss alle zwei Stunden trinken."

Paige hob den Blick. „Hast du das bereits in der Nacht gemacht?"

„So in etwa. Sam ist leider nicht da, sonst hätten wir uns abwechseln können."

„Das nächste Mal gibst du mir Bescheid."

„Oder mir", ließ sich Nadia vom Fenster her vernehmen. „Einfach typisch, dass du immer denkst, du müsstest alles alleine machen." Bewunderung und ein Hauch Verzweiflung waren in ihrer Stimme zu hören.

„Und von wem habe ich das wohl?", gab Kat ungerührt zurück. Daraufhin schwieg ihre Mutter wohlweislich. „Aber wenn ihr es anbietet, wäre ich tatsächlich ganz froh, wenn ich ihn die nächsten paar Tage euch überlassen könnte. Es ist wirklich ganz schön viel, wenn ich alles alleine machen muss. Außer", sie schaute zu Paige hinüber, „du hast andere Pläne. Du weißt schon, Übernachtungspläne", führte sie aus, als sie den verständnislosen Blick ihrer Freundin sah.

Daraufhin rollte Paige mit den Augen. „Eher nicht. Und wenn, nehme ich den Kleinen einfach mit. Problem gelöst." Sie griff nach der Flasche mit dem Miniatursauger und hielt sie dem Kätzchen – Katerchen, korrigierte sie sich im Stillen – vor den Mund. Als er nicht genau wusste, was das sollte und nur schwach eine kleine weiße Pfote dagegen stemmte, öffnete sie ihm mit dem Zeigefinger behutsam das Maul und ließ einen Tropfen Milch hineinfallen. Sofort erkannte er, um was es ging, und fing gierig an zu saugen. Paige musste lächeln, als sie seinen Eifer und Überlebenswillen sah.

„Süß, nicht wahr?" Kat beugte sich über die beiden drüber.

„Sehr", bestätigte sie. „Woher hast du ihn?"

Kat zuckte hilflos mit den Schultern. „Seit es sich in den umliegenden Counties herumgesprochen hat, dass ich den Safe Haven führe und keine Tiere abweise, finde ich immer wieder solche Geschenke vor der Tür. Vermutlich auch ein Resultat unserer verstärkten PR-Bemühungen."

„Hm. Ja, wahrscheinlich. Das ist halt die Kehrseite der gesteigerten Bekanntheit. Jetzt müssen wir nur erreichen, dass die Spenden die zusätzlich abgegebenen Tiere übersteigen."

„Das wäre ganz schön. Ich habe nichts dagegen, wenn die Vierbeiner hier landen. Lieber das, als dass sie jemand aussetzt. Nur wäre es tatsächlich nett, wenn sich die Ausgaben und die Einnahmen ein wenig die Waage halten würden."

„Das schaffen wir schon. Warte ab, bis die Videos online gehen. Das wird ein Hit, da bin ich mir sicher."

Zweifelnd nickte Kat. Wie Videos von ihr zu einem Erfolg werden sollten, wusste sie beim besten Willen nicht.

Andererseits hatte Paige recht, wenn sie meinte, es gäbe keine vernünftigen Trainingsvideos. Dem konnte sie aus ganzem Herzen zustimmen. Also klappte es vielleicht ja doch.

Während Paige sich um den Neuankömmling kümmerte, trudelten nach und nach die anderen ein. Brenda und Jaz kamen zusammen. Jaz hatte die immer größer werdende Cammie auf dem Arm und Rambo, ihren Riesenpudel, im Schlepptau. Langsam wurde es in Kats Wohnzimmer ziemlich voll. Dieser Meinung schien auch Kat zu sein, die plötzlich in der Mitte stand und in die Hände klatschte.

„So. Bevor hier noch mehr Leute und Hunde eintreffen, werde ich ein paar der Vierbeiner in den großen Zwinger mit dem Auslauf bringen." Im Herbst hatten sie und Sam mehrere tausend Quadratmeter hundesicher eingezäunt, in große Parzellen abgeteilt und Hütten darauf errichtet. Jetzt hatten sie die Möglichkeit, die Hunde in Gruppen nach draußen zu lassen. Die Unterstände waren warm und trocken, falls es einmal regnen sollte. Die dazugehörige Wiese bot viel Platz zum Herumtollen.

„Rocky, Rambo und Nikita, Bella und Maybellene gehen raus."

„Bist du sicher, dass du Cammie nicht gleich dazusperren willst?", erklang Paulas Stimme scherzend von der Treppe.

„Auf keinen Fall! Die freut sich schon den ganzen Morgen, dass sie ihre Tante wieder sieht", entgegnete Jaz ungerührt und drückte das fröhlich vor sich hin gurgelnde Kind Paula in die Arme.

Paula nahm das lebhafte Mädchen in Empfang und blies sachte in ihr Gesicht. Das hatte einen lauten Heiterkeitsausbruch zur Folge.

„Stimmt. Das hatte ich ja ganz vergessen. Im Gegensatz zu meinen Mädchen freust du dich zurzeit ja noch mehr über mich als über die Vierbeiner."

„Keine Angst, das ändert sich, sobald sie groß genug ist, um das Wort Pony zu sagen", meinte Jaz trocken. Sie schlenderte zu Paige hinüber und gab ihr einen Kuss auf die Wange. Dabei erhaschte sie einen Blick auf den inzwischen schlafenden Kater. „Oder sobald sie diese Minikatze sieht. Darf ich?" Fragend deutete sie auf Paiges kostbare Fracht.

„Klar. Hier."

„Nein, nein. Lass ihn ruhig bei dir. Ich wollte nur mal über den seidigen Pelz streicheln. Tiere, die man in Kats Haus auf den Arm nimmt, haben die Tendenz, mit einem nach Hause zu kommen. Mit Cammie, Rocky und Jakes Kater Jimmy ist mein Bedarf momentan gedeckt."

„Sehr weise", kam es von der Treppe. Avery kam gerade hoch. „Davon kann mein Großvater ein Lied singen. Er weiß bis heute nicht so richtig, wie er zu seiner Katze Smiri gekommen ist." Sie lächelte verschmitzt. „Wenn man ihn danach fragt, lautet die Antwort im Originalton: Erst war da keine Katze, dann habe ich Kat besucht und plötzlich war da eine Katze." Sie hob eine Tüte hoch. „Ich war im Diner und hab Cinnamon Rolls geholt."

„In meiner Tasche ist Geld, nimm dir, was du dafür kriegst", rief Kat über die Schulter.

„Vergiss es. Grundsätzlich und heute sowieso. Wir haben sie geschenkt gekriegt."

„Geschenkt gekriegt?", fragte Paige misstrauisch.

„Ja. Als Wir-sind-froh-dass-dir-nichts-passiert-ist-Geschenk für Paige."

„Aha", sagte diese, nicht überzeugt.

„Okay, okay", lachte Avery. „Und im Austausch gegen exklusive Informationen über den aktuellen Stand von Paiges und Ace' Beziehung."

„Wusste ich's doch. Und mich nennen die Leute verbissen, wenn es um Informationen geht", murmelte Paige. Laut sagte sie: „Ace und ich haben keine Beziehung."

„Ach."

„Ja, ach. Und nachdem das geklärt ist, können wir uns ja den wirklich wichtigen Dingen zuwenden. Die zu dem an deinem Finger steckenden Ring gehörige Geschichte zum Beispiel", drehte sie den Spieß um.

„Das ist alter Tobak. Das wissen ja schon alle", versuchte Avery das Ganze abzutun. „Cole und ich sind nach Vegas geflogen und haben geheiratet. Ende der Geschichte." Mit einem Griff in die Jackentasche holte sie ihre Spürratte Miss Marple hervor und setzte sie sich auf die Schulter. Interessiert schaute diese sich mit ihren schwarzen Knopfaugen in der neuen Umgebung um.

„Details, wir wollen Details." Cammie auf dem Arm tragend, griff Paula nach einem Stuhl und schob ihn Avery hin.

Brenda gesellte sich zu ihnen und stellte sich mit verschränkten Armen vor Avery hin. Die sonst so abgebrühte Avery zuckte unter ihrem stechenden Blick sichtlich zusammen. „Die hätte ich auch gerne. Und glaub nur nicht, dass Cole leichter davonkommt. Den knöpf ich mir noch vor, keine Angst."

„Im Diner überschlagen sich die Wetten, ob Brenda Cole enterbt, euch beide zur Heuernte einteilt oder einfach gleich umbringt", fügte Paula hilfreich hinzu. Avery warf ihr einen finsteren Blick zu.

„Ich bin froh, das zu hören. War schließlich seine Idee", murmelte sie in Brendas Richtung. „Ich wollte lieber hier heiraten. Im Sommer."

Bei diesen Neuigkeiten hob sich Brendas Laune sichtlich. „Ach, wirklich?" Sie tätschelte den Arm ihrer neuen Schwiegertochter. „Du wirst deine Hochzeit im Sommer kriegen."

„Dann hast du jetzt die Tatsache, dass ich auch zur Familie gehöre, verkraftet?", erkundigte sie sich misstrauisch.

„Ach, Liebes, du gehörst bereits seit fünfzehn Jahren zur Familie. Es war einzig mein Sohn, der so lange auf der Leitung stand."

Darüber musste Avery jetzt doch grinsen. „Ich glaube fast, ich gebe heute noch eine Wette im Diner ab. Das mit dem Enterben klingt gut, finde ich."

Paula lachte. „Lasst uns doch einen kleinen Showdown inszenieren, was meinst du, Mom?"

Brenda rieb sich die Hände. „Au ja. Avery, bring ihn doch heute im Lauf des Nachmittags ins Diner. Vielleicht erwähnst du beiläufig die Wettquoten, auf dem Weg nach Independence?"

Avery grinste. „Gern. Ich bin sehr froh, dass Cole endlich mein Ehemann ist. Aber ein bisschen Schabernack hat er verdient."

Paula zückte ihr Handy. Ich informier schon mal die Disney Sisters. Es sollen ja auch ein paar Zuschauer anwesend sein, um das Spektakel zu genießen."

Froh über die kleine Atempause, die das freundschaftliche Geplänkel bot, setzte sich Paige mit dem nun schlafenden Kater auf dem Schoß zu ihnen hin. Ihr Kreuzverhör würde schon noch folgen. Das war ihr klar. Aber wenn sie sich zuerst ein wenig mit Averys Geschichte ablenken konnte, war das wunderbar.

17

Ace rieb sich die müden Augen. Er war seit zwei Tagen ununterbrochen im Einsatz. Sein ganzes Team war seit zwei Tagen im Einsatz. In der Umgebung jagte ein Waldbrand den nächsten und sie kamen der Ursache einfach nicht auf den Grund. Sie vermuteten Brandstiftung, anders war die Häufung nicht zu erklären. Doch während sich die ersten Feuer dieses Jahres in der Gegend rund um de Lucas Bauprojekt befunden hatten, waren sie jetzt über zwei Counties verteilt. Bis jetzt hatten sie noch kein neues Muster entdecken können. Wenn es tatsächlich ein Brandstifter war, machte er seine Sache gut. Der Typ war ein verdammter Geist. Er warf einen Blick auf die Uhr an seinem Handgelenk. Noch eine Viertelstunde bis zur Besprechung mit Jake. Erst danach konnte er nach Hause gehen. Vielleicht würde ihm ja ein Kaffee im Diner über die Runden helfen. Er bezweifelte es zwar. In seinem System schwappte bereits genug Kaffee herum, um ein Faultier zum Rennen zu animieren, doch einen Versuch war es wert.

Ein paar Minuten später stieß er die Tür zum Diner auf. Miss Minnie erblickte ihn und eilte sofort auf ihn zu.

„Ist das Feuer in Dreary unter Kontrolle?“, fragte sie besorgt.

„Vorerst ja.“

„Und die beiden Wanderer?“

„Haben wir auch gefunden. Sie hatten sich über den Fluss gerettet und wussten dann nicht mehr, wie sie zurückkommen sollten.“

„Zum Glück. Komm, setz dich. Ich bring dir ein ordentliches Frühstück.“

„Lass nur. Ich muss mich gleich mit dem Sheriff treffen. Aber eine Tasse Kaffee wäre nett. Ich geh so lange aufs Klo und versuche, ein wenig von dem Dreck loszuwerden, der an mir klebt.“

Er schob Miss Minnie beiseite und ignorierte ihren missbilligenden Gesichtsausdruck. Sie war immer so, wenn sie ihre Jungs – und das bezog sich auf alle Polizei- und Feuerwehrleute – nicht versorgen konnte. Wenn er von der Toilette zurückkam, hatte sie sich bestimmt bereits wieder gefangen und ihm etwas Leckeres zum Mitnehmen eingepackt. Auch gut. So hatten auch Jake und seine Deputies etwas davon.

Paige trat ins Diner und sah sich hektisch um, während sie sich einen Weg zum Tresen bahnte. Miss Minnie hielt neben ihr an.

„Das Feuer ist gelöscht, die Wanderer sind gerettet und Ace, wie auch dem Rest der Truppe, geht es gut.“

Mit einem wissenden Blick beobachtete sie, wie Paige erleichtert in sich zusammensackte.

„Wenn du nach hinten gehst, triffst du ihn bestimmt. Er wollte auf der Toilette etwas von dem angesammelten Schmutz loswerden.“

Doch Paige hörte ihr schon nicht mehr zu. Amüsiert schüttelte Miss Minnie den Kopf. Sie war ja mal gespannt, wie lange die beiden diesen lächerlichen Tanz noch aufführen würden. Egal. Für ihre Wettkasse war die lange Dauer sehr gut. Das war ja das Einzige, das zählte. Es waren genügend Schüler auf der Liste, die ein wenig Unterstützung gebrauchen konnten, um am Sommercamp teilzunehmen. Zufrieden mit ihrer guten Tat für den heutigen Morgen trat sie durch die Schwingtüren, die die Küche vom Gastraum trennten. Schließlich musste sie ihrer Schwester auf die Finger schauen. Nicht, dass diese wieder kurz vor Mittag mit Kurt im Vorratsraum verschwand, um Inventur zu machen. Ha!

Paige lehnte an der Wand, als Ace aus der Toilette trat. Er sah müde aus. Kein Wunder. Ganz Independence hatte in den letzten Tagen kein anderes Thema als die überall wütenden Feuer gehabt. Ace, der sie im Schatten noch nicht entdeckt hatte, streckte sich. Sein Thermoshirt, das er in den Bund seiner Schutzhosen gestopft hatte, spannte sich über seiner breiten Brust. Paige lief das Wasser im Mund zusammen. Aber vor allem war sie froh, dass er heil von seinen verschiedenen Einsätzen zurück war. Schließlich hielt sie es nicht mehr aus. Sie stieß sich von der Wand ab und rannte auf ihn zu. Mit einem Satz sprang sie ihn an. Den Kopf schob sie in die Kuhle, wo sein Hals auf die Schulter traf, und atmete tief ein. Er roch nach Feuer, verbranntem Holz und Schweiß, aber auch nach Ace und Waschmittel. Eine wunderbare und vor allem sehr lebendige Kombination.

Ace blieb nichts anderes übrig, als sie aufzufangen. Sie fühlte sich gut an in seinem Arm, die Beine um seine Taille geschlungen.

„Das nenn ich einmal eine Begrüßung."

Paige blieb still. So richtig durchdacht war diese Aktion nicht. Wenn er jetzt wissen wollte, warum und weshalb, hätte sie keine Ahnung, was sie antworten sollte.

Als sie hartnäckig schwieg, musste er ein Lachen unterdrücken. „So eine Begrüßung lässt mich die Vor- und Nachteile von Brandstiftung mit einem ganz neuen Blick sehen", murmelte er ihr ins Ohr.

Paige lief ein Schauer über den Rücken, als sein Atem die empfindliche Haut streifte.

Sie hob den Kopf aus seinem Versteck und nahm sein Gesicht in beide Hände.

„Ach, sei still! Küss mich lieber."

Eine Sekunde lang starrte Ace sie nur verblüfft an. Dann senkte er seine Lippen hungrig auf ihre. Paiges Beweggründe konnten warten. Der Kuss nicht.

Paige schloss die Augen und überließ sich ganz den Gefühlen, die auf sie einstürmten. Erleichterung darüber, dass es Ace gut ging, mischte sich mit Begehren für diesen wunderbaren, unmöglichen, sturen Kerl. Die Schmetterlinge in ihrem Bauch feierten ein Fest, bis die Hitze, die sich von ihrer Mitte wie Lava ausbreitete, sie vertrieb. Flüchtig wunderte sie sich darüber, welche Prinzipien so wichtig sein konnten, dass sie die letzten Wochen freiwillig auf das verzichtet hatte. Dann verflog auch dieser letzte klare Gedanke. Alles, was sie spürte, waren Ace' Lippen auf ihren, ihre Hände in seinen Haaren, sein harter Körper an ihren weichen gepresst.

Erst ein Räuspern ließ sie auseinanderfahren.

„Ich habe dich nicht in seine Richtung geschickt, damit du gleich über ihn herfällst. Dafür vermieten wir Zimmer. Fünfzig Dollar die Nacht", rügte Miss Minnie sie indigniert.

Paige und Ace sahen sich an. Schließlich konnte Paige sich nicht zurückhalten und brach in lautes Gelächter aus. Auch Ace' Körper bebte vor unterdrücktem Lachen, bis er tief durchatmete und seinen Kopf an ihre Stirn lehnte.

„Was mach ich bloß mit dir", murmelte er in ihre Haare, während er das Gefühl genoss, zu wissen, dass sich jemand um ihn Sorgen gemacht hatte und sich offensichtlich freute, ihn zu sehen. Sie schaffte es, ihn zum Lachen zu bringen, selbst wenn sonst gerade gar nichts zum Lachen war. Diese lockere Kameradschaft mit einer Frau war eine ganz neue Erfahrung für ihn. Natürlich nicht mit seinen Arbeitskollegen oder den Frauen und Schwestern seiner Freunde. Aber mit jemandem, der ihm noch viel mehr bedeutete. Vielleicht bestand für sie beide ja doch eine Chance? Da sie ihn die letzten Tage gemieden hatte wie die Pest, war er davon ausgegangen, dass sie ihn endgültig abgeschrieben hatte. Kein Wunder, nachdem sie endlich wusste, was mit seiner Schwester passiert war. Wie immer schob sich die dunkle Wolke der Schuld über sein Gemüt.

Paige hingegen stellte all ihre Stacheln auf, als sie ihn murmeln hörte. Erinnerungen an sämtliche Beleidigungen und Zurückweisungen durch ihn in den letzten Monaten stiegen in ihr auf. Was er mit ihr machen sollte? Als ob sie eine Bürde wäre. Oder ein kleines Mädchen, für das er die Verantwortung trug. Anscheinend hatte er immer noch nicht begriffen, dass sie niemanden brauchte, der irgendetwas für sie oder mit ihr machte? Den Gedanken, dass es in gewissen Situationen sehr wünschenswert war, wenn ein Mann sich um einen kümmerte, schob sie vehement weg. Wegen ein paar zugegebenermaßen atemberaubenden Küssen würde sie sich nicht in ein liebeskrankes Schulmädchen verwandeln.

Entschlossen wand sie sich aus seiner Umarmung. Überrumpelt von dem plötzlichen Stimmungsumschwung ließ er sie los.

„Was …?“

„Gar nichts musst du mit mir machen. Und ich auch nicht mit dir. Jetzt weiß ich, dass es dir gut geht. Viel Erfolg bei der Geisterjagd.“

Ziemlich belämmert schaute Ace ihr nach. Irgendwie hatte ihn sein bisheriges Liebesleben nur sehr unzureichend auf eine Frau wie Paige vorbereitet. Er hatte keine Ahnung, was ihr jetzt wieder über die Leber gelaufen war. Er kratzte sich am Kopf. Vielleicht sollte er jemanden um Hilfe bitten? Doch wen? Mit seinen Kumpels pflegte er selten tiefgründige Gespräche zu führen. Während er sich noch fragte, weshalb das so eigentlich so war und ob er das nicht mal ändern sollte, tauchte Miss Minnie wieder auf.

„Was hast du denn diesmal wieder angestellt?“, wollte sie wissen, die Hände herausfordernd in die Hüften gestützt.

„Ich? Wer sagt denn, dass es an mir liegt? Wovon sprichst du überhaupt?“

„Von der Tatsache, dass die Frau, die vorher gerade noch dringend auf der Suche war nach dir und dann wie ein Putzerfisch an dir geklebt hat, gerade aus dem Lokal geflohen ist, als wären zehntausend Höllenhunde hinter ihr her."

„Ehrlich gesagt", antwortete er, „ich habe nicht den leisesten Schimmer."

Diese aus tiefstem Herzen kommende Antwort schien Miss Minnie etwas versöhnlicher zu stimmen.

„Dann schlage ich vor, du findest es so schnell wie möglich raus."

Ein guter Rat. Die Frage war nur wie, überlegte Ace frustriert.

*

„… und dann hat er gemurmelt, er wüsste nicht, was er mit mir machen sollte."

„Wie unverschämt", murmelte Kat und verbiss sich ein Lachen. Da es ihr nicht recht gelang, vergrub sie ihr Gesicht in Maybellenes Fell. Sie saßen zusammen auf der Veranda von Paulas Ranch und warteten darauf, dass Paula und die Mädchen von ihrem Ausritt zurückkamen. Auch der heutige Tag war wieder strahlend schön mit unerwartet hohen Temperaturen. Junge Blätter überzogen die silbernen Espen mit einem Hauch von Grün. Die ersten Wildblumen steckten ihre Köpfe aus der Erde und verschönerten die Hochebene mit ihren Farbtupfern.

„Ja, nicht", ereiferte sich Paige und warf ihrer Freundin einen um Unterstützung heischenden Blick zu. Doch anstelle des erwarteten Verständnisses entdeckte sie mehrheitlich Erheiterung in deren Miene. „He! Du bist ja gar nicht wirklich auf meiner Seite", entrüstete sie sich.

Jetzt konnte sich Kat nicht mehr halten und prustete los.

„Sorry, tut mir leid. Ehrlich. Aber wenn du die Situation aus ein wenig Abstand betrachten würdest, müsstest du auch lachen."

„Ach so?" Paige hob ungläubig eine Augenbraue.

Kat rollte mit den Augen und klopfte sich die schwarzen Hundehaare von der Hose, die Maybellene dort hinterlassen hatte.

„Ich fasse kurz zusammen: Held kämpft im Feuer. Prinzessin sorgt sich um ihn. Obwohl sie die letzten Tage mehrheitlich damit verbracht hat, ihm aus dem Weg zu gehen, lauert sie ihm bei seiner bevorzugten Wasserstelle auf und springt ihn bei der erstbesten Gelegenheit an. Die beiden küssen sich, als gäbe es kein Morgen mehr. Leider entschlüpft dem komplett erschöpften Ritter in der Hitze des Moments eine unbedachte Äußerung, die so oder so verstanden werden kann, sodass die Prinzessin keinen anderen Ausweg sieht, als die Flucht zu ergreifen. Wohlverstanden so wütend, dass sie überlegt, ihn ihrem Feuer speienden Drachen zum Frühstück zu servieren. War das in etwa korrekt?“

Paiges Mundwinkel zuckten.

„Ich gebe zu, so laut ausgesprochen klingt es beinahe so, als hätte ich ein wenig … überreagiert.“

„Ach?“

Paige ignorierte sie.

„Welche andere Interpretation seiner Worte gibt es denn?“

„Ah, die holde Maid ist neugierig. Ist sie sich doch nicht sicher, ob der Held Drachenfuttermaterial ist?“ Kat war in ihrem Element. Diese Märchenspinnerei machte richtig Spaß, stellte sie fest.

„Ich bin hier der Barde“, erinnerte Paige sie. „Schon vergessen?“

„Nicht, wenn es um Ace und dich geht. Das wäre doch das, was man einen Interessenskonflikt nennt, oder?“

„Können wir jetzt auf meine Frage zurückkommen, bevor ich mich entschließe, dass du eine hervorragende Drachenvorspeise abgeben würdest?“

Kat kicherte. Sie genoss dieses Gespräch richtiggehend.

„Du weißt doch, Hexen sind ungenießbar. Aber Spaß beiseite, ich glaube, er wollte damit viel eher ausdrücken, dass er nicht weiß, wie er mit seinen Gefühlen für dich umgehen soll. Du hast das viel zu wörtlich genommen. Zudem hatte er tatsächlich gerade eine Doppelschicht hinter sich. Vermutlich hatte er die letzten achtundvierzig Stunden so gut wie keinen Schlaf. Rechnest du da noch die Endorphin-Ausschüttung im Hirn mit, ausgelöst durch einen sagenhaften Kuss, dann wundert es mich eigentlich, dass er überhaupt noch einen geraden Satz zustande gebracht hat."

Mit einem lauten Stöhnen ließ sich Paige auf den Holzboden zurückfallen und schlug die Hände vors Gesicht. „Ich hab's verbockt, oder?"

Maybellene betrachtete das Verhalten ihres Frauchens als eine Aufforderung zum Spielen. Mit Anlauf sprang sie auf ihre Besitzerin und leckte ihr begeistert den Hals ab. „Ugh. Geh weg!"

Kat beugte sich zu den beiden hinüber und zog den Hund weg.

„Nein, nein. Das glaub ich nun auch wieder nicht", beruhigte Kat sie. „Aber es wäre vielleicht ganz gut, wenn ihr euch einmal aussprechen würdet", fügte sie hinzu, als Paige durch ihre gespreizten Finger zu ihr hinüberlinste.

Paige schloss die Augen. Das hatte sie befürchtet. „Mal sehen", murmelte sie unverbindlich.

Hufgetrappel rettete sie davor, sich genauer zu diesem Thema zu äußern. Als Erste flitzte Shauna auf dem Shetlandpony Dolly um die Ecke. Leslie folgte auf Paulas altem Pferd Rufus, einem zuverlässigen Quarterhorse, in einem etwas gemächlicheren Tempo. Paula saß auf Luckys Rücken, einem braunweißen Paint, den sie ursprünglich als Trainingspferd aufgenommen und am Ende der Besitzerin abgekauft hatte.

„Wir mussten ein Loch im Zaun reparieren“, sprudelte es aus Shauna hervor. „Eine Kuh hat schon auf der falschen Seite im Wald gestanden.“

„Echt? Und steht die jetzt immer noch dort?“, wollte Paige wissen.

„Nein. Natürlich nicht.“ Shauna lachte, als wäre die Idee völlig absurd. War sie wahrscheinlich auch. Doch Paige konnte sich nicht vorstellen, wie man eine Kuh davon überzeugte, ihre unverhofft erlangte Freiheit wieder aufzugeben.

„Leslie hat sie mit Rufus’ Hilfe auf die Wiese zurückgetrieben. Wie ein Profi, die Kleine.“

Leslie senkte den Blick aufs Sattelhorn, während sich ihre Wangen dunkelrot färbten.

„War es schwierig?“, hakte Paige nach.

„Sie war …“, wollte Shauna die Geschichte erzählen, aber Paula brachte sie mit einem ihrer berühmten multifunktionalen Blicke zum Schweigen. Shaunas Augen funkelten rebellisch, doch sie stoppte ihre Erzählung.

Das würde ja heiter werden, wenn die Kleine erst einmal in die Pubertät kam, dachte Paige amüsiert.

Paula ignorierte Shaunas kleines Drama und nickte Leslie aufmunternd zu.

„Überhaupt nicht. Ich musste Rufus nur an die richtige Position lenken und ihm die Kuh zeigen. Den Rest hat dann er gemacht.“ Ihre Augen leuchteten, als sie von dem tollen Erlebnis erzählte. „Er wusste genau, was er zu tun hat. Ein richtig tolles Ranchpferd halt.“

„Ganz so einfach, wie Leslie es beschreibt, ist es nicht“, schaltete sich Paula ein. „Es erfordert ganz schön Mut, die Kontrolle einfach so dem Pferd zu überlassen. Doch Leslie hat so ein gutes Verhältnis zu Rufus, dass ihr das leichtgefallen ist.“

„Und sitzen muss man auch können. Mannomann, hat der sich vielleicht schnell im Zickzack bewegt“, schaltete sich Shauna wieder ein.

Paige verbiss sich ein Lachen. Die beiden Mädchen waren einfach großartig.

Leslie lächelte scheu, aber auch ein wenig stolz, als sie Shaunas wild gestikulierenden Händen zuschaute, als sie den Vorfall beschrieb.

„So“, unterbrach Paula, die inzwischen abgestiegen war, die Plauderstunde. „Versorgt die Pferde und kommt dann ins Haus. Ihr wolltet ja noch eine Trainingseinheit mit Kat filmen, hab ich das richtig verstanden?“

„Genau.“

„Na dann, seht zu, dass ihr vorwärts macht. In einer Stunde ist es bereits dunkel.“ Sie reichte Leslie Luckys Zügel, damit sie ihn zum Stall führen konnte.

„Nur keinen Druck aufbauen“, murmelte Kat, die bei Paulas Worten blass geworden war. „Wieso auch mehrere Stunden drehen, wenn man es auch in einer halben Stunde erledigen kann.“

Paige stieß sie leicht in die Seite.

„Jetzt stell dich nicht so an. Das machst du im Schlaf. Rocky macht das im Schlaf.“

„Das wird er wohl auch müssen“, antwortete Kat mit einem Seitenblick auf die riesige Bordeaux-Dogge, die unter dem Baum neben dem Haus in der Sonne lag und tief und fest schlief. Ab und zu zuckte eine der breiten Pfoten. Wahrscheinlich verfolgte er im Traum einen Hasen.

„Und du bist zur Überwachung der Filmarbeiten hier?“, wollte Paula wissen, als sie gemeinsam ins Haus gingen.

Paige zog eine Grimasse. „Nicht direkt.“

„Sie hat Männerprobleme“, ergänzte Kat hilfreich.

„Kat!“

„Was? Ist doch wahr.“

Die beiden folgten Paula in die Küche, wo sich Paige auf den erstbesten Stuhl fallen ließ.

„Erzählst du mir die Story einfach oder muss ich dich erst mit Whiskey abfüllen?“

„Ich tendiere zum Whiskey. Vor allem, da mir Kat eben erklärt hat, dass ich vollkommen überreagiert habe.“

„Ja, ja, die Liebe“, antwortete Paula trocken und schenkte allen ein großes Glas Eistee ein, bevor sie sich zu ihnen an den Küchentisch setzte. „Die lässt uns alle Dinge tun, von denen wir nie gedacht hätten, dass wir sie jemals auch nur in Erwägung ziehen.“

„Wie zum Beispiel heiraten.“

„Genau“, stimmte Paula mit einem zufriedenen Grinsen zu.

Paige lachte. Das stimmte. Niemand und am allerwenigsten Paula hatte damit gerechnet, dass sie so bald verheiratet sein würde. Allerdings wiesen die Liebesgeschichte zwischen den beiden und die Situation zwischen ihr und Ace so gar keine Gemeinsamkeiten auf. Schließlich war sie nicht in ihn verliebt. Und er schon gar nicht in sie, wie sie nur zu gut wusste. Das sagte sie auch laut. „Das trifft auf uns ja nicht zu. Das wär ja noch schöner.“

Ihre beiden Freundinnen schauten sich bedeutungsvoll an.

„Was?“

Es war Paula, die über den Tisch griff und nach ihrer Hand fasste.

„Liebes, ich denke, es wird Zeit, dass du aufhörst, dir etwas vorzumachen.“

Das Blut schoss Paige in die Wangen. Sie schluckte leer. Endlich quiekte sie: „Wieso? Wie meinst du das?“

„Na, so wie ihr zwei umeinander herumschleicht, und das seit Monaten, wundert es mich nicht, dass sämtliche umliegenden Wälder in Flammen aufgehen. Das ist ja nicht gesund.“

„Lust. Pure Lust“, versuchte Paige ihre Worte abzuschwächen.

Paula legte den Kopf schief. „Klar. Das auch. Nichtsdestotrotz geht er dir nicht mehr aus dem Kopf. Seien wir ehrlich.

Dein gesellschaftliches Ansehen in Independence ist inzwischen rehabilitiert. Ein einzelner Mann, der das nicht so sieht, sollte eigentlich völlig unerheblich sein. Und trotzdem ist dir nicht egal, was er denkt."

„Aber …"

„Warte. Lass mich ausreden."

Gehorsam klappte Paige ihren Mund wieder zu. Kat verkniff sich ein Grinsen. Paulas berühmt-berüchtigter Blick funktionierte nicht nur bei aufmüpfigen Kindern, wie es schien.

„Ace hingegen ist einer der verträglichsten Typen überhaupt. Dass er sich so in etwas hineingesteigert hat, muss einen Grund haben."

„Na klar", murmelte Paige. „Wie inzwischen selbst ich weiß, hat er auch gute Gründe, einen Groll gegen mich zu hegen. So wie ich das sehe, wird das immer zwischen uns stehen."

„Ja und nein. Wenn du ihm egal wärst, hätte er nie so lange daran festgehalten. Ich denke, es hat ihn so schwer getroffen, weil er dich eben sehr gerne mag und gerne mit dir befreundet wäre."

„Dann hat er aber eine merkwürdige Art, es zu zeigen", antwortete Paige mürrisch.

„Tatsächlich? Gerade in der letzten Zeit kommen mir ein paar Gelegenheiten in den Sinn, wo er sich die Mühe gemacht hat, auf dich zuzugehen. Und damit meine ich nicht in seiner Funktion als Feuerwehrchef."

Als Paige nichts antwortete, fragte sie sie eindringlich: „Weißt du, mit wie vielen Leuten er über Joy spricht?"

Stumm schüttelte Paige den Kopf.

„Soweit ich weiß, mit niemandem. Vielleicht ab und zu mit Luke. Die beiden sind seit Jahren beste Freunde. Aber sonst?" Sie schüttelte den Kopf.

„Dann schüttet er dir sein Herz aus, und was machst du? Du tauchst ab." Sie machte eine bedeutungsvolle Pause. „Nur um ihm ein paar Tage später um den Hals zu fallen, ihn abzuknutschen und gleich danach beleidigt zu verschwinden. Wenn das mal keine gemischten Signale sind …“ Sie ließ den Satz unvollendet.

Peinlich berührt, aber inzwischen auch wieder ganz schön verärgert, konnte sich Paige nicht mehr zurückhalten. „Das ist ja alles schön und gut, was du da sagst. Doch du hast keine Ahnung, was ich mir von ihm im letzten halben Jahr alles anhören musste. Und jetzt hat er es sich plötzlich anders überlegt? Versteh mich nicht falsch, die Geschichte mit seiner Schwester ist tragisch. Ich rechne es ihm auch hoch an, dass er sie mir erzählt hat. Jetzt verstehe ich seine Reaktion ein wenig besser. Aber spätestens, als es offensichtlich wurde, dass du und Leslie wieder auf freundschaftlichem Fuß mit mir steht, hätte er sich Gedanken machen können, ob noch mehr hinter der Geschichte steckt, als auf den ersten Blick ersichtlich war. Nachdem er das nach wie vor nicht gemacht hat, kann ich nicht anders, als misstrauisch zu sein, wenn er kryptische Aussagen macht.“

Ihr Puls raste, als wäre sie eine Meile gerannt. Ihr Gesicht war mittlerweile sicher hochrot wie eine Tomate, doch es war ihr egal. Sie hatte genug davon, immer nur einzustecken. Immer noch zitternd wegen des Adrenalinstoßes, der ihren Ausbruch begleitet hatte, ließ sie ihren Blick von Kat zu Paula schweifen. Die beiden grinsten sie unverhohlen an. Paula fing an zu klatschen.

„Bravo. Endlich.“

„Was?“, fragte sie verdattert.

„Na, deine Rede eben. Die war großartig.“

„Das ist es, was du Ace sagen solltest. Das ist die Art von Aussprache, die schon lange fällig ist“, erklärte Kat der immer noch auf dem Schlauch stehenden Paige.

„Oh.“ Paige biss sich auf die Unterlippe. Das sollte sie vielleicht wirklich. Bevor sie es sich anders überlegen konnte, stand sie abrupt auf. Maybellene, die ihr Frauchen schon während ihres Ausbruchs besorgt beobachtet hatte, sprang auf und wedelte mit der Schwanzspitze.

„Ich muss los. Danke. Fürs Zuhören. Und Kopf zurecht rücken."

„Immer gerne", feixte Kat.

„Und übrigens: Der Sex nach so einem Streit ist auch nicht zu verachten!", rief ihr Paula hinterher.

Paige lachte erstickt. Das war vielleicht doch etwas verfrüht. Obwohl … wenn sie an den Kuss dachte, vielleicht auch nicht.

18

Als sie in ihrem Auto saß und Richtung Stadtzentrum fuhr, kamen ihr allerdings Zweifel – und ja, der Mut verließ sie auch – ob es so klug war, Ace gleich aufzusuchen. Ziemlich sicher hatte er ihren plötzlichen Abgang heute Morgen nicht besonders gut aufgenommen. Besser, sie ließ ihm ein wenig Zeit, sich zu beruhigen, rechtfertigte sie ihren Plan. Zudem musste sie heute de Luca die vorläufige Pressemitteilung präsentieren. Bei dem Gedanken daran verflüchtigten sich die Schmetterlinge in ihrem Bauch sofort. An ihrer Stelle bildete sich ein Klumpen, den sie gar nicht genauer unter die Lupe nehmen wollte. Klar, de Luca war ein schmieriger Lüstling. Aber es war weiß Gott nicht das erste Mal in ihrer Karriere, dass sie mit solchen Typen zu tun hatte. Sie musste nur darauf achten, nicht mit ihm alleine zu sein. Zudem hatte sie ja Maybellene dabei, versuchte sie sich zu beruhigen.

Sie warf einen Blick auf den Rücksitz. Da lag sie, die Mappe, in der sie alles zu den Peak-Residenzen zusammengestellt hatte. Eigentlich fehlten ihr jetzt nur noch die Projektpläne. Doch die lagen im Rathaus unter Verschluss. Vielleicht war ja jemand da, der sie ihr zeigen würde? Beim letzten Mal hatte sie der Bürgermeister selbst abgewimmelt. Er hatte angeblich keine Zeit. „Gerne ein anderes Mal", hatte er gesagt. Nur so ganz hatte sie es ihm nicht abgenommen.

Für die Pressemitteilung war es eigentlich nicht nötig. Dennoch störte sie irgendetwas an den Plänen, die ihr de Luca gezeigt hatte. Der Maßstab stimmte ihrer Meinung nach nicht mit der Wirklichkeit überein. Sie wusste schon, dass auf Werbeaufnahmen oft mit der Perspektive getrickst wurde, um Dinge größer erscheinen zu lassen. Doch als sie die Pläne mit einer Wanderkarte aus der Umgebung verglichen hatte, war ihr aufgefallen, dass sein geplanter Skilift und die dazugehörigen Pisten eigentlich direkt durch den National Forest führen würden. Sie konnte sich irgendwie schlecht vorstellen, dass das bewilligt werden würde.

Sie trommelte mit den Fingern aufs Lenkrad. Kurz entschlossen setzte sie den Blinker und fuhr direkt zum Parkplatz vor dem Gemeindehaus.

Eine halbe Stunde später trat sie wieder ins Freie, ein zufriedenes Lächeln auf den Lippen. Diesmal hatte sie Glück gehabt. Der Bürgermeister war nicht da gewesen. Nur eine Aushilfskraft, die ihr den Schlüssel zum Aktenschrank gegeben hatte. Hoffnungslos überfordert mit dem ihr noch unbekannten Büro, hatte sie sie reingewinkt.

„Akteneinsicht kann ich dir sicher gewähren. Kopieren oder mitnehmen geht natürlich nicht.“ Dabei hatte sie die Nase krausgezogen und gemurmelt: „Zumindest hoffe ich, dass das so korrekt ist. Bleibt das unter uns?“

„Klar“, hatte ihr Paige versichert und sie mit ihrem unschuldigsten Lächeln bedacht. Erleichtert, wenigstens ein Problem gelöst zu haben, hatte sie die Bürokraft alleine gelassen.

Paige hatte sich hingesetzt und Akten studiert. Und einige Auffälligkeiten gefunden. Verstohlen hatte sie ihr Handy hervorgeholt und alles fotografiert, das ihr suspekt vorkam. Vorerst dienten die Aufnahmen nur ihr als Gedankenstütze. Sollte sie je in die Lage kommen, dass sie sie benutzen musste, würde ihr schon etwas einfallen, um die hilfsbereite Assistentin rauszuhalten.

Als Maybellene, die im Auto auf sie hatte warten müssen, sie erblickte, brach sie in aufgeregtes Bellen aus. Die Arme. Wirklich viel war sie heute noch nicht draußen gewesen. Paige zog ihr Handy hervor. Eine kurze Runde durch den Park sollte eigentlich drin sein. Es war ihr sowieso lieber, wenn sie erst kurz vor Büroschluss bei den Peak-Residenzen auftauchte. Dann konnte sie umso schneller wieder gehen.

Sie zog den Schlüssel aus ihrer Jackentasche und öffnete die Beifahrertür, um die Hündin rauszulassen.

„Die Idee gefällt dir, was?"

Maybellene tanzte aufgeregt um sie herum und drängte sie zur Eile.

„Ich komm ja schon. Du willst doch wohl nicht, dass ich deinen Ball hier lasse." Sie hielt das Spielzeug in die Höhe und zeigte es dem Schipperke. Sofort setzte Maybellene sich erwartungsvoll hin. Paige reichte ihr das Spielzeug. Die Hündin würde den Ball brav bis zum Parkeingang tragen und ihn ihr dann vor die Füße spucken. Das funktionierte wirklich wunderbar.

Nach unzähligen Apportiereinheiten und einem unverhofften Bad des Hundes im Teich machte sich Paige auf den Rückweg. Dieser führte in einem weiten Bogen an der Feuerwehrwache und der Polizeistation vorbei zurück zum Gemeindehaus.

Bei der Feuerwehr blieb sie unschlüssig stehen. Eigentlich könnte sie kurz reingehen. Vielleicht war Ace ja da. Nicht, dass sie ihre große Aussprache vor der versammelten Mannschaft abhalten wollte. Aber ihn für morgen zum Essen einladen könnte sie ja. All ihren Mut zusammen nehmend, überquerte sie kurz entschlossen die Straße.

Drinnen war es seltsam ruhig. Sie betrat den Gemeinschaftsraum. Keiner da. Ob es wohl schon wieder brannte? Oder war die Wache zeitweise gar nicht besetzt? In Anbetracht der vielen Brände konnte sie sich das eigentlich nicht vorstellen. Unschlüssig drehte sie sich einmal um ihre eigene Achse. Dabei fiel ihr Blick auf die große Karte, die sie bereits beim letzten Mal studiert hatte, bevor Ace sie so unfreundlich rausgeworfen hatte. Mit dem Plan des Bauprojekts, den sie eben noch im Gemeindehaus studiert hatte, klar vor ihrem inneren Auge, trat sie an den Plan der Umgebung heran, um die beiden zu vergleichen. Sie brauchte einen Moment, um sich zu orientieren. Seit dem letzten Mal waren einige Fähnchen dazugekommen.

Klar. Die vielen Brände der letzten zwei Wochen. Wieder einmal stieg Bewunderung für all die tapferen Leute in ihr auf, die tagtäglich ihr Leben für das Wohl der anderen riskierten. Egal, ob Feuerwehrleute, Polizisten oder Notfallhelfer, sie alle verdienten ihrer Meinung nach viel mehr Dank, als sie in der Regel erhielten.

Ihr Zeigefinger folgte den vertrauten Straßen, die sie immer mit dem Auto entlangfuhr. Endlich hatte sie die richtige Stelle gefunden. Sie zog scharf die Luft ein. Ihre Vermutung, die beim letzten Mal noch nicht viel mehr als eine vage Ahnung gewesen war, stellte sich als richtig heraus. Die Brände rund um die Peak-Residenzen befanden sich genau in dem Gebiet, welches de Luca zur Verwirklichung seines Projektes brauchte. Wie die Brände der jüngeren Zeit dazu passten, wusste sie allerdings nicht. Gab es zwischen diesen überhaupt einen Zusammenhang? Tief in Gedanken versunken kaute sie auf ihrer Unterlippe.

Ein Räuspern hinter ihr ließ sie schuldbewusst zusammenfahren.

Erschreckt drehte sie sich um und begegnete Lukes amüsiertem Gesichtsausdruck. „Herrje! Hast du mich erschreckt."

„Das wollte ich nicht. Suchst du etwas?"

„Ich wollte eigentlich zu Ace, aber ich habe die ganze Wache verwaist vorgefunden."

„Ganz verwaist ist sie nicht. Eine Schicht ist immer hier. Aber nach dem Marathon der letzten Tage holen die meisten

Schlaf nach.“ Er deutete an die Decke. „Unsere Betten befinden sich oben.“

Dann hob er das Kinn in Richtung Karte. „Etwas Interessantes gefunden?“

Paige zögerte. „Ja“, hätte sie am liebsten gejubelt. Andererseits war sie sich nicht sicher, ob sie schon bereit war, ihre Erkenntnisse mit jemandem zu teilen. Sie war nicht so dumm zu glauben, dass sie den Fall, wenn es denn tatsächlich einen gab, selber lösen konnte. Sollte sich ihr Verdacht bestätigen, würde sie sofort die Feuerwehr wie auch die Polizei einweihen. Doch bis dahin würde sie auf eigene Faust weiterforschen. Wenn sie Luke jetzt einweihte, hatte sie mit dem Ganzen gar nichts mehr zu tun und würde nur noch über die Gerüchteküche informiert werden.

„Nein“, sagte sie deshalb. „Ich habe nur gestaunt, wie viele Feuer es dieses Jahr schon waren. Außergewöhnlich, nicht?“

Luke musterte sie prüfend, schien sich dann aber mit ihrer Erklärung zufriedenzugeben. Manchmal war es ganz nützlich, weiblich und blond zu sein, dachte sie bei sich. Der männliche Teil der Bevölkerung unterschätzte Frauen wie sie im Zweifel ganz gerne. Meistens ärgerte sie das ungemein. Doch wenn es sich ausnahmsweise einmal als vorteilhaft erwies, würde sie sich bestimmt nicht beschweren.

„Definitiv. Hoffentlich erwischen wir den Kerl bald.“

Paige machte große Augen. „Ihr geht von Brandstiftung aus?“

Luke nickte ernst.

„Inzwischen können wir es sogar beweisen. Also die Tatsache, dass die Feuer absichtlich gelegt wurden. Nur nützt uns das herzlich wenig, wenn wir nicht wissen, wer es ist, der unsere Wälder abfackelt.“

Paige brannte de Lucas Name auf der Zunge, doch sie hielt sich zurück. Ihr Problem lag genau anders herum. Sie hatte zwar einen Verdacht, aber keine Beweise.

„Kein hilfreiches Namensschild neben dem Brandherd?“, scherzte sie deshalb.

Immerhin brachte ihr Witz Luke zum Schmunzeln. „Leider nein. Aber wir geben die Hoffnung nicht auf. Was wolltest du denn ursprünglich hier? Du bist wohl kaum vorbeigekommen, um über unsere Brandstifter zu reden. Kann ich dir irgendwie helfen? Hast du eine Katze, die gerettet werden muss?“

„Das macht ihr tatsächlich?“, fragte Paige erstaunt.

„Na ja, wenn wir gerade nichts anderes zu tun haben, schon.“

„Wow. Das wusste ich gar nicht. Ich dachte immer, das sei ein Märchen.“ Sie schob sich eine Strähne ihrer rotblonden Haare hinters Ohr. „Ehrlich gesagt, ich habe Ace gesucht.“

„Der ist zu Hause und ruht sich aus. Soll ich ihm was ausrichten?“

„Nein, das ist schon okay“, sagte sie hastig. „Es ist gut, wenn er sich ausruht. Er …“, sie brach ab und formulierte ihren Satz allgemeiner, „ihr seid sicher alle geschafft von den Anstrengungen der vergangenen Tage. Keine Sorge. Ich laufe Ace bestimmt wieder über den Weg.“

Luke grinste. „Da bin ich mir auch ziemlich sicher. So groß ist Independence nun wirklich nicht.“

„Ich muss dann mal wieder.“ Vage deutete sie nach draußen. „Maybellene wartet draußen auf mich. Bei meinem Glück hat sie inzwischen die Leine aufgefressen.“

„Bring sie doch einfach mit rein, wenn du das nächste Mal hier bist.“

Zum gefühlten dreiundsiebzigsten Mal am heutigen Tag wurde Paige rot. Das war ja nicht zum Aushalten. Doch der Gedanke, dass Luke bereits erwartete, dass es ein nächstes Mal geben würde, wo sie zu Besuch kam, machte sie verlegen.

„Okay. Gern. Werde ich machen.“

Die Arme vor der breiten Brust verschränkt, schaute Luke ihr nach. Er wünschte sich wirklich, Ace würde endlich vorwärts machen. Seiner Meinung nach passte Paige perfekt zu seinem

Freund. Er seufzte. Seine Meinung zählte nur leider nicht. Das mussten die beiden schon alleine herausfinden.

*

Auf dem Weg zu den Peak-Residenzen drückte Paige ein wenig aufs Gas. Es war nett von Luke gewesen, dass er sich mit ihr unterhalten hatte. Allerdings hatte sie jetzt wesentlich mehr Zeit auf der Feuerwehrwache verbracht, als sie eigentlich eingeplant hatte. Sie hoffte, de Luca und vor allem seine Sekretärin waren überhaupt noch im Büro. Ob sie kurz anrufen sollte? Sie telefonierte nur nicht gerne im Auto. Ihr neuer fahrbarer Untersatz hatte genau ein Steuerrad und vier Räder. Eine Freisprechanlage war nicht inbegriffen gewesen. Sie konnte natürlich kurz am Straßenrand anhalten. Doch das würde sie nur wieder Zeit kosten. Besser, sie fuhr einfach hin. Schlimmstenfalls hatte sie halt eine vergebliche Fahrt gemacht. Spielte eigentlich auch keine Rolle, nachdem sie die Aussprache mit Ace nun definitiv (und ein wenig feige) auf morgen verschoben hatte.

Die letzten rosa Wolken über den Berggipfeln färbten sich gerade dunkelviolett, als sie vor dem Bürocontainer aus dem Wagen stieg. Sie ließ Maybellene raus und atmete tief die laue Abendluft ein. Sicher, es war deutlich kühler als am Tag. Doch anstatt Schnee lag das Versprechen von Frühling in der Luft.

Sie hatte Glück. Im Baubüro brannte noch Licht. Maybellenes Leine in der einen und die Unterlagen in der anderen Hand, klopfte sie an der Tür.

Melissa öffnete ihr die Tür. Als sie erkannte, wer da auf der Schwelle stand, weiteten sich ihre großen, braunen Augen erschrocken.

„Was machst du denn hier?" Nervös strich sie sich eine Strähne ihres langen braunen Haars aus der Stirn und warf einen verstohlenen Blick zurück in den Raum, bevor sie ihre Aufmerksamkeit wieder auf Paige richtete. „Es ist gerade ungünstig. Geh wieder nach Hause."

Als Paige sie nur verständnislos anschaute, aber keine Anstalten machte, zu verschwinden, rang sie erst die Hände und schob sie dann kurz entschlossen aus der Tür. Mit einem weiteren Blick über die Schulter schloss sie die Tür hinter sich.

„Glaub mir, du willst heute nicht da sein."

„Aber was ist denn los?"

Offensichtlich verzweifelt schubste Melissa sie, sodass sie fast rückwärts die drei Stufen hinuntergestolpert wäre.

„He …!"

„Bitte", flüsterte Melissa und sah sie mit flehenden Augen an.

Dem offensichtlichen Stress, unter dem de Lucas Assistentin stand, konnte sich Paige nicht entziehen. Beschwichtigend hob sie eine Hand.

„Ist ja gut, ich geh ja schon. Sag mir nur eins …"

Melissa, die erleichtert war, dass Paige ihrer Aufforderung zu gehen Folge zu leisten schien, nickte eifrig. Wenn Paige nach ihrer Frage verschwand, war alles gut.

„Bist du in Gefahr?", flüsterte sie. „Soll ich den Sheriff alarmieren?"

Entsetzt schüttelte Melissa den Kopf. Alles, nur das nicht. „Auf keinen Fall. Mir geht es gut. Alles ist bestens." Ihre Bewegungen waren fahrig und straften ihre Worte Lügen.

Unsicher, wie sie reagieren sollte, blieb Paige unschlüssig stehen. Schließlich hielt sie Melissa die Mappe hin.

„Hier. Die Unterlagen, die ich vorbeibringen wollte."

„Nein, nein. Schick sie per Mail. Oder vereinbare einen Termin. Ruf mich an. Morgen, okay?"

Langsam nickte Paige. „Okay, wenn du meinst." Sie presste die Lippen zusammen. Es war unschwer zu erkennen, dass hier etwas ganz und gar nicht in Ordnung war. Doch ebenso klar war, dass ihre Anwesenheit höchst unwillkommen war. Also gab sie sich geschlagen und kehrte zu ihrem Auto zurück. Ein Blick zum Fenster zeigte ihr, dass Melissa dort stand und hinausspähte. Wohl um sicherzugehen, dass sie auch tatsächlich wegfuhr. Sehr mysteriös, das Ganze. Es widerstrebte ihr sehr, die andere Frau einfach so alleine zu lassen.

Paige fuhr langsam vom Bauplatz. Sollte sie die Sache auf sich beruhen lassen? Doch der Blick in Melissas Augen ließ sie einfach nicht los.

Entschlossen wendete sie ihren Wagen an der Kreuzung nach links statt nach rechts, wo Independence lag. Nach einigen hundert Metern gelangte sie zu einer Schotterstraße, die in einem langen Bogen um die Baustelle herumführte. Es wurde für sie immer offensichtlicher, dass es hier nicht mit rechten Dingen zuging. Statt immer nur darüber nachzugrübeln, konnte sie ihre Nachforschungen auch gleich beginnen. „Menschen sind schon seltsam, was, Maybellene?“ Vorsichtshalber nahm sie ihre Hündin an die Leine. „Jetzt wage ich mich doch tatsächlich lieber in die Höhle des Baulöwen und versuche, ihn auszuspionieren, als dass ich mit Ace ehrliche Worte austausche.“ Natürlich hatte Maybellene keine Antwort für sie. War vielleicht auch besser so. Sie verstand sich gerade selbst nicht. Entschlossen schob sie die unangenehmen Fragen von sich und konzentrierte sich auf die dunkle Umgebung. Immerhin hatte sie dank ihres Kartenstudiums und der Tatsache, dass sie inzwischen bereits mehrmals hier gewesen war, eine ziemlich genaue Vorstellung davon, wo sie sich befand. Zu sehen war nämlich nicht viel. Der Mond war noch nicht aufgegangen. Gerade erschienen am Horizont die ersten Sterne. In einiger Entfernung war ein schwacher Lichtschein erkennbar. Ob das der Container war, den sie gerade verlassen hatte? Oder ein anderer Teil, wo noch gearbeitet wurde? Nach dem aktuellen Zeitplan sollten die Arbeiter eigentlich Tag und Nacht schuften. Sie konnte sich nicht vorstellen, dass die Häuser sonst planmäßig fertig sein würden.

Unverhofft tauchte hinter der nächsten Kurve ein heller Fleck auf. Bei genauerem Hinsehen und dem sekundenschnellen Einsatz ihrer Handytaschenlampe erkannte sie einen weißen

Jeep. Sie wollte schon daran vorbei gehen, als sie stutzte. Genau so einer hatte sie doch vom Weg abgedrängt. Also fast abgedrängt. Wirklich berührt hatte er sie ja nicht. Vor Gericht würde er sich vermutlich damit rausreden können, dass sie einfach ungeschickt abgerutscht sei. Sie starrte das Auto böse an und hätte ihm am liebsten einen Tritt versetzt. Leider musste sie darauf verzichten. Lärm war auf einer geheimen Erkundungstour eher hinderlich, das wusste sogar sie als Amateurdetektivin. Stattdessen drückte sie ihre Nase an die Fensterscheibe und spähte ins Innere. Als sie nichts erkennen konnte, nahm sie ihre Taschenlampe zur Hand und leuchtete hinein. Erst sah sie nichts Auffälliges. Ein gelber Bauhelm. Ein orangefarbener Markierungskegel. Drei Kanister. Putztücher. Ein paar Schuhe. Sie stutzte. Kanister? Lappen? Waren das nicht übliche Hilfsmittel, um ein Feuer zu legen? Nicht, dass sie Erfahrung damit hatte. Doch so würde sie die Sache zumindest angehen.

Maybellene knurrte leise. Hektisch löschte Paige das Licht und horchte in die Dunkelheit. Doch außer ihrem eigenen Atem und dem laut klopfenden Herz hörte sie nichts. Auch die Hündin beruhigte sich wieder. Verstohlen schaute sie sich um. Fotos konnte sie leider nicht machen. Das Licht des Blitzes war zu auffällig und würde sich vermutlich sowieso in der Scheibe spiegeln. Hm. Aber von der Nummerntafel konnte sie ein Foto machen. Leider war auch dazu der Blitz notwendig. Am Ende beschloss sie, das Risiko einzugehen. Sie folgte der Außenlinie des Geländewagens. Das Heck war gegen die Hecke gerichtet, welche rings um die Baustelle wucherte. Dankbar duckte sie sich in das schützende Blattwerk und knipste ihr Foto. Nachdem sie den Auslöser gedrückt hatte, hielt sie den Atem an und versuchte ihre momentane Erblindung, die durch das helle Licht des Blitzes ausgelöst worden war, zu überwinden. Sie und ihre tollen Ideen. In der Hoffnung, dass ihre Pupillen sich ein Beispiel nehmen würden, riss sie die Augen möglichst weit auf. Natürlich nützte es gar nichts.

Endlich konnte sie wieder schemenhafte Umrisse erkennen. Auch den Lichtschein, den sie zwischenzeitlich aus den Augen verloren hatte, sah sie wieder. Also: Punkt 1 auf der inoffiziellen Liste konnte sie abhaken. Beweise in Bezug auf den Feuerteufel hatte sie gefunden. Jetzt musste sie nur noch aufzeigen, dass das Zeug tatsächlich de Luca gehörte. Also brauchte sie Antworten. Zudem wollte sie doch sichergehen, dass es Melissa gut ging.

Also kratzte sie die letzten Überreste ihres Mutes zusammen und machte sich auf leisen Sohlen auf in Richtung Baucontainer. Maybellene schien zu spüren, dass jetzt nicht der richtige Zeitpunkt für eine improvisierte Mäusejagd war, und hielt sich still und leise dicht hinter ihr.

Bald hatte sie das provisorische Büro erreicht. Flach an die Wand gedrückt schlich sie sich daran entlang, bis sie direkt unter dem Fenster stand. Aus dem Inneren drang erregtes Stimmengemurmel. War das de Luca? Es war ihr immer noch nicht klar, weshalb Melissa sie weggeschickt hatte. Leider konnte sie nicht ausmachen, worüber gesprochen wurde. Sie blickte hinunter auf Maybellene. Hundeohren sollte man haben. Die Hündin hörte sicherlich jedes einzelne Wort. Frustriert strengte sie sich noch mehr an, wenigstens einzelne Worte auszumachen, doch vergeblich. Sie hörte alles andere. Ein Käuzchen im Wald. Das Rauschen des nahe gelegenen Baches. Etwas, das wie das Bellen eines Fuchses klang. Wer hätte gedacht, dass so ein Container so gut isoliert war. Oder die angeblich stille Nacht so laut. Schließlich hielt sie es nicht mehr aus und beschloss, einen Blick durchs Fenster zu wagen. Ein Risiko, aber nachdem sie draußen im Dunkeln stand, wäre sie wahrscheinlich nicht gut zu sehen, selbst wenn de Luca per Zufall genau in diesem Moment nach draußen schauen würde. Hoffte sie zumindest.

Paige stellte sich auf die Zehenspitzen. Was sie drinnen sah, ließ sie jede Vorsicht vergessen. De Luca hatte die freundliche Melissa an der Kehle gegen die Wand gestoßen. Tränen liefen ihr übers Gesicht. Er hingegen hatte seine joviale Maske, die er sonst zur Schau trug, komplett abgelegt. Seine Augen blitzten fies, und was immer er gerade sagte diente dazu, seine Angestellte einzuschüchtern. Fieberhaft überlegte Paige, was sie tun sollte. Die Polizei rufen? Aber dann war es vielleicht zu spät. Vom Sheriffsgebäude bis zur Baustelle waren es beinahe zwanzig Minuten Fahrtzeit. Sollte sie einfach reinplatzen? Das wollte sie eigentlich am liebsten. Aber so ganz ohne Vorwand erschien ihr das doch etwas unklug. Besser, sie kehrte zu ihrem Auto zurück und fuhr ganz offiziell auf den Parkplatz, als ob sie einen regulären Besuch machen wollte.

Sie musste sich sehr zusammennehmen, um nicht einfach loszurennen. Doch auf keinen Fall wollte sie zu früh entdeckt werden und möglicherweise Melissa noch mehr in Gefahr bringen. Also zwang sie sich zu einem vorsichtigen Rückzug. Erst im Schatten eines der halbfertigen Wohnblöcke gestattete sie sich, zu rennen. Maybellene folgte ihr ausgelassen. Für sie war das vermutlich alles ein großartiges Abenteuer. Gott sei Dank schien sie ausnahmsweise nicht das Bedürfnis zu spüren, ihrer Freude lautstark Ausdruck zu verleihen. Ein kläffendes Freudenfest ihres Schipperkes hätte ihr gerade noch gefehlt. Endlich erreichte sie ihren Wagen. Sie öffnete die Fahrertür, ließ Maybellene reinspringen und ließ sich auf den Fahrersitz fallen. Kaum war der Motor angesprungen, legte sie den Rückwärtsgang ein und wendete, dass der Kies nur so spritzte. In einem Affenzahn fuhr sie bis zur Hauptstraße, bog zweimal rechts ab und musste sich richtig zwingen, um nicht mit quietschenden Reifen auf dem Parkplatz zu stehen zu kommen.

Jetzt nur die Nerven behalten, sagte sie sich und atmete einmal tief durch. Geistesgegenwärtig griff sie nach de Lucas Mappe, die sie ja glücklicherweise dabei hatte, und stieg aus. Maybellene ließ sie im Auto. Sie hätte sie zwar gerne dabei gehabt, doch sie war sich nicht sicher, ob die kleine Hündin mit der Situation nicht eher überfordert gewesen wäre. Und bevor sie sie suchen musste, wenn sie eigentlich einen schnellen Abgang brauchte, war sie besser hier aufgehoben.

Bevor sie der Mut verlassen konnte, marschierte sie zur Tür und klopfte energisch an.

Stimmengemurmel ertönte. Schwere Schritte kamen näher.

Die Tür wurde aufgerissen und de Luca bellte ein unfreundliches: „Was ist denn?“, bevor er registrierte, mit wem er überhaupt sprach. Sofort bemühte er sich, den Schaden wieder gut zu machen. „Paige“, rief er aus und öffnete theatralisch die Arme. „Was verschafft mir die Ehre?“

Paige bemühte ihr strahlendstes Lachen. „Ich war gerade in der Gegend. Die Pressemitteilung ist fertig. Das wollte ich dir zeigen.“ Sie senkte die Stimme zu einem verschwörerischen Murmeln. „Ist das nicht eine kleine Feier wert?“ Verstohlen ließ sie den Blick durch den Raum schweifen. Keine Spur von Melissa. Sie konnte nur hoffen, dass es ihr gut ging.

„Aber klar, komm nur rein. In meinem Büro habe ich genau das Richtige für eine solche Feier.“ Siegesgewiss fasste er an den Glücksbringer, der wie immer gut sichtbar auf seiner Brust lag.

„Ach, das wusste ich nicht. Jetzt habe ich bereits Miss Minnie versprochen, dass wir bei ihr feiern würden.“

Für einen Moment verrutschte de Lucas Maske. Der aufblitzende Ärger in seinen Augen war unmissverständlich. Paige hielt den Atem an. Hatte sie ihn damit zu sehr gereizt? Nein. Innerhalb von Sekunden war die Maske wieder an ihrem Platz, und er lächelte ölig.

„Dann wollen wir die lokalen Autoritäten mal nicht verärgern.“

„Das sage ich mir auch immer“, antwortete Paige mit einem verschwörerischen Lächeln. „Als Neuzuzügler hat man es hier ganz schön schwer.“

„Das kannst du wohl laut sagen.“ De Luca lachte bellend. „Lass mich nur meinen Mantel holen.“

Paige suchte derweil nervös nach einem Zeichen von Melissas Anwesenheit. Sie würde schon gerne die andere Frau in Sicherheit wissen, bevor sie ging.

„Gianni?", rief sie, ein kalkulierter Einsatz seines Namens, um ihm eine nichtvorhandene Intimität vorzugaukeln. Sie hoffte nur, dass seine Eitelkeit stark genug war und er ihre plumpen Manipulationsversuche nicht durchschaute. Dieses Investigations-Business war anstrengender, als sie sich das vorgestellt hatte. Trotz der abendlichen Kälte spürte sie, wie sich Schweiß auf ihrer Stirn bildete. Ihre Nerven brauchten offensichtlich ein wenig mehr Training.

„Ja, meine Liebe?"

Paige schüttelte sich innerlich, als er sie mit dem Kosewort bedachte. Äußerlich ließ sie sich jedoch nichts anmerken. Dafür stand zu viel auf dem Spiel.

„Ich habe mich nur gefragt, ob Melissa noch hier ist?"

„Wieso?" Augenblicklich wechselte seine Stimmung. Von ‚meine Liebe' war keine Spur mehr zu entdecken.

„Ich wollte ich nur bei ihr bedanken. Sie war mir bei meiner Arbeit eine große Hilfe."

In dem Moment sprintete Melissa an ihr vorbei aus der Tür.

„Vielen Dank auch", zischte sie Paige zu. „Jetzt hast du alles noch viel schlimmer gemacht."

Perplex starrte Paige der Frau hinterher. Na gut, sie hatte nicht gerade mit einer Dankesrede gerechnet. Doch so angemacht zu werden …

Bevor sie sich einen Reim darauf machen konnte, war de Luca wieder da und fasste sie grob am Oberarm. „Dann komm mal rein und erzähl mir, was die Schlampe so gesagt hat."

Ohne darüber nachzudenken, riss sich Paige aus seinem Griff los und stampfte ihm gleichzeitig mit voller Kraft auf den Fuß. Wer hätte das gedacht, dass sie ihrem unmöglichen Bruder irgendwann dafür dankbar sein würde, dass er sie immer gepiesackt hatte?

De Luca jaulte auf und ließ sie los, während er lauthals fluchte. Paige beschloss, lieber den Rückzug anzutreten und erst einmal Schadensbegrenzung zu betreiben. Vor ihm zurückweichend meinte sie: „Ich weiß nicht, was mit dir los ist, Gianni. Aber es ist offensichtlich, dass du heute nicht in Feierlaune bist."

Ihre beschwichtigenden Worte hatten allerdings nicht den gewünschten Erfolg. Mit einem wütenden Aufschrei stürzte er sich wieder auf sie. Paige drehte sich um und rannte los. De Luca griff bereits nach ihrer Autotür, als sie sie hinter sich zuschlug. Blitzschnell drückte sie auf die Verriegelungstaste. Maybellene bellte wie verrückt. Der unglaubliche Lärm in dem kleinen Fahrzeug verstärkte das Gefühl der Gefahr nur noch. Sie blickte in sein rotes Gesicht. Eine Zornesader pochte gut sichtbar auf seiner Stirn. Nichts wie weg hier.

Mit zitternden Fingern steckte sie den Schlüssel ins Zündschloss und schickte ein kleines Dankesgebet an alle Autogötter, als ihr Wagen gleich ansprang. De Luca schrie ihr noch irgendwelche unflätigen Sachen hinterher. Dank Maybellenes Getöse blieben ihr die Beschimpfungen erspart.

19

Paige schlug das Herz bis zum Hals. Erst kurz vor der Abzweigung nach Independence verlangsamte sie das Tempo. Am liebsten wollte sie direkt nach Hause gehen. Andererseits würde de Luca sie dort zuallererst suchen. Das wollte sie unbedingt vermeiden. Nicht gerade ein toller Freundschaftsdienst, einen mutmaßlichen Brandstifter und Choleriker direkt zu der Person zu führen, die ihr Zuflucht gewährt hatte. Wenigstens war Sam für die nächsten zwei Tage zu Hause. Nur nützte das herzlich wenig, wenn einem die Hütte unter dem Hintern angezündet wurde. Immerhin würden die Hunde einen Heidenradau machen, wenn jemand auf dem Grundstück umherschlich. Nichtsdestotrotz musste sie die beiden auf jeden Fall anrufen und warnen. Gleich, sagte sie sich. Sobald sie beim Sweets angekommen war, würde sie erst den Sheriff anrufen und anschließend Kat informieren Anschließend würde sie sich die beste heiße Schokolade, die Aileen in ihrem Sortiment führte, mit ganz viel Schlagsahne gönnen. Die hatte sie sich nach all der Aufregung redlich verdient.

Müde fuhr sie sich mit der rechten Hand übers Gesicht. Maybellene legte sich quer über die Mittelkonsole und platzierte ihren Kopf flach auf ihrem Oberschenkel.

„Du weißt auch nicht, was du von der ganzen Sache halten sollst, was?“ Freundlich strich sie ihr über den seidigen Pelz, während sie den Blinker setzte und in Richtung Stadtzentrum abbog. Sie schauderte. Jetzt, wo die ganze Aufregung nachließ, begann sie zu frieren. Leider hatte dieses alte Auto keine Sitzheizung. Eigentlich unverzeihlich, wenn man in Colorado wohnte. Vielleicht sollte sie sich ernsthaft überlegen, nach Florida zu ziehen. So in eine Art Frühruhestand. Bevor sie hier von einem Desaster ins nächste schlitterte, dachte sie düster. Maybellene stupste sie mit der Schnauze an, und ihre Laune hob sich ein wenig. Ihre vierbeinige Begleiterin mochte es gar nicht, wenn sich die Stimmung ihres Frauchens verschlechterte. Wahrscheinlich, weil sie dann meistens das Pelzkraulen einstellte, vermutete Paige.

Endlich kamen die ersten Häuser und dann die Geschäfte in Sicht. Sie fuhr am Futterhandel vorbei, der es immer noch nicht geschafft hatte, seine Weihnachtsbeleuchtung abzuhängen. Im Yogastudio brannte Licht. Ein paar Frauen verließen gerade die ehemalige Tanzschule, die Jaz für ihre Yogaschule umfunktioniert hatte, und verabschiedeten sich lachend voneinander. Als Nächstes kamen ein paar Läden für die Touristen. Sportartikel, Kleider, eine kleine Galerie. Independence war tatsächlich am Wachsen. Die kleine Stadt hatte mit ähnlichen Problemen zu kämpfen wie die umliegenden High-Society-Skiorte. Der Wohnraum für die Einheimischen wurde immer knapper. Und vor allem teurer. Hier war es noch nicht ganz so schlimm wie in Breckenrigde oder Vail. Doch auch hier wurden neue Wohnungen oder Häuser gebraucht. So gesehen machten de Lucas Baupläne durchaus Sinn. Sie wünschte sich nur, es wäre ein anderer Bauherr und ein nachhaltigeres Projekt. Anfangs war zwar noch die Rede davon gewesen, günstige Wohnungen für die Einheimischen mit Ferienwohnungen zu mischen. Aber darüber war in den ganzen Unterlagen, die sie von ihm erhalten hatte, plötzlich keine Rede mehr gewesen. Der ganze Fokus lag auf den zahlungskräftigen Feriengästen.

Daraus ließe sich auch ohne ihren dringenden Verdacht ein hervorragender Artikel schreiben. Sie seufzte. Nur war sie leider nicht im Planungskomitee der Gemeinde und hatte sonst keine Stimme. Hm. Irgendwie musste sie das ändern. Wieder blitzte die Idee einer Zeitung für Independence auf. Doch genau wie bei den letzten Malen verwarf sie die Idee. Papier war vorbei. Wenn, dann müsste sie ein elektronisches Format entwickeln. Doch heute Abend war sie zu erschöpft, um Ideen zu entwickeln, beschloss sie und stieg aus.

Die Glocke bei der Eingangstür klingelte, als sie mit Maybellene an der Leine eintrat. Die wenigen Gäste hoben die Köpfe und begrüßten sie. Sie winkte im Gegenzug zurück. Erleichtert sah sie Tyler in einer Ecke sitzen. Ein Buch in der Hand und den ehemaligen Polizeihund Ranger zu ihren Füßen, schien sie auf jemanden zu warten.

Froh, ein vertrautes Gesicht zu sehen, ging sie zu ihr hinüber, nachdem sie bei Aileen am Tresen ihre Bestellung aufgegeben hatte.

„Hey, schön, dich zu sehen. Darf ich mich zu dir setzen?"

Tyler schaute von ihrem Buch auf. „Klar. Setz dich."

Dankbar nahm Paige ihr gegenüber Platz. Maybellene begrüßte Ranger mit einem höflichen Nasenstüber und legte sich dann neben ihn. Der Schäferhund-Rüde besaß eine natürliche Autorität, die bei allen Hunden das beste Benehmen hervorzurufen schien. Maybellene schien immer ein wenig mit ihm zu flirten.

Als Paige es sich bequem gemacht und sich ihrer Jacke und des Schals entledigt hatte, beugte sich Tyler ein wenig vor, um sie genauer in Augenschein zu nehmen.

„Was ist denn mit dir passiert? Du siehst aus, als hättest du einen Geist gesehen."

Das war gut möglich. Wenn sich ihr Verdacht bewahrheiten sollte, hatte sie gerade einen Zusammenstoß mit dem flüchtigen Brandstifter überlebt. Die Einwohner von Independence sprachen nur noch von dem Feuergeist.

Laut sagte sie: „Ist das so offensichtlich? Dann sollte ich mir das mit dem Wechsel ins Poker-Business wohl nochmals überlegen.“

Tyler lachte. „Ja, das wäre wohl ganz gut. Willst du darüber reden? Wieder Ärger mit einem fürchterlich sturen Feuerwehrchef?“

„Nein. Ausnahmsweise ist Ace unschuldig.“ Sie schnitt eine Grimasse. „Zudem hat er wohl momentan mehr Ärger mit mir als ich mit ihm. Bei der letzten Begegnung war ich wohl etwas … sagen wir mal, unklar in meinen Absichten.“

„Das tut dem Kerl gut“, versicherte ihr Tyler. „Dasselbe hat er oft genug mit dir angestellt, wenn ich mich richtig erinnere.“

Paige grinste sie an. „Mit diesem Satz hast du dir eben den Platz als meine Lieblings-Carter-Schwester gesichert. Deine Schwester hat mir heute bereits ganz schön den Kopf gewaschen.“

„In dem Fall: Erzählst du mir, was dich so aus der Fassung gebracht hat?“

„Es gibt nichts umsonst in diesem Leben, was?“, fragte Paige humorvoll.

„Natürlich nicht“, antwortete Tyler ohne schlechtes Gewissen und mit sichtlichem Vergnügen.

„Also gut. Gleich. Erst brauche ich eine Stärkung.“

*

Lilo weckte Ace aus seinem Nachmittagsschlaf. Schlecht gelaunt schob er die übermütige Laika-Hündin aus seinem Gesicht.

„Ich komm ja schon.“ Himmel. Nicht einmal an seinem freien Tag konnte er ungestört ein paar Stunden schlafen. Doch er wusste, dass der eigentliche Grund für seine schlechte Laune rotblonde Haare und kein lohfarbenes Fell hatte. Sein Magen knurrte. Essen. Auch keine schlechte Idee. Vielleicht war es gar nicht so schlecht, dass ihn die Kleine geweckt hatte.

Lilo kümmerte das so oder so nicht. Sie hatte ein dickes Fell. Hauptsache, es passierte endlich etwas. Danach bekam sie immer Futter. Es war also höchste Zeit für ihren gemeinsamen Spaziergang.

Während er mit Lilo joggte, hatte er keinen Blick für die Dämmerung, die sich wie ein dunkler Mantel über die Landschaft legte. Seine Gedanken drehten sich um Paige und dass sie ihn heute Morgen wieder hatte abblitzen lassen. Zugegeben, das war nach dem Kuss. Trotzdem. Gerade als er sich fast eingestanden hatte, dass er sie trotz allem mochte, machte sie eine 180-Grad-Kehrtwende. Das rief in ihm schmerzvoll die Erinnerung wach, weshalb er seine Beziehungen lieber oberflächlich hielt. Emotionen und Beziehungen brachten nur Chaos hervor. Mit diesem Chaos hatte er nach dem Tod seiner Mutter lange genug gelebt. Vielen Dank auch, das brauchte er nun wirklich nicht mehr in seinem Leben. Zu groß war die Chance, verletzt zu werden. Das gestattete er niemandem. Es war viel besser, sich nur auf sich selber zu verlassen. Seine Team-Kollegen und seine Freunde reichten ihm völlig aus. Kein Grund, sich vorsätzlich Probleme einzuhandeln.

Diese Überlegungen ärgerten ihn so, dass er beim besten Willen nicht mehr sagen konnte, weshalb er sich überhaupt mit Paige befasste. Wegen ihres gewinnenden Lachens? Den leuchtenden Augen? Der Art, wie sie sich dir um den Hals geworfen hat? Dir zuhört, wenn du ausnahmsweise von dir erzählst?, raunte eine unerwünschte Stimme in seinem Kopf.

Er biss die Zähne zusammen und bog auf den Waldweg ab, der zurück zum Haus führte. Zu schade, dass sein Hund noch nicht weiter rennen durfte. Sonst hätte er seine abendliche Joggingrunde doppelt so lange ausfallen lassen. Vielleicht hätte das etwas genützt, die unerwünschten Bilder von Paige, die sich ungefragt in seinem Kopf eingenistet hatten, zu vertreiben.

Zurück im Haus, duschte er kalt und zog sich um. Vermutlich sollte er einfach wieder einmal etwas Vernünftiges essen. Ein voller Bauch war immer noch das beste Mittel, Halluzinationen zu vertreiben.

*

Paige war so in ihre Geschichte vertieft, dass sie nicht merkte, als jemand an ihren Tisch trat.

„… ich weiß nicht, worum es ging. Ich sah nur, dass er Melissa grob behandelte. Himmel, soweit ich das beurteilen konnte, machte sie gerade ihren letzten Atemzug. Da musste ich doch etwas tun."

Tyler nickte verständnisvoll. Sie hätte genau gleich reagiert. Auch wenn ihr klar war, dass es nicht ungefährlich gewesen sein konnte. Wieder einmal war sie froh, Ranger an ihrer Seite zu wissen. Sie hätte den Rüden auf jeden Fall mitgenommen, um de Luca zu konfrontieren. Andererseits verstand sie Paiges Entscheidung, wenn sie Maybellene so betrachtete. Die Kleine hatte das Herz eines Löwen. Doch in schwierigen Situationen fehlte ihr das nötige Selbstbewusstsein. Kein Wunder mit ihrer Vergangenheit.

„Und jetzt vermutest du, dass de Luca hinter den Bränden steckt?"

Paige hielt einen Finger vor den Mund. „Psst. Ja. Vielleicht. Es würde auf jeden Fall passen. Ich muss einfach noch mehr in Erfahrung bringen."

„Hm. Ich finde, du solltest so bald wie möglich mit Jake oder Ace darüber sprechen. Die wissen besser, was zu tun ist."

„Der Meinung bin ich definitiv auch", ertönte es gedehnt von schräg hinter ihr.

„Ace", quietschte – ja, peinlich aber wahr, quietschte! – sie vor lauter Schreck. „Dass du dich auch immer so anschleichen musst! Du hast mich fast zu Tode erschreckt!" Angriff war schließlich die beste Verteidigung.

„Ja, das kann ich sehen“, meinte er trocken. „Deshalb gerätst du auch von einer gefährlichen Situation in die nächste. Weil dich alles gleich zu Tode erschreckt. Ein richtiges Pflänzchen.“

Tyler musste sich auf die Zunge beißen, um nicht laut loszulachen. Der Schlagabtausch zwischen den beiden war unbezahlbar.

„Verabschiede dich von Tyler, wir gehen.“

Paige verschränkte die Arme vor der Brust. „Hast du zu viel Rauch eingeatmet oder was hat dir das Hirn vernebelt? WIR gehen nirgendwo hin.“

Er fasste sie am Arm. Im Gegensatz zu de Luca legte er die Hand nur freundlich auf, ohne Druck auszuüben. Der leichte Kontakt reichte jedoch, um einen elektrischen Strom durch ihren Körper zu jagen. Dann sagte er in seinem besten Plauderton: „Du kannst es dir aussuchen. Entweder du kommst jetzt freiwillig mit mir, oder ich werfe dich mir über die Schulter. Wie du weißt, kann ich das gut und bin auch willens, zu diesem Mittel zu greifen.“

Bei der Erinnerung daran, wie er sie beim letzten Mal wie einen Sack Kartoffeln herumgetragen hatte, wurde sie rot. Toll. Schon wieder. Vielleicht sollte sie sich für das Buch der Rekorde bewerben. Schlagzeilen mit ihr auf dem Siegespodest leuchteten in ihrem Kopf auf.

„Also, Frau Reporterin. Was soll’s denn nun sein?“, fragte er, offensichtlich langsam am Ende seiner Geduld.

„Na schön. Du hast gewonnen“, fauchte sie. „Aber nur, weil ich es leid bin, das Stadtgespräch zu sein.“

Sie straffte die Schultern und verabschiedete sich von einer sehr amüsierten Tyler.

„Ja, ja, lach du nur“, murmelte sie. Natürlich war sie sich bewusst, dass die Situation hochgradig amüsant erscheinen musste, wenn man nicht persönlich betroffen war. Leider war sie definitiv persönlich betroffen.

Ace nahm ihr Maybellenes Leine aus der Hand und fasste mit der anderen die Tüte mit seinem Abendessen, das er sich vorher geholt hatte, fester.

„Du bist dir deiner Sache wohl sehr sicher, wenn du es nicht einmal mehr für nötig hältst, mich festzuhalten", bemerkte sie.

Er hob eine Augenbraue. „Ich nahm an, dass sich das Problem erledigt hat, wenn ich deinen Hund an der Leine habe."

Verdammt. Da hatte er natürlich recht. Ugh. Am liebsten hätte sie gegen irgendetwas getreten. Das nächststehende Auto. Einen Punchingball. Sein Schienbein.

„Und wieso genau hältst du es für nötig, mich zu entführen?"

„Betrachte es doch einfach als Einladung zum Abendessen", meinte er und schloss sein Auto auf.

Ja, richtig, dachte sie. Eine Einladung. Das war mehr ein Befehl gewesen.

„Steig ein", brummte er und hielt ihr die Tür auf.

„Und mein Auto?"

„Ich bringe dich später zurück."

Unentschlossen blieb sie vor der offenen Tür seines Trucks stehen. Schließlich riss ihm der Geduldsfaden. Er legte den Take-away-Container aufs Armaturenbrett und schob sie kurzerhand auf die Sitzbank. Maybellene folgte ihr mit einem Satz. Er schloss die Tür hinter den beiden und ging um den Wagen herum zur Fahrerseite.

Sie beschloss, zu schweigen. Sollte er doch reden, wenn er wollte. Sie hatte ihm nichts zu sagen.

Er offensichtlich auch nicht. Die ganze Fahrt legten sie schweigend zurück. Während ihm das überhaupt nichts auszumachen schien, wenn sie sein unbekümmertes Summen richtig interpretierte, trieb es sie in den Wahnsinn. Schließlich hielt sie es nicht mehr aus.

„Ich dachte, du wolltest reden?"

„Später."

Ungläubig starrte sie ihn an. „Später?"

„Genau." Er parkte das Auto vor der Doppelgarage seines Hauses und stieg aus.

Missmutig folgte sie ihm. Wie war sie nur in dieser Situation gelandet? Sie hatte eigentlich nie Probleme mit Männern gehabt. Alle ihre vorherigen Beziehungen waren unkompliziert gewesen. Herrje, mit den meisten ihrer Ex-Freunde war sie bis heute befreundet.

Unglücklicherweise machte sie den Fehler, mit diesen Überlegungen laut herauszuplatzen. Also, nicht direkt *laut*, aber laut genug gemurmelt, dass es Ace anscheinend mitbekommen hatte. Mit einem dumpfen Grollen drehte er sich im Entree des Hauses um.

„Ach ja? Ist das so?"

Sie wich vor ihm zurück und zog etwas den Kopf ein. „Mist. Habe ich das etwa laut gesagt?"

„Ja, hast du."

Zielstrebig folgte er ihr. Für jeden Schritt, den sie zurückwich, kam er zwei näher, bis sie mit dem Rücken zur Wand stand. Ihre Körper berührten sich fast.

Sie suchte noch nach einer schlagfertigen Erwiderung, als er seinen Kopf senkte, sodass sie seinen heißen Atem auf ihren Lippen spürte. Ihr Puls beschleunigte sich. O-o. So was hatte sie heute schon mal verbockt. Auf der Suche nach einem Fluchtweg flitzten ihre Augen von einer Seite zur andern. Dummerweise stützte sich Ace links und rechts von ihrem Kopf an der Wand ab. Sie war buchstäblich gefangen. Während sie noch versuchte herauszufinden, ob sie das aufregend gut oder eher schlecht fand, murmelte er: „Beantworte mir nur eine Frage."

Paige hielt den Atem an und wartete darauf, was jetzt wohl kommen mochte.

„In all diesen unkomplizierten Beziehungen", er strich mit seiner Nasenspitze an ihrer Wangenlinie entlang, bevor er weitersprach, „hat es sich je so angefühlt?"

*

Nein, stellte Paige nach einigen Stunden verspätet fest. So hatte es sich definitiv nie angefühlt. So wunderbar, so aufregend, so ärgerlich, einfach so viel von allem! Sie lag satt und zufrieden neben Ace im Bett und genoss seine Nähe. Vielleicht sollten sie ihre gemeinsame Zeit einfach schweigend im Bett verbringen. Das barg weniger Konfliktpotenzial. Im Bett harmonierten sie außerordentlich gut. Bei der Erinnerung daran hätte sie beinahe angefangen zu schnurren. Andererseits hatten sie sich erstaunlich gut verstanden, als sie nach der ersten Runde eine Pause eingelegt und etwas gegessen hatten. Sie kuschelte sich näher an ihn und versuchte, einzuschlafen. Gedanken machen konnte sie sich auch noch morgen.

Doch es wollte ihr einfach nicht gelingen. Wie meistens kümmerte sich ihr Hirn wenig darum, ob sie zu müde war, um Ideen zu wälzen, und produzierte trotzdem am laufenden Meter neue Bilder in ihrem Kopf. Als sich der Schlaf nach einer Stunde immer noch nicht einstellen wollte, gab sie es auf. Sie tastete im Dunkeln herum und griff sich das erstbeste Kleidungsstück, das ihr in die Finger kam. Ein Sweatshirt. Kurz drückte sie ihre Nase in den weichen Stoff. Ace' unverkennbarer Geruch stieg ihr in die Nase. Himmlisch. Kurz entschlossen zog sie es sich über den Kopf. Nach ein paar Suchanstrengungen fand sie sogar die Wollsocken und die alte Jogginghose, die Ace ihr beim letzten Mal nach ihrem unfreiwilligen Bad im Graben gegeben hatte, und zog sich diese über.

Ein verstohlener Blick zurück zum Bett zeigte ihr, dass Ace nach wie vor tief und fest schlief. Er braucht seinen Schlaf, dachte sie, als sie sein kantiges Profil betrachtete. So entspannt hatte sie ihn noch nie gesehen. Er lag auf dem Rücken. Eine Hand lag auf seiner Brust, die andere quer über ihr Kissen. Das Mondlicht zeichnete alle Muskeln auf seinem Brustkorb, am Bauch und an den Armen nach. Die Erinnerung daran, wie sich seine Haut unter ihren Fingerspitzen angefühlt hatte, trieb sie beinahe dazu, wieder ins Bett zu schlüpfen und ihn trotz allem zu wecken. Dafür war später immer noch Zeit. Erst musste sie all die drängenden Gedanken im Kopf loswerden.

Vorsichtig tastete sie sich durchs Zimmer. Vorher hatte sie anderes zu tun gehabt, als die Einrichtung zu bewundern, weshalb sie jetzt von einem unerwarteten Hindernis zum nächsten stolperte. Gerade noch rechtzeitig unterdrückte sie ein Jaulen. Innerlich schimpfend wie ein Rohrspatz humpelte sie mit einem lädierten kleinen Zeh zur Tür und schlüpfte aus dem Zimmer. Kaum hatte sie die Zimmertür hinter sich geschlossen, fiel sie über den ersten Hund, nämlich Maybellene, und direkt Lilo vor die Füße. Diese verstand das selbstverständlich als Aufforderung zum Spielen. Entzückt sprang die kleine Hündin sie an und leckte ihr das Gesicht ab.

„Runter“, zischte Paige mit mäßigem Erfolg. Erst als sich Maybellene, hilfreich wie immer, dazwischen drängte, gelang es ihr, sich aufzurappeln.

Irgendwie hatte sie sich ihren Ausflug in die Küche unkomplizierter vorgestellt. Schließlich hatte sie es geschafft. Mit einem Glas Milch in der Hand und den beiden Hunden auf den Fersen wanderte sie ins Wohnzimmer. Inzwischen hatte sie Licht angemacht. Keine Gefahr mehr also, über irgendwelche dunklen Objekte zu stolpern. Zumindest wenn man geschickt genug war, dem quirligen Laika auszuweichen, der offenbar einen inneren Radar hatte, wo man in der nächsten Sekunde seinen Fuß hinsetzen wollte.

Sie setzte sich aufs Sofa und nahm ihr Handy zur Hand. In ihrer Notiz-App schrieb sie als Erstes ihre Vision von den Peak-Residenzen nieder. Als sie fertig war, starrte sie mit gemischten Gefühlen auf den Bildschirm. Die Idee war gut. Sie konnte sie förmlich entstehen sehen, gefüllt mit zufriedenen Menschen, die dort lebten, zur Arbeit gingen und ihre Freizeit verbrachten. Jetzt fehlte nur noch der Koffer voll Geld, oder zwei, korrigierte sie sich im Stillen, und ein fähiger Architekt. Leider war beides gerade Mangelware. Nachdem sie diese Probleme eine Weile von allen Seiten betrachtet hatte und leider keine gute Fee aufgetaucht war, um ihr beides zu liefern, beschloss sie, sich ihrem nächsten Anliegen zu widmen. Wenn sie eine breite Plattform hätte, um solche Ideen aufzubereiten und den Leuten zu präsentieren, würden sich eventuell genügend Menschen finden, die ihre Vision unterstützten und mithalfen, sie zu verwirklichen. Dasselbe Prinzip wie beim Crowdfunding. Doch sie bezweifelte, dass sich über eine hier in der Gegend mehrheitlich unbekannte Plattform im Internet ausreichend Unterstützung finden würde. Nein. Sie müsste schon etwas Lokales schaffen, wo die Leute auch immer wieder gerne vorbeischauten. Neugierig genug waren die Einwohner ja. Genau! Die Facebook-Seite. Vielleicht ließe sich darüber etwas machen? Entschlossen rief sie die Seite von Independence auf und brach in lautes Lachen aus. Ein Video zeigte Klein-Cammie, wie sie auf allen Vieren Rambo, Jaz' schwarzen Königspudel, verfolgte. Ihr wiederum folgte ein sehr interessierter Jimmy, sodass sie wie eine kleine Prozession über die Veranda wanderten. Plötzlich drehte sich Rambo verwundert um. Cammie, so überraschend mit dem Hundegesicht konfrontiert, wechselte ebenfalls die Richtung und starrte verwundert die Katze an. Offenbar hatte sie gar nicht gemerkt, dass ihr ebenfalls jemand gefolgt war. Jimmy hingegen fiel sofort in den Standardmodus ‚viel beschäftigte Katze' und fing an, sich zu putzen, als hätte das ganze Geschehen mit ihm gar nichts zu tun. Der Pudel schien sich keinen Reim auf die Sache machen zu können und sprang von der Veranda, um die neuesten Duftspuren zu verfolgen. Cammie ließ sich auf ihren gut gepolsterten Hintern plumpsen und kratzte sich am Kopf. Das Tempo ihres großen vierbeinigen Freundes war ihr offensichtlich zu hoch.

Paige schüttelte den Kopf. Wirklich großartiges Kino. Sie vermutete, dass die Aufnahmen Leslies und vor allem Shaunas

Werk waren. Geduldig wartete sie auf den Abspann. Tatsächlich. Seit das Wahlfach angefangen hatte und die Mädchen in die Details der Videoproduktion eingeweiht wurden, vergaßen sie nie mehr, das Copyright ans Ende des Films zu setzen. Das Einzige, worüber sie sich nicht sicher war, war, ob Jaz das Auftauchen ihrer Tochter in den sozialen Medien gutheißen würde. Sie machte sich eine weitere Notiz, um sich daran zu erinnern, mit den Schülern über den Sinn und Zweck einer Einverständniserklärung der Betroffenen zu sprechen.

Ältere Einträge handelten von zu hohen Alfalfa-Preisen, einem Streit um die Zuständigkeit für das Räumen einer Straße und einem Hochzeitsbild von Avery und Cole in Las Vegas. Die beiden sahen sehr glücklich aus. Selbst Miss Marple war auf dem Bild dabei und ließ ihren Schwanz kokett über Averys Schulter hängen. Natürlich strotzte hier der Thread von Glückwünschen und anzüglichen Bemerkungen über die Hochzeitsnacht sowie Kommentaren in der Richtung von „wurde auch endlich Zeit“. Miss Minnie suchte per Facebook nach einer neuen Köchin. Das wurde in der Kommentarfunktion heiß diskutiert. Miss Daisy war offensichtlich nicht der Ansicht, dass ihre Schwester einen neuen Koch brauchte. Sie sei schließlich hier – gefolgt von drei Ausrufezeichen, was eine spitze Bemerkung von ihrer Schwester zur Folge hatte, dass, ja, sie durchaus anwesend sei, manchmal, ausnahmsweise, wenn sie nicht gerade ein Schäferstündchen – oder zwei – mit ihrem LOVER – tatsächlich in Großbuchstaben geschrieben – genieße.

Das konnte ja heiter werden, dachte Paige und kicherte. Letztes Mal, als die beiden einen Streit gehabt hatten und Miss Daisy sich in der Folge geweigert hatte, die Gäste mit ihren leckeren Gerichten zu verwöhnen, hatten alle sehr darunter gelitten. Miss Minnie war eine hervorragende Gastgeberin, aber Kochen war definitiv nicht ihre Stärke.

Beim nächsten Eintrag verdrehte Paige jedoch die Augen. Thema waren sie und Ace. Natürlich. Wie könnte es auch anders sein. Es juckte sie in den Fingern, einen Kommentar darunterzusetzen, dass sich die Leute besser um ihren eigenen Kram kümmern sollten. Ihr Finger schwebte über dem Touchscreen, während sie das Für und Wider abwog. Fakt war, so ein Kommentar würde gar nichts nützen. Wenn, dann würde es die Leute nur darin bestätigen, dass sie keinen Spaß verstand. Hm. Was ja auch ein Körnchen Wahrheit enthielt. Schließlich hatte sie nur zu bereitwillig über die Beiträge der anderen gelacht. Sie kaute auf ihrer Unterlippe und kam zu einem Entschluss. Wenn schon, denn schon, dachte sie und tippte ihre Antwort. „Ace ist definitiv ein Spezialist für heiße Dinge ;-)". Bevor sie es sich anders überlegen konnte, betätigte sie die Sendetaste.

Immerhin hatte sie durch die amüsante Lektüre eine Antwort auf die Frage, ob die Facebook-Seite von Independence der richtige Ort für ernsthafte Artikel war. Eher nicht. Aber es war sicherlich möglich, die Artikel von der neuen Plattform darauf zu verlinken. Hm. Ein Gähnen entschlüpfte ihr. Sie legte das Telefon zur Seite und kuschelte sich an die beiden Hunde, die neben ihr auf dem Sofa Platz genommen hatten. Sie würde gleich rauf ins Bett gehen. Jetzt war es gerade so gemütlich hier.

20

Als Ace am nächsten Morgen aufwachte, hatte er ein Lächeln auf den Lippen und die feste Absicht, den Tag mit Paige zu starten. Letzte Nacht war wunderbar gewesen. Doch noch lange nicht genug. Dieser Meinung war auch ein ganz bestimmter Teil seiner Anatomie. Das Problem war nur, dass er ins Leere griff, als er zu ihr hinüberlangte. Das Kissen neben ihm war leer. Und kalt. Da hatte schon länger niemand mehr darin gelegen. Nicht gut. Sein Plan war gewesen, zusammen aufzuwachen. Vorzugsweise nackt.

Augenblicklich hellwach setzte er sich auf. Fing das etwa schon wieder an? Ein Schritt vor und zwei zurück? Darauf hatte er nun wirklich keinen Bock. Entweder richtig oder gar nicht, sagte er laut zu sich selber. Sein bestes Stück protestierte zwar bei dieser unflexiblen Haltung und sandte ihm postwendend eine Flut von Erinnerungen von letzter Nacht. Zähneknirschend ignorierte er diese. Er schlüpfte in eine Jeans, knöpfte sie zu und ging nach unten. So gerne er sich die Decke über den Kopf gezogen und den heutigen Tag nach diesem dürftigen Start verschlafen hätte, musste er doch zumindest seinen Hund rauslassen.

Im Erdgeschoss angekommen wunderte er sich, dass ihm kein Hund entgegenkam. Auf der Suche nach Lilo wanderte er von der Küche ins Wohnzimmer. Dort blieb er wie angewurzelt stehen. Paige lag auf dem Sofa, den Kopf an Lilos Kopf, den

Mund halb geöffnet, und schnarchte leise vor sich hin. Maybellene lag auf dem Teppich am Boden. Er vermutete, dass es ihr zu dritt irgendwann zu eng geworden war. Als die Hunde ihn sahen, sprangen sie auf und kamen zu ihm, um ihn zu begrüßen. Das ging natürlich nicht lautlos vor sich. Dazu war Lilo zu begeistert, ihn zu sehen. Außerdem kannte sie die Reihenfolge der Abläufe: Pipi machen vor dem Haus und dann fressen. Also rannte sie lautstark kläffend zur Tür. Maybellene schaute zwischen ihm und Lilo hin und her und entschloss sich dann, dem Jungspund zu folgen. Ace schmunzelte und ging gemächlich hinterher.

„Hat sie dich eben eingeweiht, wie das hier so läuft?", fragte er Maybellene. „Laut genug war sie ja."

Dieser Meinung war offensichtlich auch Paige, die sich knurrend umdrehte und sich die Wolldecke, die er immer auf dem Sofa liegen hatte, über den Kopf zog. Wieso, wieso, wieso hatte sie sich in der Nacht nicht nach Hause geschlichen? Ach ja. Sie hatte ja gar kein Auto. Sie hatte gleich gewusst, dass das eine blöde Idee war, ihren fahrbaren Untersatz stehen zu lassen. Aber Ace hatte ihr nicht wirklich eine Wahl gelassen, dachte sie, als sie sich an den gestrigen Abend erinnerte. Dafür stand ihr jetzt vermutlich ein gestelztes Frühstück bevor. Wenn sie sich nicht gleich wieder in die Haare gerieten. Nach den bisherigen Erfahrungswerten stand ein Streit kurz bevor. So lange hatten sie es noch nie miteinander ausgehalten, ohne zu streiten.

Als sie in der Küche das vertraute Geräusch von Trockenfutter hörte, das in einen Napf gefüllt wurde, beschloss sie, die erste Begegnung mit Ace am Morgen danach hinter sich zu bringen und aufzustehen. Sie schob sich die Decke vom Kopf und strich sich die störrischen Haare aus dem Gesicht. Ihr Vorsatz war vielleicht ein wenig voreilig gewesen. Vielleicht schaffte sie es ja, sich an ihm und den Hunden vorbeizuschleichen und erst dem Badezimmer einen Besuch abzustatten.

Wie der Blitz schoss sie an der offenen Küche vorbei und sprintete in den oberen Stock. Als sie die Badezimmertür hinter sich verriegelt hatte und einen Blick in den Spiegel warf, war sie sehr froh, sich so entschieden zu haben. In ihren Haaren konnte momentan eine ganze Kolonie Vögel nisten. Ihre Wimperntusche, die sie natürlich gestern in der Hitze des Gefechts vergessen hatte zu entfernen, hatte sich rund um ihre Augen verteilt.

„Guten Morgen, lieber Waschbär", sagte sie laut und musste grinsen. Egal. Wenn sie Glück hatte, war Ace vorhin genug mit den Hunden beschäftigt gewesen, dass ihm ihr angeschlagener Zustand nicht aufgefallen war. Wenn nicht, konnte es sie auch nicht ändern. Sie wusch sich das Gesicht mit Seife, griff nach der erstbesten Creme, um sich das Gesicht einzucremen und die letzten Mascara-Reste zu entfernen und fuhr sich mit den Fingern durch die Haare. Viel half es nicht. Vielleicht fand sich in ihrer Jeans noch ein Haarband. Bevor sie sich auf die Suche nach ihren Kleidern machte, klaute sie noch ein wenig Zahnpasta und spülte den Mund. Es gab nichts Schlimmeres als ungeputzte Zähne am Morgen. Bei aller Hundeliebe wollte sie ja doch nicht Maybellene Konkurrenz in der Kategorie Mundgeruch machen. Sich wieder einigermaßen als vollständiger Mensch fühlend, öffnete sie die Tür einen Spalt. Niemand zu sehen. Sie trat ins Schlafzimmer und suchte ihre verstreuten Kleider zusammen. Die Unterwäsche lag unter dem Bett, die Socken auf der Türschwelle. Wenn ihre Berechnungen stimmten, würde sie ihre Hose auf der Treppe und das Sweatshirt unten im Flur finden. Eine Welle der Lust überfiel sie, als sie die Ereignisse des gestrigen Abends rekapitulierte. Jetzt, wo sie sich damit abgefunden hatte, Ace gleich wieder gegenübertreten zu müssen, erschien ihr die Idee einer Wiederholung der gemeinsamen Nacht gar nicht so abwegig.

„Einmal ist keinmal", murmelte sie vor sich hin und ging die Treppe hinunter.

„Hast du was zu mir gesagt?“, fragte Ace, als sie an die große Kücheninsel trat.

„Nein. Ist das Kaffee, den ich da rieche?“

„Ja.“ Einsilbig konnte er auch. Sehr gut sogar.

Sie wartete darauf, dass er ihr welchen anbot. Als nichts kam, fragte sie mit einer Mischung aus irritiert und betont höflich sein: „Kann ich bitte eine Tasse Kaffee haben?“

Ace’ Mundwinkel zuckten. „Kommt drauf an.“

Paige rollte mit den Augen. „Worauf?“

Er ging zu der Kaffeemaschine hin und füllte einen Becher. „Milch und Zucker?“

Sie nickte, etwas verwirrt von seinem seltsamen Verhalten. „Danke“, sagte sie und streckte ihre Hände begierig nach dem dampfenden Gebräu aus.

„Nicht so schnell“, meinte er und hielt die Tasse außer Reichweite. „Kaffee gibt es hier nicht umsonst.“

„Nicht? Was kostet er dann?“ Eigentlich hatte sie sich über ihn ärgern wollen. Seine verspielte Stimmung war aber dermaßen ansteckend, dass es ihr einfach nicht gelingen wollte.

„Na, einen Kuss natürlich.“

„Das hätte ich mir ja denken können.“ Sie lächelte. „Na, dann komm her, großer Mann.“

Perplex darüber, dass sie mitspielte, starrte er sie an.

Paige hob eine Augenbraue. „Ich sehe schon, der Kaffee will verdient sein in diesem Haus.“ Mit zwei Schritten war sie bei ihm, nahm seinen Kopf in ihre Hände und küsste ihn leidenschaftlich.

Als sie sich von ihm löste, waren beide leicht benebelt. Ace hatte immerhin die Geistesgegenwart besessen, nach den ersten Sekunden den Kaffee auf die Anrichte zu stellen.

Die Augenlider auf Halbmast, studierte sie ihn. Schließlich leckte sie sich über die Lippen. Es war einfach unglaublich. Dieser Mann brachte sie mit einem einzigen Kuss von null auf hundert. Sie für ihren Teil wäre jetzt bereit, wieder zurück ins Bett zu gehen. Nur leider, leider hatte sie einen Termin in der Schule, eine Freundin, die sich vermutlich bereits Sorgen machte und einen Brandstifter zu jagen. Schade.

Ace ging es ähnlich. Seine Nasenflügel blähten sich erwartungsvoll, als er genussvoll den zitronigen Duft ihrer Haare einatmete. Mit belegter Stimme fragte er: „Kann ich dich zu einem ausgedehnten … Frühstück im Bett überreden?"

„Leider nein." Auch ihre Stimme hatte einen rauen Unterton. Das Bedauern war ihr klar und deutlich ins Gesicht geschrieben.

Ace legte ihr die Arme um die Taille und zog sie zu sich heran. „Schade. Ich hatte schon Pläne für unseren Vormittag. Leider musste ich feststellen, dass du die Gesellschaft der Hunde vorgezogen hattest. Das ist mir zum ersten Mal passiert", sagte er. Seine Augen funkelten humorvoll.

Paige lachte. „Das glaube ich gern. Zu deinem Trost, es war keine bewusste Entscheidung. Ich konnte nicht schlafen, weil mir so viele Dinge im Kopf rumgespukt sind. Wenn ich meine Gedanken niederschreibe, kann ich anschließend meistens schlafen. Ich wollte dich aber nicht stören. Also bin ich ins Wohnzimmer gegangen. Anscheinend hat meine Strategie funktioniert und ich konnte anschließend schlafen, wie du weißt."

Ace stöhnte. „Du weißt auch, wie man das Ego eines Mannes zerstört. Ich dachte eigentlich, ich hätte dich ausreichend ausgepowert. Aber nein, die Frau kann anschließend nicht schlafen … erst mit den Hunden auf dem Sofa klappt es."

„Tja, sieht so aus, als müsstest du dich das nächste Mal mehr anstrengen", stellte sie belustigt fest.

„Das nächste Mal?", hakte er nach, auf einmal sehr ernst.

Scheiße. Wollte er das etwa nicht? Hatte sie die Situation so falsch interpretiert?

„Also, ich …" Sie brach ab. Warte mal. So wie er sie vorhin zurückgeküsst hatte, bestand keine Gefahr, dass sie irgendetwas falsch interpretiert hatte. Sie holte tief Luft und begann erneut. „Ja. Beim nächsten Mal."

Anstelle einer Antwort nahm er sie fest in die Arme. Dann ließ er sie abrupt los und drückte ihr den Kaffee in die Hand.

„Schau mal, ob der noch warm genug ist. Ich mach uns derweil etwas zum Frühstück."

„Das ist ja ein toller Rundumservice."

„Klar." Er schenkte ihr ein strahlendes Lächeln.

Wow. Das war definitiv eine nette Abwechslung zu den bösen Blicken, die sie von ihm gewohnt war. Im letzten halben Jahr hatten sie nur selten miteinander gelacht. Was ja in Anbetracht ihrer Konflikte kein Wunder war. Mit Bangen dachte sie daran, dass sie doch noch einiges zu besprechen hatten.

„Setz dich hier rüber." Er deutete auf die kleine Frühstücksbar, die an die Kücheninsel anschloss.

Gehorsam setzte sie sich auf einen Stuhl. Maybellene legte sich zu ihren Füßen hin. Sie war froh zu wissen, dass es jetzt offensichtlich nicht gleich weiterging. Solange Paige stand, konnte sie sich einfach nicht entspannen. Lilo, die sich offensichtlich Chancen ausrechnete, dass irgendetwas runterfiel, setzte sich so dicht hinter Ace, dass er immer aufpassen musste, nicht über sie zu stolpern.

„Ich mache uns Rühreier mit Speck."

Aha, dachte Paige. Das hatte der kleine Racker wohl schon spitzgekriegt, wenn sie Lilos gespitzte Ohren und den fokussierten Blick nach oben richtig interpretierte.

„Während wir essen, kannst du mir alles über deine Nachforschungen und deinen Verdacht erzählen", fügte er beiläufig hinzu.

Fast hätte Paige ihren Schluck Kaffee in hohem Bogen wieder ausgespuckt. „Wie kommst du jetzt darauf?", fragte sie krächzend.

Er warf ihr über die rechte Schulter einen Blick zu. „Na, das wollte ich gestern schon wissen. Wir wurden nur …", sein Blick wanderte weiter, von ihren Augen zu ihrem Mund und weiter nach unten.

Als nichts mehr kam, soufflierte Paige hilfreich: „Abgelenkt?"

Sofort hob er den Blick und schaute ihr in die Augen. „Äh, ja. Abgelenkt."

„Könnte ich dich, anstatt deine Fragen zu beantworten, vielleicht nochmals … ablenken?"

Ace lachte und wandte seine Aufmerksamkeit wieder dem Herd zu. „Netter Versuch. Aber nein. Entweder redest du mit mir oder ich rufe Jake an."

Seufzend gab sie sich geschlagen. „Nein, nein. Dafür gibt es keinen Grund."

Er stellte zwei Gläser und eine große Milchpackung vor sie hin. „Wieso erzählst du's lieber mir als Jake? Ich fühle mich natürlich geschmeichelt. Aber am Ende muss er es sowieso erfahren."

„Ja. Ganz richtig. Am Ende. Und noch bin ich nicht am Ende meiner Nachforschungen."

„Sag bloß nicht, dass du auf eigene Faust weitermachen willst?"

Paige verschränkte die Arme vor der Brust. Ihre Miene nahm einen störrischen Zug an. „Doch. Ganz genau das heißt es."

Ace nahm ihre vor Entschlossenheit blitzenden Augen und den störrischen Zug um ihren Mund zur Kenntnis. Mist. Diesen Ausdruck kannte er bereits von ihr. Er schloss die Augen und rieb sich die Nasenwurzel, um den sich hinter seiner Stirn bildenden Stress etwas zu mildern. Als das nichts half, atmete er tief durch.

„Jaz bietet Entspannungsyoga an", informierte ihn Paige hilfreich.

„Du bist manchmal so frech", beschwerte er sich. Doch seine Mundwinkel zuckten verdächtig. Er schaute sie hoffnungsvoll an. „Kann ich dich irgendwie überreden, damit aufzuhören?"

Sie schenkte ihm ein bedauerndes Lächeln. „Nein."

„Das hatte ich befürchtet."

Er richtete den Blick an die Decke, bevor er das Kinn wieder senkte und sie anschaute. „Lass uns von vorn beginnen. Erzähl mir einfach alles, was du bis jetzt herausgefunden hast, okay?"

Nachdem er aufgehört hatte, darauf zu bestehen, dass sie ihre Nachforschungen einstellte, begann sie bereitwillig zu erzählen. So viel Kooperationsbereitschaft musste belohnt werden.

Bei Rührei und Speck und zwei weiteren Tassen Kaffee für Paige und einem großen Glas Milch für Ace fasste Paige die ganzen Geschehnisse der letzten Wochen für ihn zusammen.

Mit wachsender Besorgnis hörte Ace ihr aufmerksam zu. Er griff gerade nach den letzten zwei Speckstreifen, als er mitten in der Bewegung inne hielt. Innerlich bis zehn und dann bis zwanzig zählend, legte er die Gabel, die er gerade hatte zum Mund führen wollen, wieder hin. Seine Stimme war gefährlich leise, als er sagte: „Du willst mir also sagen, dass du gesehen hast, wie ein Mann, den du sowieso schon diverser anderer Vergehen verdächtigst, eine Frau tätlich bedroht, und daraufhin nichts Besseres wusstest, als da hineinzustürzen?"

„Ich bin nicht kopflos hineingestürzt", verteidigte sie sich und verschränkte die Arme vor der Brust. „Aber es war klar, dass ich irgendetwas tun musste."

„Zum Beispiel die Polizei rufen?"

„Dazu war keine Zeit. Du weißt selber, dass es fast zwanzig Minuten dauert, bis die von der Wache zu der Baustelle gefahren sind. Das liegt ja nicht gerade nebenan. So wie es ausgesehen hatte, brauchte Melissa dringend Hilfe."

Er bemühte sich um Geduld. Wirklich. Doch er kämpfte wahrlich darum, die Kontrolle zu behalten. Zwischen zusammengebissenen Zähnen presste er ein gequältes „Erzähl weiter" heraus.

Paige schenkte ihm einen bösen Blick.

Die Frau trieb ihn noch in den Wahnsinn. Wie kam es nur, dass er sie jedes Mal am liebsten in sein Bett zerren wollte, obwohl er sich über sie ärgerte? Das konnte nicht gesund sein.

„Nichts weiter. Melissa ist nach Hause geflüchtet, zumindest nehme ich das an, und ich habe auch geschaut, dass ich wegkam. Den Rest kennst du ja. Als Nächstes bin ich zum Sweets gefahren und habe Tyler getroffen."

„Die du eingeweiht hast." Der Vorwurf, dass sie nicht ihn eingeweiht hatte, lag deutlich in der Luft.

Unangenehm berührt zuckte Paige mit den Schultern. „Unsere … Bekanntschaft, wenn wir es mal neutral so nennen, war nicht gerade förderlich, um Vertrauen aufzubauen", antwortete sie schließlich ehrlich. Wobei ihr wieder einmal in den Sinn kam, dass sie dringend, aber wirklich dringend, über den Elefanten im Raum sprechen sollten. Nämlich die Geschehnisse des letzten Jahres, wegen derer er sie so mies behandelt hatte. Sie hatte keine Lust, diese Diskussion noch länger wie ein Damoklesschwert über sich hängen zu haben. Vor allem nicht nach der Nacht, die sie gerade zusammen verbracht hatten. Davon hätte sie nämlich ganz gerne eine Wiederholung, dachte sie und genoss das Gefühl der Schmetterlinge in ihrem Bauch. Es war ein wunderbares Gefühl, die geflügelten Wesen nicht immer gleich verbannen zu müssen, sondern die verschiedenen Emotionen genießen zu können. Sollte das ein einmaliges Ereignis bleiben, weil er nicht über das Malheur mit Paula und Leslie hinweg sehen konnte, wollte sie es lieber gleich wissen. Bevor sie sich noch mehr in ihn verliebte. Das war nämlich die beängstigende Tatsache. Obwohl sie einen so holprigen Start gehabt hatten, war sie bereits …

„Das stimmt", riss er sie aus ihren Gedanken. „Darüber sollten wir nachher auch noch reden."

Erstaunt sah sie ihn an. Diese prompte Zustimmung hatte sie nicht erwartet. Aber sie würde sich hüten, sie zu hinterfragen.

„Stimmt."

Ace fluchte leise, als er sein Telefon zum x-ten Mal piepsen hörte.

„Ich muss mal kurz mein Handy checken. Das ist nicht normal, dass es so oft piepst."

„Ein Notfall?", erkundigte sich Paige besorgt.

Er schüttelte den Kopf. „Kaum. Der wäre auf meinem Piepser eingegangen."

Der Bildschirm informierte ihn darüber, dass er zwölf ungelesene Textnachrichten sowie sieben verpasste Anrufe hatte. Irritiert entsperrte er den Bildschirm. So was kannte er eigentlich nur von seinem Geburtstag. Seine Kumpels pflegten normalerweise keinen regen Nachrichtenaustausch. Nachdem er die ersten paar überflogen hatte – Gratulationen zur vergangenen Nacht, Dankesworte für gewonnene Wettbeiträge ebenso wie Beschwerden zu verlorenen Wetten – hob er den Kopf und musterte Paige kritisch.

„Kann es sein, dass du gestern Nacht noch etwas getan hast, was ich wissen müsste?"

„Nein, wieso?"

„Na, weil mir meine Freunde dazu gratulieren, dass ich dich endlich rumgekriegt habe."

Paige wurde rot und verschluckte sich gleichzeitig fast vor Lachen. „Ähm. Das. Stimmt. Das wollte ich dir noch erzählen."

Ace schaute sie nur an und schüttelte dann den Kopf.

„An unserer Kommunikation müssen wir offensichtlich arbeiten."

Paige bemühte sich immer noch, ihren Lachanfall unter Kontrolle zu kriegen. „Wir hatten ja auch viel zu besprechen", verteidigte sie sich. „Hätte ich etwa als Erstes heute Morgen zu dir sagen sollen: Mein toller Hengst, du bist jetzt auch auf Facebook?"

Er hasste nichts mehr, als Gegenstand von Klatsch zu sein. Andererseits versprach Paiges Facebook-Beitrag weitere Nächte wie die letzte. Und das war etwas, das er durchaus als wünschenswert empfand. Seine Mundwinkel zuckten.

„Das mit dem tollen Hengst klingt schon mal gut."

Erleichtert, dass er ihre öffentliche Aussprache mit Humor zu nehmen schien, lehnte sie sich auf dem Hocker zurück.

„Ich hatte es einfach so satt, Gegenstand der Spekulationen zu sein. Meine Hoffnung war, dass sich die Leute jetzt um ihren eigenen Kram kümmern."

Ace lachte. „Das hingegen bezweifle ich. Du solltest es eigentlich besser wissen. Als Nächstes steht die Frage im Raum, wann die Hochzeit ist."

Sie runzelte die Stirn. „Das wäre ja wohl noch etwas verfrüht."

Er nickte bestätigend. Insgeheim dachte er, dass die Frage gar nicht so abwegig war, wenn sie erst einmal alle ihre Baustellen aufgeräumt hatten. Dadurch, dass sie jetzt schon beinahe ein ganzes Jahr umeinander herumtanzten, kannten sie sich ziemlich gut. Und wenn die Beziehung, er rollte das ungewohnte Wort in seinem Kopf hin und her, sich so entwickelte, wie sie im Bett zusammen passten, sah er keinen Grund, lange zu warten. Natürlich sprach er diese Gedanken nicht laut aus. Er hätte sie sogar abgestritten, hätte ihn jemand darauf angesprochen. Aber er musste zugeben, jetzt, wo er sich endlich erlaubt hatte, Nähe zuzulassen, wollte er gerne mehr davon. Mehr von Paige.

Doch jetzt galt es erst sicherzustellen, dass Paige die nächsten Tage überlebte, ohne sich unnötig in Gefahr zu bringen.

Abrupt stand er auf. „Lass uns fahren. Sonst kommst du zu spät zu deinem Meeting in der Schule."

Paige warf einen Blick auf ihr Handy, das vor ihr auf dem Tisch lag – ohne zig Nachrichten, sie hatte nämlich wohlweislich den Flugmodus eingeschaltet – und sah, dass er recht hatte.

Zögerlich stand sie auf. „Stimmt leider. Wir sollten aber dringend noch ein paar Dinge besprechen."

„Das können wir auf der Fahrt machen", stimmte er ihr zu.

Sie schaute ihm nach, wie er aus dem Zimmer und die Treppe hochging. Verwundert, wie sich alles so unkompliziert und stressfrei zusammenfügte, lächelte sie. Dann begann sie, das Frühstücksgeschirr wegzuräumen.

Als Ace das Auto startete, gab sich Paige einen Ruck. Jetzt oder nie. Sonst würde sie es nur immer wieder verschieben.

„Du hast vorgeschlagen, im Auto zu reden. Ich nehme dich jetzt beim Wort. Du musst dringend meine Seite der Geschichte hören. Wie es letztes Jahr mit Leslie und Paula gelaufen ist."

Ace löste die rechte Hand vom Steuer und drückte leicht ihren Oberschenkel. „Gerne. Aber du sollst wissen, dass ich auch so weiß, dass alles eine Verkettung unglücklicher Umstände war."

Ungläubig starrte sie ihn an. „Wirklich? Und wieso hast du mich dann wie eine Aussätzige behandelt?"

Der wohlverdiente Hieb saß, und Ace zuckte zusammen. „Ich war ein Idiot."

„Immerhin sind wir da gleicher Meinung", murmelte Paige und wandte den Blick ab, um aus dem Fenster zu schauen.

Warnend drückte er ihren Oberschenkel. „Kein Grund, frech zu werden."

„Ich bin frech", konterte sie. „Gewöhn dich lieber dran."

„Zurück zum Thema. Ich habe meinen eigenen Erfahrungen erlaubt, meine Urteilskraft zu trüben. Trotzdem möchte ich gerne von dir hören, was passiert ist."

Also erzählte sie es ihm. Sie spürte, wie sie sich bei jedem Wort, das sie loswurde, etwas leichter fühlte. Sie konnte nur hoffen, dass sein Urteil milde ausfallen würde. Aber wie auch immer. Jetzt wusste er wenigstens Bescheid und gründete dieses wenigstens nicht auf Halbwissen und Annahmen.

Als sie fertig war, riskierte sie einen schnellen Blick auf sein Gesicht. Er hatte den Kiefer so fest zusammengepresst, dass die Muskeln an seiner Wange hervortraten. Anscheinend widerte ihn das Gehörte an. Enttäuscht senkte sie ihren Blick. Na ja. Immerhin hatte sie es versucht. Offenbar sollte es einfach nicht sein, dass sie und Ace tatsächlich ein Paar wurden. Sie riss sich zusammen, um sich nichts von dem Gefühlstumult in ihrem Inneren anmerken zu lassen. Das erforderte ihre ganze Konzentration, sodass ihr beinahe entging, dass Ace den Wagen parkte.

Er räusperte sich. „Es tut mir wirklich leid. Ein einziges vernünftiges Gespräch mit dir, Himmel, selbst mit Paula, wenn ich es denn tatsächlich nicht über mich gebracht hätte, mit dir zu reden, hätte die Sache aufgeklärt. Es gibt keinerlei Parallelen zwischen diesen Geschehnissen und dem, was meine Familie erlebt hat." Gestresst fuhr er sich durch seine braunen Haare, bis sie in alle Richtungen abstanden. Paige unterdrückte den Impuls, sie zu glätten. Jetzt war nicht der Zeitpunkt dafür.

Sie rang um eine passende Antwort. „Dann findest du mich nicht mehr unmöglich?"

Er bedachte sie mit einem rätselhaften Blick. Anschließend löste er seinen Sicherheitsgurt und lehnte sich zu ihr hinüber.

„Das war die ganze Zeit mein Problem. Ich wollte dich gerne unmöglich finden. Stattdessen fand ich dich unwiderstehlich."

Zu überrascht, als dass sie etwas hätte erwidern können, küsste sie ihn.

Das war anscheinend die richtige Idee, gemessen an dem Hunger, mit dem er sie seinerseits küsste.

Erst als auf dem Gehsteig ein Passant, oder besser gesagt Luke, wie Ace feststellte, als er aus dem Fenster schaute, einen lauten Pfiff ausstieß, lösten sie sich voneinander.

„Alles gut? Oder haben wir noch mehr dringende Dinge zu besprechen?"

Stumm schüttelte sie den Kopf. Sprechen wurde überbewertet. Ihr Hirn hatte gerade genug damit zu tun, die Ereignisse der letzten Stunden zu verarbeiten. Sie hatte gerade beschlossen, den Morgen schweigend zu verbringen, als ihr auffiel, dass sie sich gar nicht bei ihrem Auto, sondern vor dem kleinen Mini-Supermarkt befanden.

„Was machen wir denn hier?"

„Einkaufen?“

Sie rollte mit den Augen. „Was mache ich hier?“

„Mit mir einkaufen?“

„Bringst du mich nachher zum Sweets?“ Independence war zwar nicht besonders groß, doch sie hatte keine Lust, die Strecke zu ihrem Auto zu Fuß zurückzulegen.

„Selbstverständlich. Ich dachte nur, wir könnten gemeinsam etwas fürs Abendessen einkaufen.“

Sehr gute Idee. Trotzdem hätte er sie fragen können, fand Paige und grummelte: „Kommunikation, erinnerst du dich?“

Ace grinste nur.

21

Fünf Minuten später war sie sehr froh, dass Ace sie zum Supermarkt mitgeschleppt hatte. Bei der Backabteilung zwischen Vanillepulver, Mehl und gemahlenen Haselnüssen entdeckte sie eine kleine, zierliche Frau mit glatten, braunen Haaren. Melissa. Kurz entschlossen überließ sie Ace die Qual der Wahl zwischen den unterschiedlichen Spaghetti-Sorten und eilte zu de Lucas Sekretärin.

„Melissa! Ist alles in Ordnung bei dir?"

Die andere Frau zuckte zusammen und schaute sich nervös im Laden um. Glücklicherweise war außer ihnen gerade niemand in diesem Gang.

„Melissa, rede mit mir. Was war denn gestern los?"

„De Luca ist kein netter Chef", sprudelte es aus der Frau heraus. „Gestern war er verärgert." Sie schluckte. „Über verschiedene Dinge. Unter anderem darüber, dass immer noch kein Treffen zwischen euch stattfand." Ängstlich schaute sie auf und begegnete Paiges Blick. „Er will dich ins Bett kriegen. Deshalb habe ich dich gestern weggeschickt."

Perplex fragte Paige: „Na und? Das kann er noch lange wollen."

Melissa wandte den Blick ab. „De Luca lässt ein Nein nicht gelten."

„Musstest du diese Erfahrung machen?" In Paige zog sich alles zusammen, als sie daran dachte.

Die andere Frau nickte und strich sich eine einzelne Träne von der Wange.

„Du solltest zur Polizei gehen!“

„Nein.“ Panisch begann Melissa, zurückzuweichen. „Keine Polizei. Es spielt keine Rolle. Inzwischen ist es sowieso schon viel zu lange her.“

„Warte. Ich werde mich heute noch einmal auf der Baustelle umsehen. Ich bin kurz davor, Beweise für andere Straftaten, die er verbrochen hat, zu finden. Dann musst du dich nicht mehr fürchten“, vertraute sie ihr an.

Für einen kurzen Augenblick leuchtete etwas wie Hoffnung in ihren Augen auf, bevor die Angst wieder überhandnahm. Sie schüttelte den Kopf.

„Mach das nicht. Lass die Finger davon. Das kann nicht gut gehen.“

Während Paige verzweifelt nach einem Argument suchte, das Melissa vielleicht überzeugen würde, tauchte leider Ace hinter ihr auf. Als Melissa ihn sah, riss sie erschrocken die Augen auf, drehte sich um und rannte weg.

Paige schloss die Augen. Hätte er nicht fünf Minuten später kommen können?

„Wer war das denn?“ Er runzelte die Stirn. „Normalerweise rennen die Frauen nicht weg, kaum dass sie mich sehen.“

„Das war Melissa, de Lucas Sekretärin. Und aus irgendeinem Grund hat sie panische Angst, ihn anzuzeigen.“

„Wegen des tätlichen Angriffs gestern?“

„Das und noch viel mehr“, antwortete sie grimmig. In kurzen Worten rekapitulierte sie für ihn, was sie gerade in Erfahrung gebracht hatte.

Als sie fertig war, war sein Gesichtsausdruck hart und entschlossen. „So. Das war’s. Du bist offiziell abgezogen von den Ermittlungen.“

„Sagt wer?“, entgegnete Paige kampfeslustig. Sie war mehr denn je entschlossen, de Luca zu Fall zu bringen. Sie war sich sicher, kurz davor zu stehen, die nötigen Beweise zu finden.

„Sage ich.“

„Nicht gut genug.“ Immer diese Alpha-Männer, dachte sie. Eine heiße Nacht und sie erwarteten, dass man sich fügte. Musste am Wasser der Region liegen. Kat, Paula und Tyler, ja, sogar Avery erzählten ähnliche Dinge.

„Und wenn Jake es sagt?“ Herausfordern hob er das Kinn und erwiderte ihren störrischen Blick.

Das würde er doch nicht wagen, oder?

„Du hast versprochen, ihn noch nicht zu informieren!“

„Da wusste ich ja auch noch nicht aus erster Hand, wie gefährlich dieser Irre ist.“

„Ich werde vorsichtig sein. De Luca wird gar nicht wissen, dass ich auch nur in der Nähe seiner Baustelle bin“, versicherte sie ihm.

Ace rieb sich den Nacken.

Schließlich seufzte er und sagte: „Also gut. Du hast Zeit bis heute Abend. Morgen gehen wir gemeinsam zum Sheriff, ganz egal, was und wie viel du gefunden hast.“

Erleichtert strahlte Paige ihn an. „Okay. Mit diesem Kompromiss kann ich leben. Danke.“

Ace stöhnte innerlich. Das konnte ja heiter werden. Nach so einem Killer-Lächeln hätte er ihr alles versprochen. Gott sei Dank wusste sie das nicht. Er schlang einen Arm um Paige und zog sie an seinen breiten Brustkorb. „Versprich mir, dass du keine unnötigen Risiken eingehst. Wenn dir was zustößt, versohle ich dir persönlich den Hintern.“

Der feministische Teil ihres Hirns protestierte heftig bei seinen Worten. Ihr Körper hingegen hatte anscheinend keine Probleme mit seiner Aussage, wenn sie den Blitzstrahl, der von ihrem Nabel in andere Körperregionen schoss, als Hinweis nahm.

Ace registrierte die widersprüchlichen Gefühle, die über ihr Gesicht zogen. Er lächelte leicht. Spannend. Definitiv etwas, was er sich für einen späteren Zeitpunkt merken würde.

Sein leicht arrogantes, männliches Lächeln verdross Paige und erlaubte ihrem Hirn, wieder die Führung zu übernehmen. Sie schubste ihn von sich weg.

„Ich gehe keine unnötigen Risiken ein. Herrje, du führst dich auf wie eine Glucke."

„Na ja", meinte er leichthin, „ich würde es sehr bedauern, dich tot aus einem Graben fischen zu müssen, wenn wir uns schon endlich versöhnt haben. Das wäre unfair gegenüber den wettenden Klatschbasen dieser kleinen Stadt. Schließlich warst du es, die auf Facebook regelmäßige Updates versprochen hat."

„Ja, ja." Resolut packte sie den Korb, den er auf den Boden gestellt hatte, und begann zerstreut die Regale zu studieren. „Brauchst du noch was? Mehl? Hefe? Irgendwas?"

Ace verkniff sich ein Grinsen. Er genoss es, sie ein wenig aus dem Gleichgewicht zu bringen. Ausgleichende Gerechtigkeit und so.

Wenig später waren sie bei ihrem Auto angelangt. Paige ließ Maybellene aus Ace' Truck springen und in ihr eigenes Auto.

Sie wollte gerade in ihren Wagen steigen, als er nach ihrer Hand fasste.

„Du meldest dich, sobald du zurück bist." Auch auf die Gefahr hin, tatsächlich wie eine Glucke zu klingen, musste er sie einfach nochmals fragen. Er hatte ein ganz schlechtes Gefühl bei der Sache. Nur konnte er sie tatsächlich schlecht davon abhalten. Außer er brach sein Versprechen ihr gegenüber und involvierte Jake. Nicht gerade die beste Art und Weise, eine Beziehung zu starten. Begleiten konnte er sie auch nicht, seine Schicht begann in einer Stunde.

„Versprochen", antwortete sie. Ein Hauch von Ungeduld lag in ihrer Stimme.

Widerwillig ließ er sie los und vergrub die Hände in der Hosentasche.

*

Melissas Hände zitterten, als sie auf ihrem Mobiltelefon die Nummer wählte. Sie wusste nicht, ob sie gerade den größten Fehler ihres Lebens beging. Sie wusste nur, wenn sie es nicht tat und er rausfand, dass sie Bescheid gewusst hatte, würde sie dafür büßen. Es tat ihr zwar leid um Paige, sie mochte die andere Frau, wirklich, doch sie sah keinen anderen Ausweg.

„Was willst du?", blaffte de Luca anstelle einer Begrüßung ins Telefon. „Ist heute nicht dein freier Tag? Hast es wohl nicht mehr ausgehalten ohne mich."

Sie ignorierte die schmierige Anspielung und umklammerte das Handy fester. „Boss, hallo. Ich dachte nur, dass es dich vielleicht interessiert zu wissen, dass diese Journalistin vorhat, heute nochmals auf der Baustelle rumzuschnüffeln."

De Luca hätte fast sein Handy fallen gelassen, als er das hörte. Er schaffte es knapp, den Fluch, der ihm auf der Zunge lag, herunterzuschlucken. Während sein Hirn fieberhaft überlegte, wieso Paige schon wieder auf seiner Baustelle auftauchen sollte, nachdem sie gestern doch den Entwurf für die Pressemitteilung vorbeigebracht hatte, antwortete er gelangweilt: „Na und? Bestimmt hat sie einen guten Grund dafür. Fotos oder so."

Perplex über die Reaktion ihres Chefs sagte Melissa einen Moment lang nichts. Gestern hatte er ihr noch eingeschärft, niemanden, der nicht zur Crew gehörte, auf die Baustelle zu lassen.

„Aber …"

„Zerbrich dir nicht dein hübsches Köpfchen über Dinge, die du nicht verstehst. Lass sie ihre Arbeit machen und erinnere dich besser daran, was deine Arbeit ist. Ich bin heute übrigens den ganzen Tag unterwegs. Wichtige Termine."

Dann legte er auf.

Unbehagen breitete sich in Melissas Magen aus. Was hatte sie nur getan? Sie versuchte, sich mit der Tatsache zu beruhigen, dass de Luca nicht vor Ort sein würde, wenn Paige auftauchte. Dann konnte ihr ja nichts passieren. Oder?

*

Nachdem Ace zähneknirschend sein Versprechen abgegeben hatte, heute nichts zu unternehmen, hatten sie sich getrennt. Paige hatte ihren Termin in der Schule gerade noch geschafft. Das Projekt nahm langsam konkrete Formen an. In wenigen Tagen würden die ersten Trainingsvideos mit Kat und Rocky online gestellt werden. Das Verkaufsteam, das die älteren Schüler gebildet hatten, war von seinem Ausflug zu den verschiedenen Tourismusbüros der Region motiviert zurückgekehrt. Einige der Verantwortlichen hatten bereits Interesse bekundet, sich die Sache wenigstens genauer anzusehen, sobald die ersten Ergebnisse vorlagen. Ein großer Erfolg für die Jugendlichen, der sie natürlich anspornte, beste Arbeit abzuliefern.

Endlich kam die Auffahrt zu Kat und Sams Haus in Sicht. Paige stieß einen erleichterten Seufzer aus. Eine kurze Pause würde ihr gut tun. Ihr Leben fühlte sich durch die sich überstürzenden Ereignisse momentan an wie eine stetige Achterbahn. Nicht, dass sie sich beschwerte. Nach den letzten Monaten, die von Stillstand geprägt waren, begrüßte sie, dass endlich Bewegung in die Sache gekommen war. Beruflich wie auch privat. Trotzdem. Ein Moment der Stille, in dem sie wenigstens ein paar Dinge sacken lassen konnte, war ihr sehr willkommen.

Paige parkte ihr Auto hinter Kats Wagen. Im vorderen Gehege der großen Außenanlage entdeckte sie Kats Bordeaux-Doggen und die kleine Bella. Im Bereich dahinter hielten sich die geretteten Hunde auf, die auf einen neuen Besitzer warteten. Kein Wunder, dass Kat alle nach draußen verfrachtet hatte, so schön, wie es heute war. Der blaue Himmel wurde nur von ein paar Schleierwolken unterbrochen. Die Frühlingssonne wärmte den im Freien liegenden Hunden den Pelz. Dank der Windschutznetze, die strategisch am Zaun angebracht waren, blieben sie von dem starken Luftzug, der die jungen Blätter der nahestehenden Espen zum Flüstern brachte, verschont.

„Schau mal, wer hier ist“, sagte sie zu Maybellene. Die Hündin preschte nach vorn und presste ihre Nase durch den Maschendrahtzaun, um Bella zu begrüßen.

Paige öffnete das Tor des großzügig angelegten Zwingers. „Komm her, du darfst hier rein. Dann funktioniert das mit dem Hallo-sagen auch besser.“

Maybellene riss sich von ihrer Freundin los und flitzte zu Paige, die für sie das Tor einen Spalt offenhielt. Als sie drin war, schloss Paige es hinter ihr.

„Hallo!“, rief sie, als sie das große Scheunentor aufstieß.

„Hallo. Ich bin oben“, kam Kats Stimme aus dem oberen Stock.

Paige ging die Treppe hoch und ließ ihre Handtasche auf die erstbeste Oberfläche fallen. Dann plumpste sie selber neben Kat aufs Sofa, ließ den Kopf an die Rückenlehne sinken und schloss die Augen.

„Anstrengende Nacht gehabt?“, fragte Kat mit schlecht unterdrücktem Humor in der Stimme.

Paige öffnete ein Auge und schielte zur Seite. „Ich sehe schon, deine Social Media-Fähigkeiten werden langsam besser.“

Kat lachte. „Schön wär’s. Eher die meiner Mutter. Nadia ist gestern Abend gegen Mitternacht plötzlich die Treppe heruntergestürzt und hat mir ihr Tablet unter die Nase gehalten.“

„Ach so. Wie auch immer, du bist auf jeden Fall informiert. Wenn das deine Assistentin für dich erledigt, ist ja alles gut.“

„Lass das bloß meine Mom nicht hören. Die sieht das direkt als Erlaubnis, sich überall einzumischen“, stöhnte sie.

„Als wenn dir das was ausmachen würde.“

„Du hast keine Ahnung. Seit Cammie da ist, liegt sie mir in den Ohren, dass jetzt ich an der Reihe wäre. Seither schickt sie mir ständig Mails mit Artikeln zur verbesserten Empfängnis im Anhang. Ich weiß jetzt ganz genau, was ich essen sollte, welche Gewohnheiten abträglich sind und welche Stellungen beim Sex die kleinen Schwimmer am besten unterstützen."

Paige prustete los.

Kat runzelte missbilligend die Stirn. „Das ist nicht witzig."

Mit Mühe brachte sich Paige unter Kontrolle. „Doch. Ist es. Zumindest aus meiner Warte."

Die Mundwinkel ihrer Freundin zuckten ebenfalls.

„Ist denn Nachwuchs wirklich ein Thema für dich und Sam?"

Kat zuckte mit den Schultern. „So halb …"

„Wie, so halb? Ich dachte, Kinder gäbe es entweder ganz oder gar nicht?" Sie konnte gerade noch ein Kissen abwehren, das aus Kats Richtung geflogen kam.

„Klugscheißer."

„Jetzt mal im Ernst, es wundert mich tatsächlich, wie du das gemeint hast."

Kat schnappte sich das Kissen wieder zurück und presste es gegen ihren Bauch.

„Sam ist Feuer und Flamme für die Idee. Er ist ja auch sehr dafür, dass wir möglichst bald heiraten."

„Und was hält dich davon ab?"

„Ich weiß nicht. Wahrscheinlich immer noch die alte Angst, dass er sich am Hochzeitstag Dr.-Jekyll-und-Mr.-Hyde-mäßig in ein Monster wie mein Vater verwandelt." Sie schloss die Augen und legte den Kopf auf die Knie. „Blöd von mir, ich weiß."

Paige rückte näher an Kat heran und nahm sie in den Arm.

„Nicht blöd. Du fühlst, was du fühlst. Ist auch verständlich mit deiner Geschichte."

Kat hob den Kopf und sah sie an. „Das Blöde ist nur, dass ich Sam auch verstehe. Er weiß ja, dass er nicht wie mein Vater ist. Himmel, ich weiß das auch. Ich kann es ihm also nicht verübeln, wenn er langsam etwas ungeduldig wird." Sie stöhnte und vergrub ihr Gesicht wieder in den Händen.

Sam, ungeduldig? Davon hatte Paige noch nichts bemerkt. Sie hatte selten ein Paar gesehen, das so liebevoll miteinander umging.

„Bist du dir sicher, dass du dir das mit der Ungeduld nicht nur einbildest?"

Kat linste hinter ihren Fingern hervor. „Keine Ahnung. Vielleicht. Ich weiß, dass ich ungeduldig werden würde."

„Du meinst, du bist ungeduldig mit dir."

„Ja, ja, ja, schon gut."

„Und das mit den Kindern? Ist dieses Thema ebenso konfliktbehaftet?"

„Ziemlich. Sam ist voll dafür."

„Klar. Ist ja auch einfach für ihn. Er muss es weder ausbrüten noch aufziehen, da er die Hälfte der Zeit nicht hier ist."

„Stimmt. Das wird sich aber Ende des Jahres ändern. Sein Vertrag bei den Colorado Avalanche läuft dann aus."

„Verlängert er nicht mehr?"

Kat schüttelte den Kopf. „Er sagt, er möchte gerne aufhören, solange er noch gesund ist. Für einen Hockeyspieler hatte er bisher großes Glück. Seine ernsthaften Kopfverletzungen kann er an zwei Händen abzählen. Doch jedes Spiel ist ein Risiko."

„Das ist eine kluge Entscheidung. Meine Diplomarbeit, die ich für die Uni geschrieben habe, handelte von Sportlern und dem Langzeiteffekt der Verletzungen, die sie sich während ihrer Zeit als aktive Sportler zugezogen haben." Sie überlegte einen Moment. „Was hält dich dann davon ab?"

Kat machte eine ausholende Handbewegung. „Na, all das. Meine anderen Babys. Ich war schon ein Wrack, nachdem ich ein paar Tage Kater Karlo alle zwei Stunden füttern musste. Wie soll das gehen, wenn ich nicht nur die Tierkinder, sondern auch noch meins versorgen soll?"

„Indem du um Hilfe bittest? Sam kann sich ja um eines kümmern, du um das andere. Ich bin ja auch noch da und Nadia sowieso. Deine Mutter wird alle Hunde- und Katzenwelpen auf der Stelle adoptieren, wenn sie dafür ein Enkelkind kriegt."

„Da könntest du allerdings recht haben. Und jünger werde ich ja leider auch nicht." Sie seufzte.

„Also. Worauf wartest du noch? Hopp, hopp."

Kat legte den Kopf schief und schaute sie prüfend an. „Das hast du ja bestens hingekriegt."

„Was denn?", fragte Paige unschuldig.

„Na, so vom Thema abzulenken. Ich will Details!"

„Ach Gott. Details." Sie räusperte sich verlegen. „Tja. Was soll ich sagen. Es war genauso, wie ich es erwartet habe. Nur viel besser!"

„Wow. Das will ja was heißen. Aber eigentlich kein Wunder. Die Funken sind ja auch lange und hoch genug geflogen zwischen euch."

„Ja. Ich hoffe nur, dass jetzt was daraus wird. Aber ehrlich gesagt, wir können das gerne in aller Ruhe und bald besprechen. Jetzt muss ich es erst selber einmal verarbeiten. Ich hatte noch gar keine Zeit, mit dieser neuesten Entwicklung klarzukommen."

„Das verstehe ich. Ich frag dann einfach bei Gelegenheit wieder nach."

„Logisch. Ich habe auch nicht erwartet, dass du es vergisst." Sie rollte theatralisch mit den Augen und erhob sich vom Sofa. „Ich geh mal nach oben. Ist Nadia zu Hause?"

„Nein. Sie ist mit ihrem Buchclub unterwegs."

„Na, dann bleibt mir ja das nächste Verhör erst mal erspart. Ich fahre später noch mal weg. Kann ich Maybellene bei dir lassen? Ich glaube, sie vermisst ihre Freunde."

„Kein Wunder, wenn Frauchen sie über Nacht entführt", meinte Kat mit einem Augenzwinkern. „Klar. Lass sie ruhig hier. Ich nehme sie am Abend einfach hoch zu mir. Falls es später werden sollte", fügte sie eindeutig zweideutig hinzu.

„Haha."

*

In ihrem Zimmer angekommen warf sie einen Blick auf die Uhr. Jetzt war es halb eins. Zu früh, um zu den Peak-Residenzen zu fahren. Sie hatte keine Lust, den Bauarbeitern ihre Anwesenheit zu erklären. Sollte sie sich eine Stunde hinlegen und anschließend im Diner etwas essen? Ein wenig Schlaf nachzuholen klang verlockend. Sie zog die Vorhänge vor das Fenster und schlüpfte in eine Yogahose, die schon seit Langem zum Schlafanzug umfunktioniert worden war. Jaz lag ihr zwar dauernd in den Ohren, wieder einmal bei ihr im Studio vorbeizuschauen. Doch irgendwie hatte sie es immer wieder aufgeschoben.

Mit dem festen Vorsatz, wenigstens ein bisschen zu dösen, kroch sie unter ihre Decke. Eine Viertelstunde später schlug sie diese entnervt zurück. Wie sich herausstellte, war an Schlaf überhaupt nicht zu denken. Bilder und Sinneseindrücke der vergangenen Nacht überfluteten ihr Hirn. Während die Erinnerungen sehr angenehm waren, ließen sie sie trotzdem nicht zur Ruhe kommen. Da fielen ihr ihre Notizen ein, die sie auf ihrem Handy gemacht hatte. Mit ein paar Berührungen erweckte sie das Telefon zum Leben. Da waren wirklich ein paar gute Ideen dabei gewesen. Das Problem der erforderlichen Plattform ließ sich natürlich nicht auf der Stelle lösen. Doch den Artikel über dringend benötigten bezahlbaren Wohnraum für die Region konnte sie ja trotzdem schon schreiben. Was sie anschließend damit machen wollte, konnte sie auch noch später entscheiden. Sie stand auf und zog ihren Laptop aus der Tasche, um sich damit an den Küchentisch zu setzen.

Wie schon am Tag zuvor flossen ihr die Worte nur so aus den Fingern. Die Gegend konnte nicht alleine vom Tourismus leben. Wenn nämlich die Einheimischen gezwungen waren, immer weiter weg zu ziehen, weil die Preise für Mieten oder noch schlimmer die Grundstückpreise explodierten, war niemand mehr da, der die Arbeit machte. Um den Charme der Region zu erhalten, war es wichtig, die neuen Bauprojekte möglichst nahtlos in die Landschaft einzufügen. Wenn auch noch auf ökologische Standpunkte geachtet wurde, gab es vielleicht sogar staatliche Unterstützung. Sie machte sich eine Notiz, diesen und andere Punkte genauer zu recherchieren. Das einzige Problem war, dass sie keine Ahnung hatte, wer an dem Projekt Interesse haben könnte. Der Bürgermeister fiel schon mal aus, nachdem alles darauf hindeutete, dass er mit de Luca krumme Geschäfte gemacht hatte. Nicht gerade etwas, das ihn als ökologisch und sozial engagierten Gemeindepräsidenten auszeichnete, dachte sie sarkastisch. Als sie den letzten Satz fertig getippt und den Artikel noch einmal überflogen hatte, lehnte sie sich zufrieden in ihrem Stuhl zurück. Sobald sich eine Gelegenheit bot, wollte sie den Artikel Tyler zeigen. Durch ihre Tanzprojekte an verschiedenen Schulen hatte sie einiges an Erfahrung gesammelt, was den Umgang mit offiziellen Ämtern anging. Vielleicht konnte sie ihr den einen oder anderen Tipp geben. Sowieso wäre es ganz spannend, das Geschriebene verschiedenen Leuten zu lesen zu geben und die Reaktionen darauf zu sammeln. Kurz entschlossen aktivierte sie den Drucker, der in ihrem Zimmer stand, und drückte Enter. Sehr oldschoolmäßig wieder einmal, dachte sie und musste über sich selber schmunzeln. Jedem ihren Laptop vor die Nase zu halten, fand sie irgendwie doof. Sie fand es angenehmer, Papier herumzureichen und in der Lage zu sein, von Hand Notizen aufs Papier zu kritzeln, wenn jemand eine gute Idee hatte. Wahrscheinlich ein Überbleibsel aus ihrer Schulzeit.

Die Zeit war wie im Flug vergangen. Wenn sie im Diner noch etwas essen wollte, bevor sie sich auf Brandstifterjagd machte, musste sie sich sputen. Brandstifterjagd, lachte sie über sich selber. Als ob sie sich mit Ermittlungen auskennen würde. „Ein unverarbeiteter Emma-Peel-Komplex?“, wunderte sie sich laut, als sie sich zum Spiegel beugte und etwas Wimperntusche auftrug. Sie kicherte bei dem Gedanken, dass sie sich unbewusst mit der weiblichen Undercoveragentin aus dem Film The Avengers identifizierte. Ein klarer Fall von Größenwahn. Erst Erin Brockovich und jetzt Emma Peel. Plötzlich nervös kontrollierte sie ein letztes Mal ihr Spiegelbild. Dann verstaute sie resolut ihre Schminksachen und verließ das Badezimmer. Auf dem Weg hinaus griff sie sich die ausgedruckten Seiten aus dem Drucker und verstaute sie in ihrer Handtasche. Vielleicht hatte sie ja Glück und Tyler war im Diner. Wenn sie und Pat gerade keine Aufträge hatten, er als Restaurator, sie als Tanzlehrerin, verbrachten sie ihre Zeit in Independence und waren oft im Diner anzutreffen. Das war trotz der Eröffnung vom Sweets immer noch der soziale Dreh- und Angelpunkt der kleinen Stadt. Das würde sich wohl nicht so schnell ändern, egal wie viele neue Restaurants eröffnet wurden. Die Leute hier hatten ein langes Gedächtnis. Das wusste sie selber nur zu gut. Immerhin war dieses Kapitel mit der Aussprache, die sie und Ace hatten, wohl endgültig abgeschlossen. Wurde auch Zeit, dachte sie erleichtert.

22

Im Diner war es relativ ruhig. Ein paar ältere Damen saßen zusammen bei Tee und Kuchen. Von ihren Freunden war niemand hier. Schade. Aber vielleicht kam ja noch jemand, während sie etwas aß. Am Tresen saß Dagobert, der Trunkenbold, der in einem Wohnwagen am Rande von Independence hauste. Der Gerüchteküche nach hatte er mindestens so viel Geld wie sein berühmter Namensvetter. Sie hatte keine Ahnung, ob das stimmte. Sie wusste nur, dass er der Einzige gewesen war, der Kat damals unterstützt hatte, als sie neu nach Independence gekommen war. Alleine dafür hatte er bei ihr einen Stein im Brett.

Aus diesem Grund setzte sie sich in seine Nähe, statt möglichst weit entfernt von ihm zu bleiben, wie es viele der Gäste hielten. Als sei Alkoholismus ansteckend, dachte sie angewidert. Sicher, ab und zu fing er an, eine melancholische Ballade zu singen. Oder er schlief am Tresen über seinem Bier ein und schnarchte. Alles in allem war er aber ein sehr angenehmer Trinker. Sie nickte ihm zu und setzte sich auf den Barhocker. Damit die Papiere nicht völlig zerknittert wurden, zog sie sie aus der Tasche und legte sie auf den Tresen.

Miss Minnie tauchte auf. Statt ihres gewohnten Lächelns trug sie eine säuerliche Miene zur Schau. Sie nickte Paige nur zu und schenkte ihr ungefragt eine Tasse Kaffee ein.

„Ähm“, Paige traute sich kaum zu fragen, „gibt es was zu essen?“

„Sind wir ein Diner oder sind wir ein Diner?"

„Äh, ein Diner?", antwortete Paige und hoffte, dass es das Richtige war, das zu sagen.

„Hmpf. Sollte man meinen, oder? Wäre schön, wenn das meiner Schwester auch wieder einmal einfallen würde. Wer weiß, wo die sich wieder herumtreibt."

„Na, na", versuchte sie George zu beruhigen, der plötzlich neben Paige auftauchte. „Dafür habe ich dich ganz für mich, ist doch auch was!"

Eins musste man Averys Großvater lassen, dachte Paige amüsiert, während sie das Geplänkel verfolgte. Der Mann hatte das Süßholzraspeln über die Jahre perfektioniert.

„Und was nützt mir das? Jetzt, wo ich keine Zeit habe, das zu genießen?"

„Zu deinem Glück komme ich ja gerne zu dir, sodass du nicht einmal freinehmen musst."

Paige duckte sich instinktiv und schielte zu Miss Minnie hinüber. Wie sie vermutet hatte, kam Georges letzte Bemerkung nicht gut an.

Die ältere Frau stützte die Hände in die Hüften und warf George einen bösen Blick zu. „Du meinst wohl, dann kannst du dir die Mühe sparen, mich zum Essen auszuführen? Das würde dir so passen. Meine Schwester erlebt ein Abenteuer nach dem anderen und ich sitze hier fest. Und du findest das auch noch gut. Zugegeben, sehr bequem für dich. Aber ich bin nicht interessiert. Geh! Und lass dich erst wieder blicken, wenn es dir ernst ist mit mir. Wenn du bereit bist, mir etwas zu bieten." Dann hob sie ihr Kinn und griff geschäftig nach der Kaffeekanne und ihrem Geschirrtuch, das sie immer mit sich herumtrug.

„Autsch!", kommentierte George zerknirscht. „Das habe ich nicht besonders geschickt gehandhabt, was?"

Paige beschränkte sich taktvoll darauf, mit einer Schulter zu zucken, und studierte ihr Glas.

„Habe ich das richtig verstanden, dass die Messlatte dank des örtlichen Bikers plötzlich höher hängt?", fragte er niemanden Bestimmten.

Paige konnte sich das Lachen gerade noch verkneifen. Sein ungläubiger Tonfall war einfach unbezahlbar.

„Ja, das ist so. Ganz ehrlich?"

„Gerne. Ehrlich und direkt ist immer gut", antwortete er amüsiert. „Und weiblicher Input hilft immer. Vielleicht verstehe ich die Frauen dann irgendwann."

Das bezweifelte Paige. Schließlich war er ein Mann. Aber gut. Immerhin bemühte er sich.

„Der Anfang war sehr gut. Da war ich echt beeindruckt."

George strahlte.

„Aber ihr zu sagen, dass ja alles tipptopp ist, weil sie jetzt deine ungeteilte Aufmerksamkeit genießt – wohlgemerkt nicht, weil du dich bewusst für sie entschieden hast, sondern rein aufgrund der Umstände … nicht so gut. Aber der größte Fehler war, ihr zu sagen, sie könnte gleichzeitig arbeiten. Das, nachdem sie seit gut zwei Wochen mehrheitlich den Laden alleine schmeißt."

George warf die Hände in die Luft. „Was soll ich denn machen! Wenn ich sie frage, ob sie mit mir ausgeht, lehnt sie immer ab. Zu viel zu tun. Deshalb dachte ich, ich komme zu ihr. Wenn der Berg nicht zum Propheten kommt … du weißt schon."

Paige lachte. „Zugegeben, es ist schwierig, die Disney Sisters vom Diner wegzulocken. Fakt ist, Kurt hat es auch hingekriegt."

„Kurt. Ich höre immer nur Kurt, Kurt, Kurt."

Amüsiert schüttelte sie den Kopf. „Es steht dir ja frei, dasselbe zu tun."

George verschränkte die Arme vor der Brust. „Wie soll das gehen. Dann ist das Diner ja ganz ohne Mannschaft. Was meinst du, was mir Miss Minnie dann erzählt!"

„Ach, ich bin sicher, dir fällt was ein, wie du sie ablenken kannst. So wie ich das sehe, hast du zwei Möglichkeiten. Entweder schließt du das Diner für einen Abend, oder du organisierst eine Vertretung. Frag mal Aileen, ob sie eine Idee dazu hat."

Miss Minnie tauchte wieder auf und setzte einen Teller, gefüllt mit dampfendem Chili, unsanft vor Paige auf den Tresen. „Guten Appetit." Sie ließ ihren Blick zu George schweifen. „Du bist immer noch hier?", fragte sie unfreundlich.

„Selbstverständlich. Ich habe gerade ein sehr erhellendes Gespräch mit dieser hübschen jungen Dame geführt."

Paige stöhnte innerlich. Vielleicht war er doch nicht so geschickt im Flirten, wie sie gedacht hatte.

„Das glaub ich gern. Du konntest dich ja noch nie lange auf eine Frau konzentrieren." Nach diesem verbalen Hieb eilte sie weiter.

George erhob sich von seinem Barhocker und setzte seinen Hut wieder auf. So sah er aus wie der Inbegriff des Gentleman-Ranchers. Paige fiel auf, dass Miss Minnie ihn aus den Augenwinkeln beobachtete.

„Du gibst auf?", fragte Paige und hob eine Augenbraue.

„Keineswegs, meine Liebe", antwortete er und zwinkerte ihr verschwörerisch zu. „Ein taktischer Rückzug, das ist alles. In der Zwischenzeit werde ich unser Gespräch analysieren und meine nächsten Schritte planen. Ich wünsche dir einen schönen Tag." Er hob den Hut zum Gruß und verließ das Diner.

Amüsiert widmete sich Paige ihrer Mahlzeit, während sie über das eben Erlebte nachdachte. Falls sich herausstellte, dass sie als Reporterin tatsächlich keine Zukunft hatte, konnte sie immer noch ein Buch schreiben. Die Einwohner hier lieferten auf jeden Fall genügend Stoff für eine spannende Geschichte.

Etwas stupste gegen ihr Bein. Erst dachte sie, es sei Maybellene, und wollte schon mit der Hand nach unten greifen, um ihre Hündin zu streicheln, als ihr einfiel, dass sie diese ja bei

Kat gelassen hatte. Erschrocken sprang sie auf und brachte sich hinter ihrem Hocker in Sicherheit.

Der Dalmatiner, der für das Anstupsen verantwortlich gewesen war, erschrak mindestens genauso und versteckte sich hinter seinem Frauchen.

Eine Hand auf ihr wie wild klopfendes Herz gelegt sagte Paige: „Ach, du bist es. Hallo, Lily. Was hat mich dein Hund jetzt erschreckt."

„Sorry." Lily, eine gute Freundin von Tyler und die Inhaberin des einzigen Blumengeschäfts in Independence, lächelte sie entwaffnend an. „Das wollte ich nicht." Sie schaute hinunter auf ihren Hund, der immer noch unsicher wedelnd zwischen ihren Beinen hervorlinste. „Tröstet es dich zu hören, dass sich Pebbles mindestens genauso erschrocken hat wie du?"

„Ein wenig. Tut mir leid. Bei fremden Hunden bin ich nach wie vor ängstlich."

„Kein Problem." Sie ließ sich zwei Hocker weiter neben Paige nieder. „Platz, Pebbles." Mit einem besorgten Blick aus ihrem süßen schwarz-weiß gefleckten Dalmatiner-Gesicht befolgte die Hündin die Anweisung.

„Hast du nicht einen zweiten Hund?"

„Doch. Ich habe einen von Nikitas Welpen übernommen."

Paige lachte nervös. Nikita war Kats zweite Bordeaux-Dogge. Sie hatte letztes Jahr vier Junge zur Welt gebracht. Mit Nikita und auch mit Rocky hatte sie gar keine Probleme mehr. Mit sehr viel Geduld hatte Kat mitgeholfen, ihr Vertrauen in die beiden aufzubauen. Der Kampfhundemischling Bella hatte das Glück, Maybellenes beste Freundin zu sein, sodass ihr gar nichts anderes übrig geblieben war, als sich mit ihr anzufreunden. Aber ob sie einen Zusammenstoß mit einem ihr komplett fremden Hund dieser Größe überlebt hätte, also nervlich, das wusste sie beim besten Willen nicht. Pebbles hier war mehr ihr Fall. Vor allem, da der Hündin so deutlich anzusehen war, dass sie genau die gleichen Zweifel in Bezug auf Paige hatte wie umgekehrt. So ein Hund musste ihr ja sympathisch sein.

„Blue liegt im Café vor dem Schwedenofen. Als hätten wir tiefsten Winter. Ich gebe Kat die Schuld, dass er so verweichlicht ist. Die Wurfbox stand immer in der Nähe des Feuers.“ Sie wandte ihre Aufmerksamkeit der geschäftig vorbeieilenden Miss Minnie zu.

„Wie geht es Ihnen?“, begrüßte sie sie.

„Wie soll's schon laufen, wenn mich alle im Stich lassen? Erst Aileen, jetzt Miss Daisy …“ Sie warf die Hände in die Luft und stürmte durch die Drehtüren zur Küche, dass diese hektisch hin- und herschwangen.

Mit großen Augen wandte sich Lily fragend Paige zu. „Habe ich was Falsches gesagt?“

Paige schmunzelte und schüttelte den Kopf. „Nicht direkt. Sie hat nur eine Stinklaune, weil ihre Schwester offenbar beschlossen hat, dass es ein Leben außerhalb des Diners gibt. Miss Minnie hat jetzt das Gefühl, für zwei arbeiten zu müssen, anstatt dass sie sich Hilfe sucht. Du hast einen guten Draht zu Aileen, oder?“

Lilys Wangen färbten sich tiefrot. Wenn man der Gerüchteküche glaubte, waren die beiden nicht nur beste Freunde, sondern ein Paar. Doch da weder Lily noch Aileen je etwas dazu sagten, nahm Paige an, dass sie es noch ein wenig für sich behalten wollten. Sie verstand zwar den Grund nicht ganz, aber es war auch nicht ihr Leben. Independence war zwar eine kleine Stadt, doch die Einwohner waren sehr offen. Sie glaubte nicht, dass ein Coming-out zu Problemen führen würde. So viel sie wusste, waren Jaz' Großmutter Rose und die Schulleiterin schon seit Jahren zusammen. Allerdings auch nicht offiziell. Hm. Ihr journalistischer Instinkt hob träge den Kopf. Nicht jetzt, ermahnte sie sich. Eins nach dem anderen. Erst kam der Brandstifter an die Reihe.

„Ich sehe Aileen gleich, beim, äh, Blumen ausliefern. Ich lasse sie wissen, dass Miss Minnie Hilfe gebrauchen könnte. Vielleicht fällt uns ja etwas ein."

„Das wäre sicher gut. Lass mich wissen, wenn ich dir etwas helfen kann, okay?"

Überrascht schaute Lily sie an. „Danke. Lieb von dir. Dann geh ich lieber gleich und esse etwas bei Aileen im Sweets", sagte sie mit einem Blick auf die Küche, wo Miss Minnie verschwunden war.

Pebbles sprang auf, den Blick unverwandt auf Lily gerichtet.

„Ja, du hast richtig gehört. Wir gehen zum Sweets. Wo auch der langweilige Blue schon auf uns wartet." Langweilig hin oder her, Pebbles schien sich zu freuen. Sie wedelte freudig, sodass ihr ganzer Körper mitzuwedeln schien.

Paige lachte, als sie das sah. „Du scheinst ja tatsächlich ein ganz freundliches Exemplar zu sein. Das nächste Mal, wenn ich bei dir Blumen hole, bringe ich Zeit für eine Desensibilisierungssitzung mit."

„Au ja, mach das doch. Vor Pebbles braucht wirklich niemand Angst zu haben. Die erschrickt höchstens vor sich selber. Zum Beispiel, wenn sie niest. Tschüss."

„Mach's gut."

Paige wandte sich dem Rest ihres Chilis zu. Anscheinend hatte Miss Daisy das aufgesetzt, bevor sie heute Morgen gegangen war. Keine Chance, dass Miss Minnie so etwas Leckeres kochen konnte. Eigentlich gar keine schlechte Lösung, grübelte sie. Offensichtlich war das Problem weniger die Arbeit, die nicht gemacht wurde, sondern mehr, dass sich Miss Minnie offenbar von ihrer Schwester im Stich gelassen fühlte. Sie schüttelte den Drang, Miss Minnie aufzusuchen und zu trösten, ab. Die Frau würde ihr wahrscheinlich den Kopf abreißen und anschließend den abgenagten Schädel als Deko auf den Tresen stellen. Sie legte fünfzehn Dollar neben ihren Artikel, den sie immer noch daliegen hatte. Den durfte sie nachher nicht vergessen. Jetzt musste sie noch kurz zur Toilette. So langsam machte sich die Nervosität bemerkbar. Immerhin war sie gestern schon nur knapp davongekommen. Eigentlich schon ein paar Mal, wenn sie so darüber nachdachte. Kein Wunder, dass Ace ihrem Plan nur zähneknirschend zugestimmt hatte. Der Gedanke, ihn in wenigen Stunden wiederzusehen, hob ihre Laune ganz gewaltig. Sie hoffte, heute Nachmittag erfolgreich zu sein. Dann hätten sie wenigstens etwas vorzuweisen, sozusagen einen Beweis dafür, dass es sich gelohnt hatte, das Risiko einzugehen.

Fünf Minuten später wusch sie sich die Hände am Waschbecken und warf einen Blick in den Spiegel. Zuversichtlich grinste sie ihr Spiegelbild an: „Pass nur auf, de Luca! Jetzt kommt die Super-Ermittlerin.“

Immer noch gut gelaunt ging sie zu ihrem Hocker zurück. Erleichtert sah sie, dass Miss Minnie das Geld offenbar schon entdeckt hatte. Sie griff sich ihre Tasche, die sie an einen der Haken unter dem Tresen gehängt hatte, und machte sich auf den Weg. An der Tür stutzte sie. Hatte sie nicht noch etwas vergessen? Ihre Papiere! Sie warf einen Blick zurück an den Tresen. Dort lag nichts herum. Seltsam. Zu ungeduldig, um ihre Tasche gründlich zu durchsuchen, wühlte sie blind darin herum. Als sie etwas Papierenes zwischen den Fingern spürte, atmete sie auf. Offensichtlich hatte sie sie doch eingesteckt.

*

Die Glocke über der Tür schwang gefährlich hin und her, als Lily ins Café stürzte. Ein paar der Gäste blickten erschrocken auf, entspannten sich aber gleich wieder, als sie Lily und Pebbles erkannten.

Trotzdem bremste Lily ihr Tempo ein wenig. Aileen würde es nicht freuen, wenn sie die Gäste erschreckte. Pebbles ging zielstrebig zu Blue hin, der immer noch am selben Ort am

Boden lag und gemütlich döste. Nicht einmal das stürmische Eintreten seiner Besitzerin hatte ihn aus seinem Schlaf gerissen.

„Toller Wachhund“, murmelte Lily, doch sie lächelte dabei.

Sie hielt Betty an, ein rundlicher Rotschopf Anfang vierzig, die seit Kurzem im Sweets als Bedienung arbeitete. „Ist Aileen da?“

„Sie ist hinten, in der Küche.“

Mit einem Blick in Richtung Holzofen, der an der einen Wand des Cafés stand und mit seiner Wärme eine Gemütlichkeit in das sonst sehr modern in Pariser Chic gehaltene Lokal brachte, vergewisserte sie sich, dass die beiden Hunde friedlich dort lagen. Froh, ihre Freundin zu sehen, schlüpfte sie hinter den Tresen und von da in die Küche. Dort war Aileen gerade dabei, laut auf Französisch fluchend ein Stück Teig zu kneten. Oder zu verdreschen. Wie immer man auch das nennen wollte, das sie der armen Teigmischung angedeihen ließ.

„Äh, Aileen? Geht es dir gut?“

Aileen drehte sich mit blitzenden Augen zu ihr um und zeigte mit einem mit Mehl verklebten Finger auf sie. „Du!“, rief sie anklagend aus. „Du kommst mir gerade recht.“

Verwirrt trat Lily einen Schritt zurück. „Ich? Wieso?“

Aileen kniff die Augen zusammen. „Du weißt genau, wieso. Merde!“ Theatralisch fuhr sie sich durch die kurzen, dunklen Haare und verteilte dabei großzügig Mehl über ihre Wange, die Nasenspitze und die Haare. Es sah lustig aus. Doch Lily wagte es nicht, zu lachen, aus Angst, die andere Frau noch mehr aufzuregen.

Plötzlich schien Aileen der Kampfgeist zu verlassen. Sie ließ den Arm sinken. „Ich weiß gar nicht, weshalb ich mich überhaupt noch aufrege.“ Ihre Stimme hatte einen bitteren Klang.

Lily schluckte. Jetzt war ihr klar, woher Aileens schlechte Laune rührte. Und sie war schuld daran. „Es tut mir leid. Ich wollte es ja tun. Aber …“

„Aber was?! Ich möchte endlich Hand in Hand durch Independence spazieren. Oder von dir erzählen können, was wir erlebt haben, was wir planen.“ Frustriert wandte sie sich ab. „So wie es scheint, bin ich die Einzige, die tatsächlich etwas plant. Das Einzige, was du baust, sind Luftschlösser. Leere Versprechungen, die nichts wert sind.“

Lily schloss die Augen. „Das ist nicht fair. Du verstehst nicht, die Leute …“

„Die Leute, was ist mit den Leuten? Scheißegal, was die Leute denken!“

„Aber mir ist es nicht egal. Meine Eltern …“

„Deine Eltern sind tot. Aber du nicht. Du lebst.“ Sie wandte den Blick ab. „Und nun geh. Ich möchte allein sein.“

Geschockt schaute Lily sie an, als würde sie ihren Ohren nicht trauen. „Du schickst mich weg?“

„Ich habe nur gesagt, dass ich etwas Zeit für mich brauche“, entgegnete Aileen müde.

Ratlos, was sie tun sollte, gab Lily sich geschlagen. Mit hängendem Kopf kehrte sie in den Gastraum zurück.

„Pebbles, Blue“, rief sie ihren Hunden zu. Die beide rappelten sich von ihrem Platz am Feuer hoch und folgten ihr nach draußen. Blue musste sich natürlich noch von all seinen Lieblingsgästen verabschieden und sich eine Streicheleinheit abholen. Lily biss die Zähne zusammen und wartete geduldig, bis es ihr soziales Riesenvieh endlich bis zur Tür geschafft hatte. So hatte sie sich den heutigen Nachmittag nicht vorgestellt. Anstatt mit Aileen einen Plan auszuhecken, wie sie den Disney-Sisters oder besser gesagt, vor allem Miss Minnie die Arbeit erleichtern könnten, hatten sie sich gestritten. Wieder einmal. Wer auch immer vermutet hatte, reine Frauenbeziehungen seien einfacher als der übliche Mann-Frau-Mix, hatte keine Ahnung. Im Gegenteil. Das Problem war, Aileen hatte recht. In allen Punkten. Und trotzdem konnte sie sich einfach nicht durchringen, ihre Beziehung endlich publik zu machen. Sie war einfach ein großer Feigling. Niedergeschlagen machte sie sich auf den Weg in Richtung Blumenladen.

*

De Luca saß derweil in seinem Büro und rätselte, was Paige sich wohl von einem erneuten Besuch auf der Baustelle erhoffte. Es gab doch nichts, was ihren Verdacht geweckt haben könnte, oder? Mit einem Fluch öffnete er eine Schublade und nahm einen Plan von dem Gelände zur Hand. Wenn er bloß wüsste, woher sie gestern so schnell aufgetaucht war, als er Melissa gerade wieder einmal zeigen wollte, wer der Boss war. Überhaupt war das alles Paiges Schuld. Wenn sie ihn endlich rangelassen hätte, wäre er nicht darauf angewiesen gewesen, sich Melissa gefügig zu machen. Ein Mann hatte schließlich gewisse Bedürfnisse. Aber zurück zum ungünstigen Auftauchen von Paige. War es wirklich nur ein unglücklicher Zufall gewesen? Oder war sie etwa schon länger auf dem Gelände gewesen und hatte alles gesehen? Nein. Das konnte nicht sein. Er hatte ja gehört, wie sie herangefahren war und geparkt hatte. Außer … Er zog den Plan näher und studierte ihn genauer. Sein Finger folgte der Straße, die an der Baustelle vorbeiführte. Ein wenig weiter vorn ging die Schotterstraße ab, die zur Zulieferung benutzt wurde. Wenn sie hier hinten geparkt hatte und sich von dieser Seite dem Bürocontainer genähert hatte … er hielt inne. Schweiß brach ihm aus allen Poren. Der Geländewagen. Ob sie einen Blick hineingeworfen hatte? Er fischte ein Taschentuch aus der Hose und wischte sich damit den Nacken ab. Eher unwahrscheinlich, sagte er sich. Schließlich war es dunkel. Nur … falls sie den Inhalt gesehen hatte, tja dann, dann hatte er ein Problem. Eines, das er sich nicht leisten konnte.

Draußen ertönten Stimmen. Ein Mann lachte, zwei andere riefen sich Grußworte zu. Die Crew verließ gerade die Baustelle. Bis jetzt war Paige nicht aufgetaucht. Wahrscheinlich hatte sich das Melissa nur eingebildet, beruhigte er sich. Am besten, er ging jetzt nach Hause. Er rollte den Plan zusammen und klopfte sich damit auf die Hand. Andererseits, an Paiges Stelle würde er abwarten, bis die Bauarbeiter weg waren. Sie hatte zwar einen mehr oder weniger triftigen Grund, sich hier aufzuhalten. Aber wenn sie anfing herumzuschnüffeln, würden seine Mitarbeiter mit ihr kurzen Prozess machen und sie bei ihm abliefern. Das wusste sie bestimmt. Mist. Das hieß, dass er noch eine Weile hierbleiben und sie abpassen musste. Nur wie? Außer sie parkte direkt vor dem Büro, was sehr unwahrscheinlich war, sah er sie unter Umständen nicht einmal. Er unterbrach seine Wanderung durch die beengten Räumlichkeiten und starrte aus dem Fenster. Plötzlich kam ihm eine Idee, und ein fieses Lächeln breitete sich auf seinem Gesicht aus. Statt herumzusitzen und auf sie zu warten, würde er ihr eine Falle stellen. Eine unwiderstehliche Falle. Zumindest, wenn sie gestern seinem Geheimnis tatsächlich auf die Spur gekommen war. Von neuem Optimismus erfüllt machte er sich daran, seinen Plan in die Tat umzusetzen.

23

Wie schon am Tag zuvor fuhr Paige an dem Schild „Bauleitung“ vorbei und folgte der Hauptstraße ein wenig länger, bis zur nächsten Abzweigung. Sie parkte an derselben Stelle und stieg aus. Der weite Himmel über ihr wies über den umliegenden Bergen, die im Westen hinter dem Baugelände aufstiegen, bereits rosa Streifen auf. Sie musste sich beeilen, wenn sie noch etwas sehen wollte. Für einen Augenblick lauschte sie den Geräuschen um sie herum. Irgendwo gluckste Wasser. Ein paar vereinzelte Vögel sangen. Der Wind, heute unerwartet lau, fuhr durch das harte Gras zu ihren Füßen, durch ihre Haare und die klingenden Blätter der Espen. Keine Baugeräusche. Das war gut. Sie hatte keine Lust, irgendwelche Fragen zu beantworten. Sie rollte ihre Schultern vor und zurück, um etwas von der Spannung loszuwerden, die sich über den Tag in ihrem Körper aufgebaut hatte. Irgendwie hatte die vor ihr liegende Aufgabe das meiste von ihrem Glanz verloren und schien mehr wie ein unlösbares Problem. Was machte sie eigentlich hier? Sie war nur eine unbedeutende Journalistin mit übersteigerten Ambitionen. Wie kam sie nur auf die Idee, mehr erreichen zu können als das Sheriffsdepartment und die Feuerwehr mit all ihren Journalisten? Von Zweifeln geplagt war sie schon fast so weit, wieder ins Auto zu steigen, zu Ace zu fahren und ihm zu sagen, dass er recht gehabt hatte. Ein letztes Mal ließ sie ihren Blick über die unfertigen Bauten gleiten. Unvorstellbar, dass das Gelände in wenigen

Monaten mit Leben gefüllt sein sollte. Sie wollte sich gerade umdrehen, als ihr Blick an einem weißen Punkt am Hang hängen blieb. War das etwa der Geländewagen, den sie gestern Abend gesehen hatte? Mit allen erforderlichen Zutaten für ein ordentliches Feuer? Unschlüssig ging sie ein Stück in die Richtung. Jetzt wäre ein Feldstecher eine gute Idee. Verärgert runzelte sie die Stirn. Eine schöne Detektivin war sie. Nicht einmal das Minimum an Ausrüstung hatte sie dabei. Wahrscheinlich war es sowieso ein anderes Fahrzeug. Bestimmt standen die zu Dutzenden auf dieser Baustelle herum. Trotzdem. Bevor sie jetzt unverrichteter Dinge wieder nach Hause fuhr, konnte sie sich das Auto wenigstens einmal ansehen. Wenn sie vielleicht auch kein Foto vom Inneren des Wagens machen konnte, gelang es ihr vielleicht, sich die Dinge, die sich darin befanden, zu merken. Aufzuschreiben, korrigierte sie sich, als ihr einfiel, wie wenig zuverlässig ihr Hirn war. Sie straffte die Schultern und marschierte los.

Paige schlug einen großen Bogen um das ganze Gelände. Nachdem sie den ganzen Tag mehr oder weniger sitzend verbracht hatte, genoss sie den Aufstieg über die Wiese und durch den lichten Wald des National Forest, der bis fast an die Baustelle reichte. Zumindest auf dieser Seite, wo das Feuer noch nicht gewütet hatte. Dieser Teil war wohl als Nächstes dran, dachte sie grimmig. Tief sog sie die kühle Abendluft ein und genoss das Gefühl, unterwegs zu sein. Schade eigentlich, dass sie Maybellene zu Hause gelassen hatte. Die hätte sich gefreut, vorauszuspringen und den verschiedenen Wildspuren zu folgen. Glücklicherweise jagte die Schipperke-Hündin nicht. Dafür war die Bindung zu Paige zu stark. Zumindest vermutete Paige, dass das der Grund war. Interessant fand Maybellene die verschiedenen Gerüche trotzdem. Sie nahm sich vor, bald wieder mit ihr eine Tageswanderung zu unternehmen. Vielleicht hatten Ace und Lilo diesmal Lust, sie zu begleiten? Sie war so vertieft in Gedanken über die wundersamen Veränderungen in ihrem Leben, dass sie es fast verpasst hätte, zur zukünftigen Skistation hinüberzugehen. Sie verließ den Schutz der Bäume und spazierte gemütlich zu der unfertigen Holz- und Betonkonstruktion hinüber. Das Auto stand verlassen da. Nach einem prüfenden Blick in die Runde näherte sie sich dem Fahrzeug. War es dasselbe? Sie hatte schon das Gefühl, aber richtig sicher konnte sie sich erst sein, wenn sie einen Blick ins Innere geworfen hatte. Allerdings war es natürlich auch gut möglich, dass jemand den Inhalt ausgeräumt hatte. Egal. Sie hatte ja nichts zu verlieren.

Wenn sie gewusst hätte, wie falsch sie damit lag, wäre sie sicherlich umgekehrt.

*

Melissa tigerte in ihrem Wohnzimmer auf und ab. Benny, ihr sechsjähriger Sohn, schaute von seinem Puzzle hoch.

„Mom, was ist? Bist du traurig?“

Melissa zwang sich zu einem Lächeln. „Nein, mein Schatz. Ich bin nicht traurig. Aber ich muss kurz mal telefonieren. Und nachher gibt es Abendessen, okay?“

„Jaa. Spaghetti!“

Sie lächelte trotz ihrer Sorgen über seinen Enthusiasmus. Dann nahm sie das Telefon von der Station und ging in die Küche. Wen sollte sie bloß anrufen? Die Polizei? Oder die Feuerwehr? Das war doch der Chef der Feuerwehr gewesen, der heute Vormittag mit Paige unterwegs gewesen war. Unschlüssig biss sie sich auf die Unterlippe. Dann zog sie ihr Smartphone hervor und suchte die Nummer der Feuerwehrwache heraus.

Als sie den Feuerwehrchef endlich am Telefon hatte, stand sie von ihrem Stuhl auf und begann in der Küche auf und ab zu gehen.

„Hallo, Melissa. Was kann ich für dich tun?“

Unsicher, ob er überhaupt wusste, wer am Telefon war, Melissa war schließlich ein häufiger Name, erklärte sie: „Hallo. Ich bin de Lucas Sekretärin."

„Ich weiß. Du wolltest mir etwas mitteilen?" Seine Stimme klang kurz angebunden, als hätte er viel Wichtigeres zu tun. Was wohl auch so war. Trotzdem nahm sie all ihren Mut zusammen und fing an zu sprechen.

„Hör zu, ich habe wahrscheinlich einen Fehler gemacht. Paige hat mir heute erzählt, sie hätte vor, sich noch einmal auf der Baustelle umzusehen."

„Ja, und?"

„Ich, äh, habe den Fehler gemacht, es de Luca zu erzählen."

Ein deftiges Schimpfwort entschlüpfte Ace, bevor er fragte: „Wieso, um Himmels willen, würdest du so etwas tun?"

„Es tut mir so leid, aber ich habe einen Sohn. Er ist sechs. De Luca hat gedroht, er würde ihm etwas antun."

Ace überlegte einen Moment. Dann sagte er: „Nimm deinen Sohn und bring euch beide in Sicherheit. Hast du einen Ort, wo du hin kannst? Deine Eltern?"

„Ja. Sie wohnen zwar in New Mexico, aber ja, dann fahre ich da hin."

„Gut. Und zwar gleich, okay?"

„Okay. Was ist mit Paige?"

„Mach dir keine Sorgen. Um Paige kümmere ich mich."

Erleichtert beendete Melissa das Gespräch. Sie war froh, dass sie diesmal das Richtige gemacht hatte. Einzig ihr Sohn würde nicht begeistert sein, wenn sie ihm eröffnete, dass aus seinen Spaghetti nichts werden würde. Aber ein kurzer Abstecher zu einem Drive-in würde ihn wieder versöhnen.

*

Als Ace den Hörer auflegte, wünschte er sich, dass er seinen Ratschlag auch selber beherzigen könnte. Doch er machte sich große Sorgen. Ganz egal, ob überhaupt etwas zu finden war, würde es de Luca nicht gerne sehen, wenn jemand in seinen Angelegenheiten herumschnüffelte. Leute wie er hatten immer etwas zu verbergen. Er nahm seine Jacke vom Haken, schnappte sich den Helm vom Tisch und verließ sein Büro.

Luke saß im Aufenthaltsraum und schaute auf, als er eintrat.

„Haben wir einen Einsatz?“, fragte er verwundert.

„Nein. Zumindest noch nicht.“ In kurzen Worten umriss er für seinen Freund die aktuelle Situation. „Ich fahr raus und schau nach, ob sie wieder einmal in der Klemme steckt.“

„Mach das. Wäre schade, wenn ihr was zustößt, nachdem du heute das erste Mal seit einem halben Jahr gut gelaunt zur Arbeit gekommen bist.“

„Haha.“

„Das ist die reine Wahrheit“, gab Luke zurück und grinste von einem Ohr zum anderen. Wieder ernst fragte er: „Soll ich mitkommen?“

Ace winkte ab. „Ich rechne nicht wirklich mit Schwierigkeiten. Ich fahr einfach da hin, verfrachte Paige in meinen Truck und komme wieder zurück.“

„Aha.“ Luke bezweifelte, dass es so einfach sein würde, doch er hielt wohlweislich seinen Mund. „Melde dich einfach, wenn du Verstärkung brauchst.“

„Mach ich.“

*

De Luca konnte sein Glück kaum fassen. Unbewusst fasste er an seinen Glücksbringer. Er hatte noch keine zehn Minuten gewartet, als er aus seiner erhöhten Position ihr Auto hatte heranfahren sehen. Zuerst schien es, als wollte sie gleich wieder gehen. Doch dann hatte sie den weißen Geländewagen gesehen. Offensichtlich war seine Vermutung richtig gewesen, dass ihr gestern Abend daran etwas aufgefallen war, denn sie machte sich unverzüglich an den Aufstieg. Warum sie den langen Umweg außen herum genommen hatte, war ihm nicht klar. Am liebsten hätte er ihr zugerufen, sie solle sich ein wenig beeilen. Er hatte keine große Lust, noch ewig hier herumzusitzen.

Als sie endlich aus dem Wald aufgetaucht war und in Richtung Skistation kam, machte er sich bereit und begab sich in Position.

Paige näherte sich dem Auto vorsichtig. Sie hatte keine Ahnung, wieso. Schließlich war außer ihr niemand hier. Ihr Nacken prickelte trotzdem. Ungeduldig rieb sie das unangenehme Gefühl mit dem Handrücken weg. Das waren nur ihre Nerven, die verrücktspielten. Sie würde jetzt einfach dahin gehen, einen Blick reinwerfen, ein paar Fotos machen und fertig, versuchte sie sich selber zu beruhigen.

Sie sah die Utensilien, den Brandbeschleuniger, die Tücher, auf den ersten Blick. Sie war so fasziniert über ihren Fund, dass sie erst gar nicht registrierte, wie hinter ihr ein paar Steine gegeneinander schlugen. Verspätet wollte sie sich umdrehen, als sich ein starker Arm um ihre Kehle schlang. Verzweifelt versuchte sie, sich zu befreien. Vergeblich. Der strenge Geruch einer Haarpomade stieg ihr in die Nase. Sie unterdrückte ein Würgen. De Luca!, schoss es ihr durch den Kopf. Der führte immer diesen ekelhaft süßlichen Duft spazieren. Ihr Angreifer zerrte ihr mit der anderen Hand grob einen Sack über das Gesicht. Desorientiert versuchte sie, danach zu greifen. Unvermittelt griff de Luca nach ihrem Arm, drehte ihn ihr auf den Rücken und übte mit seinem anderen Arm Druck auf ihre Kehle aus.

Sofort erstarrte sie. Atmen hatte im Moment oberste Priorität. Schließlich musste sie lange genug überleben, um dieses Arschloch hinter Gitter zu bringen. Also biss sie die Zähne zusammen, verdrängte die Tränen, die ihr vor lauter Schmerz in die Augen gestiegen waren, und versuchte, dem Druck an ihrem Hals auszuweichen.

„Jetzt bist du nicht mehr so vorlaut, was, Paige?", flüsterte er in ihren Nacken. „Am liebsten würde ich dich hier auf den schmutzigen Boden werfen und ficken, so wie du es verdient hast. Ha! Ich hätte das verdient. Du hast mich lange genug getriezt."

Der Mann hatte Wahnvorstellungen. Anders waren seine Aussagen nicht zu erklären, dachte Paige angewidert. Immerhin hatte er den Würgegriff um ihren Hals etwas gelockert.

Sie schluckte und nahm ihren ganzen Mut zusammen. „Was hast du mit mir vor?" Ihre Stimme klang gedämpft durch das stinkende Material des Sackes über ihrem Kopf. Sie versuchte, möglichst flach zu atmen.

„Ha! Das würdest du wohl gerne wissen. Keine Angst. Du erfährst es noch früh genug." Mit erstaunlicher Behändigkeit löste er den Griff um ihre Kehle und drehe ihr dafür den zweiten Arm auf den Rücken. Flink fesselte er ihre Handgelenke mit Kabelbinder. Dann gab er ihr einen unsanften Stoß.

„Los geht's. Wir haben noch einen Aufstieg vor uns."

Nach wenigen Metern merkte Paige an der Art und Weise, wie die Geräusche zurückgeworfen wurden, dass sie sich im Inneren der Skistation befinden mussten. Abgelenkt stolperte sie über eine Unebenheit im Boden und stürzte. Mit den gefesselten Händen hatte sie keine Chance, ihren Sturz irgendwie abzufangen, und fiel schmerzhaft aufs Gesicht. Sie schrie auf, als der grobe Boden ihre Schulter aufriss und ihr Wangenknochen hart aufschlug.

De Luca fluchte und riss sie wieder hoch.

„Pass auf! Sonst schleif ich dich an den Füßen. Mal sehen, wie dir das gefällt, du Schlampe!"

Paige bemühte sich, auf den Beinen zu bleiben. Doch es war schwierig, ohne etwas zu sehen und mit auf dem Rücken zusammengebundenen Händen. Taumelnd ließ sie sich eine Treppe hochschieben. Schließlich gab er ihr einen harten Stoß, sodass sie wieder hinfiel. Bevor sie sich aufrappeln konnte, lachte er hämisch.

„Mach's gut. Und viel Spaß in der Hölle." Eine Tür wurde zugeknallt. Schritte entfernten sich. Endlich war er weg. Sie atmete auf und versuchte, sich den Sack mithilfe ihrer Schulter vom Kopf zu streifen. Keine Chance. Sie musste eine Kante oder etwas Ähnliches finden.

Erschöpft blieb sie einen Moment liegen. Was er wohl mit seinem letzten Kommentar gemeint hatte? Abrupt setzte sie sich auf, als ihr eine Erklärung in den Sinn kam, und setzte ihre Bemühungen, das stinkende Ding über ihren Augen loszuwerden, hektisch fort. Er würde doch wohl nicht … Endlich hatte sie es geschafft. Mit wildem Blick sah sie sich in dem Raum um. Er war riesig. Die Fenster eher schmal. Sie war im zukünftigen Maschinenraum der Liftanlage gelandet. Sie hob die Nase und schnüffelte. Der Geruch von Kerosin mischte sich mit dem ersten Brandgeruch. Scheiße. Das mit der Hölle war offensichtlich wörtlich gemeint gewesen, dachte sie in einem Anflug von Galgenhumor.

*

Ace war schon fast bei den Peak-Residenzen angekommen, als er am Horizont Rauch aufsteigen sah. Das durfte doch nicht wahr sein. Mit einer Hand griff er nach dem Funkgerät, während sein Blick fest auf die Straße gerichtet blieb. Das war auch nötig, bei dem Tempo, dass er vorlegte. Der Gedanke, dass Paige vielleicht in Lebensgefahr war, ließ Adrenalin durch seine Adern schießen.

„Feuer bei den Peak-Residenzen. Ich wiederhole: Feuer bei den Peak-Residenzen. Ich will die ganze Truppe und den Löschzug so schnell wie möglich vor Ort. Over."

„Verstanden. Over." Gott sei Dank hielt sich Luke nicht mit unnötigen Worten auf.

„Ich werde mich vor Ort schon mal umsehen. Over."

„Ace. Warte auf Verstärkung, bevor du reingehst. Over."

„Ich weiß noch nicht einmal, was mich erwartet. Vielleicht ist es nur der übliche Waldbrand und das Ganze hat gar nichts mit Paige zu tun. Over." Doch sie wussten beide, dass das sehr unwahrscheinlich war.

„Pass auf dich auf. Over."

Ohne nochmals zu antworten, unterbrach Ace die Verbindung. Mit quietschenden Reifen bog er in die Baustelleneinfahrt ein. Er nahm nicht an, dass Paige den Haupteingang benutzt hatte. Doch das spielte auch keine Rolle. Er würde auf dem direktesten Weg zum Brandherd fahren. Im Idealfall war sie gar nicht in der Nähe oder bereits wieder auf dem Heimweg. Seine Intuition sagte ihm allerdings was ganz anderes. Ein nervöser Blick auf die Uhr am Armaturenbrett verriet ihm, dass seit dem Funkkontakt mit Luke etwa sechs Minuten vergangen waren. Sehr gut. Dann war Hilfe bereits unterwegs. Er hoffte, sie beeilten sich. Sicher beeilten sie sich. Verdammt. Er durfte jetzt nicht die Nerven verlieren.

Auf seiner Suche nach dem Ursprung des dichten Rauchs kam er nur langsam voran. Zwar war ihm das Gelände durch die vielen Zwischenfälle rund um die Baustelle einigermaßen vertraut. Doch bisher waren sie immer außen rum über die Forststraßen gefahren. Jetzt musste er über die verschiedenen Baustellenzufahrten manövrieren und immer wieder Hindernissen wie den schweren Maschinen oder Paletten mit Material ausweichen. Zweimal steckte er plötzlich in einer Sackgasse fest und war gezwungen, umzukehren. Fluchend setzte er den Wagen zurück und startete einen erneuten Versuch, zu dem Brandherd vorzudringen. Zu allem Übel setzte jetzt auch noch die Dämmerung ein. Alles war grau und er konnte den Rauch nur noch schlecht erkennen. Er wollte sich gerade darüber freuen, dass ihm bis jetzt wenigstens keine lodernden Flammen entgegen schlugen, als er eines der halbfertigen Gebäude umrundete. Hundert Meter weiter oben leuchtete der Feuerschein unheilvoll in der Dunkelheit. Von grimmiger Entschlossenheit erfüllt trat er aufs Gas. Jetzt würde er gleich sehen, ob sein Truck hielt, was er versprach. Um die gewundenen Wege zu benutzen, war schlicht und einfach zu wenig Zeit. Bei einem Feuer zählte jede Sekunde.

*

Paige versuchte indes verzweifelt, die Kabelbinder an ihren Handgelenken loszuwerden. Vergeblich. Sie hatte sich nur die Haut aufgerissen. Die Schrammen brannten. Ohne Messer oder Ähnlichem war den Dingern nicht beizukommen. Leider lagen im richtigen Leben keine scharfen Gegenstände in der Gegend herum, wenn man sie brauchte, stellte sie mit wachsender Panik fest. Der Raum war leer. Die schmalen Fenster waren verglast und sahen nicht so aus, als ließen sie sich öffnen. Jedenfalls nicht ohne Schraubenzieher. Das erklärte, weshalb McGyver immer ein Schweizer Taschenmesser mit sich führte. Die Tür oder das, was irgendwann eine Tür werden sollte, hatte de Luca verbarrikadiert. Unermüdlich hatte sie dagegen getreten, bis sie einfach nicht mehr konnte. Sollte sie das überleben, würde sie sofort auf Tylers Angebot, gemeinsam Kickboxen zu trainieren, zurückkommen.

Langsam wurde es warm. Sie hatte keine Ahnung, wie schnell so ein Gebäude brannte. Zumindest der untere Teil war ja aus Beton gebaut. Brannte Beton? Holz brannte auf jeden Fall. Es war nur eine Frage der Zeit, bis sich das Feuer in den Dachstuhl ausbreitete. Noch einmal warf sie einen Blick auf die Fenster, die sie zu verspotten schienen. Und erstarrte. Scheinwerferlicht durchbrach die beginnende Dunkelheit. Die beiden kreisrunden Lichter schienen auf und ab zu hüpfen, als würden sie über unebenen Boden fahren. War das etwa Ace? Immerhin wusste er, wo sie steckte. Gut möglich, dass er sich Sorgen gemacht und sich auf die Suche nach ihr gemacht hatte. Von neuer Hoffnung erfüllt starrte sie die Fenster böse an. Das nützte ihr nur nichts, solange sie hier eingesperrt war. Sie schaute hinunter auf die Schuhe. Dank Maybellenes Vorliebe für lange Spaziergänge und Wanderungen trug sie die meiste Zeit ihre Trekkingschuhe. So auch heute. Ob sie die Scheibe eintreten konnte? Vielleicht kam sie so auch gleich zu ihrem scharfen Gegenstand. Bei dem Gedanken, hinter ihrem Rücken in der Nähe ihrer Blutbahnen mit einer Glasscherbe zu hantieren, wurde ihr allerdings leicht übel.

„Eins nach dem anderen“, sprach sie sich laut Mut zu. Entschlossen trat sie einen Schritt zurück und trat mit voller Wucht mit der Ferse gegen die Glasscheibe. Bereits beim ersten Versuch zersplitterte sie in tausend Stücke. Ob de Luca wohl auch hier an der Qualität gespart hatte? Resolut verdrängte sie die aufblinkende Schlagzeile „Pfusch am Bau“ in den hintersten Winkel ihres Gehirns. Dafür hatte sie nun wirklich keine Zeit. In ihrer Hosentasche vibrierte zum x-ten Mal das Telefon. Irgendwer versuchte, sie dringend zu erreichen. Wahrscheinlich Ace. Doch mit den gefesselten Händen hatte sie keine Chance, an das Handy zu kommen.

Vorsichtig näherte sie sich rückwärts dem Fenster und begann mit behutsamen Bewegungen, die Plastikbänder an ihren Handgelenken über die Kante einer Glasscherbe zu führen, die noch im Rahmen steckte. Hinter sich hörte sie bereits das Knacken von berstendem Holz. Die Hitze wurde langsam unerträglich. Scheiße. Viel Zeit blieb ihr nicht mehr. Die Luft war zwar besser, seit sie das Fenster zertrümmert hatte und Frischluft hereinströmte. Doch das würde ihr auch nichts nützen, wenn das Feuer erst einmal diesen Raum erreicht hatte. „Mach schnell, Ace“, betete sie im Stillen und arbeitete weiter daran, endlich ihre Hände freizukriegen.

24

Schlitternd brachte Ace seinen Truck in einiger Entfernung zu dem brennenden Gebäude zum Stehen. Mühsam brachte er den Impuls, sofort aus dem Wagen zu springen, unter Kontrolle und griff nochmals zum Funkgerät. Luke meldete sich sofort.

„Wie ist die Lage? Over."

„Die nicht bewilligte Skistation brennt. Am besten, ihr nähert euch über die Forststraße von oben. Das Löschfahrzeug wird sonst Schwierigkeiten haben. Over."

„In Ordnung. Geschätzte Ankunftszeit: fünf Minuten. Hast du Paige gesehen? Over."

„Bis jetzt nicht. Sie geht nicht ans Telefon. Aber ich muss davon ausgehen, dass sie da drin ist. Over."

„Geh nicht ohne Back-up da rein, Chef!", warnte ihn Luke und vergaß das Funkprotokoll.

„Ich habe keine andere Wahl", erwiderte Ace knapp und unterbrach den Funkkontakt. Er griff sich Helm und Jacke vom Beifahrersitz und stieg aus dem Auto. Eigentlich bräuchte er auch noch seine Schutzmaske. Doch alles, was er noch dabei hatte, waren seine Axt und die Handschuhe, die er immer auf dem Armaturenbrett liegen ließ. Diesmal war seine Nachlässigkeit ein Glücksfall, dachte er und beugte sich noch einmal zurück ins Auto, um die zwei Dinge zu holen.

Hinter ihm krachte es, und er zuckte zusammen. Irgendwo war ein Balken geborsten. Wenn er nur wüsste, wo Paige war.

Wie schon zuvor wählte er ihre Handynummer. Keine Antwort. Die Vorstellung, dass sie irgendwo in dem brennenden Gebäude eingesperrt war, schnürte ihm die Kehle zu. Höchste Zeit, etwas zu unternehmen.

Mit langen Schritten rannte er los, direkt auf die Flammen zu. Je näher er kam, desto lauter wurde die Geräuschkulisse, die ein solches Inferno immer begleitete. Die Hitze brachte die Luft zum Vibrieren, Funken stoben gegen den dunklen Nachthimmel.

„Paige!“ Er zwang sich, stehen zu bleiben und zu lauschen. Nichts. Er versuchte es noch einmal. „Gib mir irgendeinen Anhaltspunkt, wo du steckst“, flüsterte er. „Paige, wo bist du?“

*

Fast hatte sie es geschafft, dachte sie und säbelte verbissen weiter. Die Hitze wurde immer unerträglicher. Der Schweiß lief ihr in Strömen über die Stirn und die Hände. Zumindest hoffte sie, dass es Schweiß war. Über die andere Möglichkeit gestattete sie sich gar nicht, nachzudenken. Sie hustete. Endlich, endlich gab der Kabelbinder mit einem Ruck nach. Fast wäre sie auf die Knie gefallen. Im letzten Moment fing sie sich. Beinahe wäre sie vor Erleichterung in Tränen ausgebrochen. Aber die Tränen mussten warten. Wenn sie jetzt anfing zu heulen, würde sie es nie mehr lebend hier herausschaffen. Sie brauchte einen Plan und keine Selbstmitleidssession. Leider hatte sie keine Ahnung, wie der Plan aussehen sollte. Zwar waren ihre Hände nicht mehr gefesselt, aber sie hatte keine Ahnung, wie sie hier rauskommen sollte. Sie wagte einen Blick nach draußen und traute ihren Augen kaum. Unten vor dem Eingang stand Ace in voller Montur und schien etwas zu rufen.

„Ace! Hier bin ich. Hier oben.“

Ace wandte leicht den Kopf. War da etwas gewesen? Nach einem Moment schüttelte er enttäuscht den Kopf. Er hörte wohl schon Stimmen, wo keine waren.

Paige sah, wie sich Ace auf das brennende Gebäude zubewegte, und rief nochmals seinen Namen. Doch wieder schien das Tosen um sie herum ihre Stimme zu verschlucken. Fieberhaft schaute sie sich im Dachstock um. Sie wollte auf keinen Fall, dass er sich blindlings ins Feuer stürzte, ohne zu wissen, wo sie war. Und überhaupt, wieso hatte er keine Leiter? Wo waren die anderen? Hatten die nicht irgend so eine Teamregel? Sie beugte sich noch einmal aus dem Fenster, wobei sie sorgfältig die scharfen Kanten der Glasscherben vermied. Ace war beinahe beim Eingang angelangt. So laut wie sie konnte, schrie sie seinen Namen. Ohne Erfolg. Hektisch ließ sie ihren Blick von rechts nach links schweifen. Der Hang. Die Station war auf der einen Seite in den Hang hinein gebaut. Wenn sie die Fensterluke zerstörte, die dem steilen Rasenstück am nächsten war, konnte sie vielleicht herausspringen. Von neuer Zuversicht erfüllt eilte sie zu dem letzten Fenster in der Reihe. Entschlossen hob sie den Fuß und trat zu. Glas splitterte und kühle Luft strömte hinein. Langsam wurde sie richtig gut im Zertrümmern von Glasscheiben. Vielleicht hatte sie ja eine Zukunft als Stuntfrau. Gesetzt den Fall sie schaffte es, ihren breiten Hintern durch diese schmale Fensteröffnung zu schieben und vermied es, sich den Hals zu brechen. Mit einem herumliegenden Stück Holz schlug sie die im Rahmen steckengebliebenen Glasscherben zur Seite. Als sie nicht mehr Gefahr lief, sich den Bauch aufzuschneiden, lehnte sie den Oberkörper aus dem Fenster. Uiii. Das war immer noch ziemlich hoch. Doch sie hatte keine andere Wahl, wenn sie Ace davon abhalten wollte, sich in die Flammen zu stürzen. Ein Geräusch ließ sie innehalten. Waren das etwa Sirenen? Na endlich.

Entschlossen drehte sie sich mit dem Rücken zur Wand, stützte ihre Hände am Boden ab und schob ein Bein nach dem anderen durch die Lücke. Wie vermutet wurde es um ihre Mitte ein wenig eng. „Sweets gibt's ab jetzt nur noch jeden zweiten Tag", schwor sie und wackelte mit den Hüften. Zentimeter um

Zentimeter schob sie sich durch die Öffnung. Plötzlich ging alles sehr schnell. Kaum hatten ihre Hüften den Rahmen passiert, verlor sie den Halt und fiel. Viel zu schnell schlug sie auf der Erde auf. In mehreren Purzelbäumen rollte sie über das raue Gras, bis sie benommen liegen blieb.

Sie brauchte ein paar Sekunden, um sich zu orientieren und zu vergewissern, dass alle ihre Glieder funktionstüchtig waren. Dann rappelte sie sich auf und taumelte auf den Eingang der Skistation zu. Als sie um die Ecke kam, war von Ace nichts zu sehen. Scheiße. Ace war da drin. Er war tatsächlich da rein gegangen. Dieser Idiot. Sie war sich des sich nähernden Feuerwehrautos und der herausspringenden Feuerwehrmänner, die vom Hügel runtereilten, nicht bewusst. Sie wusste nur, dass Ace in den Flammen um sein und ihr Leben kämpfte. Sie musste sofort zu ihm.

Luke, der als Erster bei ihr war, konnte sie gerade noch mit einem Arm um die Taille abfangen. In ihrem Stress dachte Paige erst, de Luca sei zurückgekommen, und kämpfte wie eine Wildkatze. Auf keinen Fall würde sie sich erneut einsperren lassen.

„Paige, ich bin es, Luke."

Überrascht drehte sie sich zu ihm um. „Du! Lass mich los. Ich muss da rein. Ace ist da drin." Wieder versuchte sie, sich loszumachen. Luke hatte alle Hände voll zu tun, damit sie ihm nicht entwischte.

„Unsere Kollegen kümmern sich darum. Sie holen ihn raus. Keine Sorge", versuchte er sie zu beruhigen.

Aber Paige sah, dass er sich selber Sorgen machte, als er einen Blick auf das brennende Gebäude warf.

Hysterisch schrie sie: „Er wird es nicht schaffen!" Dann fiel sie in sich zusammen. Sich an Lukes Jacke festklammernd, fing sie an zu weinen. Ihr Körper zitterte unkontrolliert. Das Weinen ging nahtlos in einen Hustenanfall über. Mit einem Fluch auf den Lippen hob Luke sie hoch und trug sie über die steile Wiese zu dem zu einem Krankenwagen umgebauten Geländefahrzeug der Feuerwehr, das ihnen zur Brandstelle gefolgt war.

„Sie hat geringfügige Verletzungen, eventuell eine leichte Rauchvergiftung und einen Schock", informierte er die Sanitäterin, die zufällig diesen Monat ein Praktikum bei der Feuerwehr von Independence machte. Ein echter Glücksfall, da Sunny, die sonst in solchen Fällen immer einsprang, gerade mit den anderen Feuerwehrleuten das Feuer bekämpfte. „Sie darf auf keinen Fall zum Feuer runter. Etwas zur Beruhigung wäre nicht schlecht."

„Was?" Paige wollte sich wieder losmachen. Sie wollten sie ruhigstellen? Auf keinen Fall. In ihrem aufgewühlten Zustand entging ihr der bedeutungsvolle Blick, den der Feuerwehrmann und die Sanitäterin austauschten. Bevor sie registriert hatte, was vor sich ging, hatte ihr die Frau den Ärmel zurückgeschoben und einen IV-Zugang gelegt.

„Aber …", protestierte sie.

„Du bist dehydriert und stehst unter Schock. Wir müssen etwas Flüssigkeit in dich hineinkriegen. Das funktioniert am besten intravenös", erklärte ihr die Frau knapp, während sie mit effizienten Bewegungen die Infusion vorbereitete.

Das Medikament und die seltsam tröstliche Stimme der Sanitäterin wirkten rasch. Erschöpft ließ sie sich auf die Trage sinken. „Okay. Ich ruh mich nur ein bisschen aus." Ihre Stimme krächzte erbärmlich.

„Mach das", antwortete Luke, erleichtert, dass sie hier gut aufgehoben war. Dann konnte er sich endlich seinen Kumpels anschließen und seinen Chief aus dem Feuer holen. Verdammter Helden-Komplex, dachte er. Einmal ein SEAL, immer ein SEAL, das war das Problem mit diesen Navy-Typen, schimpfte er innerlich vor sich hin, um die Sorge um Ace in Schach zu halten. Während er den Hügel runterschlitterte, drückte er auf den Schalter seines Funkgeräts.

„Statusupdate? Over."

Er hielt den Atem an, bis ihm Sunny antwortete.

„Wir haben ihn gefunden. Ein Balken liegt auf ihm drauf. Over."

„Ist er stabil? Braucht ihr Hilfe? Over."

„Alles unter Kontrolle. Wir haben ihm Sauerstoff gegeben und befreien ihn jetzt von dem Hindernis. Wenn jemand das Feuer löschen könnte, wäre es ganz nett. Ich mag keine Sauna", witzelte sie.

Lukes Mund verzog sich zu einem Lächeln. Wenn Sunny bereits Witze machte, war es nicht allzu tragisch. In diesem Fall war Ace bei Bewusstsein und schimpfte wie ein Rohrspatz.

„Dann macht, dass ihr rauskommt. Over."

*

Stunden später wachte Ace im Krankenhaus auf. Trotz seines Protests hatte der Arzt gestern darauf bestanden, dass er eine Nacht hier verbrachte. Völlig überflüssig. Schließlich hatte er sich das Bein gebrochen und nicht den Kopf gestoßen. Aber anscheinend hatte er mehr Rauch eingeatmet, als empfehlenswert war. Wenn er ehrlich war, schmerzten sein Hals und auch seine Lungen bei jedem Atemzug. Trotzdem. Er hasste Krankenhäuser. Während seiner Zeit in Afghanistan hatte er bei mehr als einer Gelegenheit Zeit damit verbracht, auf dem Rücken liegend die unpersönliche, sterile Umgebung zu studieren. Er musste allerdings zugeben, dass das Krankenhaus in Breckenridge um einiges komfortabler war als die Zelte in der Wüste. Sein Blick schweifte zum Fenster und blieb an der Figur hängen, die zusammengerollt in dem großen Sessel saß und schlief. Er lächelte. Nicht nur komfortabler, auch die Gesellschaft war besser. Er zog sich den Sauerstoffschlauch aus der Nase und räusperte sich. Sofort schrak Paige hoch und schaute sich mit wilden Augen um.

„Wer, was … Du!" Sie verengte die Augen und wollte ihn schon dafür rügen, sie so zu erschrecken, als ihr die Ereignisse des gestrigen Tages wieder in den Sinn kamen. Ihr Blick wurde weicher. „Wie geht es dir?“

Amüsiert studierte Ace sie. „Mir geht es gut. Bei dir bin ich mir nicht so sicher. Keine schlagfertigen Bemerkungen? Hast du dir gestern den Kopf gestoßen?“

Verlegen wandte sie den Blick ab. „Ich kann mich ja schlecht mit dir streiten, kaum dass du aufgewacht bist. Das gehört sich nicht, mit einem Helden zu streiten. Zudem solltest du nicht sprechen, wegen deiner Lunge. Anweisungen vom Arzt.“

Sie brachte sämtliche Gründe sehr ernsthaft vor, wie eine kleine Ansprache. Doch Ace, der sie genau beobachtete, entging nicht, dass sie sich das Lachen verkneifen musste. Er runzelte die Stirn. Sicher war Lachen besser als irgendeine fehlgeleitete Heldenverehrung. Aber so ein bisschen …

Sie wandte sich wieder ihm zu. „Obwohl, das nächste Mal, wenn du Held spielst, stell bitte sicher, dass ich überhaupt gerettet werden muss.“

War ja klar, dass sie ihm das unter die Nase reiben musste.

„He, immerhin habe ich mir dabei das Bein gebrochen. Sozusagen für dich.“ Er hustete.

Angesichts seines indignierten Gesichtsausdrucks konnte Paige nicht mehr an sich halten und lachte laut los.

„Es tut mir wirklich leid“, meinte sie, während sie an sein Bett trat und sich neben ihm niederließ. „Selbstverständlich bin ich angemessen beeindruckt.“ Ihre dunklen Augen funkelten humorvoll.

„Ach du“, brummte er und zog sie an sich. Das löste einen erneuten Hustenanfall aus.

„He!“, meinte sie, von seinen pfeifenden Atemzügen alarmiert. „Du bist verletzt, da solltest du nicht solchen Unsinn machen. Hier“, sie beugte sich vor und hielt ihm den Sauerstoffschlauch vors Gesicht. Widerwillig griff er danach und befestigte ihn wieder. Wenn er ehrlich war, hatte ihn dieses

Gespräch bereits völlig erschöpft. Müde schloss er die Augen und schlief prompt wieder ein.

*

Paige blieb neben ihm sitzen und studierte das markante Gesicht, das ihr so ans Herz gewachsen war. Leicht strich sie mit den Fingerspitzen über seine Stirn, die Augenbrauen, die beneidenswerten Wangenknochen, den geschwungenen Bogen seiner Lippen. Fast hätte sie ihn verloren. Ihr Herz zog sich schmerzhaft zusammen. Der Zwischenfall hatte ihr aufgezeigt, wie flüchtig das Leben doch eigentlich war. Zeit für ein wenig Innenschau. Zu lange hatte sie sich durchs Leben treiben lassen. Jetzt wollte sie einen Moment innehalten, ihre Prioritäten neu sortieren und ihr Leben aktiver mitgestalten. Dazu gehörten auch Ace und das, was zwischen ihnen gewachsen war. Sie seufzte. Selber sehr müde von den Ereignissen der letzten vierundzwanzig Stunden, streckte sie sich neben ihm aus. Nur für einen Moment. Wenn sie eine Weile neben ihm gelegen, seinen Herzschlag gespürt und seinen rasselnden Atemzügen gelauscht hatte, würde sie sich besser fühlen. Sie musste sich einfach vergewissern, dass er am Leben war und das auch bleiben würde. Danach würde sie sich wieder in den Sessel setzen, sagte sie sich.

*

Als sie wieder aufwachte, war ihr rechter Arm eingeschlafen. Verschlafen blinzelte sie und begegnete Ace' amüsiertem Blick.

Erschrocken richtete sie sich auf. „Herrje, jetzt bin ich tatsächlich auf deinem Bett eingeschlafen. Zum Glück haben sie mich nicht rausgeworfen." Sie wollte aus dem Bett springen.

Ace schlang seinen Arm um ihre Taille und hinderte sie daran. „Keine Sorge. Niemandem ist etwas aufgefallen. Ich habe mich gefreut, dich beim Aufwachen neben mir vorzufinden."

„Aber du bist verletzt und brauchst deine Ruhe."

Der Griff um ihre Körpermitte wurde fester, und er zog sie näher an sich ran. „Außer meinem Bein sind alle Körperteile voll funktionstüchtig“, antwortete er und wackelte vielsagend mit den Augenbrauen.

Paiges Bauchmuskeln zuckten, als sie den Beweis für seine freche Aussage an ihrem Hinterteil spürte. Um von der plötzlichen Hitze abzulenken, die sich wie flüssiges Feuer von ihrer Mitte in alle Richtungen ausbreitete, schnaubte sie. „Du bist unmöglich. Ich hoffe, du benimmst dich wenigstens, wenn die Krankenschwestern hier sind.“

Auf einmal sehr ernst drückte er seine Stirn gegen ihren Nacken und flüsterte: „Natürlich. Gott, Paige. Gestern hätte ich dich fast verloren.“

„Ich weiß“, antwortete sie mit belegter Stimme. „Ich dich auch. Es war schrecklich.“

„Zudem bist du jetzt meine Krankenschwester.“

Sie richtete sich ein wenig auf. „Ich? Wie komme ich denn zu der Ehre?“

„Na, ich werde gleich entlassen.“

„Das glaube ich nicht.“

„Ich bleibe nie länger als nötig im Krankenhaus“, sagte er nur.

„Aber wie willst du das denn schaffen?“

„Indem du mir hilfst. Schließlich bist du schuld an meiner Lage.“ Fies, aber das Einzige, das ihm auf die Schnelle einfiel, um sicherzustellen, dass sie mit ihm nach Hause kam. Solange sie bei ihm war, wusste er wenigstens, dass es ihr gut ging.

Das stimmte leider. Schuldgefühle stiegen in ihr hoch. Trotzdem sagte sie störrisch. „De Luca ist auch nicht ganz unschuldig an deinem Zustand.“

„Auf jeden Fall trägt de Luca den Löwenanteil an meinem Beinbruch“, stimmte Ace ihr zu. „Sei mir nicht böse, aber es wäre mir doch lieber, wenn du mir den Rücken waschen würdest.“

Paige lachte erstickt und die dunklen Schatten der Schuld, die sich bei seiner List in ihren Blick geschlichen hatten, lichteten sich ein wenig. Zum Glück, dachte Ace. Natürlich war es nicht ihre Schuld. Das Risiko einer Verletzung war bei jedem Einsatz da. Und auch wenn es gestern für ihn nochmals eine ganz andere Dimension angenommen hatte, weil es sich um Paige gehandelt hatte, die in Gefahr war, hätte er doch bei jeder anderen Person auch so gehandelt. Er war einfach so. Aber das wusste sie auch. Oder etwa nicht?

Bevor er jedoch zu einer Erklärung ansetzen konnte, fragte sie: „Was schlägst du also vor?"

„Zieh bei mir ein." Sprachlos starrte sie ihn so lange an, bis er fragte: „Oder ist das so unvorstellbar?"

„Äh … Nein?" Oder?

Reiß dich zusammen, wies sie sich im Stillen an. Er fragt nicht wirklich, ob du mit ihm zusammenziehen willst. Nur, bis er wieder gesund ist. Sechs Wochen wirst du ja wohl schaffen, nachdem er schon wegen dir am Stock läuft. Sie würde noch viel mehr schaffen, doch sie wusste selber, dass es unwahrscheinlich war, dass er sich das auch wünschte. War ja auch verständlich. Seit er sie kannte, musste er sie aus einer Katastrophe nach der anderen retten.

Ace sah, wie die verschiedensten Emotionen über ihr Gesicht flackerten. Doch bevor er alle zuordnen konnte, meinte sie mit einem fürchterlich aufgesetzten Lächeln: „Na, dann hole ich am besten das Auto und fahre es vor zum Eingang." Sie stand auf und rauschte mit einem abschließenden Winken aus dem Zimmer.

Verwirrt starrte er ihr hinterher. Wenn ihn nicht alles täuschte, lief gerade etwas gewaltig schief hier. Doch er war zu müde, um sich länger Gedanken darüber zu machen. Das ließ sich bestimmt auch noch später klären. Im Moment schmerzte sein Bein und sein Hirn war seltsam langsam, wahrscheinlich eine Nebenwirkung der Medikamente. Er schloss die Augen.

Bis der Doktor für seine abschließende Untersuchung kam, würde er noch ein wenig ausruhen.

*

Zu Hause angekommen ließ Paige erst einmal ihren Kopf auf das Lenkrad sinken. Seit gestern Nachmittag hatte sie keine ruhige Minute gehabt. Nachdem die anderen Ace endlich von dem Balken befreit hatten, war die Feuerwehrtruppe vor Ort geblieben, um das Feuer unter Kontrolle zu bringen. Am Ende war es allerdings aufgrund des starken Windes auf andere Gebäude übergesprungen, sodass jetzt die halbe Baustelle verwüstet war. Ob das von Anfang an de Lucas Plan gewesen war, wusste sie nicht, doch sie bezweifelte es.

In der Zwischenzeit waren sie und Ace ins Krankenhaus gefahren worden. Ihr war es zu diesem Zeitpunkt bereits wieder etwas besser gegangen, sodass sie nach einer kurzen abschließenden Untersuchung entlassen worden war. Ace war eine andere Geschichte. Ein herabstürzender Balken hatte ihn an der Schulter getroffen und war anschließend auf seinem Bein zu liegen gekommen. Begraben unter dem massiven Holz hatte er keine Chance gehabt, sich selber zu befreien. Es war pures Glück gewesen, dass seine Kollegen so schnell eingetroffen waren. Das Resultat des Unfalls war ein glatter Bruch des Unterschenkels. Laut den Ärzten nichts Kompliziertes. Wie alle Brüche würde aber auch dieser sechs Wochen brauchen, bis er verheilt war. Mehr Sorgen machte ihnen seine Lunge. Die Rauchvergiftung war ziemlich stark gewesen. Für die nächsten Tage würde er auf Sauerstoffzufuhr angewiesen sein. Ob die Lunge dauerhafte Schäden davongetragen hatte, würde sich erst mit der Zeit herausstellen. Und sie war schuld. Die Sorge um ihn hatte sie an seinem Bett ausharren lassen, obwohl Ace, schlecht gelaunt, wie er nach dem Eingipsen seines Beins war, sein Möglichstes getan hatte, um sie loszuwerden. Umso erstaunter war sie heute gewesen, als er sie quasi im Befehlston zu sich nach Hause beordert hatte. Zugegebenermaßen machte es Sinn, dass sie diejenige war, die ihm über die nächsten Wochen helfen würde. Sie hatte ihn schließlich auch in diese Lage gebracht, dachte sie, von Gewissensbissen geplagt. Sie hätte sich nur gewünscht …

Resolut unterbrach sie den Verlauf ihrer Gedanken. Für romantische Wünsche war jetzt definitiv nicht der richtige Zeitpunkt, nachdem sie gerade allen nur Ärger eingebracht hatte. Was sie am meisten ärgerte, war, dass sie keinen Schritt weiter als vorher war. Nachdem sie ihren Angreifer nicht einmal gesehen hatte, war die Beweislage gegen de Luca nach wie vor äußerst dürftig, dachte sie frustriert. In zwei Stunden musste sie sich mit Jake treffen, um ihre Aussage zu machen. Sie hoffte nur, dass der Sheriff neben der deftigen Gardinenpredigt, die sie sich bestimmt anhören musste, eine gute Idee auf Lager hatte, um den Kerl dingfest zu machen. Zum ersten Mal in ihrem Leben verspürte sie mörderische Neigungen. Weniger, weil er sie fast umgebracht hätte. Nein. Was sie wirklich wütend machte, war, dass er ihre Freunde in Gefahr gebracht hatte. Den nagenden Gedanken in ihrem Hinterkopf, dass sie daran auch nicht ganz unschuldig war, ignorierte sie. Oder versuchte sie zumindest. Sonst würde sie noch durchdrehen.

Sie hob den Blick zum Haus. Kat wartete bestimmt schon auf Neuigkeiten. Ihre Freundin hatte sich gestern wieder einmal als unbezahlbar erwiesen. Als sie gehört hatte, dass Paige über Nacht bei Ace im Krankenhaus bleiben wollte, war sie extra vorbeigekommen. Sie hatte ihr frische Kleidung, ein belegtes Brot und trinkbaren Kaffee (im Gegensatz zum Krankenhauskaffee) in einer Thermosflasche mitgebracht. Sie seufzte. Am liebsten würde sie sich im Bett verkriechen, die Decke über den Kopf ziehen, Maybelene zu ihren Füßen, und für die nächsten drei Tage – oder noch besser Jahre – dort bleiben. Leider, leider war das keine Option. Zeit, sich der Situation zu stellen. Sie raffte ihre Sachen zusammen und stieg aus.

25

Ängstlich stieß Paige die schwere Tür der Polizeiwache auf. Sie wusste, dass sie nur hier war, um eine Aussage zu machen. Trotzdem kam sie sich vor, als wäre sie auf dem Weg zu ihrer eigenen Verhaftung. Sie war noch nie in ihrem Leben im Inneren einer Polizeistation gewesen. Na gut. Es gab für alles immer ein erstes Mal. Sie würde auch diese Premiere überstehen. Irgendwie. Eine Strähne ihres rotblonden Haars aus dem Gesicht pustend, trat sie ein, Maybellene im Schlepptau. Sie hatte keine Ahnung, ob Hunde auf dem Revier erlaubt waren. Doch sie nahm an, dass sie das gleich rausfinden würde. Erstmal kam Maybellene mit. Sie hatte ein wenig emotionalen Support dringend nötig.

Polly Miners, die sie inzwischen recht gut kennengelernt hatte, seit sie den ersten Nicht-Waldbrand gemeldet hatte, begrüßte sie so herzlich, dass ihre Sorge über die bevorstehende Vernehmung etwas nachließ.

„Paige. Wie schön, dass du kommen konntest. Und du, meine Schöne, bist ja auch hier." Sie bückte sich, um Maybellene zu streicheln.

Erleichtert nahm Paige zur Kenntnis, dass offenbar kein Hundeverbot in Kraft war. Wenigstens etwas.

„Geht es dir gut?", führte Polly die Konversation, bei der Paiges Input ganz offensichtlich nicht erforderlich war, fort. „Hast du den Schrecken überwunden? Ich finde es ja beeindruckend, dass du heute schon bereit bist, dich mit dem Thema auseinanderzusetzen." Während sie vor sich hin plapperte, führte sie Paige einen langen Flur entlang, an mehreren Büros vorbei, bis sie vor einer geschlossenen Tür angelangt waren.

„Ist das jetzt der Verhörraum?", fragte Paige nervös.

„Du meine Güte, nein. Das ist unser Besprechungszimmer und gleichzeitig Jakes Büro. Es ist einfach das größte Zimmer, das wir haben." Sie beugte sich etwas vor und flüsterte verschwörerisch: „Wenn du es genau wissen willst, wir haben hier gar keinen spezifischen Verhörraum. Dafür sind wir einfach zu klein. Du weißt, das Budget." Sie rollte vielsagend mit den Augen.

Trotz ihrer Besorgnis musste Paige lachen. „Wenn es auch so geht, warum nicht?"

„Eben. Und das Wichtigste sind sowieso die Gefängniszellen. Davon haben wir zwei."

Paige schluckte. Mit diesem Satz kehrte ihre Nervosität auf einen Schlag in voller Intensität zurück.

„Geh nur rein, ich komm gleich nach. Willst du einen Kaffee?"

„Ist der so schlecht, wie man es in den Krimisendungen im Fernsehen immer sieht?", witzelte Paige.

„Doch nicht, wenn ich ihn mache! Wo denkst du auch hin, Schätzchen."

„War nur ein Scherz", stotterte Paige. Toll. Am besten gleich alle verärgern. Das zahlte sich auf einer Polizeistation sicher aus. „Gern. Ich hätte gern eine Tasse Kaffee."

„Kommt sofort. Und jetzt rein mit dir. Die anderen warten schon."

Die anderen? Welche anderen? Sie stieß die Tür auf und blieb etwas überwältigt stehen. Jake saß hinter einem großen, schweren Schreibtisch und war mit Luke in ein Gespräch vertieft. Ace hatte sich auf einen Stuhl gesetzt und sein eingegipstes Bein auf einem Hocker hochgelagert. Sein finsterer Blick ruhte auf Will, der entspannt an der Wand lehnte. Paige spürte, wie ihr das Blut in die Wangen stieg. Mist. Sie hatte ganz vergessen, sich bei Will für das nicht stattgefundene Date zu entschuldigen. Auf der rechten Seite befand sich ein großer Tisch, um den mehrere Stühle standen. Cole und Avery hatten dort Platz genommen. Die beiden sprachen miteinander, während Avery Miss Marple auf dem Tisch mit Haferflocken fütterte.

Maybellenes Krallen klickten auf dem Holzboden, und alle Blicke richteten sich auf sie.

Jake lächelte das unwiderstehliche Carter-Lächeln und begrüßte sie freundlich: „Hallo, Paige. Schön, dass du kommen konntest." In diesen Momenten verstand sie die Begeisterung von Jaz, Kat und Avery für die Carter-Männer sehr gut. Ihr gefiel Ace' Lächeln noch besser. Aber sie war deswegen nicht blind gegenüber anderen schönen … Dingen.

Ihre Anspannung ließ etwas nach. „Hatte ich eine Wahl?", stieß sie hervor. Erschrocken hielt sie sich die Hand vor den Mund und schloss die Augen. „Habe ich das etwa laut gesagt?"

„Ja", kam Averys amüsierte Antwort.

Vorsichtig öffnete sie die Augen wieder und nahm die Hand aus ihrem Gesicht. Verlegen meinte sie: „Das war nicht so gemeint, wie es geklungen hat. Tut mir leid. Ich bin etwas entnervt von dem Gedanken, in eine polizeiliche Ermittlung verwickelt zu sein."

„Das sollte man sich vielleicht überlegen, bevor man sich in polizeiliche Ermittlungen einmischt", antwortete Jake milde. Ace nickte zustimmend.

Paige schenkte Jake ein, wie sie hoffte, reumütiges Lächeln, auch wenn es wahrscheinlich mehr wie eine Grimasse aussah, und warf Ace einen bösen Blick zu. Er sollte auf ihrer Seite sein. Als sie allerdings seinen Gips sah, musste sie zugeben, dass er ein gewisses Anrecht auf seinen Unmut hatte. Doch dann bemerkte sie, dass er ihr zublinzelte. Unsicher lächelte sie zurück. War er etwa gar nicht böse auf sie? Was machte er überhaupt hier? Laut Arzt hatte er großes Glück gehabt, dass die Rauchvergiftung nicht schlimmer ausgefallen war. Es überlief sie jedes Mal eiskalt, wenn sie daran dachte, wie knapp er mit dem Leben davongekommen war. Seine Stimme war immer noch sehr heiser. Soweit sie wusste, hatte er strikte Anweisungen, sich zu schonen und regelmäßig mit Sauerstoff zu inhalieren. Sehr zu Ace' Unmut. Das war ihm gestern deutlich anzumerken gewesen, als sie ihn nach Hause gefahren hatte. Wie er wohl hierhergekommen war? Offensichtlich hatte er für sich einen Transport organisiert. Wahrscheinlich hatte er genau gewusst, dass sie ihn nicht mitgenommen hätte. Ganz schön raffiniert.

Jake räusperte sich. „Wenn wir dann anfangen könnten …"

„Ja. Klar. Was muss ich tun?"

„Komm", rief Avery und klopfte mit der Hand auf die Sitzfläche des Stuhls neben sich. „Setz dich zu mir und erzähl uns einfach mal, was du gestern auf de Lucas Baustelle gemacht hast und was sich zugetragen hat."

Dankbar akzeptierte Paige die Einladung, hängte ihre Jacke über die Stuhllehne und setzte sich hin. Sie holte tief Luft und begann, die Geschichte von Anfang an zu erzählen. Wie ihr die Verteilung der Waldbrände aufgefallen war. Wie sie diese Stellen besichtigt hatte, was zum Fund der Leiche geführt hatte. Wie sie de Lucas PR-Arbeit übernommen hatte, eigentlich nur um Geld zu verdienen, wie aber immer mehr Hinweise aufgetaucht waren, dass etwas nicht mit rechten Dingen zuging. Die Bestätigung ihrer Vermutung, dass die Waldbrände rund um die Baustelle der Eliminierung des National Forest dienten, um den geplanten Skipisten Platz zu machen, nachdem sie die angepassten Pläne auf der Gemeinde gesehen hatte. Der Beinahe-Zusammenstoß mit dem vermeintlichen Waldarbeiter. Die darauffolgende Landung in dem Graben. Wie sie misstrauisch geworden war, als Melissa sie so kurz angebunden abgewimmelt hatte und wie sie in der Folge mit angesehen hatte, wie de Luca seine

Assistentin misshandelte. Ihr unbedachtes Eingreifen und die Entdeckung des Geländewagens mit den nötigen Zutaten für einen Waldbrand. Mehrmals musste sie vorgreifen oder in der Geschichte zurückspringen, um die Ereignisse in die richtige Reihenfolge oder den richtigen Zusammenhang zu bringen. Die anderen hörten konzentriert zu. Ab und zu stellte jemand zum klareren Verständnis eine Frage oder Will bat sie, einen Moment inne zu halten, wenn er mit dem Protokoll nicht nachkam.

Endlich war sie fertig. Irgendwann dazwischen war Polly gekommen und hatte ihr den versprochenen Kaffee gebracht. Jetzt stand er kalt und unappetitlich vor ihr. Sie sehnte sich nach einem Schluck Wasser und etwas frischer Luft. Aufgewühlt von den vielen Emotionen fröstelte sie plötzlich, obwohl es in dem Raum eher stickig und warm war. Avery stand auf und öffnete eins der Fenster.

„Da hast du aber einiges herausgefunden und nicht an uns gemeldet", sagte Jake streng.

Von schlechtem Gewissen geplagt, nickte Paige nur.

Avery sah, dass Paige fix und fertig war. „Pause?", fragte sie den Sheriff. Er nickte abwesend, auf die Notizen in seiner Hand konzentriert, die er von Will entgegengenommen hatte.

„Komm", meinte sie zu Paige und berührte sie sanft am Arm. Bereitwillig folgte sie ihr vor die Tür. Endlich konnte sie aufatmen.

„Puh. Das war viel anstrengender, als ich gedacht hatte."

„Das ist ganz normal. Du musstest dich ja auch an jedes Detail erinnern. Das erfordert ein unglaubliches Maß an Konzentration."

Paige streckte die Hand aus und ließ Miss Marple, die auf Averys Schulter thronte, an ihrem Finger schnuppern. „Wieso seid du und Cole überhaupt hier?"

„Ach, Jake hat uns vor ein paar Tagen bei einem Bier von dem Fall erzählt. Er war ziemlich frustriert, dass die Ermittlungen nicht vorwärtsgingen. Als ich von den gestrigen Ereignissen gehört habe, habe ich gefragt, ob wir nicht dabei sein können."

„Mein Schatz vermisst die Action des aktiven Diensts", teilte Cole ihr mit einem Augenzwinkern mit. Avery boxte ihn gegen das Bein.

„Autsch! Stimmt doch."

Paige verkniff sich ein Lachen. Kaum zu glauben, dass die beiden erst seit Kurzem verheiratet waren. Sie benahmen sich wie ein altes Ehepaar. Wie ein sehr verliebtes altes Ehepaar, dachte sie sehnsüchtig. Laut sagte sie: „Macht Sinn. Ihr zwei bringt ja genügend Erfahrung mit", und spielte damit auf die Vergangenheit der beiden beim FBI und der Drogenfahndung an.

„Das stimmt natürlich. Allerdings können auch wir keine Beweise aus der Luft zaubern. Und daran fehlt es in diesem Fall einfach." Sie runzelte die Stirn, als wäre ihr gerade etwas eingefallen. Paige schaute sie erwartungsvoll an. „Was ist?"

Doch Avery schüttelte abwehrend den Kopf. „Nichts. Oder doch. Aber ich muss das erst kurz in meinem Kopf durchdenken und mit Cole besprechen. Wenn es relevant ist, hörst du es gleich. Komm. Lass uns reingehen."

Paige nickte zustimmend und streckte sich. Die frische Luft hatte ihr gut getan. Ihr Kopf war wieder klarer, ihr Atem ruhiger. Bevor sie Avery folgte, ließ sie ihren Blick über den weiten, blauen Himmel Colorados gleiten, der selbst hier in den Straßen des Städtchens über den Dächern sichtbar war. Irgendwie rückte dieser Anblick immer alles in die richtige Perspektive und erfüllte sie mit Zuversicht.

*

Als sie nach einem Abstecher auf die Toilette in das gründlich gelüftete Büro zurückkehrte, redeten alle wild durcheinander. Unbehaglich ließ sie sich auf ihren Stuhl fallen und wartete ab, bis sich die Gemüter beruhigten. Sie konnte der Unterhaltung nicht wirklich folgen und versuchte es auch gar nicht erst. Dankbar griff sie nach dem neuen Kaffee, den ihr Polly hinhielt.

Sie formte mit den Lippen ein unhörbares „Danke“. Polly nahm es mit einem Nicken zur Kenntnis.

„Paige“, richtete Jake das Wort plötzlich an sie. Die anderen verstummten sofort.

„Ja?“, fragte sie vorsichtig, nicht sicher, was jetzt kommen würde.

„Du hast deinen Angreifer gestern nicht gesehen, habe ich das richtig verstanden?“

Sie nickte.

„Du bist dir aber sicher, dass es de Luca war.“

„Auf jeden Fall“, versicherte sie ihm. „De Luca trägt immer ein sehr penetrantes Aftershave. Oder ist es seine Haarpomade? Ich weiß es nicht. Doch ich kenne niemanden, der sonst so riecht.“

Jake rieb sich die Nasenwurzel. „Leider reicht das nicht aus, verdammt. Kein Gericht der Welt wird ihn aufgrund eines Geruchseindrucks verurteilen.“

„Nicht, wenn es sich um eine Menschennase handelt.“ Dieser Einwand kam von Avery, die sich eben noch flüsternd mit Cole beraten hatte.

„Denkst du daran, Miss Marple einzusetzen?“, hakte Ace nach, der plötzlich einen sehr interessierten Eindruck machte.

Auch Paige richtete sich in ihrem Stuhl auf. Das wäre natürlich Klasse, wenn Miss Marple ihnen die nötigen Beweise liefern könnte.

Avery lachte, schüttelte dann aber bedauernd den Kopf. „Miss Marple ist gut, doch das ist nicht ihr Gebiet. Ihr braucht einen Vierbeiner, der de Luca verlässlich an den Orten der Verbrechen platziert.“

Paige runzelte die Stirn. „Aber was bringt uns das? Ist ja klar, dass er sich auf seiner eigenen Baustelle aufhält.“

Cole, der bis jetzt geduldig zugehört hatte, meldete sich zu Wort. „Das ist richtig. Für den Überfall auf dich nützt es uns nicht. Doch wenn es uns gelingt, ihn für die Waldbrände festzunageln, gesteht er vielleicht auch den Rest."

„Und wer bitte, wenn nicht Miss Marple, soll das beweisen? Ranger etwa?", fragte Jake mit einem ungläubigen Stirnrunzeln.

„Nein, nicht Ranger. Der ist ja bereits in Rente. Ich glaube nicht, dass das Gericht einen Senior akzeptiert, hochdekorierter Diensthund hin oder her. Zudem war das auch während seines aktiven Dienstes nicht sein Aufgabengebiet. Auf jeden Fall nicht hauptsächlich", beruhigte ihn Cole.

„Da bin ich aber froh, dass du das auch so siehst", antwortete der Sheriff seinem Bruder.

„Ein Freund von Cole, der früher auch fürs FBI gearbeitet hat, ist Spezialist im Mantrailing. Er arbeitet mit Bluthunden. Zwei seiner Hunde sind zertifiziert, das heißt, ihre Funde werden vor Gericht als hundert Prozent zuverlässig eingestuft und werden sogar in Prozessen, bei denen es um die Todesstrafe geht, zugelassen."

Paige lehnte sich weiter vor, um ja nichts zu verpassen. „Echt jetzt?"

Avery nickte.

„Krass." Irgendwie beängstigend. Und faszinierend. „Wie funktioniert das genau?"

„Ohne jetzt auf das besondere Such- und Riechtalent der Bluthunde einzugehen, funktioniert das Ganze so, dass die Hunde darauf trainiert werden, anzugeben, ob ein Mensch sich an einem bestimmten Ort aufgehalten hat. Vereinfacht gesagt, der Hundeführer setzt den Hund auf de Lucas Geruch an und führt ihn dann zu den verschiedenen Brandherden, um zu sehen, ob der Hund eine Spur von dem Menschen findet."

„Wird das nicht einfach unter Zufall abgelegt?", fragte Paige ungläubig.

„Kommt darauf an. Im Diner, wo sämtliche Einwohner regelmäßig sind, wird seine Duftspur auf jeden Fall zu finden sein. Dazu muss ich keinen Bluthund haben und das interessiert auch keinen Richter. Mitten im Wald an verschiedenen Stellen schon eher."

„Klingt gut", stimmte Jake zu. „Worauf wartet ihr noch? Ruft ihn an."

Avery und Cole tauschten einen Blick aus.

„Was ist?", wollte der Sheriff wissen.

„Na ja, seit er sich selbstständig gemacht hat, ist er ein ziemlicher Wanderer. Ich kann ihn schon kontaktieren, aber es wird ein paar Tage dauern."

Ace zuckte mit den Schultern. „Ohne ihn werden wir noch länger als ein paar Tage brauchen. Ruft ihn an."

Cole nickte.

Es klopfte an der Tür, und einer der anderen Deputies streckte den Kopf herein.

„Toby? Was gibt's?"

Toby hielt eine Hand mit einer durchsichtigen Beweistüte hoch. „Wir haben etwas gefunden."

Jake winkte ihn hinein.

„Lass sehen."

Toby zögerte und warf einen Blick hinter sich.

„Hier ist noch jemand, der eine Aussage machen will."

„Sag es einem der anderen Deputies", wies ihn Jake ungeduldig an. „Oder Polly soll sich darum kümmern, wenn sonst keiner hier ist."

„Ich glaube, das willst du gerne selber hören. Es hat mit dem Brandstifterfall zu tun."

Jake richtete sich in seinem Stuhl auf. Wer konnte das sein? Und wieso umging Toby das normale Verhörprozedere?

„Na dann?" Er bedeutete seinem Deputy, reinzukommen und gestikulierte Richtung Will, einen zusätzlichen Stuhl heranzuziehen.

Toby trat ein. Melissa Hudson folgte ihm. Sie war sichtlich nervös. Ihre Augen flitzten von einem Anwesenden zum nächsten. Als er auf einen freien Stuhl deutete, setzte sie sich auf die vorderste Kante, als wäre sie jederzeit bereit zu fliehen. Was sie wahrscheinlich auch war. Es hatte sie sehr große Überwindung gekostet, hierherzukommen. Doch als sie von Jaz gestern Abend am Telefon gehört hatte, dass Paige heute ihre Aussage machen würde, hatte sie spontan die Idee gehabt, selber auch eine Aussage zu machen. Der Gedanke, dass de Luca einfach weiter auf freiem Fuß bleiben und die nächste Frau, der er begegnete, auch wieder so behandeln würde, hatte ihr keine Ruhe gelassen. Also hatte sie nach einer schlaflosen Nacht Benny in der Obhut ihrer Mutter gelassen und hatte den weiten Weg von New Mexico nach Independence zurückgelegt. Direkt zur Polizeistation. Na gut. Nach einem Stopp bei Sweets, wo sie nochmals versucht hatte, ihre flatternden Nerven unter Kontrolle zu bekommen.

Paige schenkte ihr ein, wie sie hoffte, beruhigendes Lächeln. Das konnte sie sich leisten, jetzt wo sie das Verhör beinahe hinter sich hatte. Arme Melissa. Für sie fing es jetzt gerade erst an. Zudem erforderte ihre Aussage viel mehr Mut.

Um Melissa einen Moment zu geben, um sich zu sammeln, hielt Toby Jake die Beweistüte hin. Im Inneren glänzte eine silberne Kette.

Paige starrte überrascht darauf. Melissas Gesicht verlor auch noch das letzte bisschen Farbe, als sie das Schmuckstück sah. Selbst Avery hob eine Augenbraue.

„De Lucas Kette“, platzte Paige schließlich heraus.

Cole runzelte die Stirn. „Seid ihr sicher?“

Avery verdrehte die Augen und tätschelte ihm den Arm. „Männer. Und so was schimpft sich Special Agent. Wenn es eine Waffe gewesen wäre und kein Schmuck, hättest du mir bestimmt Marke, Herstellungsjahr und Anzahl Schuss nennen können.“

„Ich habe ihn nur einmal gesehen", verteidigte sich Cole. „Vielleicht hat er sie da nicht getragen."

„Doch", widersprach ihm Melissa. „Diese Kette hat er jeden Tag getragen. Er hat behauptet, sie sei sein Glücksbringer."

Jake hatte sich inzwischen Gummihandschuhe übergezogen und die Kette herausgeholt. Die schweren silbernen Glieder und das protzige Kreuz, das daran baumelte, glänzten schwach in dem Licht, das durch das Fenster hereinfiel.

„Wo habt ihr das gefunden?", wollte er von Toby wissen.

„Auf der Treppe, die hochführt zum Maschinenraum, in dem Paige eingesperrt war."

„Ich erinnere mich", antwortete Paige wie in Trance, als sie die schrecklichen Momente noch einmal durchlebte. „Ich habe gegen ihn angekämpft. Leider vergeblich, wie wir ja alle wissen. Dabei bin ich an etwas hängen geblieben. Zu dem Zeitpunkt habe ich mir nichts weiter dabei gedacht. Offensichtlich war es die Kette, die dadurch kaputt gegangen ist."

Diese Neuigkeit schlug ein wie eine Bombe. Das änderte die Beweislage beträchtlich. Alle redeten durcheinander und spekulierten, was das jetzt wohl für das weitere Vorgehen hieß. Schließlich stieß Jake einen gellenden Pfiff aus. Alle verstummten, mehr oder weniger schuldbewusst. Melissa saß auf ihrem Stuhl und sah sehr verloren aus.

Jake beschloss, das Meeting hier fürs Erste zu beenden. „Gut. Das wirft natürlich ein neues Licht auf die ganze Sache. Cole, Avery, ich will trotzdem diesen Bluthund hier haben. Je mehr Beweise wir haben, desto besser. Ich will, dass dieser Kerl für lange Zeit hinter Gittern verschwindet. Organisiert es so schnell wie möglich." Die beiden nickten und machten Anstalten aufzustehen und zu gehen.

„Avery", sagte der Sheriff. Sie hob den Kopf und schaute ihn fragend an.

„Ja?"

„Könntest du vielleicht hier bleiben, während ich Melissas Aussage entgegennehme?“

„Aber klar.“ Sie setzte sich wieder hin und lächelte Melissa an.

Melissa wand sich unbehaglich auf ihrem Stuhl. Wieso waren denn alle so nett zu ihr? Schließlich hatte sie das ganze Drama verursacht. Hätte sie de Luca nicht aus lauter Angst vor seiner möglichen Reaktion bei Paiges Auftauchen gewarnt, wäre das alles nicht passiert, dachte sie kläglich. Trotzdem war sie froh, dass Avery anwesend sein würde. Das würde es ihr doch sehr erleichtern, über das Geschehene zu sprechen. Sie hoffte nur, der ganze Albtraum wäre bald vorbei. So wie es aussah, hatte sie ab sofort keinen Job mehr. Sorgen um unbezahlte Mieten, Benny und Krankenkassenprämien drohten sie zu überwältigen. Da tauchte Polly neben ihr auf und drückte ihr einen Becher Kaffee in die Hand.

„Hier, Liebes. Du siehst aus, als könntest du ihn gebrauchen.“

Dankbar lächelte Melissa die ältere Frau an. Polly tätschelte ihr die Schulter und verließ das Zimmer wieder.

Jake bekam von ihrem inneren Tumult nichts mit. Er war damit beschäftigt, Paige die Leviten zu lesen. Er war ihr einen strengen Blick zu.

„Paige, du passt auf dich auf. Solltest du de Luca über den Weg laufen, machst du einen großen Bogen um ihn oder noch besser, mach, dass du wegkommst. Er ist seit gestern Abend nicht gesehen worden. Wir wissen also weder, wo er steckt, noch was er im Schilde führt.“

„Sie wohnt die nächste Zeit bei mir.“ Das kam von Ace.

Paige wollte schon protestieren, als ihr einfiel, dass das ja stimmte. Sie klappte den Mund wieder zu. Ace grinste. Mist. Natürlich war ihm ihre Fischimitation aufgefallen. Sie warf ihm einen finsteren Blick zu. Wieder einmal. Vielleicht nützte es ja diesmal etwas. Aber nein. Er schien komplett immun zu sein gegen die vernichtenden Pfeile, die aus ihren Augen schossen. Zum Aus-der-Haut-Fahren.

„Toller Bodyguard", murmelte sie säuerlich. „Krücken und ein Sauerstoffgerät." Alle Schuldgefühle dieser Welt schafften es nicht, ihre scharfe Zunge in Zaum zu halten, auch wenn sie gleich darauf von heftigen Gewissensbissen geplagt wurde. Ihre Emotionen waren zurzeit die reinste Berg- und Talfahrt. In der einen Sekunde übermannte sie das Grauen, dass sie ihn fast verloren hätte, in der nächsten ärgerte er sie so, dass sie selber sein vorzeitiges Ableben plante.

Ace lachte, lachte!, man stelle sich das vor, ignorierte sie ansonsten aber weiterhin. Argh!

„Da ich krankgeschrieben bin, kann ich sie gut zu allen Terminen begleiten", fuhr er fort.

„Gut. Eine Sorge weniger." Jake schob die Papiere zu Will hinüber und stand auf.

„Kann ich jetzt gehen?", fragte Paige an niemanden im Bestimmten gerichtet.

„Na, klar", erwiderte Ace amüsiert. „Wohin geht's als Nächstes?"

Sie rollte mit den Augen. „Zu dir nach Hause natürlich, du Held. Dein Sauerstoffgerät wartet. Und vorher noch in den Supermarkt, wenn du was essen willst."

„Du meinst, meine Rolle als Bodyguard bedeutet, dass du für mich kochst?" Sein Blick war hoffnungsvoll. Den Hinweis auf das Sauerstoffgerät blendete er aus. Er hasste die Tatsache, dass er wegen seiner erst überstandenen Rauchvergiftung auf Anweisung des Arztes immer noch täglich eine Sauerstofftherapie machen musste. Er fühlte sich dabei wie ein neunzigjähriger Kettenraucher.

„Träum weiter. Ich weiß sowieso nicht, was mir ein Leibwächter auf Krücken nützen soll", wiederholte sie ihre Bedenken. Nur für den Fall, dass er es vorher nicht gehört hatte.

„Autsch." Theatralisch griff er sich ans Herz. „Du triffst mich ins Herz."

„Du wirst es überleben. Leider." Paige biss sich auf die Unterlippe, um nicht laut loszulachen. Verdammt. Sie war doch wütend auf ihn. Und wollte das gerne auch noch ein Weilchen bleiben. Aber wenn er weiterhin so gute Laune verbreitete, würde das schwierig werden.

„Ich könnte de Luca mit der Krücke ein Bein stellen", fuhr Ace unbeirrt fort.

„Paige", Avery legte ihr die Hand auf die Schulter, „wenn er dich wahnsinnig macht, ruf einfach an. Ich kann seine Wachhundepflichten genauso gut ausüben, nur dass du dann in weiblicher Gesellschaft wärst."

„Vielen Dank. Darauf werde ich sicher gerne und bald zurückkommen", antwortete Paige aus tiefstem Herzen.

„He! Irgendwie habe ich das Gefühl, dass in dieser Einladung eine subtile Beleidigung steckt", plusterte sich Ace auf.

Paige verdrehte die Augen. „Komm jetzt. Ich hab Hunger. Und die Hunde, sprich dein Hund, wartet zu Hause." Sie schaute auf ihren eigenen Hund hinunter. „Du ja nicht, meine Schöne. Dich kann man schließlich überallhin mitnehmen, so gut erzogen, wie du bist", bemerkte sie spitz.

Erleichtert trat sie aus der Polizeistation ins Freie und blinzelte im hellen Sonnenlicht.

„Ja, ja. Lilo ist noch jung. Irgendwann wird das bei ihr auch so sein."

„Vielleicht sprichst du am besten einmal mit Kat. Oder abonnierst ihren zukünftigen Videokanal."

Ace schaute sie fragend an. „Wieso das denn?"

Paige legte sich die Leine über die Schulter und kramte in ihrer Hosentasche nach einem Leckerli für Maybellene. Sie ließ sie erst sitzen und gab ihr anschließend den Leckerbissen.

„Weil kleine, ungezogene Racker nicht von alleine und über Nacht zu gut ausgebildeten Hunden werden." Sie warf ihm ein freches Grinsen zu. „Insbesondere nicht, wenn der fragliche Hund ein sibirischer Laika ist", fügte sie hinzu und bezog sich auf die Tatsache, dass diese Rasse als schwer erziehbar galt.

„Alles nur böse Gerüchte", nahm Ace seinen vierbeinigen Liebling in Schutz. „Du wirst schon sehen. Eines Tages zeigen wir es euch allen."

Paige lachte. „Keine Angst. Wir lieben sie auch so."

Und mich?, war Ace versucht zu fragen. Doch er verkniff es sich. Das war hier weder Zeit noch Ort für diese Frage. Auch wenn er die Antwort nur zu gerne gewusst hätte.

26

Paige lag auf einem großen Kissen auf Averys Veranda in der Sonne. Nach zwei Tagen Dauergesellschaft von Ace hatte sie ziemlich verzweifelt Avery angerufen. Nicht, dass sie die Zeit mit Ace nicht genoss. Das tat sie. Die Nächte waren wunderbar. Gips hin oder her. Der Mann war einfach unglaublich talentiert. Und ausdauernd. Und einfallsreich. Sie fächelte sich gedanklich ein wenig Luft zu. Besser, sie wechselte die Richtung, die ihre Gedanken einschlugen. Die Abende mit den langen Gesprächen waren ebenfalls wundervoll. Doch tagsüber, wenn ihm so richtig bewusst wurde, wie eingeschränkt er in seinen Aktivitäten war, war seine Gesellschaft in etwa so angenehm wie die eines verwundeten Bärs. Nämlich gar nicht.

Da Avery und Cole sich noch für kein Haus entschieden hatten, wohnten sie vorübergehend bei Averys Großvater. Beide Männer waren unterwegs, sodass sie das große Haus für sich alleine hatten. Also fast alleine. Die beiden Hunde leisteten ihnen Gesellschaft. Paige hatte Lilo mitgenommen, damit Ace nicht in Versuchung geriet, seinen Hund als Ausrede zu benutzen und auszuprobieren, ob Joggen-Schrägstrich-Klettern-Schrägstrich-irgendeine-andere-gefährliche-Sportart auch mit Krücken möglich war. Die beiden Hunde erkundeten jetzt seit einer halben Stunde die Gegend rund ums Haus. Avery hatte ihr glaubhaft versichert, dass es keine gefährlichen Straßen oder Hühnerställe in der unmittelbaren Nachbarschaft gab. Bis jetzt sah es allerdings ganz so aus, als würde Maybellene ihren neuen Job als Lehrerin sehr ernst nehmen und gut auf Lilo aufpassen.

Miss Marple hatte sich auf Averys Bauch zusammengerollt. Avery streichelte sie nachlässig, während sie sich mit Paige unterhielt. Smiri, Georges Katze, die inzwischen schon richtig groß geworden war – sogar sehr groß, wenn Paige sich das so überlegte – schaute von ihrem Aussichtspunkt auf dem Geländer hoheitsvoll auf die spielenden Hunde herab.

Ein Motorengeräusch durchbrach die Frühlingsgeräusche der Natur. Träge wandte Paige den Kopf und fragte: „Hattest du nicht gesagt, die Männer würden erst abends zurückkommen?"

Avery stützte sich mit den Ellenbogen hinter dem Rücken ab und spähte die Auffahrt hinunter. „Das ist auch so. Ich kenne das Auto nicht." Mit einer fließenden Bewegung griff sie unter das Frotteetuch, das neben ihr lag, und zog eine Waffe hervor.

„O-o. Meinst du, das ist wirklich nötig?"

Avery wandte ihr das Gesicht zu. Die Augen waren hinter einer großen Sonnenbrille verborgen, doch ihr zufriedenes Lächeln war aussagekräftig genug.

„Auf jeden Fall. Stell dir vor, was mir Ace erzählen würde, wenn ich dich nicht angemessen bewache!" Sie freute sich, dass endlich etwas passierte. Mit dem Aufbau ihrer eigenen Sicherheitsfirma hatten sie und Cole zwar alle Hände voll zu tun, so einen faulen Sonntagnachmittag in der Sonne hatte sie nicht mehr genossen seit ihrer überraschenden Hochzeit in Vegas. Aber das meiste war eben Bürokram. Keine Action. Sie konnte es nicht erwarten, bis sie ihre ersten Aufträge hatte und nicht mehr gezwungen war, Stunden hinter einem Schreibtisch zu verbringen. Das alles sagte sie Paige natürlich nicht.

„Ich bin nun mal gerne vorbereitet", erklärte sie grinsend.

Paige verdrehte die Augen. Klar. Vorbereitet. Avery interpretierte das Wort eindeutig anders als sie. Für sie bedeutete das, ihr Diktiergerät und einen Schirm dabei zu haben, wenn sie aus dem Haus ging.

Der große Pick-up-Truck fuhr bis fast vors Haus. Avery schirmte ihre Augen mit einer Hand vor der Sonne ab. Die andere Hand hielt die Waffe ruhig auf das Auto gerichtet. Überrascht ließ sie sie sinken, als eine Frau ausstieg. Sie trug ein lila Hemd, enge Jeans, die ihre bemerkenswerten Kurven ausgezeichnet zur Geltung brachten, einen Ledergürtel mit einer auffälligen Schnalle und Cowboyboots. Die fast hüftlangen, kastanienroten Haare hatte sie zu einem langen, dicken Zopf geflochten.

„Rebecca?“, fragte Avery ungläubig.

Die Frau grinste breit. „Aber klar doch. Huch, wer seid ihr denn?“, meinte sie zu den Hunden und hielt ihnen die Hand zum Beschnuppern hin. Den beiden Vierbeinern war etwas verspätet eingefallen, dass man Neuankömmlinge laut Lehrbuch erst einmal verbellte. Das war wahrscheinlich auch eher Lilos Idee gewesen, dachte Paige amüsiert, die die Situation gespannt beobachtete. Halbherzig rief sie nach den Hunden, wohl wissend, dass die sich schon wieder beruhigen würden, wenn auch nicht gleich.

Hastig sicherte Avery die Pistole und schob sie zurück unter das Badetuch. Sie sprang auf und mit einem Satz die drei Holzstufen, die zur Veranda hinaufführten, runter und fiel der anderen Frau um den Hals. Die beiden Hunde nahmen das verdutzt zur Kenntnis und stellten ihr Bellen ein.

Paige stand zwar auch auf, zögerte aber, sich zu den beiden Frauen zu gesellen. Sie wollte sich nicht aufdrängen.

Nach einigem Gelächter und gegenseitigem Sich-Anschauen und Auf-die-Schulter-Klopfen legte Avery Rebecca den Arm um die Schulter und führte sie zum Haus.

„Komm rein. Dann kann ich dir gleich Paige vorstellen. Unsere Expertin für spannende Reportagen aller Art.“

Verlegen winkte Paige ab, doch Rebecca legte interessiert den Kopf schräg. Sie streckte die Hand aus und hielt sie Paige entgegen. „Hi, ich bin Rebecca. Oder auch Becky für meine Freunde. Reportagen sagst du?"

Paige nickte, etwas überwältigt von der puren Energie, die die andere Frau ausstrahlte. Es wunderte sie nur, wann denn die Wirkung des örtlichen Wassers auch bei ihr einsetzen würde. Alle Frauen in ihrem Umfeld waren so. Oder funktionierte das nur, wenn man das in jungen Jahren zu sich nahm? Andererseits waren Jaz und Kat genau die gleichen Energiebündel. Also musste das Geheimnis ein anderes sein.

„Schon mal über Rodeos berichtet?", unterbrach Rebecca ihre Gedanken, während sie Avery ins angenehm kühle Haus folgten.

„Nein. Bis jetzt noch nicht. Wieso? Hast du etwas mit Rodeos zu tun?"

Avery, die mit dem Kopf im Kühlschrank steckte, prustete los. „Ja, sag mal, Rebecca. Hast du was mit Rodeos zu tun?"

„Lass sie in Ruhe. Das ist schon in Ordnung. Die Welt der Rodeos ist eine eigene kleine Welt."

„Ups, sollte ich dich etwa kennen?", fragte Paige, der langsam aufging, dass Rebecca vermutlich nicht die Startnummern verteilte.

„Überhaupt nicht. Außer, du interessierst dich fürs Barrel-Racing?"

„Barrel-was?"

Avery gesellte sich zu ihnen und stellte einen großen Krug Eistee auf den Tisch. „Tataa, darf ich vorstellen, ungeschlagene Weltmeisterin im Barrel-Racing. Das ist die Sportart, wo Reiter auf ihren Pferden in halsbrecherischem Tempo um drei Tonnen rasen." Sie drehte sich zu Rebecca um. „Das bringt mich zu der Frage, was machst du überhaupt hier? Hat nicht eben die Saison angefangen? Oder hast du ganz aufgehört?"

Rebecca schüttelte den Kopf und griff nach ihrem Glas. Sie trank einen Schluck, um ihre Antwort noch ein wenig aufzuschieben. Schließlich sagte sie: „Aufgehört nicht. Aber eine Pause eingelegt."

„Weshalb denn das?", fragte Avery konsterniert. Seit sie Rebecca kannte, wollte diese nichts als Reiten und an Turnieren teilnehmen. Und das sollte sich jetzt plötzlich geändert haben?

Rebecca zögerte mit der Antwort. Nach einem tiefen Atemzug meinte sie: „Es gibt verschiedene Gründe. Zum einen geht es meinem Pferd nicht gut. Vermutlich Sehnenprobleme. Dieser Sport ist sehr, sehr belastend für die Pferdebeine. Meine Sponsoren hätten gerne, dass ich Roxie gesund spritze …"

„Fällt das nicht unter Doping?", erkundigte sich Paige, die ihre journalistische Neugier nicht im Zaum halten konnte. Sie verstand zwar nicht viel von Pferden und schon gar nichts vom Barrel-Racing, doch die Unterhaltung war allgemein genug, dass sie sich ungefähr vorstellen konnte, wovon Rebecca sprach.

Wieder verging ein Moment, bevor die andere Frau antwortete. „Es gibt Substanzen, die können legal eingesetzt werden. Und dann gibt es Substanzen, die noch nicht verboten sind. Wie auch immer, beides ist für mich keine Option. Wenn Roxie Zeit hat, sich zu erholen, hat sie noch viele Jahre vor sich. Wenn ich sie unter Medikamenten weiter belaste, ist sie in einem Jahr tot."

Avery und Paige zogen beide scharf die Luft ein.

Rebecca nickte zustimmend. „Eben. Deshalb geht sie jetzt erst mal zu meinem Bruder auf die Ranch, während ich mir ein Nachwuchspferd suche und es anschließend ausbilde. Zudem soll es hier einen guten Tierarzt geben. Nate Bale, falls ihr ihn kennt?"

Die beiden anderen Frauen prusteten los.

„Was ist denn? Gibt es ein Problem mit dem Tierarzt?" Rebecca runzelte besorgt die Stirn.

Während Avery noch versuchte, ihren Lachanfall unter Kontrolle zu bringen, klärte Paige sie auf. „Deine Frage war einfach witzig. Avery hier ist jetzt sozusagen mit Nate verwandt."

„Verwandt?"

„Ja. Weißt du es nicht? Avery hat geheiratet."

„Geheiratet? Jetzt bin ich aber baff. Du warst doch immer völlig in Cole verliebt. Hast du diese Schwärmerei endlich überwunden?"

Paige grinste Avery an. Diese wand sich verlegen. „Äh, nicht ganz."

„Wie, nicht ganz! Und was meint dein Mann dazu?"

„Na ja, nachdem ich Cole geheiratet habe, findet er es ganz okay."

„Mann-o-mann, ich sehe schon. Wir haben uns viel zu erzählen." Sie runzelte die Stirn. „Aber der Verwandtschaftsgrad ist damit noch nicht geklärt."

„Erinnerst du dich an Paula, Coles ältere Schwester?"

„Das ist doch die Pferdetrainerin. Hat sie nicht auch Rinder?"

„Genau. Sie ist mit Nate verheiratet."

„Ach so. Jetzt verstehe ich." Ungläubig schüttelte sie den Kopf. „Die Welt ist schon klein."

„Ja. Vor allem in Independence", antwortete Avery trocken.

„Und die anderen Gründe?", hakte Paige nach. Nicht, dass es sie was anging. Schließlich kannte sie Rebecca überhaupt nicht. Doch offene Fragen ließen ihr einfach keine Ruhe. Wahrscheinlich eine Angewohnheit, die sich während der vielen Interviews eingeschlichen hatte, die sie geführt hatte.

Rebeccas Gesichtsausdruck verdüsterte sich. „Mein Bruder."

„Hank?", fragte Avery.

„Ich habe ja nur den einen", gab Rebecca zurück.

Das war offensichtlich der Name des Bruders, schloss Paige daraus. Sie kramte in ihrem Gedächtnis und versuchte sich zu erinnern, ob sie ihm je über den Weg gelaufen war, doch sie konnte den Namen keinem Gesicht zuordnen.

Avery, die Paige ansah, dass sie nichts damit anfangen konnte, erklärte beiläufig: „Dunkle Haare, grüne Augen, introvertiert."

„Aaaah." Jetzt wusste Paige, von wem die beiden sprachen. Ein waschechter Cowboy. Ein ziemlich rauer Bursche, der nicht viele Worte verlor. Wenn sie nicht so auf Ace fixiert gewesen wäre, hätte sie durchaus einen zweiten oder dritten Blick riskiert. So hatte sie sich auf einen einzigen, dafür ausgiebigen beschränkt.

Avery lachte. „Ich wusste doch, dass du dich erinnern würdest. Ein sehr attraktiver Mann. Er hat ein Händchen für Pferde. Paula kommt recht gut mit ihm aus. Er ist selten in der Stadt anzutreffen. Meistens bleibt er auf seiner Ranch. Schade nur, dass er immer mit der ganzen Welt im Clinch zu liegen scheint."

„Sehr zutreffend, deine Beschreibung", stimmte Rebecca ihr zu. „Ich mache mir Sorgen um ihn. Es scheint, als hätte die Ranch finanzielle Probleme." Sie warf die Hände in die Luft. „Und natürlich will er nichts davon hören, dass ich ihm helfe." Sie brach ab, nicht bereit, mehr über ihre Beweggründe zu verraten, die nur zum Teil mit ihrem Pferd und ihrem Bruder zu tun hatten.

„Wird man reich beim Rodeo reiten?" Avery machte eine Pause. Sie wiederholte die Frage in ihrem Kopf und zuckte zusammen. „Sorry. Nicht sehr taktvoll, meine Frage."

„Kein Problem, das ist schon in Ordnung. Also, gewinnen hilft auf jeden Fall, aber vom Rodeo reiten alleine wird man nicht reich. Oder ich sollte sagen, nicht reich genug. Das ganze Drumherum ist so teuer, dass es sich nicht wirklich lohnt. Was sich lohnt, sind die Sponsorenverträge. Dabei hilft es, wenn man ein einigermaßen ansprechendes Gesicht und Hinterteil hat." Sie lachte und klopfte sich mit der flachen Hand auf ihren Hosenboden. Die Jeans standen ihr ausgezeichnet.

Avery setzte zur nächsten Frage an, als schon wieder ein Auto zu hören war, das die Auffahrt heraufkam.

„Herrje. Was ist denn heute los? Das ist ja schlimmer als am Bahnhof hier", murmelte Avery. „Wartet hier. Ich bin gleich zurück."

Als sie nach draußen verschwunden war, warf Rebecca Paige einen fragenden Blick zu. „Ist irgendetwas nicht in Ordnung? Oder ist es normal, dass Avery so wachsam ist und alle Besucher mit der Waffe in der Hand empfängt?"

„Ach, das ist eine lange Geschichte. Langer Rede, kurzer Sinn, ich habe dem örtlichen Immobilienhai ziemlich die Pläne vermasselt. Jetzt ist er unauffindbar. Für den Fall, dass er seinen Ärger gerne an mir auslassen möchte, haben sie Avery und Ace dazu verdonnert, auf mich aufzupassen."

„Klingt beängstigend."

Paige zog eine Grimasse. „Das ist es auch, wenn ich darüber nachdenke. Also vermeide ich es tunlichst."

Rebecca hob beide Hände. „Okay, okay, ich hab den Wink mit dem Baumstamm verstanden. Themawechsel: Zurück zu den Reportagen. Hättest du Lust, etwas über die Welt der Rodeos zu berichten? Ich trage seit längerer Zeit einige Ideen im Kopf herum."

„Keine Ahnung. Ich glaub schon. Solange du mit von der Partie bist und mir zeigst, wo bei den Pferden hinten und vorne ist?"

„Super. Ich bin ja erst mal eine Weile hier. Wenn ich eingerichtet bin, stell ich mal was zusammen und gehe es dann mit dir durch."

„Gerne."

Vor der Tür wurden Stimmen laut. Die Hunde blieben verdächtig still. Dann war es wahrscheinlich jemand, den sie kannten? Neugierig geworden stand sie auf und ging zur Tür. Sie schielte aus dem Fenster bei der Tür. Avery und der Unbekannte, es war ein hochgewachsener Mann mit braunen, schulterlangen Haaren, die er zu einem Pferdeschwanz zusammengebunden hatte, schienen in ein freundliches Gespräch vertieft zu sein. Er lachte über etwas, das Avery sagte, und drehte sich um. Auch sein Profil war nicht alltäglich, eine markante Nase dominierte sein Gesicht. Blaue Augen hoben sich strahlend von seiner gebräunten Haut ab. Jetzt ging er um sein Fahrzeug herum und öffnete die Heckklappe. Maybellene und Lilo standen mit heraushängender Zunge und wedelnder Rute erwartungsvoll daneben.

„Wer ist es denn?", rief Rebecca vom Küchentisch.

„Keine Ahnung", antwortete Paige. „Aber der Anblick lohnt sich auf jeden Fall." Die Bewunderung für ein außergewöhnlich attraktives Exemplar der männlichen Spezies war ihr deutlich anzuhören.

Rebecca schnaubte belustigt.

In diesem Moment sprang ein großer Bluthund aus dem Auto. Freundlich begrüßte er die anwesenden Hunde. Nanu, dachte Paige, als sie erstaunt feststellte, dass sie trotz des fremden Hundes ganz entspannt blieb. Klar. Momentan war sie drinnen und er draußen, das zählte also nicht ganz. Doch sie merkte, dass sie sich freute, diesen Hund kennenzulernen, der ihr hoffentlich dabei helfen würde, ihr Leben wieder auf Normalkurs zu bringen.

„Es ist Adrian mit seinem Bluthund", rief sie über die Schulter. „Ich geh raus, kommst du?" Sie wartete Rebeccas Antwort nicht ab und verschwand nach draußen.

Rebecca erstarrte. Adrian? Das konnte nicht sein, oder? Sie hatte in der letzten Zeit weiß Gott genügend Pech gehabt. So ungnädig konnte das Schicksal nicht sein! Aber Adrian war sicher ein sehr häufiger Name, versuchte sie sich zu beruhigen. Angewidert von sich selbst schüttelte sie den Kopf. Genau. Deshalb hatte sie den Namen ja auch schon so oft gehört. Vor allem die Bluthundebesitzer hießen alle so ... Wohl wissend, dass sie sich selber etwas vormachte, stand sie auf und wappnete sich innerlich für die bevorstehende Begegnung. Das würde ja heiter werden.

Rebecca trat hinaus ins Sonnenlicht. Die anderen drei waren immer noch in ein lebhaftes Gespräch vertieft, sodass der Bluthund der Einzige war, der ihre Anwesenheit registrierte. Er trottete gemütlich die drei hölzernen Stufen hoch und drückte sich zur Begrüßung an ihr Bein.

„Du erinnerst dich wohl an mich, was, Smokey? Toller Hund.“ Sie kraulte ihm das dunkle, kurze Fell am Rücken und strich ihm über die seidigen, braunen Schlappohren.

Als sie den Kopf hob und zu den anderen hinüberschielte, schaute sich Adrian gerade suchend nach seinem Hund um.

Stolz richtete sie sich auf, hob das Kinn und begegnete seinem Blick herausfordernd. Wie beim letzten Mal meinte sie die Elektrizität, die sich zwischen ihnen wie ein unsichtbares Band spannte, beinahe sehen zu können. Es verwunderte sie richtiggehend, dass keine Funken sprühten.

„Wie heißt denn das schnüffelnde Wunderkind hier?“, fragte Paige. Sie war so auf den fremden Hund konzentriert, dass ihr entging, was zwischen Rebecca und dem Neuankömmling ablief.

„Smoke“, antwortete Adrian mit seiner tiefen Stimme, während Rebecca gleichzeitig sagte: „Smokey.“

„Ihr kennt euch bereits?“, wollte Avery wissen.

Das wunderte Paige auch. Interessiert schaute sie von einem zum anderen.

„Nicht wirklich.“ Das kam von Rebecca.

„Klar kennen wir uns.“

Adrian grinste. Rebecca warf ihm einen hochmütigen Blick zu, der so manchen anderen Mann hätte zurückweichen lassen. An ihm prallte er, komplett wirkungslos, einfach ab. Am liebsten hätte sie geknurrt. Oder ihn gebissen. Doch das war ein anderes Thema.

Avery hob die Augenbrauen und schielte zu Paige. Diese hob die Schultern und ließ sie wieder fallen.

„Klingt nach einer langen Geschichte“, sagte Avery schließlich. „Kommt rein, dann können wir alles besprechen. Adrian? Schläfst du hier?“

„Nein und nein. Schlafen werde ich im örtlichen Bed & Breakfast, wie du es mir bei deinem Anruf empfohlen hast. Der Hund kann doch mit ins Zimmer, oder?“

Avery nickte.

„Gut. Und jetzt würde ich lieber gleich mit der Arbeit anfangen. Wenn du mir sagst, wo ich mich mit dem Sheriff und dem Feuerwehrchef treffen soll, mach ich mich auf den Weg.“

„Ha. Und euch Jungs den ganzen Spaß überlassen? Auf keinen Fall.“ Sie steckte die Pistole, die sie immer noch in der Hand hielt, in den hinteren Hosenbund und zog ihr T-Shirt darüber. „Gib mir fünf Minuten, dann können wir los.“

„Warte, ich komme auch mit. Wir müssen Maybellene und Lilo nur erst bei Kat vorbeibringen.“

„Lass sie doch einfach hier.“

Zweifelnd warf Paige einen Blick auf die Ratte, die sich über Averys Schulter drapiert hatte, und die Geschehnisse interessiert verfolgte. „Lieber nicht. Lilo könnte Miss Marple mit ihrem Nachmittagssnack verwechseln. Ich trau ihr in dieser Hinsicht nicht so ganz.“

„Dann fahr schon mal los. Ich rufe die anderen an und gebe dir die Koordinaten durch, wo wir uns treffen.“

„Gute Idee.“ Sie wandte sich zur Tür.

„Ich geh dann mal“, mischte sich Rebecca ins Gespräch ein. „Man sieht sich.“ Sie sah flüchtig zu Adrian hinüber. Ihr Herz klopfte bis zum Hals. Dass sie ihm ausgerechnet jetzt über den Weg laufen musste, ärgerte sie. Er sah immer viel zu viel. Das war schon bei ihrer letzten Begegnung der Fall gewesen. Der einzige Lichtblick war die Tatsache, dass er nie lange an einem Ort blieb. Sie wusste gar nicht, ob er überhaupt einen festen Wohnsitz hatte. Sie wusste nur, dass er ständig unterwegs war. Er, sein Hund und sein Truck. So lange, bis das geschah, würde sie sich einfach von ihm fernhalten. Ganz einfach.

Avery umarmte sie. „Schön, dass du vorbeigekommen bist. Wir müssen uns unbedingt einmal länger verabreden, jetzt wo du wieder da bist."

„Gerne." Sie winkte Paige zu, schenkte Adrian, der sie mit seinen blauen Augen unverwandt beobachtete, ein knappes Nicken und ging zu ihrem Fahrzeug.

„Red."

Seine Stimme hielt sie zurück. Mit der Hand am Türgriff hielt sie inne. Nur er traute sich, sie Red zu nennen. Aus unerfindlichen Gründen, die sie lieber nicht genauer analysierte, störte sie es nicht, wenn er es tat. Im Gegenteil. Es schuf eine Art Intimität zwischen ihnen, die sie zwar beängstigend fand und nach außen vehement ablehnte, insgeheim aber wie einen Schatz hütete.

„Wir sind noch nicht fertig miteinander."

Die Wirkung des Spitznamens verpuffte augenblicklich. Was bildete sich der Kerl ein?

„Doch", sagte sie ruhig. „Das sind wir." Mit diesen letzten Worten stieg sie umgehend in ihren Truck und machte, dass sie wegkam.

Avery, die sich inzwischen fertiggemacht hatte, trat zu ihm heran.

„Du und Rebecca?"

Er blies sich eine Strähne, die sich aus seinem Pferdeschwanz gelöst hatte, aus dem Gesicht. „Es ist kompliziert", antwortete er und verschränkte die Arme vor der Brust.

Avery schüttelte amüsiert den Kopf. „Wie könnte es auch anders sein."

27

Eine Stunde später trafen alle an der ersten Brandstelle ein. Selbst Cole hatte sich von seinem Schreibtisch losgerissen, um dem Hunde-Menschen-Team bei der Arbeit zuzusehen.

„Hey, großartig, dich wieder einmal zu sehen“, begrüßte Cole Adrian und klopfte ihm herzhaft auf die Schulter. „Ich dachte nicht, dass wir dich so schnell auftreiben können.“

„Reiner Zufall. Ich war gerade in der Gegend und hatte nichts Besseres zu tun.“ Normalerweise reiste er von einem Vermisstenfall zum nächsten. Seine und Smokeys Hilfe wurde oft angefordert, wenn Kinder involviert waren und die Zeit drängte. Verflixt. Jetzt nannte er seinen eigenen Hund auch schon Smokey anstatt Smoke. Rebecca. Der Grund, weshalb er in der Gegend gewesen war. Er verscheuchte die unwillkommenen Gedanken an den sinnlichen und sturen Rotschopf und konzentrierte sich auf die aktuelle Lage.

„Konntet ihr etwas aus de Lucas Besitz auftreiben? Ein Kleidungsstück? Eine Arbeitsmappe, ein Becher, irgendetwas?“

Deputy Will trat vor, ein Zip-Loc-Bag in seiner Hand. „Hier. Frisch aus seiner Wohnung. Zum Glück hatten wir uns den Durchsuchungsbefehl bereits gestern besorgt. Der Richter wäre wohl nicht sehr erfreut gewesen, wenn wir ihn bei seinem Golfturnier am Samstagnachmittag gestört hätten.“

Adrian nahm den Beutel mit einem knappen Nicken entgegen. „Danke. Und das ist die Stelle, von wo aus er zu Fuß weitergegangen ist?“

„Das können wir nur vermuten“, antwortete Ace, der sich an einen Baum gelehnt hatte, um sein Bein zu entlasten. „Das hier ist die Stelle, die am meisten Sinn macht. Doch er könnte auch noch die Straße weiter hochgefahren sein. Nach zweihundert Metern ist allerdings Schluss. Die Straße hört dort auf und geht in dichten Wald über.“

Adrian nahm die Informationen zur Kenntnis. „Okay. Dann mal los.“ Er ging zu seinem Wagen, öffnete die Klappe und ließ seinen Bluthund herausspringen. Mit sicheren Handbewegungen legte er ihm das spezielle Geschirr an. Zuletzt hängte er die lange Leine an.

„Du freust dich auf die Arbeit, was, Smokey?“, sagte er zu seinem voll motivierten Partner. Smoke. Nicht Smokey, korrigierte er sich. Verdammt.

Fasziniert beobachtete Paige, wie der vorher so ruhige und gelassene Hund plötzlich wie unter Strom zu stehen schien. Aufgeregt fasste sie nach Ace’ Arm. „Schau mal. Smokey weiß genau, dass jetzt gearbeitet wird.“

Ace legte den Arm um ihre Taille und zog sie dichter an sich heran. „Spannend. Ich hoffe, sie werden auch fündig. Wenn du dem Team in einigem Abstand folgen willst, nur zu. Ich kann leider nicht mit.“ Er wusste genau, dass sie gerne live dabei wäre.

Paige blickte bedauernd auf seinen Gips. „Macht es dir wirklich nichts aus?“, fragte sie, wieder einmal von Gewissensbissen geplagt.

„Hm. Ich werde es überleben. Knapp. Besser, du küsst mich noch einmal. Zur Stärkung sozusagen.“ Ein schelmisches Lächeln umspielte seine Lippen.

Sie legte den Kopf in den Nacken und schaute verschmitzt zu ihm auf. „Das kann ich natürlich machen“, murmelte sie.

„Okay, dann mal los“, hörten sie Adrian sagen.

Paige und Ace wandten ihre Aufmerksamkeit in Richtung Hundeführer. Dieser hatte Smokey zwischen den Beinen und öffnete die Plastiktüte. Smokey schob die Nase ganz rein und nahm so die Information von de Lucas Duft auf. Der Hund vibrierte am ganzen Körper. Adrian verschloss die Tüte wieder und steckte sie in eine der vielen Taschen seiner Weste. Dann gab er seinem Hund das Zeichen zum Aufbruch. Oder vielleicht hielt er einfach die Leine nicht mehr ganz so fest. Paige wusste es nicht. Auf jeden Fall waren die beiden wie der Blitz unterwegs.

Ace gab ihr einen kleinen Stoß. „Geh ruhig. Sonst haben sie dich gleich abgehängt."

Sie warf ihm einen letzten dankbaren Blick zu und rannte hinterher. Adrian hatte alle darum gebeten, einen gewissen Abstand einzuhalten. Wenn sie sich aber anschaute, welches Tempo die beiden vorlegten, hätte er sich darum nun wirklich keine Sorgen zu machen gebraucht. Zumindest nicht, was sie anging. Avery schien gut mithalten zu können. Sie hingegen keuchte nach einigen hundert Meter wie eine Dampfwalze. Doch sie war viel zu fasziniert von dem Hund und dem Mann, als dass sie einfach aufgegeben hätte. Die beiden hetzten über Wurzeln und durch Dickichte hindurch, überquerten kleine Gräben und überwanden zusammen in einem Sprung umgestürzte und verkohlte Baumstämme. Zwischendurch wurde der Hund langsamer, suchte eindringlicher, wich mal nach links oder rechts von der Spur ab oder bewegte sich in einem Halbkreis. Adrian hielt sich dabei völlig im Hintergrund und ließ ihn selbstständig arbeiten.

Und schließlich wurde Smokey fündig.

*

Am Sonntagabend war die letzte Brandstelle untersucht. Der Einsatz war ein voller Erfolg gewesen. An drei von sieben Brandherden zeigte Smokey de Lucas Anwesenheit an. Ebenso an der von Maybellene gefundenen Leiche. Dies war insofern spannend, da Smokey bei den drei Brandherden rund um die Baustelle keinen Alarm geschlagen hatte.

Paige war am Boden zerstört gewesen, als sie das vernommen hatte.

„Ich war mir so sicher mit meiner Theorie", murmelte sie vor sich hin, während sie im Diner auf den roten Bänken am Fenster Platz nahmen. Sie wollten sich hier mit Jake und Jaz treffen. Adrian hatte sich bereits von allen verabschiedet und sich auf den Weg gemacht.

„Jetzt mach dir keinen Kopf", tröstete sie Ace. „Vielleicht hat er ganz einfach jemanden beauftragt. Wenn du es dir überlegst, ist es ohnehin seltsam, dass er selber involviert war. Er ist eigentlich nicht der Typ, der sich selber die Hände schmutzig macht."

„Das stimmt", gab sie zu. „Vielleicht ist sein Handlanger bei dem Feuer draufgegangen und er wollte mit den anderen Feuern für Ablenkung sorgen?"

Ace zuckte mit den Schultern. „Gut möglich."

Jemand näherte sich ihrer Nische und sie schauten auf in der Erwartung, Miss Minnie mit den Menükarten zu sehen. Stattdessen stand Kurt mit einem Stuhl in der Hand neben dem Tisch. Verblüfft schauten die beiden sich an.

„Dein Bein", meinte Kurt schroff und deutete auf den Stuhl. Gehorsam hob Ace sein eingegipstes Bein und legte es auf den Stuhl.

„Essen?"

Die beiden nickten, nicht sicher, was hier abging. Wortlos knallte Kurt zwei Karten auf den Tisch.

„Ein richtiger Ausbund an Fröhlichkeit", meinte Paige mit einem erstickten Lachen.

„Meinst du, wir müssen uns um Miss Minnie Sorgen machen?"

Paige schüttelte den Kopf, den Blick zum Eingang des Restaurants gerichtet. „Ich glaube nicht. Sieh mal. Da ist sie ja. Zusammen mit George."

Tatsächlich. Galant die Hand an ihren Ellenbogen gelegt, führte George eine elegant gekleidete Miss Minnie ins Diner. Er suchte sich einen freien Tisch in der Nähe der Bar aus. Dort zog er einen der Stühle für sein Date raus und wartete, bis sie sich gesetzt hatte.

Paige klappte ihren Mund wieder zu. „Sieht so aus, als hätte sich ganz schön viel ereignet in den letzten Tagen. Hast du in letzter Zeit die Facebook-Seite von Independence angeschaut?"

Ace, der mit Social Media noch weniger am Hut hatte als mit den konventionellen Medien, schaute sie nur an.

„Okay. Ich nehme an, das heißt so viel wie nein." Ihre Mundwinkel zuckten verräterisch. Sie zog ihr Smartphone hervor. Als Ace danach greifen wollte, hielt sie es außerhalb seiner Reichweite. „Ich muss doch informiert bleiben." Als er keine Anstalten mehr machte, ihr das Telefon wegzunehmen, ließ sie die Hand wieder sinken. Offenbar zu früh. Mit einer blitzschnellen Bewegung schnappte Ace das Handy und verstaute es in der Brusttasche seines Hemdes.

„Was …"

Kurz entschlossen unterbrach Ace die bevorstehende Tirade mit einem Kuss. Als er spürte, wie Paiges Lippen weich und nachgiebig wurden, murmelte er: „Du kannst doch gleich Jaz fragen. Die weiß immer über alles Bescheid. In der Zwischenzeit wird deine Aufmerksamkeit anderweitig gebraucht."

„Mmmm-hm." In Anbetracht seiner weichen, fordernden Lippen musste sie ihm recht geben. So dringend war Facebook nun auch wieder nicht.

Kurz darauf gesellten sich ihre beiden Freunde zu ihnen. War es wirklich erst ein paar Tage her, dass sie Jake primär als Sheriff und nicht als Freund wahrgenommen hatte? Das hatte sich auf jeden Fall geändert, stellte sie erleichtert fest.

Jaz wusste tatsächlich über alles bestens Bescheid. Dadurch, dass die verschiedensten Leute ihre Yogalektionen besuchten und vor, während und nach den Stunden nichts anderes machten, als Klatsch und Tratsch auszutauschen, waren ihre Informationen immer taufrisch und sehr akkurat.

Die größten Neuigkeiten hatte allerdings Jake.

„Ratet mal, wer heute eine Nacht auf Kosten der Steuerzahler verbringt?“, fragte er und schaute erwartungsvoll in die Runde.

„Keine Ahnung“, antwortete Ace.

Paige stöhnte laut auf. „Wenn ich mir etwas wünschen dürfte, dann wäre es de Luca. Ich habe es ziemlich satt, dass ich keinen Schritt alleine machen kann.“

„Und ich dachte, sie genießt meine Gesellschaft“, beschwerte sich Ace.

Paige verdrehte die Augen. „Schon. Aber nicht, wenn ich dir dabei zur Last falle.“

Jaz lachte. „Momentan ist er sicher ganz froh um die Ablenkung, die du ihm bietest. So wahnsinnig spannend stelle ich mir das Leben mit einem Bein in Gips nicht vor.“

„Und wessen Schuld ist das? Meine.“

Ace hielt es für klüger, das Thema zu wechseln, bevor Paige sich wieder komplett in Schuldgefühlen ertränkte. Seiner Ansicht nach war ihr schlechtes Gewissen völlig fehl am Platz. Sie hatte weder das Feuer angezündet noch den Balken auf sein Bein geworfen. Das Verletzungsrisiko war in seinem Beruf einfach höher als bei einem Schreibtischjob.

„Also sag schon, wen habt ihr eingebuchtet?“

„Paige, dein Wunsch wurde erhört. De Luca sitzt hinter Gittern.“

Verblüfft fragte Ace: „Wie habt ihr denn das geschafft? Ich dachte, er hätte sich aus dem Staub gemacht?“

„Anscheinend dachte er, nach ein paar Tagen hätte sich die Aufregung gelegt. Er ist nach Hause zurückgekehrt, um einige seiner Sachen zu holen. Geld, Kleider, sein Auto, was weiß ich.

Aber da hat er uns unterschätzt. Ich hatte nämlich so ein Gefühl, dass er zurückkommen würde. Also habe ich einen Deputy vor seinem Haus postiert."

„Gute Arbeit", sagte Ace anerkennend.

„Puh." Erleichtert ließ sich Paige, die ihren Ohren erst gar nicht getraut hatte, gegen Ace sinken. „Du weißt gar nicht, wie froh ich bin, das zu hören."

Ace vernahm die Nachricht mit gemischten Gefühlen. Einerseits freute es ihn zu hören, dass der Bastard endlich da war, wo er hingehörte. Nämlich hinter Gittern. Andererseits befürchtete er, dass Paige die Tatsache, dass sie nicht mehr in Gefahr war, als Anlass nehmen würde, wieder auszuziehen. Ein paar Tage konnte er vielleicht noch die Invalidenkarte ausspielen, das war dann aber auch schon alles.

Laut sagte er: „Was geschieht jetzt?"

„Wir haben ihn bereits verhört." Jake grinste zufrieden.

„Hat er nicht nach einem Anwalt gefragt?", fragte Jaz, die durch ihren Mann inzwischen sehr genau wusste, wie das Justizsystem funktionierte.

„Doch. Aber nachdem ich ihm aufgezählt habe, für was wir ihn alles dran kriegen können, hatte er es sehr eilig, uns einen Deal anzubieten."

„Er euch?" Paige runzelte verwirrt die Stirn. „Ist das nicht umgekehrt?"

„Doch, schon. Aber das habe ich ihm nicht auf die Nase gebunden. Ich habe ihn gerne in dem Glauben gelassen, das wäre der Fall und habe mir angehört, was er zu sagen hatte."

„Fies, aber brillant." Jaz beugte sich vor und küsste Jake auf die Wange. „Und was hatte er zu sagen?"

„Du wirst es nicht glauben, aber er hat gesungen wie ein Vögelchen."

Die anderen beugten sich gespannt vor, doch prompt wurden sie wieder unterbrochen.

Kurt tauchte am Tisch auf und beäugte die Neuankömmlinge. „Hmpf. Noch zwei Esser mehr?"

„Gerne", antwortete Jake.

„Richte Miss Daisy meine Grüße aus. Ich freue mich, dass ihr so eine gute Lösung gefunden habt."

Kurts Blick gab zu verstehen, dass er an dieser Lösung aber auch gar nichts Gutes erkennen konnte. Ohne eine Bestellung aufzunehmen, drehte er sich um und ging.

„Schatz, hättest du nicht warten können, bis wir bestellt haben? Ich will gerne noch heute nach Hause kommen", beschwerte sich Jake.

„Der kommt schon wieder."

„Was ist denn überhaupt los?", erkundigte sich Paige. „Du bist ja offensichtlich bestens informiert."

„Immer. Lily hat offenbar mitbekommen, dass Miss Minnie völlig am Anschlag war, als sich ihre Schwester immer öfter mit Kurt verabredet hatte. Aileen ist dann auf die schlaue Idee gekommen, dass sie zusätzliche Hilfe brauchen, sodass beide Disney Sisters eine Chance haben, ein Sozialleben zu führen. Im Gegensatz zu früheren Vorstößen von verschiedenen Seiten standen die beiden dem Vorschlag diesmal offensichtlich sehr offen gegenüber. Es hat allerdings keiner damit gerechnet, dass Miss Daisy Kurt dazu verdonnert, ihr zu helfen. Am allerwenigsten Kurt, das ist mal sicher."

Paige ließ ein glucksendes Lachen hören. „Das kann ich mir allerdings vorstellen. Und wer kocht, wenn Miss Minnie keine Zeit hat? Etwa George?"

Die beiden Männer lachten schallend.

„Was ist? Könnte doch sein", verteidigte Paige ihren Vorschlag.

Ace wischte sich eine Lachträne aus dem Augenwinkel. „Ich wette hundert Dollar, dass George selbst Wasser anbrennen lässt."

„Die Wette hast du soeben verloren“, meinte Miss Daisy liebenswürdig, die unvermittelt an ihrem Tisch aufgetaucht war. Sie streckte die Hand aus.

Ace kramte in seiner Jackentasche nach seiner Geldbörse, während er verdattert fragte: „Du willst mir sagen, dass George im Ernst für euch kocht?“

Miss Daisy nahm das Geld entgegen. „Das habe ich nicht gesagt. Aber er hat meine Schwester und mich schon des Öfteren bekocht.“

Jake schnaubte. „Du meinst, er hat eines der Gerichte, die ihm all die besorgten Frauen der Stadt regelmäßig vorbeibringen, aufgetaut und in den Ofen gestellt.“

„Nein, selber ge…“, sie brach ab und dachte nach. „Kommt das denn öfter vor?“, fragte sie misstrauisch.

„Seit Avery bei ihm wohnt, etwas weniger oft. Anscheinend gehen die Frauen davon aus, dass man bei der Drogenfahndung auch kochen lernt, wenn man ein Mädchen ist. Aber grundsätzlich ja. Der Mann hat eine Tiefkühltruhe in der Größe eines kleinen Nilpferds im Keller. Gefüllt mit Speisen besorgter Mitbürgerinnen.“

Wortlos starrte Miss Daisy die Gruppe an. Dann auf den Geldschein in ihrer Hand. Widerwillig gab sie ihn Ace zurück. „Da.“

„Was machst du denn hier? Musst du nicht in der Küche sein?“

„Kurt brauchte eine Pause von all den Leuten“, antwortete Miss Daisy diplomatisch.

„Oder einen Crashkurs in Gastfreundlichkeit“, murmelte Jaz.

Paige biss sich auf die Innenseite ihrer Wange, um sich das Lachen zu verkneifen, und ließ ihren Blick durch das Lokal schweifen. Überrascht sah sie Melissa mit einem kleinen Jungen in einem der Alkoven sitzen. War das etwa ihr Sohn? Was sie jetzt wohl machte, so ohne Job? Sie beschloss, später zu ihr hinüberzugehen und sie zu begrüßen.

Miss Daisy ignorierte Jaz. „Was darf's denn sein?"

Die vier gaben ihre Bestellung auf. Zwei Burger für die Männer und zwei Portionen des vegetarischen Currys für die Frauen, von dem Jaz versprach, dass es einfach himmlisch sei.

Als Miss Daisy endlich wieder weg war, drängte Paige: „Erzähl weiter, Jake. Was hat de Luca denn nun gestanden?"

„Erstens: Er hat Browner, den Bürgermeister, geschmiert, damit er die Bewilligung für das Bauprojekt bekommt."

Paige schlug mit der Faust auf den Tisch. „Habe ich es doch gewusst!"

„Ja, das haben bereits mehrere Leute vermutet. George Wilkinson war ihm da bereits auf der Spur. Avery ebenso sowie ein paar andere. Sie haben sogar ein Komitee gegründet. Nur sind sie da nicht weit gekommen, weil ihnen Browner auf jedem Schritt Steine in den Weg gelegt hat."

„Die werden sich freuen", vermutete Jaz.

„Ich nehme es an. Andererseits haben sie dann nichts mehr zu tun, von daher bin ich mir nicht so sicher", meinte Jake trocken. Die Leute in Independence liebten es, sich gemeinsam für eine Sache zu engagieren.

„Können wir beim Thema bleiben?", fragte Paige ungeduldig. Das Komitee interessierte sie herzlich wenig.

„Wie wir alle wissen, beinhaltete die Bewilligung auch den neuen Skipark, der sich auf dem Gebiet des National Forest erstreckt. Das war ein Problem, das Browner nicht für ihn lösen konnte. Über dieses Gebiet kann nur verfügt werden, wenn kein Wald mehr da ist."

„Also hat er die Feuer gelegt", führte Paige den Gedanken zu Ende.

„Bingo."

„Aber wieso hat Smokey auf den Flächen rund um die Baustelle nichts gefunden?", wunderte sie sich laut.

„Anscheinend hat diese Brände einer seiner Angestellten für ihn gelegt. Ein Angestellter, der bequemerweise verschwunden ist und somit nicht befragt werden kann. Aber den finden wir auch noch, keine Sorge."

„Der Tote?", mutmaßte Jaz.

„Nein. Der Tote war ein weiterer Mitarbeiter, der wohl zu viele neugierige Fragen gestellt hat. De Luca schwört, er hätte ihn nicht umgebracht, sondern sein pyromanischer Angestellter, als der andere ihn beim Hantieren mit dem Brandbeschleuniger überrascht hatte. Ein Unfall, wie de Luca sagt. Er gibt aber zu, seinem Mitarbeiter geholfen zu haben, die Leiche in Stücke zu zerteilen und im Feuer zu deponieren. Deshalb auch seine Duftspur, die Smokey an der Leiche angezeigt hat. Was sich wirklich abgespielt hat, werden wir wohl erst wissen, wenn wir den flüchtigen Arbeiter gefasst haben."

„Und die restlichen Feuer?"

„Wie du bereits vermutet hattest. Ein Ablenkungsmanöver. Auf einmal interessierte sich die Feuerwehr in der Folge deines Absturzes in den seltsamen Graben sehr für die Baustelle, die Bewilligungen und die umliegenden Feuer. Da musste er etwas tun."

„Wozu diente denn dieser Graben?", wunderte sich Jaz laut.

„Vermutlich dazu, dass die gelegten Waldbrände nicht auf die Baustelle übergriffen", mutmaßte Paige.

„Richtig", bestätigte Ace. „Clever gemacht, eigentlich. Natürlich zum falschen Zweck", beeilte er sich hinzuzufügen, als er den entgeisterten Blick seiner Freundin sah. Freundin. Das Wort gefiel ihm. Ob Paige sich auch so sah? Als seine Freundin? Er musterte sie von der Seite. Ihre dunklen Augen leuchteten lebhaft im gedämpften Licht des Diners. Die rotblonden Haare fielen ihr ins Gesicht.

Ace streckte eine Hand aus und strich ihr über den Rücken. Sie warf ihm einen überraschten Blick zu und schenkte ihm dann ein Lächeln, bevor sie ihre Aufmerksamkeit wieder auf Jake richtete. Er sehnte sich danach, sie endlich für sich alleine zu haben. Sie mussten dringend ein klärendes Gespräch führen.

Jaz trommelte mit den Fingern auf die Tischplatte. „Was geschieht jetzt mit dem Bürgermeister?“

„Gute Frage“, stimmte ihr Paige zu.

„Auch der sitzt bei uns ein. Als ich gegangen bin, haben sich de Luca und er gerade einen Wettstreit geliefert, wer die meisten Schimpfwörter kennt.“

„Und wer übernimmt dann seinen Job?“ Jaz ließ nicht locker.

„Keine Ahnung. Das ist nicht meine Aufgabe.“ Jake zuckte mit den Schultern.

„Das sollte dich aber interessieren. Der Bürgermeister segnet schlussendlich auch dein Budget ab. Letztes Jahr, als wir noch Mrs. Wright hatten, wäre das alles nie passiert! Weißt du noch, wie sie zusätzliches Geld versprochen hat, als Tyler von diesem Stalker verfolgt wurde?“

„Kann sie nicht dazu überredet werden, ihr Amt ad interim wieder zu übernehmen?“, schlug Paige vor.

Jaz stützte ihre Stirn in beide Hände. „Ich weiß nicht. Sie hat das Amt aufgegeben, um sich um ihre Mutter in Albuquerque zu kümmern. Keine Ahnung, ob es dieser wieder besser geht. Ich werde das mal mit Rose und Nadine besprechen.“

„Gute Idee.“

„Es stellt sich sowieso die Frage, was jetzt mit dem angefangenen Projekt geschehen soll. Die Idee an sich war ja nicht per se schlecht“, beteiligte Ace sich am Gespräch. „Es wäre gut, wenn der nächste Bürgermeister ein paar Ideen mitbringen würde, was die Baustelle anbelangt.“

„Wartet“, rief Paige enthusiastisch aus. „Dazu hatte ich mir vor ein paar Tagen Gedanken gemacht und einen Artikel mit konkreten Vorschlägen geschrieben.“

Jaz schaute sie kopfschüttelnd an. „Ich weiß wirklich nicht, wie du zwischen all deinen Nachforschungen und dem ganzen Ärger so produktiv sein kannst. Das macht mir fast ein bisschen Angst.“

„Ja, richtig. Und das von der Frau, die selbstständig ein Yogastudio führt, Coachings anbietet und noch dazu einen kleinen Wirbelwind in ihrem Leben hat", antwortet Paige ironisch, während sie ihre Tasche durchwühlte. Sie fand allerlei spannende Dinge wie ein verloren geglaubtes Notizbuch, einen Projektplan von der Highschool, einen Strafzettel für Falschparken, den sie dringend bezahlen sollte – aber keine Spur von ihrem Artikel. Wo zum Teufel war der nur abgeblieben? Enttäuscht schaute sie auf. „Ich kann ihn nicht mehr finden. Zum Glück habe ich das Ding zu Hause auf meinem Laptop gespeichert. Ich schicke ihn euch per Mail."

„Kein Stress", beruhigte Ace sie und strich ihr über den Rücken. „Das eilt ja nicht. So schnell wird es nicht gehen."

„Schon, aber ich hätte es euch halt gerne gezeigt."

„Erzählen kannst du es uns ja trotzdem", schlug Jaz vor.

„Ach, das mach ich lieber, wenn ihr alle Infos habt. Sonst vergesse ich bloß die Hälfte." Aus dem Augenwinkel sah sie, wie Melissa das Besteck in den leeren Teller legte und diesen von sich schob. Sah so aus, als wären die beiden bald fertig. Der Junge hatte zwar noch einige Pommes vor sich liegen. Doch Paige fehlte die Erfahrung um zu wissen, wie lange er noch am Essen sein würde.

„Ich komme gleich wieder", entschuldigte sie sich und schob sich an Ace vorbei. Verwundert blickten ihr die anderen nach. Als sie sahen, wie sie an den Tisch trat, wo Melissa und ihr Sohn saßen, wurde ihnen schnell klar, weshalb sie aufgestanden war.

„Hi, Melissa."

„Äh, hallo, Paige." Sie wunderte sich, was Paige von ihr wollte. Schließlich hatte sie ihr ganz schön viel Ärger eingebrockt. Normalerweise nicht das, was einer Freundschaft voranging.

„Ich wollte nur mal sehen, wie es dir geht. Euch geht", verbesserte sie sich mit einem Blick auf den Jungen, der sich beim Essen nicht stören ließ und wie ein Weltmeister Pommes in sich hinein schaufelte.

Melissa lächelte stolz. Sie konnte einfach nicht anders. Benny war ihr Ein und Alles. „Das ist Benny, mein Sohn."

Der kleine Junge schaute auf und schenkte ihr ein verschmitztes Lächeln. Keine Frage, sie hatte einen zukünftigen Herzensbrecher vor sich. „Ich bin sechs und gehe schon in die Schule", erklärte er wichtig.

„Dann bist du ja schon richtig groß", gab Paige amüsiert zurück und zwinkerte ihm zu.

Benny nickte ernst und wandte sich wieder seinem Essen zu.

„Hör zu", wandte sie sich an seine Mutter. „Wir kennen uns nicht gut, aber wenn du je mal eine Freundin brauchst, melde dich." Als Melissa sie nur anstarrte, als wäre ihr gerade ein Horn auf der Stirn gewachsen, fuhr sie hastig fort: „Wahrscheinlich hast du bereits eine andere Stelle, aber falls nicht …"

Melissa griff nach ihrer Hand. „Falls nicht? Ich kann tippen, Buchhaltung erledigen, Personalgespräche führen, sämtliche Computerprogramme bedienen …"

Paige biss sich auf die Lippen. „Es wäre was ganz anderes." Sie schielte zum Tresen hinüber, wo Kurt sich gerade ein riesiges Tablett auf die Schultern hievte. „Vielleicht kommt es für dich überhaupt nicht infrage. Aber ich weiß, dass sie hier im Diner dringend zusätzliche Hilfe brauchen. Zugegeben, eigentlich bist du überqualifiziert …"

„Nein, nein, das wäre perfekt", unterbrach sie Melissa begeistert. „Ich suche dringend Arbeit. Egal was. Ich habe die ganze Collegezeit mit Kellnern und Kochen verbracht."

„Kochen auch? Die Disney Sisters werden begeistert sein."

„Mommy ist die Beste. Sie kocht das leckerste Essen der Welt", bestätigte Benny enthusiastisch, der sich irgendwann mit Luchsohren in die Unterhaltung eingeklinkt hatte.

Melissa lächelte verlegen und wuschelte ihm durch die Haare. „Das wird sich dann zeigen. Und wer weiß, vielleicht sind sie ja auch froh, wenn ich für sie die Buchhaltung erledige. Meistens ist der Teil der Restaurantführung von allen verhasst."

„Versteh mich nicht falsch, ich kann nichts garantieren, aber sprich sie doch einfach mal an. Du kannst gerne sagen, dass ich dich darauf gebracht habe."

„Mach ich gleich."

„Also dann. Ich glaube, mein Essen ist endlich da."

Sie hatte sich schon abgewandt, als Melissa leise ihren Namen rief.

„Paige."

Sie drehte sich noch einmal um. „Ja?"

„Danke." Sie schluckte. „Für alles."

„Keine Ursache. Und hey, melde dich doch bald einmal. Ich will wissen, ob es mit dem Job geklappt hat."

Gerade noch rechtzeitig schlüpfte sie wieder in die Nische neben Ace. Mit einem großen Tablett auf den Schultern trat Kurt an den Tisch. Erstaunlich geschickt balancierte er es auf einer Hand, während er die Teller einen nach dem anderen vor sie hinstellte. Sogar ein „Guten Appetit" rang er sich ab.

„Vielleicht lernt er es ja doch noch", flüsterte Jaz Paige zu. Diese kicherte leise und meinte: „Ich habe gerade Melissa gesagt, dass die Disney Sisters vielleicht zusätzliche Hilfe gebrauchen können.

„Das ist eine geniale Idee. Als Alleinerziehende hat sie es sicher nicht leicht. Wenn dann auf einmal der Job weg ist …"

„Das wusste ich gar nicht."

Paige warf einen Blick in die Runde, bevor sie ihre Gabel in das Curry tauchte, das vor ihr auf dem Tisch stand. George Wilkinson hielt ganz romantisch Miss Minnies Hand. Sie wollte gerade einen Kommentar dazu abgeben, als draußen laute Stimmen ertönten. Im nächsten Moment wurde die Tür aufgestoßen und Leslie und Shauna platzten herein, gefolgt von Nate und Paula, die Cammie auf dem Arm trug. Die beiden Mädchen spielten gerne den Babysitter für die Kleine und Jaz wohnte ganz in der Nähe von Paula, sodass sie Hund und Kind vor dem Essen bei ihr vorbei gebracht hatte.

„Dort sind sie", rief Shauna aufgeregt und raste in Paiges Richtung.

„Du wirst es nicht glauben …", sprudelte es aus Shauna heraus.

„… aber deine Idee ist ein Riesenerfolg! Du hättest Kat hören sollen, sie hat eben angerufen", vervollständigte Leslie den Satz atemlos.

„Echt jetzt? Sind die Videos online?"

„Ja. Seit gestern Morgen.", fügte Shauna hinzu.

„Kat sagt, sie hat innerhalb der letzten 24 Stunden mehr Spenden gesammelt als in den letzten zwei Jahren."

„Krass, nicht?"

Paige fand es vor allem beeindruckend, dass Leslie das Gespräch zu führen schien und weniger Shauna. Zumindest die langen Sätze und die wichtigen Infos kamen von dem älteren Mädchen. Stolz auf Leslie erfüllte sie. Nicht, dass sie etwas mit dem Erfolg zu tun hatte. Es freute sie einfach zu sehen, wie gut das Mädchen sich entwickelte.

Paula schien es genau gleich zu gehen, dem Stolz nach zu urteilen, der in ihrem Blick lag, als sie die beiden Kinder betrachtete.

„Das sind ja wunderbare Neuigkeiten. Ich freue mich so für Kat und den Safe Haven", antwortete Paige.

„Das kannst du auch. Kat sagt, du kriegst einen fetten Scheck für all deine Arbeit", gab Shauna preis und kicherte.

„Wirklich? Aber die ganze Arbeit habt ja ihr gemacht. Hm. Vielleicht können wir für die beiden Arbeitsgruppen einen Ausflug organisieren."

„Oder mehr Equipment", schlug Shauna hilfreich vor. Schulausflüge waren nicht so ihr Ding. Viel zu viele Regeln.

„So, so, mehr Equipment. Was meinst denn du, Leslie?"

Unsicher schaute sie erst zu ihrer Stiefschwester, dann zu Paula. Diese nickte ihr unterstützend zu. Laut ihre Wünsche zu äußern war noch immer nicht ihre Stärke. „Equipment", murmelte sie schließlich in Paiges Richtung.

„Okay. Das ist eine klare Ansage. Ich schaue mir den Scheck mal an, wenn ich ihn kriege und sehe, was sich machen lässt." Einen Teil würde sie behalten, um dringende Rechnungen zu bezahlen. Aber mit dem Rest ließen sich bestimmt einige Wünsche erfüllen.

Begeistert lehnte sich Shauna über Ace und fiel Paige um den Hals.

„Danke, danke, danke. Du weißt gar nicht, was für coole Sachen wir machen können, wenn wir besseres Material haben!" Bevor Paige etwas dazu sagen konnte, richtete sie sich wieder auf, drehte sich zu Leslie um und zog an ihrer Hand. „Komm. Wir gehen zu Miss Daisy in die Küche. Vielleicht hat sie noch Kuchen. Oder Cookies." Mit einem entschuldigenden Lächeln und einem scheuen Winken an die Erwachsenen folgte Leslie ihr.

„Ich weiß nicht, ob ich mich freuen oder fürchten soll", murmelte Jaz und streckte die Arme aus, um ihre Tochter in Empfang zu nehmen. „Wer weiß, was die beiden mit ihrem neu erworbenen Wissen und der tollen Ausrüstung alles anstellen. Meine Tochter ist noch kein Jahr alt und bereits ein YouTube-Star." Ungläubig schüttelte sie den Kopf.

„Big Brother live in Independence", witzelte Paige und schob sich die Gabel in den Mund.

Ace und Jake stöhnten unisono.

Epilog

„Komm, Lilo", rief Ace über die Schulter, während er in der einen Hand seine Krücken trug und mit der anderen die Tür der Feuerwehrwache aufhielt. Dank der vielen Zeit, die er plötzlich hatte und die er in Ermangelung an anderen sinnvollen Betätigungen unter anderem ins Erziehungstraining seiner aufgeweckten Junghündin investiert hatte, funktionierte es sogar. In rasantem Galopp schoss sie an ihm vorbei und um die nächste Ecke. Er seufzte. Funktionierte besser, hätte er wohl besser gesagt, beziehungsweise gedacht. Laut Kat sollte er sich nicht entmutigen lassen. Diese Rasse sei insgesamt schwieriger zu erziehen als zum Beispiel ein Labrador.

„Hat dir das der Züchter nicht gesagt?", hatte Kat ihn gefragt.

Doch. Hatte er. Nur hatte er gedacht, dass das nur für Leute galt, die keine Ahnung hatten. Seiner Erfahrung nach erzählte das jeder Züchter, egal welcher Rasse. Die eigenen Hunde waren immer die schönsten, mutigsten, gescheitesten und schwierigsten. Wer wollte schon zugeben, dass er einen einfachen Hund hatte. Als er das Kat gegenüber zugegeben hatte, war sie in lautes Gelächter ausgebrochen.

„Da liegst du sicherlich gar nicht so falsch mit deiner Analyse. Nur in diesem Fall hat dir der Züchter tatsächlich einfach die Fakten genannt. Aber keine Sorge, du kriegst das schon hin", hatte sie gemeint und ihm tröstend den Arm getätschelt. Paige, die das Gespräch interessiert mitverfolgt hatte, feixte übers ganze Gesicht und streichelte Maybellene, die wie ein Ausbund an Tugend zu ihren Füßen saß.

„Du findest das wohl lustig", hatte er zu ihr gesagt.

„Dein Hund tut dir gut", war ihre freche Antwort gewesen. „Du hast sowieso viel zu oft das Gefühl, es müsste alles nach deinem Kopf gehen."

Ha! Diesen Eindruck hatte er gar nicht, seit er mit Paige zusammen war. Zumindest hoffte er, dass sie noch zusammen waren. Irgendwie hatte die Zeit nie für ein klärendes Gespräch gereicht bei all der Aufregung rund um Paige und Independence. Und als alles vorbei gewesen war, hatte es keine zwei Tage gedauert, bis sie wieder zurück zu Kat gezogen war. Seither war er schlecht gelaunt. Jetzt hatte er sie bereits seit elf Tagen nicht mehr gesehen. Genauer gesagt seit elf Tagen, acht Stunden und, er warf einen Blick auf sein Handy, sechsunddreißig Minuten. Nicht, dass er zählen würde oder so.

Plötzlich fiel ihm ein, dass er ja eigentlich mit Hund unterwegs war. Verflixt. Wo war Lilo abgeblieben? Er umfasste die Krücken besser und erhöhte das Tempo. Als er die nächste Häuserecke umrundete, sah er, wie Leute von allen Seiten auf das Diner zuströmten. Was zum Teufel war da los? Sein Blick fiel auf eines der vielen frisch aufgehängten Plakate. Stimmte ja. Die einberufene Gemeindeversammlung. Das hätte er beinahe vergessen. Er nahm an, dass sich Lilo schon irgendwelchen Freunden angeschlossen hatte. Paige vielleicht? Sein Herz klopfte schneller bei der Aussicht, sie endlich wieder zu sehen. Mit neuem Schwung erfüllt machte er sich auf zum Diner.

Paige stand mit Tyler bei der Tür. Sie warteten auf Pat, der eben noch Ranger weggebracht hatte. So hundefreundlich das Diner auch war, hatte es doch nicht genug Platz, neben all den Zweibeinern, die für die Versammlung erwartet wurden, auch noch deren Vierbeiner zu beherbergen. Lilo hatte das Memo offenbar nicht bekommen, dachte sie amüsiert, als sie die

Hündin entdeckte, die sich geschickt einen Weg durch die vielen Menschen bahnte.

„Lilo!", rief sie.

Die Laika-Hündin spitzte die Ohren, als sie ihren Namen hörte. Als sie Paige entdeckte, rannte sie sofort los und kam zu ihr.

„Na, du Schlingel? Bist du etwa wieder einmal ausgebüxt? Ich glaube fast, ich schenke deinem Herrchen ein paar private Trainingsstunden bei Kat."

Lilo war unbeeindruckt von dieser Aussicht und drückte sich in der Hoffnung auf ein paar Streicheleinheiten an ihre Beine. Sicherheitshalber fasste Paige den quirligen Hund am Halsband. Nicht, dass sie sich gleich wieder auf Wanderschaft begab. Gebückt scannte sie auf der Suche nach Ace die Menge ab. Sie spürte, wie die Schmetterlinge in ihrem Bauch aufwachten, ihre Flügel aufrollten und sich streckten, bereit, davonzufliegen. Ein Lächeln stahl sich auf ihre Lippen. Während der vergangenen Tage war sie Ace bewusst aus dem Weg gegangen. Zu viel war in zu kurzer Zeit geschehen. Sie hatte etwas Zeit für sich gebraucht, um innerlich zur Ruhe zu kommen. Um herauszufinden, was echt war und was nicht. Wenn sie ehrlich war, hatte sie das bereits gewusst, nachdem sie nach ihrer ersten Nacht im eigenen Bett aufgewacht war. Sie hatte enttäuscht festgestellt, dass der wundervolle und komplizierte Mann mit dem großen Herz nicht neben ihr lag. Trotzdem hatte sie sich gezwungen, zu warten. Nachzuspüren. Um sich ganz sicher zu sein. Jetzt musste sie nur noch herausfinden, ob es ihm ebenso ging. Die Schmetterlinge waren zumindest schon mal zuversichtlich, wie es aussah.

*

Unsicher stand Lily vor dem Eingang zum Sweets. Das Café war menschenleer. Natürlich. Es waren ja alle bei der Gemeindeversammlung. Darauf hatte sie gehofft, wenn sie ehrlich war.

Für ihr dringend nötiges Gespräch mit Aileen konnte sie definitiv keine neugierigen Zuhörer gebrauchen. Sie hoffte nur, dass ihre Freundin überhaupt noch da war. Sie zögerte einen Moment länger, dann gab sie sich einen Ruck und stieß entschlossen die Tür auf.

Ihre Augen brauchten einen Moment, um sich an das dämmrige Licht im Inneren zu gewöhnen. Aileen, die hinten in der Küche gewesen war, hörte den Klang der Türglocke und kam nach vorn. Als sie Lily erkannte, blieb sie wie erstarrt stehen.

„Was willst du." Es klang nicht wie eine Frage. Eher wie eine resignierte Feststellung.

Lily schluckte. Aileen hatte allen Grund, auf sie wütend zu sein. Dabei sah sie viel weniger wütend aus als traurig. Als sie das sah, zog sich ihr Bauch schmerzhaft zusammen. All ihren Mut zusammennehmend, ging sie zu ihrer Freundin hin und blieb vor ihr stehen. „Ich wollte mit dir reden." Sie presste die Lippen zusammen. Dann holte sie tief Luft. „Ich meine, richtig reden." Von Aileens Seite kam keine Reaktion. Kein Wunder eigentlich, wenn man bedachte, dass sie bisher immer nur irgendwelche Ausflüchte gebracht hatte, anstatt über ihre Ängste und Gefühle zu reden.

Zögerlich überbrückte sie mit ihrem Arm die Distanz zwischen ihnen und griff nach Aileens Fingerspitzen. Ermutigt durch die Tatsache, dass ihre Freundin die Hand nicht gleich wegzog, schaute sie Aileen in die Augen und fuhr fort: „Meine Mutter und mein Vater waren wunderbare Menschen. Liebenswert, fürsorglich, lebenslustig und auch sehr offen. Sie wollten, dass ich glücklich bin, das war alles, was sie sich für mich wünschten."

„Aber …", setzte Aileen überrascht an. „Weshalb schiebst du denn immer deine Eltern vor, wenn ich vorschlage, dass wir unsere Beziehung öffentlich machen? Verstehe ich nicht, wenn sie dich offensichtlich so geliebt haben."

Beschämt senkte Lily den Blick. „Ich weiß. Es ist unfair. Gegenüber ihnen und auch dir gegenüber“, antwortete sie und kam sich auf einmal lächerlich vor. Wie oberflächlich sich ihre Erklärung anhören musste. Energisch schob sie die Zweifel, die in ihr aufstiegen, beiseite. Auf die hatte sie bislang immer gehört und in der Folge irgendwelche Ausflüchte erfunden, statt ehrlich zu sein. Jetzt wollte sie es einmal anders versuchen.

„Es ist nur so, dass es mir manchmal so unreal vorkommt, dass du meine Freundin bist. So unwirklich. Auf der einen Seite bist du. Elegant. Kultiviert. Schlank. Eine preisgekrönte Köchin. Weit gereist … Himmel, du sprichst sogar fließend Französisch!“, rief sie aus, als wäre das das Schlimmste von allem, und warf die Hände in die Luft. Sichtlich aufgewühlt fasste sie ihre schulterlangen, braunen Locken im Nacken zu einem Pferdeschwanz zusammen, nur um sie gleich wieder fallen zu lassen. „Und auf der anderen Seite bin ich. Ein Zwerg mit Kurven. Das Landei mit Dreck unter den Fingernägeln vom vielen Graben in der Erde. Eindeutig ein Dream-Team“, schloss sie selbstironisch. Bevor Aileen etwas sagen konnte, ergriff sie wieder das Wort. „Dass ich mit dir zusammen sein darf, ist wie ein Traum für mich. Aber jeder Traum hat einmal ein Ende.“ Tapfer schaute sie auf und begegnete Aileens Blick. „Ich weiß, dass ich dich irgendwann ziehen lassen muss. Das ist okay so. Ich werde zwar traurig sein, dass du nicht mehr in meinem Leben bist. Aber ich werde auch glücklich sein, dass ich diese Zeit mit dir hatte.“

Mit jedem von Lilys Worten wuchs Aileens Betroffenheit. Sie hatte nicht gewusst, dass ihre Freundin sich so fühlte. Sie musste doch wissen, dass sie etwas ganz Besonderes für sie war. Oder etwa nicht?

„Was ich nicht aushalten kann, sind die mitleidigen Blicke der Leute, das Getuschel im Diner und bei mir im Laden, wenn es vorbei ist. Das ist der wahre Grund, weshalb ich es nicht an die große Glocke hängen wollte.“

„Und nicht, weil du eine Frau bist und ich eine Frau bin?“

Lily presste die Lippen zusammen und schüttelte den Kopf.

Aileen lachte. Sie konnte einfach nicht anders. Was hatte sie sich Sorgen gemacht. Um nichts. Um gar nichts. Auf jeden Fall nicht um das Richtige.

Lily war etwas konsterniert. Sie hatte sich die verschiedensten Reaktionen ausgemalt. Lachen war nicht dabei gewesen. Aber gut. Ihre Gründe waren auch ein wenig lächerlich, das musste sie selber zugeben. Vor allem, jetzt, wo sie sie laut ausgesprochen hatte.

Endlich schaffte es Aileen, sich wieder zu beruhigen. „Ich war ja so dumm“, seufzte sie.

Lily, die überhaupt nichts mehr verstand, fragte: „Wieso das denn?“

Aileen trat zu ihr hin und nahm ihr Gesicht behutsam in ihre Hände, während sie Lily tief in die Augen schaute. „Weil ich Probleme gesehen habe, wo keine sind. Und dafür die echten Probleme übersehen habe. Wie dass du keine allzu hohe Meinung von dir selbst hast. Für mich bist du so perfekt, innen wie außen, dass mir dieser Gedanke gar nie gekommen ist. Ich habe nicht genau genug hingeschaut, zu wenig nachgespürt und das tut mir leid.“ Sachte strich sie ihr mit dem Daumen der linken Hand über die Wange.

„Ich kann vielleicht kochen, dafür bringst du Dinge zum Blühen. Du weißt selber, wie schnell bei mir alles Blattgrünhaltige stirbt.“

Lily brachte ein schiefes Lächeln zustande. „Das ist wahr.“

„Ich bin vielleicht schlanker als du, aber du weißt, wie sehr ich deine Kurven liebe.“

Lily wurde rot, doch sie wandte den Blick nicht ab, als Aileen fortfuhr. „Wenn du Paris sehen willst, zeige ich es dir. Und vorher …“, sie grinste spitzbübisch, „vorher bring ich dir Französisch bei.“

„Wirklich?“

„Wirklich. So schnell wirst du mich nicht los. Auf jeden Fall nicht, wenn ich endlich öffentlich mit dir Hand in Hand durch die Stadt gehen, dich auf dem Skilift küssen und mit dir zusammen Ringe kaufen kann."

„Ringe?", fragte Lily mit großen Augen.

„Ringe. Dann glaubst du vielleicht eher, dass das zwischen uns von Dauer ist."

Überglücklich lehnte Lily sich vor und küsste Aileen.

Diese flüsterte an ihrem Mund: „Ist jetzt alles wieder gut zwischen uns?" Sie spürte, wie Lilys Lippen sich bei dieser Frage zu einem Lächeln verzogen.

„Alles gut", flüsterte sie zurück.

*

Im Diner war es laut. Sehr laut. Soeben hatte der Gemeinderat das Resultat der Wahl bekannt gegeben. George Wilkinson war der neue Bürgermeister. Mit großem Hurra begrüßten die Einwohner seine Wahl. Sie war nicht gerade einstimmig ausgefallen, doch ihm hatte ein großer Prozentsatz der Stimmen gegolten. Der distinguierte Mann mit den schlohweißen Haaren strahlte, als er das improvisierte Podium betrat, um ein paar Worte an die Wähler zu richten. Avery stand ganz in der Nähe, Cole an ihrer Seite, und sah stolz zu ihrem Großvater auf. Zu jedermanns Freude hielt er seine Rede kurz.

„Ich will euch nicht länger aufhalten, liebe Einwohner. Geht und genießt das Wochenende! Ich gebe persönlich eine Runde aus." Mit diesen Worten sprang er, für sein Alter erstaunlich behände, von der kleinen Bühne und gab Miss Minnie ein Zeichen. Diese nahm es mit einem Kopfnicken zur Kenntnis und begann, mit Hilfe von Melissa und den Mitgliedern des Buchclubs, die durstigen Leute zu bedienen. Einer der ersten an der Bar war Dagobert.

„Ach du. Noch nicht genug getrunken heute?", begrüßte Nadia ihn.

Seine wässrigen Augen funkelten verschmitzt. „Hab mich doch den ganzen Morgen zurückgehalten. Muss doch noch mit unserem neuen Bürgermeister reden.“

Sie hob fragend eine Augenbraue. „Ist das so?“

„Das ist so“, mischte sich Miss Minnie ein und zwängte sich an ihr vorbei. „Ich hatte mich schon gewundert, weshalb er den ganzen Vormittag an einem einzigen Bier rumnuckelt.“

„Siehst du? Ich hab's doch gesagt.“

„Hm.“ Nadia musterte ihn prüfend. „Das kann eigentlich nur eines heißen. Du hast irgendetwas vor.“

Dagobert schenkte ihr seinen unschuldigsten Blick. „Ich? Ich bin doch nur der örtliche Trunkenbold.“

„Ja, ja. Das ist es, was du gerne alle glauben machen willst.“ Sie wusste nur zu gut, wie sehr er sich vor etwa einem halben Jahr für ihre Tochter eingesetzt hatte. Dagobert war ein schlauer Fuchs und ein stilles Wasser dazu.

Jetzt leerte er sein frisches Bier in einem Zug, stellte das Glas auf den Tresen und wischte sich mit dem Handrücken den Schaum vom Mund.

„Bis später. Ich bin gleich zurück.“

„Ich hoffe, mit Neuigkeiten“, rief sie ihm hinterher. Doch er war bereits in der Menschenmenge verschwunden. Kopfschüttelnd griff sie nach seinem Glas und stellte es in die Spülmaschine. Sie würde es noch früh genug erfahren, was immer es auch war.

*

Dagobert stellte sich unauffällig ein paar Meter direkt gegenüber von George Wilkinson an die Wand und wartete. Als George ihn bemerkte und ihm einen fragenden Blick zuwarf, machte er eine unauffällige Kopfbewegung in Richtung Toiletten. Ohne abzuwarten, ob der andere Mann ihn verstanden hatte, machte er sich auf den Weg dorthin.

Neugierig geworden entschuldigte sich George von seinen zahlreichen Gratulanten – und Opportunisten, wie er ganz richtig vermutete – und folgte dem alten Säufer. Er fand ihn neben dem alten Münztelefon an der Wand lehnend.

„Was ist denn so wichtig, dass wir uns heimlich treffen müssen?", fragte er Dagobert ungehalten. Man wurde schließlich nicht alle Tage zum Bürgermeister gewählt.

Der andere zog aus dem Inneren seines schäbigen Mantels einige zerknitterte Papiere hervor. „Sei still und hör zu. Bald wird die Frage aufkommen, was mit dem angefangenen Bauprojekt geschehen soll."

„Ja, und?"

„Bevor du irgendwelche Entscheidungen triffst, rate ich dir, diese Papiere eingehend zu studieren. Sie beinhalten ein großartiges Konzept, das unserer Gemeinde äußerst zuträglich wäre. Nicht nur für die Tourismusbranche, sondern vor allem für die Leute, die hier leben."

Verdutzt nahm George die Papiere entgegen, faltete sie und steckte sie in die Innentasche seines Sakkos. „Von einem Architekten?"

„Nein. Einen Architekten musst du selber finden. Es ist eine Art Vision für die Zukunft von Independence." Er wandte sich zum Gehen.

„Warte."

Dagobert warf einen Blick über die Schulter, blieb aber nicht stehen.

„Wer ist denn der Verfasser dieses Werks?"

„Das wirst du schon selber rausfinden müssen." Sein sonst oft unsteter Blick schweifte über die Menschenmenge und blieb an einem rotblonden Haarschopf hängen.

Georges folgte neugierig seiner Blickrichtung. Als er sah, wen Dagobert im Visier hatte, schmunzelte er. Das hätte er sich ja denken können. Dann würde er erst den Artikel studieren und sich dann um ein Treffen bemühen.

*

Ace war zufrieden mit dem Ausgang der Wahl. Doch momentan beschäftigten ihn ganz andere Dinge. Unter anderem die Frage, wie zum Teufel er es anstellen sollte, Paige in diesem Gewühl zu finden. Und Lilo natürlich. Aber um seinen Hund, der nur Unsinn anstellte, machte er sich keine Sorgen. Ganz Independence kannte ihn inzwischen. Spätestens morgen würde ihn jemand auf der Wache abgeben. Nachdem er sich drei Mal durch die Menschenmasse geschoben hatte und keine Spur von Paige gefunden hatte, wollte er aufgeben. Da hörte er, wie sein Name gerufen wurde.

Gegenüber, am anderen Ende des Diners, getrennt durch die halbe Stadt, oder zumindest fühlte es sich so an, stand sie inmitten ihrer Freunde. Ihr Blick ruhte auf ihm. Sie lächelte breit, als er ihr zuwinkte. Die Hoffnung, die so lange tief in ihm drin im Winterschlaf gelegen hatte, hob zögerlich ihr Haupt. Paige schien sich zu freuen, ihn zu sehen. Er lächelte zurück und schob sich nochmals durch die Menge. Kein einfaches Unterfangen mit dem Gips und den Krücken. Immerhin hatte er diesmal ein ganz bestimmtes Ziel.

Endlich erreichte er sie. Ein Schwanzwedeln verriet ihm, dass er gleichzeitig Lilo gefunden hatte, diese Verräterin. „Komm“, sagte er nur und hielt ihr den Ellenbogen hin. „Wir müssen los.“

Ohne zu zögern, legte sie ihre Hand in seine Armbeuge. „Wir müssen los?“

„Ja.“

Begleitet von einem entschuldigenden Schulterzucken informierte sie die anderen: „Wir müssen los.“

Paula warf den beiden einen amüsierten Blick zu. „Das sehe ich. Wird auch langsam Zeit“, kommentierte sie die Situation gedehnt.

Ace ignorierte die Stichelei und zog Paige mit sich.

„Ich komm ja schon“, murmelte sie. „Lilo soll ja auch mit.“

„Lilo ist mir momentan ziemlich egal, die kann auch hier bleiben“, gab er freundlich zurück. „Die findet schon ein Plätzchen zum Bleiben. Du glaubst doch wohl nicht, dass Paula oder Kat es übers Herz bringen würde, sie hier zu lassen?“

„Das ist nicht der Punkt“, sagte Paige und versetzte ihm einen Boxhieb. „Aber mir ist es nicht egal. Lilo gehört zu uns. Also zu dir“, verbesserte sie sich schnell. Sie musste ja nicht gleich mit der Tür ins Haus fallen.

Ace unterdrückte ein Lachen. „Okay, okay“, gab er nach und wurde langsamer. „Ich bin einfach ungeduldig, dich endlich wieder einmal für mich alleine zu haben.“

Beim Auto angekommen, hielt er ihr die Tür auf und schob sie mitsamt Lilo kurzerhand hinein. Paige streichelte Lilo, die auf ihrem Schoß saß und sie mit großen Augen verwundert anschaute. Sie zuckte mit den Schultern. „Keine Ahnung, was in deinen Meister gefahren ist. Aber wir lassen uns einfach überraschen.“

Ace, der in Rekordtempo ums Fahrzeug gehumpelt war und gerade auf der Rückbank seine Krücken verstaute, grinste: „Ich bezweifle zwar, dass sie weiß, von wem du sprichst, wenn du mich Meister nennst, aber mir gefällt’s.“

Paige schnaubte. „Das kann ich mir vorstellen. Wo fahren wir überhaupt hin?“, erkundigte sie sich, als er auf eine ihr unbekannte Straße abbog.

Er schenkte ihr ein flüchtiges Lächeln. „Nirgendwo hin, wenn ich ehrlich bin. Ich wollte dich bloß eine Weile für mich alleine haben, an einem Ort, wo du mir nicht wegrennen kannst.“

„Weil das ja so eine schlechte Angewohnheit ist von mir“, bemerkte sie, sichtlich belustigt.

Ace rieb sich den Nacken. „Wer weiß. Vielleicht fürchte ich, dass du damit anfängst, wenn du hörst, was ich zu sagen habe.“

„Wow. Jetzt bin ich aber neugierig. Am besten bringst du es hinter dich, bevor das Gespräch in meinem Kopf Dinosaurierausmaße annimmt."

„Gleich. Weiter oben gibt es einen wunderschönen Aussichtspunkt. Lass uns dort anhalten."

Schweigend folgten sie den Serpentinen immer weiter in die Berge. Gedankenverloren streichelte Paige Lilos Fell. Die Laika-Hündin hatte sich in bester Schlittenhund-Manier auf ihrem Schoß zusammengerollt. Was er ihr wohl sagen wollte? Aufgeregt vibrierten die Schmetterlinge mit ihren Flügeln. Sie konnten es nicht erwarten, loszufliegen. Frei zu sein, zu fühlen, was sie fühlen wollten. Doch sie traute sich nicht. Noch nicht. Wenn seine Worte ähnlich ausfallen würden wie sein Begrüßungslächeln, ja dann …

Ace setzte den Blinker und bog in die Parkbucht ein.

„Unglaublich", entfuhr es Paige, als sie die Aussicht betrachtete. Unter ihnen fiel die Klippe steil ab, schroffe Felsen wurden nur von vereinzelten, knorrigen Kiefern unterbrochen, die sich hartnäckig zwischen den Steinen festklammerten. Über dem Canyon kreiste ein Raubvogel. Die Sonne war hinter ein paar Wolken verschwunden. Ihre Strahlen, die sich vereinzelt durch die Wolkendecke kämpften, ließen die Umgebung fast unwirklich erscheinen. Als sie das Fenster hinunterließ und die Nase in den Wind hielt, hörte sie den Schrei eines Falken. Paige strahlte und sog die sie umgebende raue Schönheit in sich auf. Schließlich zog sie den Kopf wieder zurück ins Auto, beugte sich spontan zu Ace und küsste ihn leidenschaftlich.

„Wolltest du mir nicht etwas erzählen?", murmelte sie irgendwann an seinen Lippen.

„Es erscheint mir gerade völlig unwichtig", murmelte er zurück und küsste sie erneut.

„Erzähl es mir trotzdem", bat sie in der nächsten Atempause.

Widerwillig ließ er sie los. „Also gut. Aber nur, wenn du mir versprichst, dass wir hier weitermachen können, wenn ich fertig bin."

Paige lachte. „Wenn du mich anschließend küssen willst, kann das, was du mir zu sagen hast, gar nicht so schlimm sein."

„Ich werde dich an deine Worte erinnern." Er schloss die Augen und lehnte sich in seinem Sitz zurück. Tausend schöne Worte überschlugen sich in seinem Kopf, stürzten übereinander und drängten nach vorn. Doch irgendwie passte keiner der sorgfältig zurechtgelegten Sätze. Abrupt öffnete er die Augen und schaute Paige direkt an.

„Komm nach Hause. Lilo und ich vermissen dich."

Paiges Herz schlug bis zum Hals. „Wie, nach Hause. Zu dir? Du meinst offiziell mit dir zusammenziehen?" Misstrauisch beäugte sie ihn. „Macht dir das Bein mehr Probleme, als du gedacht hattest?"

„Wie, du meinst ..." Entnervt fuhr er sich durch seine Haare. „Glaubst du wirklich, dass ich dir diese Frage stelle, weil ich eine günstige Pflegekraft suche? Oder eine Putzhilfe? Herrje, du hast wirklich eine hohe Meinung von mir." Resigniert schloss er die Augen wieder und massierte sich die Nasenwurzel.

„Sorry. Das war nicht fair." Sie schluckte schwer. „Ich habe nur so ein unglaublich schlechtes Gewissen wegen deiner Verletzung. Alles nur, weil ich mir eingebildet habe, eine Superdetektivin zu sein. Wie rücksichtlos und egoistisch das von mir war. Es ist mir völlig unklar, wie du mir das jemals verzeihen kannst. Ich meine, du warst ja schon ewig wütend wegen etwas, das ich gar nicht getan hatte. Wie kannst du dann einfach über ein gebrochenes Bein hinwegsehen, das ich sehr wohl mitverursacht habe." Inzwischen hatte sie sich richtig in Rage geredet. Sie war so wütend auf sich selber.

„Paige. Vergiss es. Was ist schon ein gebrochenes Bein? Wir hätten beide sterben können."

„Eben“, rief sie anklagend und schlug sich die Hände vors Gesicht.

„Weinst du etwa?“, fragte er entsetzt. Verdammt. Er wollte doch, dass sie glücklich war. An einen Alternativplan für den Fall, dass Tränen flossen, hatte er nicht gedacht.

Sie nahm die Hände wieder runter. „Nein. Natürlich nicht. Das wäre ja noch besser. Du hast das kaputte Bein und ich weine.“

„Männer weinen nicht. Und als dein Meister befehle ich dir, die Schuldgefühle in die Schlucht vor dir zu schmeißen. Da gehören sie auch hin. Herabfallende Balken und das Retten von holden Maiden in Nöten stehen in meiner Jobbeschreibung. Ich bin Feuerwehrmann, um Himmels willen.“

Paige blinzelte. Sie hatte wohl den Anfang des Satzes nicht richtig gehört. „Mein – was?“

Ace jubelte innerlich, ließ sich aber nichts anmerken. Es gefiel ihm viel besser, wenn sie ihre Stacheln aufstellte, als wenn sie in Selbstmitleid und schlechtem Gewissen versank.

„Du hast schon richtig gehört. Nachdem du mich gegenüber Lilo so genannt hast, habe ich beschlossen, dass das ab sofort für alle weiblichen Mitglieder meines Haushalts gilt.“

„Die weiblichen Mitglieder deines Haushalts? Wen gibt es denn da noch außer Lilo?“, fragte sie herausfordernd.

„Na, dich und Maybellene. Ich nehme an, deine Hündin kommt mit, oder?“

Plötzlich wieder ernst fragte Paige: „Ist das wirklich dein Ernst? Findest du es nicht etwas überstürzt?“

Ace legte ihr eine Hand an die Wange und strich mit seinem Daumen sachte darüber. „Als mir klar wurde, dass du in dem brennenden Gebäude bist, ist für mich die Zeit stehen geblieben. Ich hatte solche Angst, dich für immer zu verlieren. Dagegen verblasste meine Angst, von dir enttäuscht, irgendwann verlassen oder verletzt zu werden, völlig. Mir ist bewusst geworden, dass ich keinen Moment mehr missen möchte mit dir.“ Unverwandt schaute er sie an. „Wir haben bereits genug Zeit verschwendet, findest du nicht?“

Glück, Freude und Zufriedenheit explodierten in ihrem Herzen und ließen die Schmetterlinge in alle Richtungen fliegen. Sie warf einen letzten Blick auf das atemberaubende Panorama, das sie draußen umgab.

„Also was sagst du: Holen wir deine Sachen bei Kat?“

Sie drehte sich zu dem wunderbaren Mann um, der soeben zu einem Teil ihres zukünftigen Lebens geworden war, und schenkte ihm ein breites Lächeln.

„Klar. Los, auf was wartest du noch?“

*

Liebe Leserin, lieber Leser

Falls Dir das Buch gefallen hat, würde ich mich sehr freuen, wenn Du Dir die Zeit nimmst, eine kurze Rezension auf Amazon zu schreiben und all Deinen Freunden davon erzählst. So hilfst Du mir und diesem Buch, ein wenig sichtbarer zu werden.

Vielen, vielen Dank für Deine Unterstützung!
Liebe Grüße, Virginia

Anmerkungen der Autorin

Liebe Leserinnen und Leser. Dank eurer Begeisterung für die Rocky Mountain-Serie fiel mir das Weiterschreiben der Serie sehr leicht. Wahnsinn. Jetzt sind es bereits sechs Bände, der siebte ist in Vorbereitung. Ich hoffe, dass euch das Lesen ebenso viel Spaß gemacht hat wie mir das Schreiben. Ohne eure Unterstützung hätte ich das nie geschafft.

Ein paar Hintergründe zur Serie für diejenigen unter euch, die neu dabei sind: Mit der Rocky Mountain-Serie kehre ich in eine Gegend zurück, in der ich während meiner Teenagerjahre eine erlebnisreiche Zeit verbracht habe. Der amerikanische Bundesstaat Colorado besticht durch seine abwechslungsreichen und atemberaubenden Landschaften. Von steppenähnlichen Gegenden bis hin zu den beeindruckenden Gipfeln der Rockies, die selbst auf knapp dreitausend Metern ü. M. bewaldet sind, ist alles dabei. Kein Wunder, dass Colorado für sein riesiges Angebot an Outdoor-Aktivitäten bekannt ist.

Independence ist eine fiktive Kleinstadt in der Nähe der bekannten Skiorte Breckenrigde, Aspen und Vail und liegt ungefähr 2.900 Meter ü. M. Es hat großen Spaß gemacht, die Kleinstadt zu bevölkern. Ich bin sicher, die Einwohner werden uns noch lange gut unterhalten.

Nebst den üblichen vierbeinigen Freunden habe ich euch diesmal die extrem intelligenten Bluthunde vorgestellt mit ihrer unglaublich leistungsfähigen Nase. Selbst Spuren, die über ein Jahr alt sind, finden diese Tiere problemlos. Untersuchungen mit GPS-Sendern haben gezeigt, dass die Hunde selten mehr als drei Meter von der Spur abweichen. Natürlich besteht trotz der Supernase immer die Möglichkeit, dass auch ein Bluthund sich einmal irrt. Wird die Spurensuche wie in Rocky Mountain Fire beschrieben als Beweismittel eingesetzt, um die Anwesenheit einer Person nachzuweisen, wird das in der Realität immer mit einem zweiten Hund abgesichert. Um den Fluss der Geschichte zu erhalten, habe ich im Buch darauf verzichtet. Herzlichen Dank an meine beste Freundin Inga Klaer, die mir als ausgebildete Hundetrainerin meine hunderttausend Fragen beantwortet und mich bei der Recherche zum Thema Mantrailing wesentlich unterstützt hat. Sollten mir trotzdem Fehler unterlaufen sein, sind die alleine auf meine Unwissenheit zurückzuführen.

Mein Dank geht an meine Familie und an meine Freunde, die mich selbst dann unterstützen, wenn ich wieder einmal gedanklich für Stunden in den Rockies verloren gehe. Meine Mutter war wie immer meine erste Betaleserin und strengste Kritikerin. Meine unglaublich tolle PR-Frau Tanja Rörsch kümmerte sich um alles, was mein Schriftstellerleben leichter macht, während Juliane Schneeweiss für das wunderschöne Coverdesign verantwortlich war. Mit der Hilfe meiner Lektorinnen Monika Popp und Stefanie Rick konnte ich den Fehlerteufel in seine Schranken verweisen. Nicht zu vergessen mein wunderbarer Mann, der mich selbst in unseren Ferien unterstützt hat, als ich wieder einmal meine Deadline einhalten musste und meine Zeit vor dem Computer anstatt am Strand verbrachte. Vielen Dank euch allen.

Aber mein allergrößter Dank geht an euch, meine Leserinnen und Leser. Ihr seid meine tägliche Motivation zum Schreiben. Über eine Rezension auf Amazon würde ich mich sehr freuen. Mit einer Rezension unterstützt ihr aktiv mein Schreiben und meine Bücher, da es für mich als Indieautorin eine der wenigen Möglichkeiten ist, auf die Bücher aufmerksam zu machen. Mitglieder meines Rezensenten-Teams erhalten zudem kostenlose Rezensionsexemplare. Alle Infos zur Bewerbung findet ihr auf meiner Webseite.

Den persönlichen Kontakt zu meinen Lesern schätze ich sehr. Besucht mich auf Facebook oder schreibt mir direkt eine E-Mail – ich freue mich!

http://virginiafox.com

mail@virginiafox.com

http://www.facebook.com/authorvirginiafox

@fox_virginia

Weiter geht es mit Band 7, *Rocky Mountain Life*, der Geschichte von Lara und Hank. (Vorbestellbar auf Amazon, Veröffentlichung: Juni 2016).

Ich wünsche euch viel Spaß beim Lesen des Previews von *Rocky Mountain Life*, Band 7 der Rocky Mountain-Serie.

Im Anhang findet ihr wieder einige Rezepte aus Independence.

*

Ihr kennt meine Drachenschwestern-Trilogie noch nicht? Alle drei Bände sind auf Amazon erhältlich. Am Ende dieses Buches findet ihr das erste Kapitel von Band 1.

Die Drachenschwestern, Band 1

*

Miss Daisys Rezepte

Die Rezepte sind jeweils für vier Personen berechnet, außer es ist anders vermerkt. Neben Miss Daisy haben diesmal auch Ace (ja, tatsächlich, der Mann kann auch kochen! Mmmh… ich weiß!), Paula und Aileen Rezepte beigesteuert.

Miss Daisys Schokoladen-Gewürz-Muffins
(vegan, ideal für Jaz – sei es zum Frühstück oder Dessert)

300 g Mehl
220 g Rohrzucker
2 TL Backpulver
100 g dunkle Schokolade
200 ml Rapsöl
400 ml Mandelmilch
1 EL Zitronensaft
1 TL Lebkuchengewürz
1 TL Vanillezucker
1 Prise Salz
Mandelsplitter, karamellisiert (Deko)
100 g dunkle Schokolade (Deko)

Den Backofen bei Ober- und Unterhitze auf 180°C oder bei Umluft auf 160°C vorheizen. In das Muffinblech Papierbackförmchen legen.
Mehl, Backpulver, Salz, Rohrzucker, Vanillepulver, Kakaopulver und Lebkuchengewürz in einer Schüssel mischen.

1 Tafel dunkle Schokolade grob hacken und zusammen mit dem Öl und der Mandelmilch über einem Wasserbad schmelzen. Anschließend zu den trockenen Zutaten geben. Zitronensaft hinzugeben und alles zu einem glatten Teig vermischen.
Den Teig mit einer kleinen Kelle oder zwei Esslöffeln zügig in die Papierförmchen geben (Die Papierförmchen vollständig füllen). Muffinblech in den Backofen auf die mittlere Schiene schieben. Die Backzeit beträgt 20 Minuten.
Muffins aus dem Backofen holen und 10 Minuten im Muffinblech abkühlen lassen. Anschließend die Muffins mit den Papierförmchen herausheben und auf einem Küchengitter vollständig auskühlen lassen.
Währenddessen in einer beschichteten Pfanne die gehackten Mandelstücke ohne Öl anrösten, bis sie eine goldbraune Farbe haben oder in ein wenig Zucker und Wasser karamellisieren. Die letzte Tafel dunkle Schokolade kleinhacken und im Wasserbad zusammen mit etwas Öl oder Mandelmilch (2 EL) schmelzen. Jeweils einen EL auf die Muffins geben. Auf die noch feuchte Schokolade die angerösteten/karamellisierten Mandelstücke streuen.
Dieses Rezept hat mir eine Freundin, die Spaß an veganen Kochrezepten hat, zu Weihnachten geschenkt.

Paulas Erbsensuppe für kalte Tage

3 EL Olivenöl

1 Zwiebel, gehackt

3 Stangen Staudensellerie, in kleine Stücke geschnitten

3 – 4 Karotten, geschält, in kleine Stücke geschnitten

6 Zweige frischer Thymian (oder 1 EL getrockneter aus dem Glas)

550 g Grüne Schälerbsen

2 – 3 Schweinshaxen

2 l Wasser

1 TL Meersalz

Cayennepfeffer

1 - 2 rote Paprika, in breite Streifen geschnitten

Das frische Gemüse im Olivenöl fünf Minuten dünsten.
Die Hälfte des Thymians, Schweinshaxen, die getrockneten Erbsen und das Wasser hinzufügen. Zudecken und aufkochen lassen. Wenn das Wasser kocht, den Deckel einen Spalt öffnen (ein Kochlöffel hilft dabei) und die Hitze reduzieren, sodass die Suppe nur noch leicht vor sich hin köchelt.
1 – 1,5 Stunden köcheln lassen. Wenn die Erbsen von selbst zerfallen, hat die Suppe lange genug gekocht.
Schweinshaxen herausnehmen und beiseite stellen. Auskühlen lassen.
Die Thymianzweige herausfischen. Die Suppe mit einem Pürierstab pürieren. Zudecken und warm stellen.
Die Haut von den Schweinshaxen entfernen. Das Fleisch vom Knochen schneiden und in kleine Stücke schneiden. Die Fleischwürfel kommen zurück in die Suppe. Ein paar werden für Dekorationszwecke zurückbehalten.

Erst jetzt die Suppe mit Salz und Pfeffer abschmecken. Vorsicht: Ich habe die Suppe prompt versalzen, weil ich nicht glauben konnte, dass ein Teelöffel Salz für so viel Suppe ausreicht. Also lieber probieren und anschließend nachsalzen, als gleich übermütig zu werden.

Mit einem Zweig Thymian und ein paar Fleischwürfelchen dekorieren und heiß servieren. Dazu jedem ein paar Streifen Paprika auf einem kleinen Teller reichen. Das frische, knackige Gemüse setzt einen interessanten Kontrast zur heißen Suppe.

Hühnchen im Schmortopf nach dem Rezept von Ace

Dieses Gericht kocht sich praktisch von alleine. Es kann auch gut am Vorabend zubereitet und am nächsten Tag aufgewärmt werden. Aber Vorsicht: Man kann nur sehr schwer aufhören, davon zu essen!

150 g Speckwürfel

600 – 800 g ausgelöste Hähnchenkeulen mit Haut

1 Zwiebel, gehackt

2 Karotten, geschält und in kleine Würfel geschnitten

2 Stangen Staudensellerie, in kleine Würfel geschnitten

250 g Champignons, geputzt, geviertelt

1 – 2 Büchsen Dosentomaten, geschält und gehackt

16 kleine, rotschalige Kartoffeln, geviertelt

3 EL Mehl

5 EL Olivenöl

1 dl Weißwein

1 l Gemüsebrühe

Meersalz

Cayennepfeffer

2 Lorbeerblätter

1 TL Thymian, getrocknet

1 TL Petersilie, gehackt (frisch oder getrocknet)

Den Ofen auf 150°C vorheizen.
Die Speckwürfel in einem gusseisernen Bräter knusprig braten. Herausheben und auf einem mit Küchenpapier ausgelegten Teller deponieren.

Die Hähnchenkeulen beidseitig mit Salz und Pfeffer würzen und im ausgelassenen Fett vom Speck anbraten. Sollte zu wenig Fett im Topf sein, einfach ein wenig Olivenöl hinzugeben. Sobald sie sich gut vom Boden lösen, herausnehmen und zur Seite stellen. Je nach Menge das Fleisch in mehreren Durchgängen nacheinander anbraten, damit der Platz im Topf ausreicht.

Das gehackte Gemüse und die Pilze mit etwas Olivenöl (falls nötig) fünf Minuten andünsten. Mit dem Weißwein ablöschen. Flüssigkeit zur Hälfte einkochen lassen.

Mehl hinzugeben und mit dem Gemüse vermischen, bis sich das Mehl mit der Flüssigkeit verbindet und eine dicke Paste entsteht (Bei Glutenintoleranz geht auch Maismehl).

Die gehackten Tomaten (ihr könnt sie auch pürieren), die Kräuter, die Gemüsebrühe und die Kartoffeln hinzufügen. Alle Kartoffeln sollten von Flüssigkeit bedeckt sein.

Die angebratenen Hähnchenteile obenauf legen. Deckel drauf und aufkochen lassen. Sobald es köchelt, den Topf in den Ofen schieben und anschließend ca. 45 Minuten bei 150°C im Ofen schmoren lassen (Die Kartoffeln bestimmen die genaue Schmorzeit. Nach 40 Minuten das erste Mal testen, ob die Kartoffeln bereits weich sind).

Topf aus dem Ofen nehmen. Hühnchen auf einen Teller bugsieren. Lorbeerblätter rausfischen. Auf dem Herd die Gemüsesauce nochmals auf- und etwas einkochen lassen. Gelegentlich umrühren, damit es nicht anbrennt.

In der Zwischenzeit die Ofentemperatur auf 200°C erhöhen und die Grillfunktion aktivieren.

Wenn die gewünschte Ofentemperatur erreicht ist, das Hühnchen mit der Hautseite nach oben wieder auf dem Eintopf platzieren und ein paar Minuten im Ofen knusprig braten lassen.

Mit den knusprig gebratenen Speckwürfeln bestreut servieren.

Aileens Apfel-Zimt-Affenbrot

Ehrlich gesagt weiß ich nicht, ob diese süße Köstlichkeit mit dem englischen Namen Monkey Bread in Deutschland unter einem anderen Namen bekannt ist. Ich habe es jetzt einfach mal stumpf übersetzt. Dieses Rezept hat Aileen nicht von ihrer Ausbildungszeit in Frankreich mitgebracht. Es ist eine heiß geliebte Kindheitserinnerung. Probiert das Rezept aus, ihr werdet begeistert sein.

Hefeteig

2 TL Trockenhefe

500 g Dinkelmehl

1 ½ TL Salz

2 TL Rapsöl

3 dl lauwarmes Wasser

Hefe, Mehl und Salz in einer großen Schüssel vermischen. Eine kleine Kuhle ins Mehl drücken. Wasser und Öl hinzugeben. Mischen und anschließend kneten, bis ein glatter Teig entsteht. Zugedeckt an einem warmen Ort aufgehen lassen.

Füllung

120 g Butter

2 TL Vanillezucker

1 EL Zimt, gemahlen

1 TL Ingwer, gemahlen

¼ TL Salz

100 g Rosinen und getrocknete Cranberries (wer das nicht mag, kann sie auch weglassen)

1 großer Apfel (ca. 225 g)

1 Zitrone, Schale

135 g Rohrzucker

1 TL Zuckerrübensirup (Melasse)

Den Teig erneut gut durchkneten und 5 cm dick auswalken. In vier gleich große Stücke schneiden. Jedes dieser Viertel nochmals in 12 ungefähr daumengroße Vierecke schneiden. Mit Mehl bestäuben und zugedeckt zur Seite stellen. Die Teigstücke nicht aufeinanderlegen, sonst kleben sie zusammen.
Ein Muffinblech zusätzlich mit Papierförmchen ausstatten (oder das Blech sehr gut fetten).
Butter schmelzen, Vanillezucker, Zimt, Ingwer und Salz hinzugeben. Auskühlen lassen.
Rosinen und Cranberries hacken. Den Apfel schälen und dazu raffeln. Mit etwas Zitronensaft beträufeln und mit der geriebenen Zitronenschale und dem Zucker sowie der Melasse vermischen.
Noch einmal die Teigteilchen mit Mehl bestäuben und anschließend locker mit der Füllung vermischen. Die ausgekühlte, aber immer noch flüssige Butter-Gewürzmischung nach und nach darüber gießen und miteinander vermengen, sodass alle Teigstücke davon bedeckt sind. Falls von der Buttermischung etwas übrig bleiben sollte, diese aufbewahren.
Rasch mit den Händen die Teigmischung großzügig in die Muffinförmchen verteilen. Die restliche Butter-Gewürzmischung über den Muffins verteilen (Falls du das Affenbrot am Abend vorher zubereitest, würdest du jetzt das Blech zugedeckt in den Kühlschrank schieben).
1 Stunde aufgehen lassen (Das gilt auch, wenn es über Nacht im Kühlschrank war).
Ofen auf 200°C vorheizen.
20 – 25 Minuten backen.

Glasur

1 EL Sahne

2 TL Akazienhonig

1 Zitrone, Saft (ca. 3 EL)

115 g Puderzucker

Die Sahne und den Honig erwärmen, bis sich der Honig aufgelöst hat. Den Zitronensaft und den Puderzucker mit dem Schwingbesen daruntermischen, bis sich ein cremiger Zuckerguss bildet.
Über das noch warme Apfel-Zimt-Affenbrot verteilen und sofort servieren.

Preview
Rocky Mountain Life

(Band 7 der Rocky Mountain-Serie)

Kapitel 1

Ein kräftiger Föhnwind blies über den verlassenen Friedhof. Noch hielt der Wind die dunklen Wolken in Schach, die sich in der Ferne am Horizont auftürmten, und erlaubte einen unglaublich klaren Blick auf die Alpen. Lara sah nichts von alldem, sondern starrte blicklos über die in Reih und Glied stehenden Grabsteine. Sie stand auf einer kleinen Anhöhe vor einem frischen Grab und hieß die Gewalt des Windes, der an ihren Haaren zerrte, willkommen. Wenn nur der vorhergesagte Regen endlich einsetzen würde. Dann würde das Wetter wenigstens zu ihrer Stimmung passen.

Die letzten Trauergäste waren vor einer Viertelstunde gegangen. Höflich nickend und mit einem aufgesetzten Lächeln im Gesicht hatte sie sämtliche wohlmeinenden, aber völlig unwillkommenen Trostversuche abgelehnt und sich von allen verabschiedet. Sie brauchte einen Moment der Ruhe. Um sich zu sammeln, innezuhalten. Und endgültig Abschied zu nehmen von ihrem Vater. Doch jetzt, wo sie tatsächlich alleine war, fehlten ihr die Worte.

Ihre Mutter war gestorben, als sie ganz klein war. Seither hatte es nur sie beide gegeben. Sie beide gegen den Rest der Welt. Nicht im Sinne von wir gegen die andern, sondern einfach das tiefverwurzelte Wissen, dass der eine für den anderen da war. Immer. Ohne Ausnahme. Auch wenn sie seit ein paar

Jahren ihr eigenes Leben führte und schon lange nicht mehr zu Hause wohnte, hatte sich an dieser Tatsache nie etwas geändert. Der Gedanke, nicht mehr Teil eines Teams zu sein, fühlte sich fremd an. Ungewohnt.

Endlich fielen die ersten Regentropfen. Groß und schwer fielen sie auf ihren Kopf und ihre Hände, wo sie zerplatzten und in kleinen Rinnsalen der Schwerkraft folgten. Ihr Mund verzog sich zu einem schiefen Lächeln.

„Papa, wenn das deine erste Amtshandlung im Himmel war, dann bin ich schwer beeindruckt“, flüsterte sie.

Mit einem tiefen Seufzer schob sie den Ärmel ihres schwarzen Trenchcoats nach hinten und warf einen Blick auf die ungewohnte Uhr an ihrem Handgelenk. Die Uhr ihres Vaters. Eigentlich war sie zu schwer und zu groß für ihr Handgelenk. Doch sie konnte sich einfach nicht davon trennen. Das Ziffernblatt zeigte ihr, was sie bereits vermutete hatte. Es wurde Zeit. Sie musste zur Testamentseröffnung. Schweren Herzens machte sie sich auf den Weg zum Ausgang des Friedhofs. An den Grabsteinen, den hohen Bäumen und dem unterschiedlichen Blumenschmuck vorbei, in Richtung Busstation.

Das Schreiben des Rechtsanwalts hatte sie unvorbereitet getroffen. Darin wurde sie gebeten, sich kurz nach der Trauerfeier im Büro von Herrn Inglin einzufinden. Sie hatte nicht einmal gewusst, dass ihr Vater überhaupt ein Testament geschrieben, geschweige denn einen Anwalt damit betraut hatte. Der ganze Aufwand machte überhaupt keinen Sinn, dachte sie auch jetzt wieder. Sie hatte keine anderen Verwandten, also würde sowieso alles auf sie übergehen. Sie runzelte die Stirn, als sie in der Schaffhauser Innenstadt aus dem Bus stieg und über das nasse Kopfsteinpflaster hastete. Wozu also der Anwalt?, fragte sie sich und bog in die nächste Gasse ein. Auf der Suche nach der richtigen Hausnummer blinzelte sie die Regentropfen aus den Augen. Dreiundvierzig. Sie brauchte Nummer siebenundvierzig. Endlich stand sie vor der richtigen Tür. M. Inglin lic. iur. und K. Müller lic. iur., Rechtsanwälte. Bevor sie auf die Klingel drückte, atmete sie tief durch und strich sich eine Strähne ihres braunen, schulterlangen Haars aus der Stirn. Vielleicht wäre ein Schirm doch eine gute Idee gewesen.

*

Eine halbe Stunde später stieß sie völlig geschockt die Tür zu einem kleinen Café in der Nähe auf. Es war klein, aber gemütlich eingerichtet und bot eine erstaunliche Vielfalt an Kaffee und Kuchen an. Normalerweise gönnte sie sich jeweils ein Stück der verschiedenen hausgemachten Kuchen und wählte einen exotischen Kaffee aus. Heute bestellte nur sie mit knappen Worten einen Espresso. Mehr aus Gewohnheit als aus einem echten Bedürfnis nach Kaffee. Koffein war das letzte, was sie in ihrem aufgeregten Zustand brauchte. Aber jetzt stand die Tasse vor ihr und verströmte nebst dem köstlichen Aroma auch eine angenehme Wärme. Also nahm sie trotz allem einen Schluck, bevor sie mit zitternden Fingern den Brief aus der Manteltasche zog, den sie eben vom Anwalt ihres Vaters erhalten hatte. Noch nicht bereit, sich mit dem Inhalt auseinanderzusetzen, legte sie ihn vor sich auf den Tisch und studierte die markante Handschrift ihres Vaters. Wie sich herausgestellt hatte, war doch einiges mehr zu regeln, als sie gedacht hatte. Sie hatte zwar gewusst, dass ihr Vater finanziell gut gestellt war. Nicht, dass sie verwöhnt gewesen wäre, nicht direkt auf jeden Fall. Aber es hatte ihr auch nie an etwas gefehlt. Was sie nicht gewusst hatte, war, dass ihr Vater mehrfacher Millionär war. Sprich, dass sie jetzt mehrfache Millionärin war. Sie schluckte leer, als sie der vertraute Schmerz über den Verlust zu überwältigen drohte. Tränen füllten ihre Augen, und sie griff blind nach ihrer Kaffeetasse. Wütend über die unwillkommenen Emotionen, schließlich brachten diese ihren Vater auch nicht zurück, suchte sie nach einem Taschentuch und schnäuzte sich die Nase. Früher wäre sie in so einer Zeit zu ihrem Pferd gegangen. Bria, eine wunderschöne Lusitano-Stute, war es immer gelungen, sie aus ihrer Traurigkeit rauszureißen und in eine zufriedene Stimmung zu versetzen. Leider war ihre vierbeinige Gefährtin vier Wochen vor dem Tod ihres Vaters an einer Kolik gestorben. Jetzt hatte sie zwar so viel Geld, dass sie gar nicht wusste, wohin damit, dafür war sie ganz alleine auf dieser Welt. Um den nächsten drohenden Weinkrampf abzuwenden, griff sie schließlich nach dem Brief. Erstaunt sah sie, dass er das Datum von diesem April trug. Wenige Wochen vor seinem Tod also. Nicht zum ersten Mal wünschte sie sich, dass er sie von Anfang an über seine Krankheit informiert hätte. Ihn zu verlieren wäre so nicht weniger hart gewesen, aber sie bildete sich ein, dass sie dann besser vorbereitet gewesen wäre. So vorbereitet man halt sein konnte für so einen schmerzlichen Verlust, dachte sie dumpf. Trotz allem neugierig geworden, strich sie das Papier glatt und begann zu lesen.

„Liebe Lara. Wenn du das liest, heißt das, dass ich nicht mehr bei dir bin. Es tut mir leid, dass ich dir meine Krankheit verschwiegen habe. Ich weiß, dass dich das bestimmt geärgert, vielleicht sogar verletzt hat. Doch ich wollte diese letzte Zeit, die mir mit dir blieb, unbelastet genießen und nicht mit Fragen nach meinem Gesundheitszustand verschwenden.“

Sie ließ den Brief in ihren Schoß sinken und zog die Nase hoch. Das war so typisch Papa. Einmal tief durchatmen, dann ging es wieder mit dem Weiterlesen.

„Wie dir Herr Inglin inzwischen bestimmt mitgeteilt hat, bist du nun eine sehr reiche Frau. Auch wenn dir das zu diesem Zeitpunkt vermutlich herzlich egal ist…“

„Genau, Papa. Herzlich egal“, murmelte sie.

„…bietet es dir doch gleichzeitig eine Chance. Die Freiheit, zu entdecken, wohin du gehörst und was du mit deinem Leben machen willst.“

Überrascht las sie den letzten Satz noch einmal. Hatte ihr Vater etwa gemerkt, wie sehr sie mit ihrer Arbeit am agronomischen Institut der Uni haderte? Anscheinend war sie nicht halb so gut wie er darin, etwas zu verbergen. Kopfschüttelnd setzte sie ihre Lektüre fort.

„Um dir einen kleinen Ansporn zu geben, schlage ich vor, du beginnst deine Entdeckungsreise in Amerika. Genauer gesagt in Independence, Colorado. Dort gehört dir die Hälfte einer Ranch mitten in den Rocky Mountains.“

Wow. Lara war ganz froh, dass sie bereits saß. Eine Ranch, nein, warte, eine halbe Ranch in den Rockies. Sie runzelte die Stirn. Wie kam sie zu einer halben Ranch in den Rockies? Trotz der vielen Fragen, die sich in ihrem Hirn einfanden, kam sie nicht umhin zu merken, wie ihr zum ersten Mal seit dem Tod ihres Vaters ein wenig leichter ums Herz wurde. Bei dem Gedanken, sich vielleicht schon bald auf ein Abenteuer zu begeben, breitete sich ein Kribbeln in ihrem Inneren aus. Vielleicht sollte sie endlich den Rest lesen? Sie wandte ihre Aufmerksamkeit wieder dem Brief zu.

„Auf der Rückseite findest du die Adresse der Ranch. Melde dich bei George Wilkinson, wenn du dort bist. Er erklärt dir alles Weitere.“

Alles Weitere?, dachte sie verwundert. Was gab es da weiter zu erklären? Ihr gehörte die Hälfte, jemand anderem die andere Hälfte und nach ihrem Besuch würde sie ihre Hälfte der anderen Person verkaufen. Nahm sie zumindest an. Was brauchte sie eine Ranch in Colorado. Ihr Leben war schließlich hier. Und wie zum Teufel sollte sie diesen George Wilkinson finden? War Independence etwa ein 100-Seelen-Dorf? Auf der Suche nach Antworten drehte sie das Papier um.

„Breite deine Flügel aus und genieß das Leben in vollen Zügen, mein kleiner großer Schmetterling.“

Bei der Erwähnung des Kosenamens ihrer Kindheit zog sich ihr Herz wieder schmerzlich zusammen.

„Ich hab dich lieb. Dein Papa.“

Hastig griff sie nach ihrem Taschentuch, das sie vorhin achtlos auf den Tisch vor sich geworfen hatte. Scheiß Tränen, wirklich wahr! Sie wusste, dass das normal war und zu den gefühlten dreihundertsiebenundzwanzig Stufen der Trauerverarbeitung gehörte, bla, bla, bla. Das interessierte sie alles nicht. Sie wollte einfach ihren Vater zurück. Und ihre Stute Bria. Oder sich wenigstens endlich wieder normal fühlen, glücklich sein. An die schönen Momente mit ihrem Papa denken können, ohne jedes Mal gleich zum Wasserspeier zu mutieren, verdammt noch mal.

Die Inhaberin des Lokals, die mitbekommen hatte, dass es ihr nicht so gut ging, näherte sich vorsichtig ihrem Tisch.

„Darf ich dir noch was bringen?"

Entschlossen verdrängte Lara die schwelende Traurigkeit und lächelte sie tapfer an. Es wurde Zeit für ein neues Kapitel in ihrem Leben. Die Rocky Mountains warteten schließlich auf sie.

„Was ist denn eure Kaffeespezialität des Tages? Ich glaube, ich habe etwas zu feiern."

*

Hank schob sich den Hut aus der Stirn und wischte sich den Staub aus dem Gesicht. Es war ungewöhnlich heiß heute. Dieses Mal brachte der Wind, der von den Rockies wehte, keine Erfrischung. Wenn das so weiter ging, würde bald das Wasser in der Region knapp werden. Zum Glück führte ein Flusslauf über sein Land. Er griff zu der Wasserflasche, die er hinter sich in seinem Quad verstaut hatte, und trank gierig. Immerhin waren jetzt sämtliche Zäune auf der Westweide kontrolliert. So hatte er am Nachmittag Zeit für die Pferde. Ganz zu schweigen von dem Papierkram, der sich in seinem Büro türmte. Wieder ein Stapel Rechnungen, von denen er nicht wusste, wie er sie bezahlen sollte. Als er hinter sich Schritte hörte, verspannten sich seine Schultern.

Seine Schwester Rebecca schlenderte um die Ecke der Scheune.

„Hey. Ich dachte doch, ich hätte dein Quad gehört."

„Da hast du richtig gehört.“ Ihr zuliebe rang sich Hank ein Lächeln ab. Er liebte seine Schwester über alles. Ihr Verhältnis, das immer sehr eng gewesen war, hatte sich seit dem Tod seines Vaters noch vertieft. Doch gerade jetzt hätte er viel dafür gegeben, sie erfolgreich auf dem Rodeo-Circuit zu wissen. Leider hatte sich ihre Stute Roxie in der letzten Saison verletzt, sodass sie eine Pause eingelegt hatte und nach Hause gekommen war, um ihrem Pferd Zeit zur Erholung zu geben. Eine Sorge mehr, die ihn nachts wach hielt.

„Willst du auch etwas essen? Ich habe gekocht.“

Hank hob skeptisch die Augenbrauen. Rebecca konnte vieles. Reiten wie der Teufel, fluchen wie ein Seemann und alle Arbeiten rund um die Pferde erledigen. Kochen gehörte nicht dazu.

„Du meine Güte. Etwas in der Mikrowelle aufwärmen schaffe sogar ich!“

Unwillkürlich verzog er das Gesicht. Mikrowellengerichte konnte er nicht ausstehen. Er brauchte richtiges Essen. Leider hatte er den Koch, genau wie die meisten anderen Mitarbeiter außer Jerome, entlassen müssen.

„Jetzt stell dich nicht so an und komm rein“, meinte Rebecca ungeduldig und versetzte ihm einen schwesterlichen Stoß an die Schulter. „Jerome ist schon drinnen.“

„Vielleicht. Die Futterlieferung ist heute gekommen. Die will ich noch wegräumen“, brummte er.

„Lass das doch und komm zum Essen. Dann können wir es nachher gemeinsam machen.“

Wortlos packte er seine Sachen zusammen und wanderte zum Stall hinüber.

Rebecca starrte ihrem Bruder etwas hilflos hinterher. Sie wusste, dass die Ranch in Schwierigkeiten steckte. Leider war er genauso stur wie sein Vater und schwieg sich über das Ausmaß der Geldprobleme aus. Sie hatte ihm angeboten, ihm Geld zu leihen, als Investorin, doch davon wollte er schon gar nichts wissen. Immerhin war ihm dabei herausgerutscht, dass ihm die Ranch nur zur Hälfte gehörte. Sie war sehr überrascht gewesen, das zu hören. Ihrem Verständnis nach waren das Haus und das dazugehörige Land bereits seit Generationen in ihrer Familie. Doch allem Anschein nach war dem nicht so. Sehr merkwürdig, die ganze Geschichte. Vor allem, da Hank behauptete, er hätte keine Ahnung, wer der andere Teilhaber war. Ob das stimmte, wusste sie nicht. Sie wusste nur, dass sie seither vergeblich versuchte, ihren Bruder zum Reden zu bringen. Mit einem Seufzer drehte sie sich um und ging auf das alte Ranchhaus zu. Es war riesig. Mit seinen achthundert Quadratmetern Wohnfläche eigentlich viel zu groß für sie zwei. Doch sie liebte das ausladende Gebäude, das den Charme des alten Wilden Westens ausstrahlte. Von der Küche aus überblickte man den Reitplatz und den Roundpen, während das Esszimmer direkt vor den Paddocks lag. Vor der Veranda gab es eine hölzerne Anbindevorrichtung für die Pferde, wie früher vor den Saloons. Sie ging an Roxies Paddock vorbei und streichelte ihre Nase.

„Hoffen wir, dass Hank aufhört, so stur zu sein und endlich meine Hilfe annimmt, bevor es zu spät ist“, flüsterte sie ihr zu.

Die Stute suchte ungerührt weiter in den Hosentaschen ihrer Besitzerin nach Leckerlis. Als sie nicht fündig wurde, stampfte sie ärgerlich mit einem Huf auf.

„Beruhige dich. Ich bringe dir am Nachmittag einen Apfel mit. Und dann gehen wir spazieren.“

Als Sportpferd, das tägliche Arbeit gewohnt war, kam Roxie mit ihrer Zwangspause nur schwer zurecht. Wenn sie sie wenigstens mit den anderen Zuchtstuten und Jungpferden auf die Weide lassen könnte. Doch sie traute sich nicht. Der Tierarzt hatte den überlasteten Sehnen eindeutig Ruhe verordnet. Auch wenn die Herde meist im Schritt unterwegs war, kam es doch ein- bis zweimal täglich vor, dass sie im Galopp über die weitläufige Weide donnerten.

*

Hank lud sich gerade den letzten der vierzig Kilo schweren Futtersäcke auf die Schulter, als er ein Auto heranfahren hörte. Ein sehr altes Auto. Nein. Nicht schon wieder Mrs. Fitch. Die hatte ihm gerade noch gefehlt. Da er genau wusste, was die ältere Frau wollte, und auch genau wusste, dass es ihn nicht interessierte, fuhr er stoisch mit seiner Arbeit fort.

Mrs. Fitch parkte ihre alte Klepperkiste und stieg aus.

„Hank!“, rief sie aus.

Seine gute Kinderstube zwang ihn dazu, stehen zu bleiben und sich zu ihr umzudrehen. Allerdings beschränkte er sich auf ein knappes Kopfnicken.

„Mrs. Fitch.“

„Ich bin gekommen, um mein Angebot zu wiederholen.“

„Das können sie sich sparen. Ich bin nicht interessiert.“

Sie ignorierte ihn, kam mit kleinen Tippelschritten auf ihn zu und stopfte ihm einen Briefumschlag in die Brusttasche.

„Ich habe das Angebot nochmals erhöht. Überleg es dir gut.“ Mit einem wissenden Lächeln tätschelte sie das Kuvert in seinem Hemd.

Seine Augen verfolgten ihre Bewegungen. Ansonsten bemühte er sich mit aller Kraft, nicht auf ihr unverschämtes Verhalten zu reagieren. Wenn er sich die geringste Reaktion erlaubt hätte, würde sie nämlich in hohem Bogen von seinem Grund und Boden fliegen. Da er keine Lust auf eine Diskussion mit dem Sheriff hatte, biss er die Zähne zusammen und zählte innerlich bis zehn. Dann bis zwanzig. Als er bei dreißig angekommen war, hörte sie endlich auf, mit gierigem Blick seine Ranch zu betrachten und wandte sich zum Gehen. Erleichtert atmete er auf. Doch er hatte sich zu früh gefreut. Mit einem Bein bereits im Auto, drehte sie sich noch einmal um und schenkte ihm ein falsches Lächeln.

„Überleg dir mein Angebot gut. Wenn du nicht darauf eingehst, bin ich leider dazu gezwungen, die Schulden deines Vaters endlich einzufordern."

Diese Frau war schlimmer als die Klapperschlangen auf seinem Land. Die Schulden, die sie ansprach, konnte Hank überhaupt nicht einordnen. Sie gab an, dass es Spielschulden waren. Doch sein Vater hatte in seinem Leben nie gezockt. Da war er sich ganz sicher. Nichtsdestotrotz hatte er die Kopie des Schuldscheins über zwanzigtausend Dollar gesehen. In diesem Moment schwor er sich zum x-ten Mal, dass er die Ranch auf keinen Fall an Mrs. Fitch verkaufen würde. Komme, was wolle. Irgendwie würde er ihr Geld schon auftreiben.

Als er endlich die Stufen zur Veranda hochging, stand seine Schwester bereits mit besorgtem Blick in der Tür. An ihrer Seite saß Leonie, die große, weiße Pyrenäenberghündin, und ließ ihre Zunge heraushängen.

„Was wollte die denn hier?"

„Ach, das Übliche. Die Ranch kaufen."

Rebecca schluckte.

„Und?"

Überrascht schaute er auf und seiner Schwester ins Gesicht. „Und was?"

„Na, ob du sie ihr verkaufst oder nicht."

Ungläubig starrte er sie an. „Bist du jetzt von allen guten Geistern verlassen?"

„Ja, wie soll ich denn das wissen? Du erzählst ja nie etwas! Die Rechnungen stapeln sich. Jeden Monat hast du mehr Ausgaben als Einnahmen."

Wütend stemmte er die Arme in die Hüften. „Woher weißt du das? Warst du etwa an meinem Schreibtisch?"

Alle Farbe wich aus Rebeccas Gesicht. „Natürlich nicht. Aber ich habe ja Augen im Kopf. Und den Kopf benutze ich tatsächlich auch manchmal zum Denken."

Frustriert strich sich Hank mit der Hand übers Gesicht. „Sorry, Becca, ich…“

Seine Schwester holte tief Luft. „Schon gut. Mir ist übrigens ein Gedanke gekommen. Wenn diese Ranch nicht alleine dir gehört“, sie hielt inne, um Hanks Reaktion abzuwarten, doch er schaute sie nur fragend an, „dann müsste sich der andere Teilhaber doch auch kümmern. Kannst du nicht den anderen um eine Finanzspritze bitten? Teilhaber zu sein gilt ja nicht nur in den guten Zeiten, oder?“

Hank rieb sich die Nasenwurzel, bevor er antwortete. „Gute Idee. Nur… ich weiß weder, wem der zweite Teil gehört, noch wurden jemals Gewinne ausgeschüttet über die letzten zwanzig Jahre. Ich kann also schlecht plötzlich auftauchen und um Hilfe bitten, selbst wenn ich wüsste, an wen ich mich wenden muss. Wäre nicht gut, wenn dieser Person plötzlich auffallen würde, dass sie nie ihren Anteil bekommen hat. Das würde mir definitiv das Genick brechen.“

„Oh.“ Betreten schaute Rebecca zu Boden und musterte ihre Füße, die in schmutzigen Socken steckten.

„Ja. Oh. Aber wir werden das Kind schon schaukeln. Irgendwie. Komm. Lass uns reingehen. Jetzt bin ich hungrig genug, um auch eine Mikrowellen-Lasagne zu essen.“

Er legte seiner Schwester den Arm um die Schulter und bugsierte sie ins Haus. Leonie folgte ihnen vertrauensvoll. Er hoffte bloß, dass ihn sein Versprechen nicht irgendwann in den Hintern beißen würde. Momentan sah es nämlich gar nicht gut aus.

Hank legte seiner Schwester den Arm um die Schultern und bugsierte sie ins Haus. Leonie folgte ihnen, erleichtert darüber, in den Schatten des Hauses und aus der ungewohnten Hitze zu kommen.

*

Preview
Die Drachenschwestern

(Band 1 der Drachenromane)

Kapitel 1

„Mist, verdammter!“, rief Kaja aus und trat zornig das Gaspedal durch. Doch es half alles nichts. Mit einem letzten Röcheln kam der kleine graue Peugeot zum Stehen und machte keinen Mucks mehr. Zorro, Kajas dreijähriger Husky-Schäfermischling, kläffte aufgeregt.

„Sei still, Zorro! Ich kann jetzt nicht auch noch dein Gebell brauchen, ich habe auch so schon keine Nerven mehr…“, schimpfte Kaja entnervt. Was war bloß mit Zorro los?, schoss es Kaja durch den Kopf. Seit ihrem überstürzten Aufbruch von Zuhause war der Hund nicht zu beruhigen und hatte auf der ganzen Fahrt aufgeregt gewinselt. Kaja konnte sich keinen Reim darauf machen. Klar, sie war selbst angespannt und erschöpft, doch Zorro begleitete sie überallhin und war an ihr chaotisches Leben gewöhnt – das konnte es also nicht sein. Müde lehnte sie sich im Sitz zurück und versuchte, sich die Anspannung aus dem Gesicht zu reiben. Prompt schob Zorro aufgeregt seine nasse Schnauze in ihr Ohr und versuchte, Kajas Aufmerksamkeit zu bekommen. „Was ist denn, mein Großer? Willst du ein Stück von meinem Müsliriegel?“ Automatisch hatte sie zu ihrer Notfallverpflegung, einem Müsli-Schokoladeriegel, gegriffen – sie war der festen Überzeugung, dass Schokolade weniger ungesund war in Kombination mit Getreide – und biss heißhungrig ein Stück ab. Gleichzeitig bot sie ihrem tierischen Gefährten etwas davon an. Doch zu ihrer Überraschung ignorierte der Hund diesen sonst so heißgeliebten Leckerbissen und fing wieder an zu fiepen. Ratlos beobachtete Kaja Zorro und begann, sich ernsthaft Sorgen zu machen, dass mit dem Hund etwas nicht stimmte. Unmittelbar danach fiel ihr allerdings wieder ein, in welcher Situation sie sich befand, und ihre Gedanken schweiften ab.

„Du brauchst dich nicht aufzuregen, du kleines Fellbündel, sie sieht mich nicht. Auch wenn ich hoffe, dass sich das bald ändert."

Zorro ließ sich von dieser Aussage jedoch nicht beruhigen und fing an zu knurren: „Was soll das heißen, sie sieht dich nicht? Mich sieht sie doch auch. Verstehen tut sie mich auch die meiste Zeit!"

„Aber jetzt hört sie dir ja auch nicht zu. Sie hat zu viele andere Dinge im Kopf. Deshalb hört und sieht sie nicht richtig hin." Der Drache schien das ganze Auto auszufüllen. Zorro heulte nochmals auf, in dem verzweifelten Versuch, Kaja auf das Ungetüm aufmerksam zu machen, und rollte sich dann resigniert ganz nah bei der Tür zusammen, möglichst weit weg von den glänzenden blauen Schuppen.

Kaja versuchte inzwischen, möglichst nüchtern ihre Situation zu analysieren, um nicht laut loszuschreien. Sie saß hier mitten in der Pampa in Südfrankreich fest, mit nur noch drei Müslieriegeln und einem Hund, der offensichtlich seinen Verstand verloren hatte. Die gute Nachricht war, dass es nur noch ca. 5 km bis zum Dorf ihrer Oma waren. Die schlechte Nachricht allerdings war, dass sie nach der durchwachten Nacht und der langen Autofahrt wirklich keine Lust hatte, eine Wandertour zu unternehmen. Dazu kam, dass unterdessen ein für diese Region typischer Nieselregen eingesetzt hatte und die grauen Wolken nicht unbedingt dazu beitrugen, ihre Stimmung zu verbessern. Aber es half alles nichts. Im Auto herumzusitzen brachte sie auch nicht weiter. Kaja stopfte den Rest ihrer Notfallration in ihre ausgebeulte Reisetasche, die sie heute Morgen in aller Hast völlig kopflos gepackt hatte. Sie hatte keine Ahnung, ob sie einen Regenschutz mitgenommen hatte. Sie vermutete, eher nicht. Das Einzige, was sie mit Bestimmtheit sagen konnte, war, dass Zorros Futter, sein Fressnapf und seine Schlafdecke mit dabei waren. „Naja, wenigstens dem Hund fehlt es an nichts“, musste sie innerlich schmunzeln. Sie zog sich die Kapuze ihres Pullovers über den Kopf und ihre Jacke darüber. Schließlich öffnete sie die Autotür, stieg aus und zerrte die Tasche vom Beifahrersitz. Zorro flitzte wie der Blitz über die Mittelkonsole zur offenen Tür hinaus und Kaja knallte, ihrer Stimmung entsprechend, die Autotür des klapprigen Peugeots heftig zu.

„Autsch!“

Kajas Kopf schnellte herum. „Was war das denn? Zorro? Alles in Ordnung mit dir?“ Aufgeregt begann der Hund an ihr hochzuspringen, in der festen Überzeugung, Kaja hätte den blinden Passagier endlich entdeckt – doch Fehlanzeige. Kaja kraulte nur sein Ohr und meinte: „Ich muss wirklich übermüdet sein – jetzt dachte ich schon, ich hätte dich sprechen gehört.“ Geistesabwesend packte sie ihre schwere Tasche auf die Motorhaube und begann, das Durcheinander darin nach einem Regenschutz zu durchsuchen.

Der Drache grinste Zorro an, der ihn wütend ansah. „Ich hab’s dir doch gesagt, Kleiner – das dauert noch ein Weilchen, bis sie mich sieht.“

Zorro knurrte zurück: „Nenn mich nicht Kleiner. Und überhaupt, was schreist du dann ‚Aua’, wenn du weißt, dass sie dich nicht hören kann!“

„Na hör mal, sie hat meinen Schwanz in der Tür eingeklemmt! Auch wir Drachen schätzen es, wenn man uns die Tür aufhält“, entrüstete sich der Drache.

„Scheint ja überflüssig zu sein“, meinte der Hund, „schließlich bist du jetzt trotzdem draußen.“

„Klar, ich als höhere Energieform brauche keine Türen – aber bequemer ist es allemal. Und überhaupt, wenn ich mich darauf einstelle, durch eine Tür zu gehen und die dann plötzlich zu ist, ist das sehr unangenehm", lamentierte der Drache und fing an zu schmollen. Zorro wurde es jetzt definitiv zu blöd, mit diesem schillernden, blauen Etwas zu diskutieren, und er beschloss, es Kaja gleichzutun und den Drachen erst mal zu ignorieren.

Kaja hatte inzwischen ihre Tasche fertig inspiziert, leider wenig erfolgreich. Der Regen war stärker geworden, und so schloss sie ihre Windjacke bis zum Hals und versuchte sich einzureden, dass Regen ja bekanntlich schön machen sollte. „Wer sich das ausgedacht hat, muss zu dieser unausstehlichen, ewigen Positiv-Denker-Vereinigung gehören", schimpfte sie leise vor sich hin. „Ich würde gerade liebend gern hässlich und dafür trocken bleiben." Plötzlich musste sie trotz allem grinsen. Wenn sie es genau betrachtete, ging es ihr in diesem Moment besser als all die Wochen zuvor in Zürich. Sie hatte keinen Stress, niemand war da, der ihr sagte, sie müsse sich beeilen und bitte an die nächste Deadline denken. Die Luft roch nach feuchter Erde und sommerlich nach frischen, nassen Kräutern und Gras, und Zorro schien sich auch beruhigt zu haben. In eindeutig gehobener Stimmung schulterte sie ihre schwere, alte Tasche und pfiff Zorro zu sich, der keine Zeit verloren hatte, die Wiese am Straßenrand auf der Spur einer der zahlreichen Feldmäuse umzugraben.

„Los, Zorro, wir machen uns auf den Weg zu Mémé. Dort warten schon die Mäuse im Garten auf dich", rief Kaja und fing an, die Straße entlangzulaufen. Der Name ‚Mémé' für ihre Oma stammte aus ihrer Kindheit. Sie hatte als kleines Mädchen das Wort ‚Grandmère' einfach nicht hingekriegt, und so war es bis heute bei Mémé geblieben. Zorro warf einen letzten wehmütigen Blick auf sein aktuelles Mauseloch und beeilte sich dann, sein Frauchen einzuholen. Allerdings nicht ohne im Vorbeirennen noch schnell den verhassten Drachen anzuknurren, der sich ebenfalls anschickte, mit ihnen mitzugehen. Offensichtlich plante der Drache, ein Weilchen zu bleiben.

*

Bei Dragonbooks von Virginia Fox auch erhältlich:

Die Rocky Mountain Serie:

(Genre: Liebesroman/Spannung)

Band 1 – Rocky Mountain Yoga
Band 2 – Rocky Mountain Star
Band 3 – Rocky Mountain Dogs
Band 4 – Rocky Mountain Kid
Band 5 – Rocky Mountain Secrets
Band 6 – Rocky Mountain Fire
Band 7 – Rocky Mountain Life
Band 8 – Rocky Mountain Race
Band 9 – Rocky Mountain Lion
Band 10 - Rocky Mountain Gold
Band 11 - Rocky Mountain Crime
Band 12 - Rocky Mountain Heat
Band 13 - Rocky Mountain Snow
Band 14 - Rocky Mountain Horses
Band 15 – Rocky Mountain Kiss (Juni 2018)
Band 16 – Rocky Mountain Games (September 2018)
Band 17 – Rocky Mountain Love (Dezember 2018)

Drachenromane:

Die Drachenschwestern Trilogie

(Genre: Frauenromane mit einem Hauch Fantasy)

Band 1 - Die Drachenschwestern
Band 2 - Das Drachenkind
Band 3 - Das Drachenpferd

Das Drachenmädchen

(Genre: Jugend-/Fantasy)

Band 4 - Das Zeichen des Drachen
Band 5 - Die Drachen der Neuen Welt

Alle Neuerscheinungen und Preisaktionen werden unter virginiafox.com oder auf FB (authorvirginiafox) angekündigt.